Roman publié par Elizabeth Stephens
www.booksbyelizabeth.com.

ISBN: 978-1-954244-18-4

Oeuvre illustrée par Amygdala Design
Traduite en français par FIT Found In Translation
Proofreading par l'auteure Delphine Roy (@delphineromance)

Quelques mots sur la traductrice

Julia est la traductrice de *Taken to Voraxia* et la fondatrice de FIT Found In Translation.

Née en région parisienne, elle est amoureuse des livres et des belles histoires depuis son plus jeune âge. Elle décide d'en faire son métier et elle étudie la littérature française avant de devenir enseignante.

Passionnée par les voyages, Julia lit aussi bien en français qu'en anglais et se plaît à noircir des carnets dans lesquels elle conte ses évasions.

En 2019, elle quitte la France pour partir enseigner à l'étranger. C'est lors de son séjour sur le continent américain qu'elle se met à traduire quelques nouvelles et qu'elle décide d'entrer en contact avec des autrices talentueuses.

De retour en France, elle propose ses services à Elizabeth Stephens et se lance dans de nouvelles aventures !

Pour toute demande de traduction, veuillez contacter FIT Translation à l'adresse blackwomanreading2@gmail.com.

Table des matières

Glossaire

Bo'raku *(boh – rah – kooh)*
Empereur de la planète Drakesh appelée Cxrian. Il s'agissait autrefois d'un empire autonome et indépendant, mais suite à l'invasion manquée de Nobu, la planète Cxrian a été rattachée à la fédération voraxiane.

Cxrian *(ss – ree – ahn)*
Cxrian est surnommée la planète rouge, en référence à la couleur qu'elle a, vue de l'espace, et à la couleur de la peau de ses habitants : les Drakesh.

Drakesh *(draah – kesh)*
Habitants de Cxrian autrefois indépendants qui se sont retrouvés intégrés à la fédération voraxiane après l'invasion manquée de Nobu.

Hexa *(hex – ah)*
Oui.

Kiki *(kee – kee)*
Nom humain.

Kinan *(Keh – naan)*
Nom d'esclave de l'Okkari.

Kor *(kohr)*
Ville de commerce et d'échanges gouvernée par les Niahhorus, considérés comme des pirates de l'espace. Leur chef n'est autre que Rhorkanterannu, un pirate

redoutable. Cette ville est située dans la zone grise entre les quadrants 4 et 5.

Nobu *(noh – boo)*
C'est la plus grande planète de Voraxia. Elle se caractérise par un climat glacial et des hivers particulièrement rudes. Elle est dirigée par Va'Raku.

Nox *(noh – cks)*
Non.

Okkari *(oh – car – ee)*
Le plus grand guerrier et le chef de Nobu selon les anciennes traditions. Il est connu sous le titre de Va'Raku dans la hiérarchie voraxiane.

Qath *(kahth)*
Ville constituée comme une oasis située dans Voraxia. Elle est entourée de déserts arides et elle contient une faune et une flore extrêmement hostiles. Elle est connue pour être le lieu d'entraînement des meilleurs guerriers de Voraxia, menés par Krisxox.

Va'Raku *(va – rah – kooh)*
Gouverneur de la planète voraxiane Nobu.

Va'Rakukanna *(va – rah – kooh – kah – nah)*
Épouse de Va'Raku.

Verax *(vair – axe)*
Expliquer (demande d'explications).

Voraxia *(voh – racks – ee – uh)*
Chef lieu de la fédération voraxiane, cette planète accueille la base de Raku. Elle est connue pour ses bois de werro et son sol forestier sableux.

Xhea *(shay – uh)*
Compagne de l'Okkari. Elle est connue sous le titre de Va'Rakukanna dans la hiérarchie voraxiane.

Xhivey *('iv – ay)* ou *(tziv – ay)*
Bon, bien.

Xoc *('oc)* ou *(tzoc)*
Mot grossier employé couramment.

Xora *('o – ruh)* ou *(tzo – ruh)*
Pénis, bite, queue...

Aux femmes.
À notre force, dont on parle trop peu.
À notre résilience, qu'on célèbre encore moins.

elizabeth

1

Kiki

Je nage dans du sirop. Un sirop épais comme celui que nous récoltons sur les arbres du dôme de Droherion. Jaxal et moi avions l'habitude d'aller le chercher avec nos mères pendant la saison froide, quand nous étions petits. Jaxal m'admirait à l'époque, même si à seulement trois rotations, il était déjà plus grand que moi. *Il m'admire toujours.*

J'inspire profondément. Mmmmhmmmm. Tout est chaud. Le sirop est à la même température que le reste de mon corps, il est impossible de savoir où se termine ma peau et où commence le sirop. C'est tellement confortable. Qu'ai-je fait pour mériter d'être si bien traitée ? Je n'ai jamais connu un tel confort, ou si ça a été le cas, je ne m'en souviens pas.

Sur une planète plombée par des soleils jumeaux et une couche d'ozone quasi inexistante, Je n'ai connu que les extrêmes. Lorsqu'il ne faisait pas trop froid dans notre colonie humaine, il faisait trop chaud. Les fenêtres de la minuscule hutte en pisé et en tôle de ma mère ne fermaient pas, nous n'avions donc aucun moyen de réguler la température, et il y avait un courant d'air qui laissait entrer un flux incessant de sable. Maman a toujours aimé voir les fenêtres entrouvertes. Elle disait que ça permettait aux étoiles de garder un œil sur nous.

Je la croyais à l'époque. Et puis j'ai grandi et j'ai été chassée par des extraterrestres. J'ai été torturée par le pire d'entre eux et laissée pour morte. Maman a essayé de me rappeler que les étoiles étaient toujours là, qu'elles veillaient toujours sur moi... mais ce fut peine perdue. Je connais la vérité. Les étoiles ne se soucient pas de nous.

La Chasse. La course. Mes jambes épuisées. Jaxal n'avait pas encore commencé à m'entraîner alors tout ce que je pouvais faire, c'était courir. Je pensais pouvoir le distancer – le démon rouge au visage de sadique qu'ils appelaient Bo'Raku – mais je l'entendais derrière moi, il riait aux éclats.

Il m'a poursuivie. J'ai couru. Je n'avais aucune chance mais je refusais de laisser ce qui m'est arrivé ensuite arriver aussi à Miari ; ma meilleure amie, une hybride mi–humaine, mi–Drakesh, et le produit d'une des Chasses barbares passées.

Le jour de la Chasse, qui a lieu tous les trois cycles terrestres, des extraterrestres au visage rouge appelés Drakeshs débarquent dans notre colonie humaine et exigent de se reproduire avec nos femmes. Ce qu'ils le font. Sans aucune pitié.

Lors de la dernière chasse, Miari a été ciblée par une grosse brute – *il était bleu cependant... Je n'en avais jamais vu de bleu avant.* Ce n'était pas un Drakesh mais un Voraxian et apparemment, le roi de tous ces extraterrestres pervers. Il va revenir pour elle à la prochaine Chasse, ou... il est déjà venu ?

L'éclat d'un souvenir tranchant traverse ma félicité passive. C'est le jour de la Chasse et Miari et moi rampons dans les égouts. Nous nous trouvons à l'extérieur du Dôme, nous sommes couvertes de merde. Nous découvrons une grotte où nous cacher pendant que Svera, notre meilleure amie, prend la place de Miari dans le groupe de femmes sélectionnées pour la Chasse. Elle distraira le roi assez longtemps pour que nous trouvions une cachette et quand elle révélera sa véritable identité, il partira – ou il nous cherchera, mais il ne nous trouvera pas. Il partira de toute façon parce que nous avons trouvé la grotte parfaite. Enfoncée dans des falaises noires déchiquetées, elle est humide et moite et quand nous nous barricadons à l'intérieur, je sais que nous allons réussir. Tout ce qu'il nous reste à faire, c'est attendre...

Tssaaaaak. Tout mon corps est secoué par le son et le souvenir que ce son fait naître, plein de couleurs vives et horribles. C'était sans compter les monstres.

Le sirop s'épaissit autour de moi, je me sens prise au piège. Un peu comme dans la grotte, qui s'est révélée remplie de monstres de l'ombre qui ont des lames à la place des doigts, sept bras et deux bouches. Miari ne connaît rien au combat, mais moi, si. Je prends ma lance aiguisée et je combats la chose. La douleur illumine mon abdomen quand je suis poignardée par une de ses griffes. La lame dentelée déchire mon estomac, coupant mon nombril en deux. Je suis sur le point de mourir. Mais je vais d'abord sauver Miari. Je poignarde le monstre dans les yeux et quand je le poignarde à nouveau, je le tue. Du moins, je le pense. Mais lorsque nous sortons de la grotte, je vois qu'il y a au moins trois autres créatures qui se rapprochent. Je prends l'ampli que Miari a construit et j'appuie sur le bouton. Les monstres s'envolent dans une explosion brutale qui m'emporte avec elle.

Je sens des rochers tranchants s'abattre contre mon dos et la tension s'échapper de mes muscles. Je vais mourir ici. Oui. Enfin... Je m'enfonce dans l'odeur du sang chaud et métallique. Et puis plus rien.

Et maintenant je ne connais que la chaleur. Le sirop humide qui glisse sur mon corps. L'odeur d'une épice profonde et parfumée, celle des fleurs d'un cactus dans un désert lointain. Un désert dans lequel je ne suis jamais allée. Un désert sans pluie. Un désert sans tempête. C'est une paix où rien ne peut m'atteindre. Ni le monstre de la grotte, ni le monstre de La Chasse. Il n'y a pas d'extraterrestres ici. Juste un cactus, ses fleurs, et une pression dans ma poitrine, juste en dessous du battement de mon cœur, qui me dit une chose : la mort devra attendre...

2
Kiki

Le son de mes propres dents qui claquent me réveille. J'ai froid. Je me souviens de la gelée duveteuse qui enserrait mon corps nu, de mes cheveux qui flottaient sur ma nuque, suspendus dans un épais sirop violet, mais quand j'ouvre les yeux, le souvenir a disparu comme s'il n'avait jamais existé. Comme un cauchemar. *Non. Comme un doux rêve.* Je n'en ai pas fait depuis si longtemps qu'il m'est difficile de distinguer les rêves des cauchemars.

Des chuchotements. Je les entends d'abord doucement, puis ils augmentent en volume.

– Elle est réveillée. L'élue est…

– L'extraterrestre vous voulez dire. La faible…

– Elle n'aurait pas été choisie si elle l'était.

– Elle doit être notre Xhea !

– Chut ! Elle peut vous entendre.

– Qui se soucie de ce qu'elle peut entendre ? Elle ne peut pas comprendre. Elle est inutile.

– Elle ne parle que son stupide langage d'extraterrestre…

– Je…

Je me lèche les lèvres. Ma voix est cassée par tant de rotations passées dans le mutisme. Je n'ai pas parlé depuis longtemps. Cela vaut-il la peine de parler maintenant juste pour proférer des insultes ? Oui.

– Je peux t'entendre, espèce de pétasse.

Je déglutis fortement, toussant sur le sol, qui est doux contre ma joue.

– Je peux aussi te comprendre.

Ma gorge me fait mal. C'est comme si mes cordes vocales avaient été coupées. Comme si j'avais été étouffée par des mains plus chaudes que le soleil.

Une voix féminine murmure tout près, juste une. Puis une autre voix dit doucement:

– Qu'a dit notre Xhea ?

Il y a un léger brouhaha avant qu'une voix plus grave ne déclare :

– Ce n'est pas important. Nous n'avons que quelques instants avant qu'ils ne lèvent la porte. Avant que nous ne franchissions la montagne. Nous devons nous préparer. Si nous ne sommes pas prêtes, nous ne serons pas choisies.

Il y a une pause, quelques mots chuchotés de plus. Je profite de ce laps de temps pour écarter mes doigts, remuer mes orteils et bouger mes jambes d'avant en arrière. Elles sont raides et coincées. Pendant une seconde, je panique. *Qu'est-ce que la matière visqueuse m'a fait ? Suis-je paralysée ?*

Puis j'agite mes paupières. Une lumière blanche transperce mes yeux, mais ils s'humidifient, s'éclaircissent et s'humidifient à nouveau. Finalement, je suis capable de voir au-delà de la brume. Du noir sur du blanc. Des pieds qui traînent sur la pierre, des murs blancs derrière eux... non, pas des murs... quelque chose de blanc... quelque chose d'étranger... quelque chose de froid.

Ce qui est clair, c'est que je suis dans une grotte pleine d'extraterrestres. Il fait jour. La lumière est naturelle même si elle est extraordinairement agressive à cause de tout ce blanc. De la matière blanche tombe en petites rafales. Cela me rappelle le printemps sur la colonie, lorsque les champs de coton fleurissent et que de petits morceaux de blanc parsèment le monde. C'était toujours ma saison préférée. *Miari et moi avions l'habitude d'essayer de les attraper.*

Je frissonne et j'essaie d'effacer ce souvenir de ma mémoire. C'est ce que je fais avec les souvenirs positifs. *Il n'y a rien de bon en ce bas monde.* Tout comme il n'y a pas d'électricité ici, pas de fils, pas de chauffage. Il n'y a qu'un sol de pierre noire et du blanc autour, et des extraterrestres qui remplissent l'espace autour de moi.

Mes poings se referment. Je suis prête à me battre. Mais aucune des femelles ne me regarde – enfin, elles me regardent, mais elles me jettent des regards rapides et hésitants. C'est comme si elles avaient plus peur de moi que moi d'elles. *Elles ont bien raison. Je tuerai tous ceux qui essaieront de me toucher, mâles ou femelles. Peut–être que je les tuerai juste pour le plaisir.* J'hésite une seconde lorsque mon esprit s'éclaircit complètement et je me demande si je peux vraiment en affronter autant.

Je compte rapidement onze femelles. La plupart sont accroupies en cercle près de la porte qui bloque l'entrée et une partie, mais pas la totalité, de la substance blanche et froide à l'extérieur. Dans cette grotte, toutes les femelles sauf deux sont accroupies, serrées les unes contre les autres. Elles ont l'air concentrées. Je suis la seule à ne pas être accroupie, avec celle qui fait les cent pas.

Elle me jette un coup d'œil et je soutiens son regard, sachant que c'est elle qui m'a insultée. Je le vois rien qu'en jetant un coup d'œil de son côté. En parcourant rapidement son corps des yeux, je remarque qu'elle n'est pas armée. Elle porte une étrange combinaison de cuir et de fourrure. Les autres femmes portent la même chose. Je jette un coup d'œil à mes propres vêtements, surprise de voir que je suis habillé de la même façon qu'elles. *Qui m'a habillée, bordel ?*

J'expire en tremblant. Je laisse là cette pensée et je me mets à genoux. Il y a une couverture blanche en fourrure sous moi et je m'y accroche. J'attends que la grotte autour de moi s'arrête de tourner. Quand elle s'arrête enfin, je mets mes pieds sous mes genoux et je me relève, même si cela me demande bien des efforts. Je suis furieuse. *Maintenant elles ont vu que je suis faible et elles vont utiliser cette faiblesse contre moi. Ce sont des extraterrestres. Elles n'hésiteront pas.*

Je lève le bras. Le plafond est si bas que je peux le toucher du bout de mes doigts gantés. Comme toutes les autres femmes sont assises ou agenouillées à l'entrée de la grotte – sauf la garce – je me sens vraiment grande. Et puissante. Prête à les affronter toutes.

Je fais un pas vers elles au moment où la garce aboie :

– Et qu'est–ce que l'*Humaine* sait de la Course de la Montagne ? Elle ne sait rien. Regardez-la. Elle est toute petite. Elle est *chétive*. Elle ne nous sera d'aucune utilité. Elle ne sera probablement même pas choisie.

– Chut, dit l'une des femmes.

Non, ce ne sont pas des femmes. Ce sont des femelles. Les autres. Des créatures. L'une d'elle me regarde par–dessus son épaule et elle sourit. Pourquoi diable me sourit–elle ? Ne sait–elle pas que je vais lui trancher la gorge ?

– Nous accueillons la Xhea et toute contribution qu'elle souhaite partager avec nous.

Je jette un coup d'œil aux deux femelles qui ont parlé, puis à toutes les autres. J'essaie de comprendre pour quelle raison ces femelles ont été réunies. Il est clair que ce ne sont pas des guerrières. Depuis leurs membres fins jusqu'à la façon dont quelques unes se recroquevillent, luttant désespérément pour soutenir mon regard, tout indique que j'ai affaire en majorité à des lâches.

Et ce n'est pas comme s'il s'agissait de grandes beautés non plus. Certaines sont grandes, bien sûr, mais d'autres sont charnues au niveau des bajoues, tandis que quelques unes ont l'air si minces qu'elles ne sont guère plus que des couleurs drapées sur des os. Leurs carnations, diverses et variées, vont de la lavande la plus claire au cobalt le plus foncé.

Alors que la plupart ont des cheveux aussi noirs que le goudron, une extraterrestre vert vif avec des cheveux plus blancs que le froid entre par la porte. Je croise son regard un instant et elle tente de sourire, mais je montre les dents et grogne tout bas jusqu'à ce qu'elle baisse la tête et détourne le regard.

Je me concentre à nouveau sur la femelle qui a parlé avec autorité et je me prépare. Je sais que je vais devoir leur parler si je veux obtenir des réponses. Cela signifie faire deux choses que j'ai juré de ne plus jamais faire : parler et interagir avec des extraterrestres.

– Combien…

Je tousse pour m'éclaircir la gorge et quand je m'avance timidement, je peux voir un contour grossier de bâtons et de pierres sur le sol entre les femelles. Mon instinct me dit que c'est une carte, mais je ne peux identifier aucun des marqueurs qu'elles ont placés.

– Combien de temps ai–je dormi ? je m'écrie en insufflant à mon ton une autorité que je ne ressens qu'à moitié.

La meneuse ouvre la bouche, mais la garce l'interrompt.

– Ce n'est pas important. Nous devons nous préparer pour la course.

Elle se retourne brusquement et ses cheveux volent dans les airs.

Je fais lentement le tour du cercle. Je veille à garder la porte dans mon champ de vision alors que je me déplace autour du groupe – qui sait ce qu'il y a d'autre là–dehors – tout en restant assez loin pour pouvoir observer le visage de la salope. Elle me regarde avec froideur, mais je ne recule pas. Son visage est taillé comme un diamant. Ses yeux sont hauts et larges. Son nez est étroit et bas. Elle a un petit menton et des pommettes hautes, ainsi que des oreilles aiguisées en pointe. Une salope d'extraterrestre, voilà ce qu'elle est.

L'extraterrestre assise sur le sol, qui semble diriger toutes les autres, intervient :

– Elle est la raison de notre présence ici. Ne vous déshonorez pas. Si vous ne souhaitez pas aider, alors écartez–vous. Le temps presse.

Elle retourne à la carte.

En suivant son regard, j'essaie de donner un sens à ce que je vois. Mon pouls s'accélère et mon esprit commence à mettre en place les éléments et propos glanés çà et là. J'arrive alors à une conclusion si surprenante et si horrible que mes os me font mal. Cela me donne curieusement envie de rire et je le fais, attirant encore plus l'attention sur moi.

– Nous nous préparons pour une Chasse, n'est–ce pas ?

– Une Chasse ? Nox, ma Xhea, pas tout à fait. Nous avons des ancêtres drakeshs, mais la course de Nobu sur la montagne effraierait n'importe quel drakesh. C'est beaucoup plus dur que la Chasse. C'est une épreuve pour les vraies guerrières.

Elle s'arrête alors et prend un moment pour me regarder. Ses traits sont masqués mais son front brille comme si des lumières avaient été allumées sous ses os transparents.

– Nous avons entendu dire que toi aussi tu es une guerrière.

Trop d'informations nouvelles me parviennent. Je n'arrive pas à tout saisir.

Même si le matériel de traduction que l'on m'a implanté me permet de comprendre ses mots, je ne vois pas à quoi elle fait référence. Qu'est–ce que drah–kesh ? Et noh–boo ? Qu'est–ce que c'est qu'une zshay–ah ? Comment ai–je atterri ici ? Où suis–je ? *Est–ce que ça a de l'importance ?* Tout ce que je sais, c'est que je ne suis pas censée être ici et que je vais partir, peu importe le nombre de personnes que je dois combattre, blesser ou tuer pour y arriver.

– Où sommes–nous ?

Ma question retentit dans l'air avec toute la rudesse et la violence qui s'emparent de moi. L'idée de participer à une autre Chasse, encore plus brutale, me fait sombrer. *Je dois tuer quiconque osera me toucher. Je dois tuer tous ceux qui essaieront.*

La meneuse pousse un léger soupir d'impatience avant de tourner ses yeux apparemment aveugles vers moi.

– Nous sommes sur Nobu, ma Xhea.

– Elle n'est pas Xhea, fait remarquer la salope.

– Pas encore.

– Peut–être qu'elle ne le sera *jamais*. Peut–être que l'Okkari saura, grâce à la course sur la montagne, qu'une autre femelle, *digne* de ce nom, l'attend.

Le visage de la cheffe se couvre de jaune cette fois. Je ne sais pas ce que cela signifie et il y a quelque chose dans ses mots que je ne peux pas interpréter.

– Tout sera révélé, se contente–t–elle d'ajouter.

Elle hoche légèrement la tête, puis se tourne vers moi.

– Vous êtes Va'Rakukanna selon la loi voraxiane, mais ici sur Nobu, nous observons la loi tribale. C'est une loi ancienne. Les lois de la première force et du premier droit. Les femelles éligibles participent à la Course de la Montagne pour obtenir des partenaires de reproduction. Quand les portes seront ouvertes, nous devrons courir. Nous avons un quart de solaire d'avance avant que les guerriers et l'Okkari ne se mettent à nous poursuivre. Une fois qu'ils commencent, ils vont courir sur la montagne à la recherche de femelles. Ils se battront pour les femelles convoitées. Ils se battront certainement pour vous.

– Et s'ils nous attrapent ?

Le front de la femme clignote d'un blanc inquiétant. Je m'écarte d'elle, en position de combat, mais la couleur s'estompe aussi vite.

– Alors il y aura un accouplement. On dit que lorsque les deux parties sont stimulées de la même manière par la Chasse, l'accouplement a plus de chances de réussir. Il y a un pic de naissances peu après la course de la montagne, plus qu'en n'importe quelle autre saison.

Plusieurs autres extraterrestres murmurent leur assentiment et hochent vigoureusement la tête avec *excitation*. Je comprends soudain qu'*elles veulent* être ici. Elles veulent être chassées. Mon sang s'échauffe mais je serre l'étau de mon esprit sur ma panique croissante et je me concentre. *Je me suis entraînée pour ça. Pendant trois rotations, j'ai attendu le moment d'accomplir ma vengeance contre lui. Je ne vais pas fuir sans bruit dans la nuit.*

– Pourquoi courir ? Pourquoi ne pas rester assises ici et attendre qu'ils viennent ?

De nouveau, le visage de la femme s'illumine de blanc et je me demande si ce n'est pas une sorte d'expression de surprise. Cela aiderait si c'était le cas, parce que sinon, il n'y a aucune expression sur leurs visages. Juste des joues sculptées et des clignements d'yeux latéraux qui me fichent la trouille.

– Ah… ce serait... une ruse ?

Ce serait un moyen d'économiser nos forces et de planifier une offensive concertée.

– Oui, une ruse.

Elle penche la tête d'une façon que je trouve bizarre parce qu'elle réagit vraiment comme une Humaine. Elle finit par déclarer:

– Ça pourrait être intéressant. On les tromperait peut– être ? Par contre, nous ne pourrions pas toutes…

Son arcade sourcilière devient grise, puis bleue, puis crème. Plusieurs femmes commencent à chuchoter. Certaines secouent la tête. Je ne comprends pas leur réaction et laisse libre cours à ma frustration.

– Pensez–y : pourquoi fuir ? Pourquoi se séparer et s'enfuir comme des idiotes alors qu'on pourrait se préparer maintenant à se battre ?

– Je…

C'est comme si la pensée ne lui avait jamais traversé l'esprit. Peut–être que c'est le cas. Elle secoue la tête.

– Nous ne pouvons pas combattre l'Okkari et ses guerriers. Ça ne s'est jamais vu. Nous devons donner une bonne chasse. Si nous sommes trop faciles à attraper, alors on supposera que nous sommes trop faibles pour porter, élever et protéger nos petits. Nous ne serons pas choisies, même s'il reste des mâles non accouplés.

– Si nous ne faisons rien, nous ne serons pas choisies ? C'est sûr ?

Les crêtes de la femelle s'enflamment d'une autre couleur, du fuchsia vif cette fois.

– Nox. Rien n'est sûr dans la Course de la Montagne…

– Alors on ne peut pas prendre ce risque.

Mes mots restent coincés dans ma gorge quand je réalise ce que j'ai dit. J'ai dit « *on* ».

– Je ne peux pas prendre ce risque. Reprenons, si vous ne pouvez pas vous battre et que vous ne pouvez pas rester ici, alors que se passera–t–il si on court et qu'on surpasse les mâles ?

Elle s'agenouille sur le sol en pierre dure, les mains posées sur les cuisses. Personne d'autre que moi ne semble avoir de couverture.

– Il serait trop dangereux de ne pas être trouvée du tout. La Course de la Montagne peut prendre jusqu'à la fin du solaire, et durant la lune, les températures sont trop rudes. Même si quelqu'un parvenait à survivre aux températures lunaires, il ne faut pas oublier que l'endroit grouille de bêtes sauvages redoutables.

Elle lève une main. Elle a six longs doigts hideux.

– Il est impossible de les tuer à mains nues.

J'ai un poids sur la poitrine. Je me contracte violemment pour oublier cette pression.

– Où est le prochain village ? A quelle distance se trouve–t–il ?

– C'est trop loin, répond–elle avec hésitation, et on ne peut pas y aller sans provisions.

Sans attendre la fin de ses explications, je reprends:

– Il n'y a donc aucun moyen d'éviter cette Chasse sans se faire prendre ? Pas si nous voulons vivre…

Putain, j'ai encore dit "nous", pourtant, je les emmerde.

– Si une femelle parvenait à revenir au village après le dernier coup de corne sans avoir été attrapée, alors… je suppose qu'elle pourrait choisir de ne pas prendre un compagnon, puisqu'aucun ne lui convient. Elle pourrait avoir l'opportunité de participer à une course en montagne dans une autre tribu afin de trouver un mâle plus fort et plus digne, mais… soyez sans crainte, Va'Rakukanna. Cela n'est jamais arrivé.

Je sens mes entrailles s'agiter et mes lèvres se tordre, comme si je mordais dans un fruit aigre.

– Donc je dois, soit survivre aux mâles, soit les tuer.

– Les tuer ?

Des crêtes blanches clignotent dans la grotte. Des mains à six doigts couvrent des lèvres dures et abrasives, des mot sont échangés à voix basse entre les femelles. Le blanc dans la grotte s'intensifie et cela n'a rien à voir avec le froid extérieur.

– Je ne suis pas sûre de comprendre. Cette course en montagne a été organisée en votre honneur. Nous n'avons jamais pensé que nous serions assez chanceux pour que notre propre Okkari – le Va'Raku – découvre sa compagne Xiveri sur une lune Drakesh ; mais ça a été le cas. Dès que vous vous êtes rétablie, le Va'Raku a voulu organiser la Course en Montagne. Même si vous n'êtes pas en assez bonne forme pour faire une chasse adéquate, et même si un autre mâle se bat pour vous – ce qui est susceptible d'arriver étant donné l'intérêt de nos mâles pour les femelles *humaines* , dit–elle, en essayant de prononcer le mot dans ma propre langue humaine.

Entendre ma langue dans sa bouche me fait frissonner.

– ...l'Okkari ne se permettrait pas d'être battu dans ce domaine. C'est un vrai test pour lui. Et il vous prendra peu importe la façon dont vous vous présentez. Nous savons que vous avez été gravement blessée, ma Xhea...

– Ne m'appelle pas comme ça, dis–je en tombant à genoux à côté d'elle dans le cercle et en frappant du poing sur le sol.

Le coup produit un bruit sourd.

– Ne me donne pas l'un de ces noms extraterrestres stupides. Ne m'appelle pas du tout. Parle–moi simplement du terrain.

Elle semble fouiller mon visage du regard, mais je me ferme. Elle ne peut pas lire mon visage, je ne peux pas lire le sien. Tout ce que j'espère communiquer, c'est que je la déteste. Je ne veux pas être ici. Je veux savoir où sont mes amies et je veux savoir si elles vont bien. Je veux retourner auprès de ma mère, de Jaxal et de la colonie merdique où nous vivons. Par toutes les comètes, j'accepterais même de voir mon père et sa nouvelle famille à ce stade – mais d'abord, je dois survivre à la nuit.

– D'accord.

Elle acquiesce et me montre le contour grossier de la montagne qu'elles ont dessiné avec des brindilles, des pierres et de la neige. Il y a quelques cachettes, mais elles sont évidentes, donc je vais les éviter. Un petit bosquet d'arbres paraît prometteur. Je vois également un bourbier qui pourrait être utile et ce qu'elle décrit comme un labyrinthe de pierres de nids de *chenag* qui ferait aussi une bonne cachette.

Quand je lui demande ce qu'il y a au–delà du bourbier, elle répond :

– Il n'y a rien, rien à part un océan interminable qui part du sommet de la montagne. À l'est. Aussi loin que l'on puisse voir.

Comme si le moment tant redouté se faisait sentir, un autre coup de vent traverse la porte métallique, apportant plus de froid blanc et avec lui, les promesses d'une lente agonie.

– Et comment les mâles chassent–ils ?

– Ils nous repèrent à l'odeur. Ils sont passés dans notre grotte pour suivre les marques olfactives des femelles qu'ils désirent le plus. Plusieurs se sont arrêtés pour respirer votre odeur pendant que vous dormiez, y compris l'Okkari.

Putain. De. Merde. J'arrête de respirer jusqu'à ce que la douleur perfore mes poumons et que je me sente malade. Je jette un coup d'œil à la caverne stérile. J'imagine l'énorme géant rouge qui m'a chassée il y a trois rotations me lorgner pendant que je dors. Un être immonde et bleu, comme celui qui est en train de torturer Miari au moment où je parle, devait probablement se trouver juste à côté de lui. *Pourquoi ne se contentent-ils pas de nous violer ici ? Pourquoi nous faire subir cette course ?*

Je ferme les yeux, je ne veux pas penser à ça. Je refuse de penser à Miari parce que je ne peux pas l'aider maintenant. Svera non plus. Quels que soient les Dieux que Svera prie, ils la protégeront. Il faut qu'ils la protègent. Parce que je ne peux rien faire pour elle ici, sur cette planète pleine de blanc, de froid et d'extraterrestres. Je *dois* me libérer pour pouvoir les voir et m'assurer qu'elles sont en sécurité. M'assurer qu'elles ne sont pas ravagées, comme je l'ai été moi-même. *Mais d'abord, je dois tuer le rouge.*

La pensée que je pourrais le revoir très bientôt fait trembler tout mon torse et me donne la chair de poule dans la nuque. La sueur perle sur mes paumes et je cligne des yeux frénétiquement. J'essaye de me débarrasser de la soudaine sensation de creux dans mon estomac ou du tremblement de mes genoux. Les femmes sont occupées à essayer de décider de la meilleure façon de traverser le système labyrinthique de la grotte. De mon côté, j'ai déjà la moitié d'un plan en tête et encore plus de questions. *Mais j'ai surtout une promesse, celle que je me suis faite à moi-même : je vais tuer le rouge.* Je n'ai rien à craindre. Je ne le laisserai pas me faire du mal.

— S'ils n'arrivent pas à trouver la femelle ou les femelles qu'ils ont choisies, que se passe-t-il ?

Certaines femmes me regardent, des couleurs visibles sur leurs visages, mais je ne sais pas ce qu'elles veulent dire, pas plus que je ne comprends pourquoi on nous chasse comme ça.

La cheffe répond patiemment :

– Ils peuvent choisir d'accepter une autre femelle, qu'ils ont pu trouver, mais la plupart du temps, ils continuent à chasser. La plupart des mâles – si ce n'est tous – ne participent pas à la Course de la Montagne dans l'espoir de trouver leur âme sœur Xiveri, mais leur Xanaxana peut quand même s'enticher d'une ou plusieurs des femelles. Dans ce cas, sélectionner l'une de ces femelles leur semblera acceptable...

– Et d'après toi, l'un de ces mâles en particulier participe à cette chasse pour moi.

Comme la dernière fois. Comme à chaque fois. Des tremblements de tout mon corps menacent de me submerger. Je sens de la bile remonter de mon estomac jusqu'à ma bouche. Tout mon corps se soulève un instant, mais j'avale, la gorge brûlante à cause de son goût.

– Hexa, tu es sa compagne. Son âme sœur Xiveri.

Je préférerais brûler vive. Je me tourne avec fureur vers la carte. Je déteste cette femelle et ce qu'elle vient de me révéler. Je m'apprête à lui dire ce que je pense de son précieux extraterrestre rouge et de ce qu'il m'a fait lors de la dernière Chasse, mais la garce me coupe la parole avec hargne.

– Elle n'est *rien*. Elle n'est pas son âme sœur Xiveri. Ça n'a pas encore été prouvé. Elle n'a pas fait la course en montagne. Elle peut *penser* qu'elle est spéciale parce qu'elle est... cette aberration humaine, mais une femelle humaine ne sera jamais notre Xhea. Encore moins celle-là.

Sa remarque ressemble à un défi et j'ai presque envie de le relever jusqu'à ce que je réalise qu'elle et moi sommes d'accord sur tout. En fait, c'est *la seule* avec qui je suis entièrement d'accord.

Je jette un coup d'œil à la femme dont le front est aussi rouge et menaçant que ses mots et je lui lance :

– Tu as raison, mais tu peux quand même aller te faire foutre.

– Espèce d'ignoble…

– La ferme !

J'ai crié assez fort pour faire sursauter deux des autres femelles, dont la petite verte qui est assise sur le côté. Elle se terre dans son coin, terrifiée. Je la déteste, mais elle éveille quand même mes instincts protecteurs. *Elle est trop jeune pour être ici. Tout comme je l'étais moi-même, la première fois.*

– Pas le temps de discuter inutilement. Nous devons travailler ensemble si nous voulons nous échapper, euh… si nous voulons faire une *Chasse de qualité*, dis-je en serrant les dents. Puisqu'ils vont chercher à repérer notre odeur, nous devons changer d'odeur. Enlevez toutes vos vêtements.

Personne ne bouge. Toutes les crêtes brillent. Je me lève avant de hurler :

– Déshabillez-vous !

Ma voix est cinglante, torturée.

Mes vêtements ont été noués si près du corps et avec tant de liens que je ne parviens pas, d'abord, à les ôter. Toutefois, je persévère, et lentement, je dénoue les liens. Je ne laisse aucun de ces monstres extraterrestres m'aider. Il faudrait pour cela qu'elles me touchent et mon estomac se rebelle à l'idée.

Une fois que les deux premières femelles sont nues au point de frissonner et de devenir bleues – enfin, d'un bleu encore plus bleu – j'aboie :

– Échangez. Prenez les habits l'une de l'autre. Déchirez des morceaux de vos vêtements et donnez-les à quelqu'un d'autre. Il faut échanger votre odeur avec le plus de personnes possible.

J'arrache des bandes de mes propres vêtements et je les distribue aux femelles. Quand j'arrive à la cheffe, je lui mets une bande de tissu dans la main et lui demande :

— Tu comprends ce que je suis en train de faire, n'est-ce pas ?

Elle sourit et hoche la tête. Ses crêtes brillent d'un orange bizarre, taché de stries argentées. Si je devais deviner, je dirais qu'elle est plus excitée qu'autre chose.

— Vous êtes intelligente, répond-elle, je comprends maintenant pourquoi l'Okkari a organisé la Course de la Montagne pour vous. Il souhaite repartir avec vous. Il veut que vous sachiez que votre âme sœur Xiveri prendra soin de vous.

Elle baisse le ton et se penche en avant, mais je recule. Je ne veux pas m'approcher trop près. Son souffle forme des nuages pendant qu'elle parle, des nuages blancs qui planent entre nous un instant avant que le vent ne les chasse.

— Il nous a raconté des histoires à votre sujet, poursuit-elle. Il a dit que vous êtes une guerrière, que vous avez combattu un khrui. Je vois qu'il disait la vérité. Votre odeur nous rendra désirables pour plus de mâles. On dit que les femmes humaines sont très fertiles. Peut-être que les mâles vont sentir la fertilité en nous, et peut-être que, par la volonté de Xana et de Xaneru, nous le serons en effet.

Je retiens les insultes sur ma langue et l'envie que j'ai de défoncer son visage. Celui qui m'a fait grimper dans un putain d'arbre comme un épouvantail raconte des histoires sur moi maintenant ? Il chante mes louanges ? Il a l'audace de parler de moi et de me qualifier d'héroïque alors qu'il n'a fait que détruire celle que j'étais ? J'aimais celle que j'étais. Je l'aimais tellement plus que celle que je suis devenue : cette... cette personne froide et distante.

– Tiens.

Je laisse tomber le morceau de tissu entre nous et je m'éloigne d'elle, avant de me tourner vers la dernière femme restante. La salope.

– Donne–moi tes vêtements.

Ses crêtes sont noires, mais je vois l'hésitation dans son regard.

– Donne–moi tes vêtements ! Ta cheffe vient de dire qu'on n'a pas beaucoup de temps. Tu veux être chassée par l'Okkari, n'est–ce pas ?

– Comment le sais–tu ? Demande–t–elle.

Je ris et elle grimace. Je ne peux pas lui en vouloir. Le son de mon propre rire me dégoûte aussi. Il n'était pas comme ça avant. Il était haut et léger, il attirait les regards des garçons de la colonie et les sourires des anciens. Il était communicatif. Maintenant, le rire s'échappe de ma bouche aussi infecté qu'une maladie, accompagné de grognements.

– Je suis aussi une putain de voyante. Maintenant, donne–moi tes habits.

Elle hésite quelques instants.

– Les Humains peuvent vraiment faire ça ?

Je me jette sur elle pour lui arracher ses vêtements de force. Elle pousse un faible cri et me laisse faire, sans opposer de résistance. J'enfile sa tenue aussi vite que possible et la regarde essayer de faire entrer ses membres beaucoup plus longs dans mes habits. Le sien se resserre autour de mes coudes et de mes chevilles. Cela me ralentirait si je prévoyais de courir beaucoup, mais ce n'est pas le cas. *Pas de course cette fois.* Cette fois, quand je le verrai, il saura qu'un seul d'entre nous quittera cette planète en vie. Ou aucun de nous. *Les deux options me conviennent parfaitement.*

– Je vais me diriger vers les marais. Je dois couvrir mon odeur autant que possible. Deux d'entre vous vont rester avec moi, quatre femmes doivent rester dans les grottes, et quatre autres doivent se diriger vers les arbres. Elles seront moins cachées par contre... y a–t–il des grimpeuses dans ce groupe ?

Cinq des femmes lèvent timidement la main.

– Bien. Vous quatre, vous irez là–bas, dis–je en désignant celles que j'ai choisies. Toi, tu iras dans les grottes. J'ai besoin de trois autres personnes pour l'accompagner. Prenez garde à ne pas aller dans un groupe avec quelqu'un dont vous portez l'odeur. Nous devons disperser et brouiller nos odeurs autant que possible. Il faut leur compliquer la tâche.

Quelques mains de plus se lèvent.

– Super. Maintenant, il ne reste plus que vous et moi.

Je désigne la cheffe et la seule extraterrestre qui n'a pas encore parlé. La verte. *Pourquoi ai–je choisi de l'emmener avec moi ? Pour la prendre sous mon aile ?* Je sens mes entrailles s'effondrer à cette idée, ainsi que la tour d'épées que j'ai construite autour de mon cœur ratatiné et chancelant.

Je détourne le regard de la fille. Je suis légèrement reconnaissante à la cheffe pour la distraction qu'elle présente.

– Vous avez prévu de vous cacher dans la fange ? demande–t–elle.

– Seulement jusqu'à la tombée de la nuit. Après je vais me frayer un chemin à travers la forêt jusqu'au village.

Vous avez dit qu'il y avait un village à la base de la montagne, non ?

Elle acquiesce. Sans lui laisser le temps d'apporter des précisions malvenues, je poursuis :

– Alors il doit y avoir un skyport. Une sorte de centre de transport vers d'autres planètes. J'ai besoin de partir.

– Le peuple de l'Okkari n'a pas foi en ces choses–là, fait remarquer la garce en s'approchant de moi et de mon petit groupe.

Cependant, son ton s'adoucit lorsqu'elle poursuit :

– Mais vous avez été amenée ici sur le vaisseau privé de l'Okkari, et il le garde ici, ajoute–t–elle en désignant un endroit sur la carte au bout de ce qui semble être une vallée. Ce n'est pas loin, toutefois, vous n'aurez pas la possibilité d'aller le chercher tout de suite. C'est de là que viendront les mâles. Vous devrez attendre que la nuit soit tombée.

– Ok.

Pendant notre conversation, le visage de la cheffe brille d'une couleur troublante – quelque chose comme du rose pâle et du jaune, puis un rouge beaucoup plus sombre. Elle ouvre la bouche pour parler à son tour, mais le son de sa voix est immédiatement couvert par le grincement des portes qui s'ouvrent. Elles glissent sur le côté, pierre contre pierre, avec un bruit de tonnerre. Un monde d'une blancheur choquante assaille mes sens. Je traverse la foule des femelles, je vais à sa rencontre. J'aboie quelques ordres avant de rassembler la meneuse et la verte et de m'élancer dans cette blancheur immaculée.

Nous courons, et alors que nous nous dépêchons de prendre de l'avance, je ressens une nouvelle douleur. Le vent fouette mon visage, le coupe d'une manière que je n'ai *jamais* sentie auparavant. Ça fait *mal*. Je ne sais pas ce qu'est ce blanc froid, mais il me transperce comme les lames pointues de guerriers miniatures. J'ai l'impression que tout mon visage saigne. Mes lèvres sont gonflées, mon nez n'arrête pas de couler. Je peux goûter la saveur dégoûtante de ma propre morve quand je me lèche les lèvres. Mes pieds sont des pierres lourdes. Mes poumons brûlent. J'ai l'impression de ne pas avoir assez d'air. Cette atmosphère est trop fine pour des poumons humains et la gravité semble plus forte. Je ne me suis jamais sentie aussi lourde.

La cheffe me regarde plusieurs fois avec inquiétude, mais je refuse de ralentir notre rythme. Je pensais être une guerrière, mais je me rends compte que même si je pouvais battre les deux femelles qui se trouvent avec moi, elles ont un avantage indéniable. Elles, elles sont nées ici. Ou du moins, elles connaissent le coin comme leur poche, et elles sont comme des poissons dans l'eau ici. Même lorsque la poudre blanche tombe sur notre chemin et que nous nous enfonçons dedans jusqu'aux genoux, elles pataugent calmement à travers, comme si le blanc froid n'était rien de plus que des feuilles sèches dansant dans une brise d'été. Elles ne semblent pas se soucier du fait que nous ne progressons pas sur du plat et *que nous montons indéfiniment une putain de pente raide.*

Ils appellent ça la course de la montagne pour une bonne raison.

La montagne est un terrain audacieux, traître, inégal et austère. C'est principalement du froid superposé à de la pierre. Il n'y a pas d'arbres visibles dans la brume de la tempête qui s'épaissit. Elle devient de plus en plus épaisse, jusqu'à ce que je distingue de moins en moins le monde qui m'entoure. Jusqu'à ce que seule la vision floue d'un horizon lointain subsiste.

Mais je peux sentir le calme des femelles à mes côtés, entaché seulement par leur excitation quand le ciel commence à s'assombrir et qu'elles sont sûres que les mâles sont en chemin. Mon cœur est un pic dans mon sternum, il frappe, griffe, mord et déchire parce que je m'imagine être attrapée par *lui*... Je me promets de me battre – de mourir – avant de le laisser se moquer de moi comme ça encore une fois. Ce souvenir ne fait que renforcer ma frustration et ma détermination. Je donne le rythme. Je les mène dans la direction indiquée par la cheffe sur la carte et malgré toute ma faiblesse humaine, je suis la première d'entre nous à atteindre le bourbier.

Il ressemble à une chose vivante. C'est la seule chose que nous avons rencontrée qui n'est pas blanche. Au lieu de cela, c'est rose, une couleur qui, sur la colonie humaine, serait considérée comme non naturelle. La matière bouge légèrement, il y a des bulles à certains endroits. Je les évite en y pataugeant jusqu'à la taille et je suis agréablement surprise qu'elle soit chaude.

– Qu'est–ce que c'est ? je demande en ramassant une poignée de la substance et en la laissant tomber de mes gants pour rejoindre les autres.

De la vapeur s'échappe de la boue épaisse autour de moi à certains endroits, tandis que tout autour du bourbier, elle s'élève pour rencontrer le blanc froid et créer un monde blanc sans fin. Il n'y a pas de ciel. Il n'y a rien au–delà de ce bourbier, de ce moment.

J'essaie de garder mes bras hors de la gelée rose. L'effort est inutile et me plonge dans un souvenir : j'aide mon grand–père à pétrir la pâte pendant qu'il me raconte une histoire. Il fait chaud près des fours, même à l'ombre, mais je suis captivée par l'histoire d'un homme qui a essayé de pousser un rocher en haut d'une montagne. Le rocher ne cessait de glisser car il était trop lourd pour lui. Ses efforts restèrent vains.

J'étais trop jeune à l'époque pour comprendre le sens de l'histoire, mais j'ai été horrifiée lorsque mon grand–père m'a raconté que l'homme avait fini par se faire picorer les entrailles par des corbeaux, ou qu'il avait été brûlé par le soleil... c'était peut–être un autre personnage, je ne m'en rappelle plus très bien. Tout ce dont je me souviens, c'est que j'étais terrifiée à l'idée d'être comme lui.

Je me relâche et m'enfonce dans la boue très lentement. Quand je remonte à la surface, je suis accueillie par le son des rires – ceux de la cheffe et de la verte. Seule la cheffe me regarde. La verte essaie de se couvrir la bouche avec sa main. J'enlève la crasse rose de mon visage. Elle m'alourdit considérablement: elle se colle à mes cheveux et recouvre les couches de fourrure que je porte sans les pénétrer. Le bord de ma bouche menace de remonter, mais je me rappelle rapidement où je suis et je change d'expression.

J'enroule mes cheveux couverts de boue dans mon poing et les noue à la base de mon cou. Je m'agite ainsi un moment, puis je sens que je commence à ralentir. Mes oreilles se dressent. On dirait le bruit du tonnerre. Je me retourne, mais tout est pareil. Juste du blanc, même si une odeur étrange m'interpelle. Une faune surprenante nous environne et il y a aussi une oasis. Des minéraux et une terre riche et parfumée. Ça sent comme quelque chose d'ancien. *Comme quelque chose de familier.*

– Xhea...

La cheffe m'appelle.

Quelque chose que je connais intimement. Une chose connue de moi seule.

– Je pense que nous sommes allées assez loin. Bientôt nous serons hors de la fange et dans la toundra. Nous sommes peut–être trop loin pour que même les guerriers les plus hardis nous suivent...

– Vous aviez dit que nous devions chercher à nous éloigner.

Elle réfléchit à sa réponse.

– Oui... mais pas au point de nous mettre excessivement en danger. Les mâles s'attendent à ce que nous voulions vivre, et puisque c'est le cas, nous devons agir en conséquence. Nous ne devrions pas aller dans la toundra. Il y a des créatures là–bas bien plus effrayantes que quelques mâles.

Elle ne sait pas ce qu'elle raconte. Il n'y a rien de plus effrayant que ce mâle. Je continue à avancer.

Elle essaie à nouveau de me retenir.

Il y a un endroit où nous pouvons nous reposer...

Elle s'interrompt. Elle vient de l'entendre. Je l'ai entendu quelques secondes avant. Le bruit d'un martèlement... et un hurlement – non, pas un hurlement, un cri de rage. Un cri profond et retentissant. Un appel retentissant qui fait se courber mes orteils et se replier mon coccyx. C'est un rugissement qui n'évoque que la mort et ses exigences. *Il est là. Il vient pour moi. Je suis complètement foutue.*

Je ne sais plus qui je suis, tout ce que je sens c'est que mes os commencent à s'effilocher. Jaxel voulait que je sois forte mais il ne m'a pas préparée à ça. Il ne m'a pas préparée à le revoir et à l'horreur qu'il représente. En ce moment, ça me submerge comme un assaut frontal. Je ne peux pas rester debout. Je ne peux pas tomber non plus.

La boue me tient en place et je me sens taillée dedans maintenant. Je n'ose pas bouger alors que la brume à ma droite se déplace et se sépare.

Je me baisse plus bas. J'essaye rapidement de me redresser en position horizontale pour que le haut de ma tête ne sorte pas de la boue. Je donne des coups de pied et je caresse la boue, mais je dois faire trop de bruit parce que je peux entendre le mâle rugir. Son cri est différent et plus glaçant que le précédent parce qu'il est juste là, juste sur nous.

La femelle verte couine, dévoilant notre position, et j'entends des bruits de bottes qui se rapprochent maintenant. J'ai l'impression que des éternités passent en moins d'un battement de cœur. Je suis allongée là, immobile. J'espère qu'il ne me trouvera pas. J'espère qu'il ne trouvera pas les autres non plus. *Mais pourquoi tu penses à elles ? Laisse–les. Ce sont des extraterrestres. Je suis sûre qu'elles aiment ça.* Toutefois, lorsque la cheffe pousse un cri et que j'entends les bruits de la lutte reprendre de plus belle, tout mon corps se met en mouvement.

Je me redresse pour voir la cheffe à quelques pas de moi, même si la boue me donne l'impression qu'elle est beaucoup plus loin. Il y a un extraterrestre – un mâle – tout près d'elle. Il tient une bande de mes vêtements et son regard va du tissu à la femelle sans comprendre. Je sens un éclair dans ma colonne vertébrale à l'idée que je suis celle qu'il cherche, mais je ressens aussi une certaine légèreté. Sa peau est bleue. Pas rouge. Un petit ballon éclate juste sous mes poumons et soudain je peux à nouveau respirer. La bonne nouvelle, c'est que s*i je peux respirer, je peux me battre.*

L'homme n'est pas armé, ce qui est dommage car j'espérais pouvoir lui prendre ses armes. Cela n'a pas d'importance. Je m'approche de lui et je vois qu'il a envie de faire la même chose, sauf qu'il n'a pas lâché la femelle, même s'il me regarde. Peut–être pense–t–il être capable de nous prendre toutes les deux. *Pas de chance.*

Il tend son autre main vers moi, avec l'intention de m'attraper par le cou. Je le bloque avec mon avant–bras gauche et je le frappe avec le droit. Il est grand donc ça demande un effort, mais j'atteins son menton avec mon poing.

Quand sa tête se retourne, une vague de plaisir m'envahit. Je suis bien contente de porter des gants doublés de fourrure, j'aurais pu me casser un poing. Jaxal m'a heureusement obligée à m'entraîner sur des planches de bois jusqu'à ce que mes mains saignent. Il a dit que la peau des extraterrestres serait plus forte, plus résistante. Qu'ils seraient difficiles à tuer. Aujourd'hui, je suis prête.

Je saisis le bras de la cheffe et éloigne la femelle avant de crier :

– Nous devons le combattre ensemble !

Je n'attends pas sa réponse. Je me retourne vers le mâle et je regarde la boue rose gicler sur son visage inutilement illuminé lorsque je le frappe à nouveau, puis une troisième fois, et encore une autre. Frustré, il sort ses griffes et atteint mes avant–bras.

Il déchire le cuir qui les recouvre et m'entaille un peu mais il ne me blesse pas et ne me ralentit pas. Il y a trop de boue entre nous, et nous portons tous deux trop de vêtements. Les tissus qui le couvrent ont l'air plus fins, plus souples, mais ils n'en sont pas moins résistants. Je n'arrive pas à les entailler avec mes ongles. D'un seul coup, j'ai envie de griffes. Le fait qu'ils en aient me désavantage fortement.

Le combat dure une éternité. Je suis seule. Les autres femelles ne m'aident pas. J'espère qu'elles s'enfuient, mais quelque part dans la mêlée, je les aperçois. Elles se tiennent debout sans bouger comme deux piliers, de la boue sur les joues et du blanc sur le front.

– Bordel de merde !

Je crie ma rage et ma frustration.

– Faites quelque chose ! N'importe quoi ! Bougez !

Je n'ai pas le temps de regarder et de vérifier qu'elles se dispersent. Je me retourne et frappe à nouveau le mâle. Cette fois-ci, quand sa tête est projetée en arrière et qu'il parvient à se redresser, il a du sang cuivré sur la bouche et le nez. Son front est rouge de colère. Il frappe d'une main, je bloque le coup ; mais son autre main entre en contact avec mon corps.

Je savais que ça allait faire mal. Jaxal m'a frappée un millier de fois pour me préparer à ça. Ce n'était pas suffisant. Ça fait un mal de chien. Ses poings sont en marbre et je sens tout mon corps encaisser le coup.

Les femelles se mettent soudain à crier. Je sens les mains de quelqu'un sur le devant de ma combinaison, qui me tirent hors de la boue, mais je lève mes pieds vers ma poitrine et donne un coup de pied de tout mon être. Le mâle émet un son étouffé et je commence à nager à reculons aussi vite que possible dans la boue. Il m'attrape la cheville. Je frappe avec mon pied. Mon talon heurte sa gorge. Il jure. Je jure plus fort. Il semble me maudire et de mon côté, je continue à jurer.

Tout à coup, nos jurons et notre combat sont ponctués par un rugissement. Nous nous immobilisons tous. Le son illumine le ciel blanc. Il est traumatisant, assourdissant. C'est plus fort cette fois, plus proche. Je lève les yeux vers le périmètre du bourbier et dès que ma vision se fixe, je vois quelque chose qui engourdit mon cœur flétri.

Comme une ligne d'arbres poussée en un souffle, il y a au moins huit mâles debout là, enveloppés dans l'ombre. Celui que j'avais combattu se déplace rapidement devant moi. Il brandit un morceau de tissu de ma capuche comme une épée. Il se tient devant moi, bloque mon corps avec le sien, et crie quelque chose aux autres que mon traducteur ne saisit pas.

– Oki phondaeron !

Des sifflements s'échappent des mâles, et même les femelles derrière moi manifestent leur surprise et chuchotent. Mais ensuite, il y a un silence. Le brouillard s'agite. Les hommes se regardent les uns les autres et je peux voir des fronts qui clignotent dans des couleurs défiant la nature. Je peux entendre des poings charnus frapper des poitrines plaquées, et je peux sentir l'énergie masculine fouetter l'air comme une tornade, un courant électrique.

Mon cœur s'arrête. Le brouillard se dissipe juste assez pour que je puisse voir un mâle encore plus grand que les autres, plus terrifiant, plus imposant, plus sévère. Il s'avance en traçant une ligne à travers la foule amassée qui ne fait que s'écarter pour lui laisser la place. Quelques-uns des mâles se dispersent jusqu'à ce qu'il n'en reste que trois.

– Taka'ana, dit l'extraterrestre avec une voix basse et terrible.

Alors que je le considère de haut en bas, le son de sa voix semble libérer quelque chose en moi. C'est un extraterrestre énorme, imposant et résolument masculin. Je sais que je ne devrais ressentir que de la haine pour lui, et pourtant, je ne pense qu'à une chose.

Il est violet.

Il n'est pas rouge, ce qui signifie que je n'ai pas bien compris – pas du tout compris – ce que les femelles ont dit. Le mâle dont elles ont parlé auparavant – celui qui prétend que je suis son âme sœur, celui qui leur a raconté des histoires sur moi – n'est pas celui qui a brisé mon corps et mon esprit.

Au lieu de cela, le mâle dont elles ont parlé se présente devant moi dans toute sa gloire. Il me regarde avec des yeux noirs mats qui s'inclinent vers la naissance de ses cheveux et le monde devient silencieux. *Ce n'est pas le rouge. Il n'est pas rouge.* Il a des cheveux noirs et non blancs. Une seule mèche blanche les traverse, juste à l'avant, au milieu. Ça lui donne l'air d'une lame, d'un couteau qui me transpercerait jusqu'à l'os s'il pouvait m'atteindre. Mais il ne le fera pas. Je ne le laisserai pas faire.

Je détourne les yeux et me retourne vers la boue. Je la traverse férocement à présent. Je peux voir l'autre côté. De là, j'arriverai jusqu'à la toundra. De là, je pourrai tenir bon. Ce sera mon dernier combat. Il n'est peut–être pas rouge mais c'est quand même un extraterrestre et ce que j'ai dit tient toujours. Aucun extraterrestre ne m'aura vivante, peu importe qu'il soit rose, vert, rouge ou bleu. Ou violet.

– Oki phondaeron Xiveri. Taka'ana !

Son rugissement me poursuit et fait trembler le sol. Ou peut–être que c'est juste moi. Une étrange vibration grésille dans l'air, l'électrifiant, et une pulsation, qui, je le jure, n'était pas là avant, bat dans ma poitrine.

J'atteins l'autre côté du bourbier et, en me dégageant du rose, je pense aux mots qu'il a prononcés et à ce qu'ils pourraient signifier, tandis que la traduction tourne dans mon esprit.

– Avec ce défi, je revendique ma Xiveri.

Et merde. Maintenant il est temps de courir. Je m'élance dans la toundra, dans le blanc froid.

3
Okkari

Mais où est-elle ? Maintenant que la bataille est terminée, je la désire plus que jamais. Les mâles qui se sont disputés ma femelle humaine ont perdu. J'ai pris les plaques de celui qui a refusé de céder. Il s'est effondré devant moi. Par mon droit de sang. Par le droit de Xana.

Les autres se sont disputés les femelles restantes et au dernier compte, *neuf* couples ont été formés. Cela n'était jamais arrivé auparavant dans une course de la montagne. Il y a toujours beaucoup de femelles trop faibles pour se battre ou courir, trop effrayées, ou des mâles battus par d'autres guerriers et trop blessés pour continuer. Trop souvent, le Xaneru qui est en nous ne se réveille pour personne.

Je me demande si ce n'est pas grâce aux leurres que mon humaine a donnés aux autres que tant de couples ont été créés durant ce solaire. Il y a même eu une union Xiveri entre Tre'Okkari et Vren'Hurr. Je suis tombé sur eux au moment de leur premier accouplement, distrait par l'odeur des vêtements de ma propre femelle, que Vren'Hurr portait sur elle. Je sais que c'est *elle* qui les lui a donnés. Elle. La seule. L'unique. Qui d'autre aurait pu faire preuve d'une telle ruse si ce n'est la femelle humaine carnivore qui a défié notre Raku et aidé à dissimuler la Rakukanna lorsqu'il la poursuivait ?

La fierté monte dans ma poitrine et ne fait qu'augmenter le désespoir de mon Xanaxana. Il s'agite, il ne connaît plus le repos. Je suis un mâle calme et réfléchi d'ordinaire. Je suis un mâle qui respecte l'ordre et la tradition. Je suis un mâle à qui on n'a pas besoin de faire la leçon, car au cours de mes treize rotations, j'ai vu et vécu plus de choses que les Anciens. J'ai mené des batailles. J'ai versé du sang. J'ai commandé une nation. J'ai guidé notre Raku actuel et son Raku avant lui.

Mais maintenant que les vents brûlants deviennent menaçants et me frappent alors que je fonce sur la neige, je comprends quelque chose de nouveau. Je découvre un fait qui m'avait échappé. Tout ce que les scripteurs m'ont dit sur le Xanaxana et son pouvoir n'étaient que de faibles analogies comparées à ce que je sens brûler dans ma poitrine. Il a des exigences. *Elles seront satisfaites.* Même si je dois pour cela démolir la montagne pierre par pierre.

Je passe devant des mâles en rut et je sens la tige d'acier de mon propre xora frôler la barrière de vêtements qui le dissimule. Compte tenu des températures rigoureuses, mes couvertures de fourrure sont construites pour ne laisser sortir mon xora que pour ce premier rut. Ce n'est pas la saison idéale pour une Course de la montagne. Il aurait fallu la faire plus tôt. Mais on ne pouvait pas faire autrement. Au moment où elle s'est réveillée, dans la cuve merilienne, j'ai su que je devais organiser une telle course, quelles que soient les conditions ou leur caractère extraordinaire. Trouver mon âme sœur Xiveri sur cette petite lune indescriptible n'était pas ordinaire. Rien de ce qui *la* concerne n'est ordinaire.

Quand je suis revenu la chercher sur cette lune, j'ai découvert qu'elle avait combattu des khruis, des créatures vicieuses que mes propres guerriers évitent car elles exigent le respect. Et même ici, sur cette Course de la Montagne, elle a combattu le guerrier qui est venu la voir avant moi. Ce que j'ai pu en voir m'a impressionné. Humilié, même. Quand je l'emmènerai dans notre tanière, je devrai soigner ses blessures, car elle s'est battue comme un être venant des profondeurs de la mer. Comme une bête, comme un joyau pour notre nation. *Mon joyau.*

Le Xana, le Xaneru et les ancêtres Okkaris m'ont béni ! Mon âme sœur Xiveri est la plus féroce de toutes les femelles – c'est une guerrière. Si je devais sonder toutes les femelles de l'univers, je ne pourrais trouver mieux. Parce qu'il n'y en a pas.

Tous les mâles de la montagne se sont battus pour l'avoir.

Tous les mâles. Et je les ai tous vaincus.

Mes blessures ne sont pas suffisantes pour m'empêcher de traquer son odeur, brouillée par la boue, vers la toundra. Je me demande si elle cherche à me perdre dans la brume. Si c'est le cas, la chance ne lui sourit pas, car la brume s'amincit, la tempête se calme et une chute de glace s'apprête à s'abattre sur nous rapidement et sans ménagement.

Dès que je suis libéré de la boue, j'arrive au bord le plus proche de la toundra. Je jette un coup d'œil dans l'obscurité, je regarde la glace blanche et la neige qui tombe tourbillonner pour monter vers le ciel qui s'assombrit. D'un marron profond, il peut difficilement être plus sombre. C'est la nuit ici. Presque, pas tout à fait. Bientôt.

Un léger mouvement flotte entre la glace et le ciel, comme s'il était porté par la brume elle-même. Je fonce vers lui, utilisant mes compétences sur la glace développées et affinées depuis mes premières rotations. J'ai appris à glisser sur l'eau et à nager en dessous quand j'ai appris à marcher. Ma poitrine brûle du Xanaxana que j'ai si prudemment réprimé au cours de la dernière rotation pendant que j'attendais que mon âme sœur Xiveri se rétablisse. Maintenant, il est totalement déchaîné, il ne saurait être arrêté.

Un grognement désintègre le mâle serein que j'étais autrefois. Je sens la lumière jaillir des crêtes au-dessus de mes yeux dans un étalage d'émotion inapproprié, mais je ne tente pas de l'étouffer. Je vais la laisser voir ce qu'elle me fait.

Elle m'a caché son odeur, et je suis encore tourmenté par le fait que je n'étais pas le premier mâle à la trouver. Je me console en sachant que même si je n'ai pas été le premier mâle à la trouver, je serai le dernier.

Thoran'El l'a découverte en premier dans la boue et c'est lui qui m'a mordu le flanc. Je ne sais pas à quoi il pensait lorsqu'il a essayé de me défier pour elle. Ne savait-il pas qu'il faudrait bien plus que des griffes déchirant la chair pour me ralentir dans ma poursuite ? Ne savait-il pas que je prendrais ses plaques juste pour avoir essayé ? Personne ne me couvrira de honte. Pas devant elle.

Nox, mon âme sœur Xiveri, ma Xhea, ma Va'Rakukanna, ma reine guerrière, ne saurait tolérer de faiblesse. Je dois être digne d'elle et je dois suivre la coutume humaine. Je ne dois pas seulement vaincre les mâles de ma propre tribu, je dois aussi la battre au combat. Cette pensée fait gonfler ma poitrine. La coutume ne m'appartient pas, mais je me sens honoré de pouvoir la rencontrer sur la plaine de bataille pour lui prouver dans ses propres traditions que je suis le mâle qu'elle recherche.

Le vent fouette mes cheveux autour de mon visage tandis que je réduis la distance qui me sépare d'elle de moitié, puis de moitié encore. Elle doit sentir mon approche car elle jette un coup d'œil par-dessus son épaule et commence à ralentir. Je ralentis aussi en réponse, procédant avec une plus grande prudence en attendant que son corps me fasse face. Elle le fait et je me rends compte que je ne me suis pas préparé pour ça... Ni à la chaleur de son feu, ni à la profondeur de sa beauté.

Même couverte de boue rose et du sang cuivré de mon espèce, elle est superbe. Je trébuche. Je suis l'Okkari de ma nation et pourtant, je trébuche devant ma reine comme un enfant.

Je pourrais dire que c'est à cause de ses yeux, aussi sombres que l'écrevisse et tout aussi tranchants. Durs. Brûlants. Et d'une certaine manière, cela rend leur beauté encore plus puissante. L'acuité de ce regard remplit de chaleur la courbe délicate de ses joues. Elles sont légèrement arrondies et hautes avant de s'effiler vers un menton lisse.

Sa bouche est charnue. C'en est presque obscène. Je n'ai jamais vu une femme avec des coussinets sur la bouche comme ceux-ci. Et plus étrange encore, ils contrastent contre la noirceur de sa peau, leur teint clair n'a pas son équivalent dans la biologie voraxiane. Beaucoup plus clairs que la fange, ils sont du rose le plus pâle – une couleur qui pourrait être interprétée comme une légère colère ou de la peur, voire de la gêne. Cela me gêne de les voir, comme si j'observais, sans y être autorisé, quelque chose de sacré. Mais je ne détourne pas le regard.

Même dans ses vêtements raides et déchirés, je n'ai jamais vu de plus grande beauté. Le nuage de ses cheveux est caché dans la capuche de son manteau, mais je me souviens de ce que c'était que de les voir, ainsi que le reste de sa personne, entièrement nue sur les sables chauds et granuleux de cette lune humaine. Des seins pleins, un abdomen tendu, les os du col délicats...

Mon Xaneru avait versé des larmes pour elle et le Xana m'avait attiré dans ses fers, défiant le Xanaxana de sortir. Je l'avais enfermé et j'avais battu en retraite, sachant que mon Raku ne m'aurait jamais permis de ramener à la maison mon âme sœur Xiveri alors qu'on lui avait refusé la sienne. Je suis un guerrier fort, un Va'Raku discipliné et un Okkari juste. Toutefois, il m'a fallu chaque once de pouvoir que j'avais sur moi-même pour ne pas défier le jeune Raku là-bas. J'ai résisté, mais j'ai déjà épuisé les réserves de ce pouvoir. Ce qui reste n'est qu'un menu fragment, un fil, une fumée qui disparaît à l'horizon.

Mon xora est dans un état déplorable et mes trois pierres pulsent sous lui. Serrées contre mon corps, elles ne se soucient pas du fait que les vents d'hiver de la toundra suffisent à éteindre même la flamme la plus brillante et à ôter la vie au guerrier le plus fort. Je n'aurais jamais été assez fou pour envisager de braver un tel froid, mais pour elle, j'aurais continué jusqu'à ce que le dernier souffle quitte mes poumons. Pas même pour elle, seulement pour l'espoir d'obtenir une promesse d'elle. Pour elle, en chair et en os, pour elle et la haine dans les yeux qu'elle porte, je ferais bien plus. J'ai l'impression de ne plus être Okkari. *Nox, je suis Kinan. Le mâle que j'étais avant de prendre mon titre. Un garçon.*

– Qu'est-ce que tu attends ?

Son cri semble amer, déchiré. C'est un cri de guerre, je le sens : un défi. Mon âme sœur Xiveri ne sera pas déçue.

Je charge.

Elle sursaute, comme surprise par ma vitesse, mais elle ne s'enfuit pas. Des guerriers bien plus grands et plus redoutables qu'elle ont tremblé à la vue de l'Okkari. Je suis connu. Mais elle ne me connaît pas. Alors elle se bat contre moi sans contexte, sans histoire. C'est le genre de combat auquel je me livrais quand j'étais un enfant. *Quand j'étais Kinan.* Je suis impressionné, fier, et par-dessus tout, reconnaissant.

Mon humaine s'élance hors de mon chemin. Comme elle plonge, j'attrape un morceau de sa manche boueuse. Elle passe son bras droit sur mon poignet, assez fort pour briser ma prise. Je sens un éclair blanc le long de mes crêtes, suivi d'une éclaboussure de noir et, sur ses talons, d'une vague de vert – surprise, soif de sang, amusement – avant que finalement mes crêtes ne se fixent sur une fierté orange féroce.

Le vent prend de la vitesse et quand je m'avance, elle esquive. Je n'attrape que des cristaux de glace qui volent. Elle tient ses deux poings au niveau de son menton, juste en dessous de sa ligne de regard et bien que je comprenne cette posture, je n'ai encore jamais vu une femelle l'adopter. C'est pourquoi, lorsqu'elle frappe, mes mains sont abaissées et mon torse est exposé. Elle me frappe. Ma reine guerrière est sauvage.

La pression est suffisante pour ralentir mon avancée quand elle me frappe à nouveau avec son autre main, je réalise qu'elle est une guerrière *ambidextre*. Je suis impressionné. Mes guerriers les plus aguerris ne le sont pas tous et pourtant, sûre d'elle, elle m'attaque avec ses deux mains.

Je bloque la deuxième attaque avec mon avant-bras, mais elle utilise ses jambes. Elle donne des coups de pied – ou essaie de le faire, mais sa mobilité est limitée par l'épais rembourrage qui la recouvre, alourdi par l'eau et la saleté. J'avais craint que ce ne soit pas suffisant lorsque j'ai autorisé les femelles aînées à la vêtir pour la Course en montagne et je m'inquiète encore.

Elle vient d'une planète tout aussi rude mais totalement opposée, en proie à des soleils qui réduisent leur faune en sable et en poussière, alors que nous, sur Nobu, nous ne voyons presque jamais les soleils de Voraxia car notre monde a été envahi par la glace qui recouvre tout. Même le ciel. Ma reine guerrière est probablement froide jusqu'aux os.

Ses yeux sont fendus et je vois la façon dont sa mâchoire inférieure tremble. Ses dents s'entrechoquent contre sa mâchoire supérieure. Elle réagit comme les jeunes enfants lorsqu'ils sont plongés pour la première fois dans un froid pareil.

Elle grogne quand elle donne des coups de pied et je peux voir quels efforts cela lui demande. Elle est trop lente pour entrer en contact avec mon aine et lorsque sa jambe gauche se lève, je la balaie d'un mouvement leste et m'élance en avant en attrapant l'arrière de sa tête et sa taille avant qu'elle ne touche le sol.

Elle ne tente pas d'échapper à ma prise sur son corps – ma Xhea est trop intelligente pour cela. Au contraire, elle me donne un coup de poing, elle me frappe carrément au visage. Juste après son premier coup, elle répète son attaque jusqu'à ce que je sente la peau autour de ma bouche se déchirer sous son poing et que je goûte mon propre sang visqueux. Le blanc puis le noir, le vert puis le jaune sont à nouveau les couleurs de mes crêtes. *Je ne suis pas au bout de mes surprises avec elle. Mon plaisir est infini.* Même quand elle frappe.

Je n'ose pas la lâcher. Je la laisse me frapper deux fois de plus – une fois contre mon œil droit et je sens la peau au-dessus de mes crêtes picoter à son coup, mais quand elle touche ma joue gauche, j'entends un léger craquement et je vois son expression se transformer en douleur. Furieux qu'elle se blesse elle-même, je grogne mon mécontentement et les délicats poils de ses paupières s'agitent d'une manière qui me fait palpiter.

Je siffle si fort qu'elle tressaille, et dans son hésitation, je l'abaisse jusqu'au sol glacé en dessous et je plante mes paumes de chaque côté de sa tête. Son calme momentané ne dure que jusqu'à ce que je positionne le bas de mon corps sur le sien et qu'elle prenne conscience de mon poids.

Elle reprend son combat sérieusement maintenant, son corps va brusquement d'un côté à l'autre. Ses doigts forment des griffes même si je sais qu'elle n'en possède pas. Ses mains tentent de marquer ma peau, mais elle est blessée. Je grogne et le coussinet inférieur de sa bouche tremble.

Il s'ensuit une lutte au cours de laquelle elle parvient à lever un genou et à le planter dans ma cuisse. Elle atteint ma chair sensible et la douleur est palpable, mais fugace. Je me sens à nouveau vert, puis orange. J'ai un goût nouveau dans la bouche, ce n'est plus celui du sang des autres mâles sur ma peau ou la boue du bourbier sur la sienne, c'est la zxhoa, cette herbe délicate et fleurie. Un désert baigné de soleil. L'éblouissement d'une étoile lointaine. J'hallucine, je crois voir le Grand Océan de l'au-delà et pendant un moment, je me prélasse sur la marée. Que me fait-elle ? Qu'a-t-elle déjà fait ?

Son grognement de frustration me ramène à l'instant présent et je m'installe une fois de plus sur elle. Mon xora se presse contre son ventre et je sens mes yeux rentrer dans mon crâne. La pression n'est pas quelque chose que je sais instinctivement comment combattre. Au contraire, chaque instinct de mon corps hurle ses demandes. Des demandes de libération. Le Xanaxana dans ma poitrine tangue. Il veut trouver l'unité avec son couple. Et je suis le mâle. Celui qui est chargé de guider l'accouplement. Il me faut agir rapidement ou la fièvre du rut pourrait me saisir et je dois garder le contrôle si je veux nous satisfaire tous les deux pour notre première fois ensemble. Je veux la satisfaire. Je ne veux rien de plus.

Je descends le long de son corps et je trouve cette petite entrée désignée aux mâles qui permettra à mon xora de la pénétrer, mais avant que je puisse détacher les liens de ses vêtements, elle glisse sa main sous la mienne et s'approche de moi. Je lâche ses fourrures pour attraper son poignet en plein vol. En quelques précieuses secondes, j'attache ses deux bras au-dessus de sa tête et les maintiens au niveau des poignets avec l'une de mes mains. Je prends bien garde de ne pas heurter ses doigts blessés.

Elle continue de se débattre, de fulminer entre ses dents. Elle me mord et je dois m'écarter de sa trajectoire de frappe. Quand je le fais, elle se tortille plus férocement et c'est là que je vois et sens ce qu'elle a fait.

Elle glisse ses bras hors des manches et s'élance d'un bond *hors de ses vêtements. Est-elle folle ? Est-elle assez désespérée pour se mettre en danger ?* La rage m'envahit à la vue de son beau corps ioni entouré de tant de blanc. Le vent est fort et la glace est impitoyable. Si elle persiste, elle va se tuer.

Une fureur froide menace de briser les plaques de mon corps. Je place mon avant-bras sur sa poitrine et la pousse vers l'arrière. J'attrape les bras de sa combinaison et la force à l'enfiler, un poignet à la fois. Quand j'ai fixé l'avant de sa combinaison, je tire sur sa capuche et l'utilise pour couvrir ses épais cheveux détrempés par la boue. Le besoin de la faire mienne s'empare rapidement de moi. Je dois d'abord la soustraire au froid et la ramener dans mon nid où je la réchaufferai, la débarrasserai de la saleté qui recouvre sa peau et soignerai ses blessures. *Puis je la prendrai, encore et encore, jusqu'au prochain solaire.*

Je saisis ses poignets et les maintiens au centre de sa poitrine avec une main. Je trouve le rabat qui couvre le cœur de sa féminité et détache les cordes. Le bout de mes doigts se presse vers l'avant pour trouver une fourrure humide et au-delà, une chaleur brûlante.

Je suis sous le choc.

Je ne savais pas à quoi m'attendre mais je ne m'attendais pas du tout à ça. Trop curieux pour ne pas continuer mon exploration, j'avance un doigt. Je prends soin de ne pas la couper avec mes griffes alors que j'explore cette douce fourrure et cette chaleur alléchante. Ma colonne vertébrale se raidit lorsque je touche quelque chose d'humide et de si doux que les marchands de soie catacat seraient jaloux s'ils apprenaient son existence.

Ce n'est pas l'endroit où mon xora va entrer. C'est impossible... Retirant mes doigts, je les porte à mon nez et respire profondément.

La Miaba est une fleur d'hiver aux larges pétales rouge sang et aux épines rouges encore plus violentes qui ornent des tiges noires et coriaces. Rares et très prisées, ces fleurs dégagent un parfum des plus enivrants. Mais elles sont mortelles. Le poison fait effet pendant des jours, il empêche lentement ses victimes de se nourrir et elles finissent par mourir de faim. C'est une mort terrible. Avant cet instant, je n'avais jamais compris pourquoi on risquait autant pour un parfum.

Mais je comprends maintenant. Mon corps entier tremble alors que le Xanaxana fait rage en moi, sans contrôle et sans retenue. Je ferai n'importe quoi pour respirer ce parfum. Je ferai n'importe quoi pour m'approcher trop près de ses épines. Je ferai n'importe quoi pour les sentir sur ma chair.

J'inspire à nouveau. Je presse le bout de mes doigts sur ma langue et je frissonne. *C'est l'odeur de l'univers.*

Mon âme sœur Xiveri a pu voir a quel point je suis vulnérable. Je ne peux rien faire d'autre que d'espérer qu'elle comprenne le Xanaxana et qu'elle le ressente aussi. Elle continue à se battre jusqu'au moment où je porte mes doigts à mes lèvres, poussé par le besoin de goûter à ce nectar de miaba. Alors, elle s'immobilise et me regarde avec des yeux énormes et arrondis. Mes doigts glissent contre ma langue et je suce avec ardeur. Je ne veux pas perdre une seule goutte de son miaba, car il est aussi doux et amer que son parfum l'annonçait. Et encore plus mortel.

Je gémis. Elle gémit aussi.

– Rassure-toi, lui dis-je, en écartant de son visage ses cheveux trempés de boue. Je ne vais pas te laisser souffrir.

Elle cligne rapidement des yeux et recommence à se battre alors que je tire les ficelles de mes propres fourrures et libère mon xora. Je guide mon xora vers l'avant et je sens d'abord sa fourrure avant de glisser plus bas pour atteindre la douceur exquise que j'ai ressentie lors de ma première exploration.

Je fais glisser la tête de mon xora sur le monticule dodu et gonflé de son sexe, puis je plonge vers l'intérieur, à travers le premier de ses plis. Ils s'ouvrent délicieusement autour de mon xora tandis que je les caresse de haut en bas et de bas en haut. Plus j'avance et plus ils sont doux. Suis-je vraiment censé glisser mon xora dans cette douceur ? Même mon membre durci, plus doux que les plaques de mon corps, n'égale pas sa douceur à elle. Je vais sûrement la déchirer. Cette pensée me donne froid dans le dos. Une main dans ses cheveux, l'autre sur sa hanche, mon corps s'immobilise.

Ses yeux brillants se mettent à cligner. Comme la surface d'une eau calme, qui ondule subtilement. Voyant, ou sentant mon hésitation, elle se lève à nouveau comme pour frapper. Mais au lieu de cela, elle parle – grogne – et me surprend une nouvelle fois.

– Vas-y ! Tu n'as pas intérêt à t'arrêter ! Tu n'as pas intérêt à me laisser gagner !

Il y a un sens caché dans ses mots que je ne saisis pas, bien que leur signification soit claire. Je ne suis pas à la hauteur en tant que mâle guerrier, car je n'ai pas encore rempli mon droit de conquête. Et pourtant... elle est si douce...

Je me positionne entièrement sur elle et grogne brutalement alors que mon xora s'avance, plonge au-delà du premier de ses plis et atteint une fontaine de feu et de soie. Le plaisir m'envahit. Elle doit le sentir aussi car elle tourne son visage sur le côté et s'agite comme si elle ne pouvait pas se contrôler, d'avant en arrière. Son souffle forme des nuages. Ses yeux sont fermés.

– Xiveri.

Mon chuchotement a la teinte d'une question, ce que je déteste. L'Okkari ne pose pas de question. Il ordonne. Pourtant, je n'ai jamais été moins sûr de moi.

Les battements de ma poitrine sont violents, mais le fil mielleux du Xanaxana sous ma poitrine s'amollit et s'arrête. Il y a un problème.

– Xiveri, je souhaite te regarder pendant l'accouplement rituel.

Elle secoue la tête et sa mâchoire inférieure se fixe férocement.

– Non. Jamais.

Je fronce les sourcils. Les choses ne devraient pas se passer ainsi. Je n'ai jamais fait la course de la montagne avant ça, mais j'ai entendu les récits de ceux qui l'ont pratiquée. J'ai vu des Xiveris s'accoupler. La connexion entre eux est visible pour quiconque les observe. Pourtant elle se détourne de moi comme si elle essayait de couper cette connexion. Elle est humaine. Peut-être ne ressent-elle pas le Xanaxana de la même façon que nous. Si c'est le cas, alors ce que je tente de lui faire ici ne sera pas une union. Ce sera un viol.

Un sifflement s'échappe d'entre mes dents et mon xora se rétracte à cette idée. Un viol. Une chose scandaleuse, une trahison réservée à ceux qui n'ont pas d'honneur. Je suis Okkari. Je suis la définition même de l'honneur.

Je soulève mes hanches et couvre rapidement mon xora, toujours tendu vers elle. Quand je m'installe à nouveau contre elle, je mets une main sur le côté de son visage, l'autre sur son cou. Nous restons immobiles pendant quelques instants, tandis que le vent gagne en intensité et que le froid de la nuit se lève autour de nous. Mais j'ai beau caresser doucement sa peau claire et sans taches, ou inspirer et expirer calmement – lui montrant ainsi que je suis un homme qui contrôle sa bête intérieure – elle ne relâche pas la tension qui déforme et fait trembler son corps. Elle ne cesse pas de trembler.

Il y a un problème.

Je me baisse pour atteindre le panneau encore ouvert à l'avant de ses fourrures et je les attache très soigneusement. Pendant que j'agis, le dos de mes doigts effleure l'extérieur de son monticule, y trouvant une fourrure douce et humide. J'essaie de ravaler mon désir, mais un gémissement hagard s'échappe de moi, un gémissement plein de désespoir masculin.

Mon xora cogne contre sa cuisse et je peux sentir de la crème perler à son extrémité. Cela me torture, pourtant c'est elle qui émet une sorte de gémissement plaintif. Elle doit sentir que sa défaite est proche. Elle ne sait pas que je ne la prendrai pas. Pas comme ça. Jamais comme ça. J'ai attendu toutes mes rotations pour faire mienne la femelle que l'univers a créée pour moi, sans même savoir si je la trouverais. Je ne vais pas gâcher ce moment. La prendre alors que cette sensation désagréable est si lourde entre nous que j'ai du mal à respirer son air saturé, gâcherait tout.

Je me presse contre elle et elle se tend encore plus, mais je n'y peux rien. Des cristaux de glace se forment sur sa peau. Je dois la réchauffer. Je dois la sortir de là. Mais la Course n'est pas terminée. Mon âme sœur Xiveri n'a toujours pas été revendiquée. Ce n'est pas comme ça que les choses se passent sur Nobu. Ce n'est pas la tradition. Un éclair d'irritation. Un dé à coudre de honte. La tradition ne vaut pas la peine d'être gardée si elle cause de la douleur.

– Ma Xhea, dis-je.

Le son de ma voix semble la heurter. Les choses ne pourraient pas aller plus mal. C'est contre la tradition. Contre Voraxia. Elle n'est pas Voraxiane. Peut-être qu'elle agit ainsi parce que ce n'est pas sa culture.

Peut-être n'a-t-elle jamais entendu parler d'une course en montagne ou d'une Chasse telle qu'elle est pratiquée par les anciens Drakeshs, autrefois enracinés ici sur Nobu avant de migrer vers Cxrian. Les Drakeshs ont laissé derrière eux beaucoup de leurs traits génétiques pour les mélanger avec ceux des populations Voraxianes qui sont restées, ce qui a donné les différentes couleurs de peau de mon peuple. Et puis ils ont laissé cette course. Mais si elle n'est pas Drakesh et n'est pas Voraxiane, peut-être ne le sait-elle pas. Peut-être que pour consommer notre union Xiveri, elle a besoin d'autre chose. Veut autre chose.

– Xivoora Xiveri.

Ma voix porte ma douleur. La prise de conscience n'a en rien atténué le désir qui me traverse et menace de faire disparaître le mâle que je suis. C'est douloureux, mais pour elle, je subirais la plus vile des tortures, je me noierais dans la plus profonde des mers.

J'écarte de son visage ses cheveux gelés et emmêlés et j'arque mon corps sur le sien pour essayer de faire remonter sa température corporelle en baisse. Nos fronts se touchent et dans l'espace silencieux entre nos bouches, que même le vent sauvage ne peut atteindre, je murmure:

– Guerrière, que veux-tu ?

4
Kiki

Qu'est-ce que je veux ?

Mes pensées sont sens dessus dessous. Chaque émotion, chaque terminaison nerveuse, chaque sensation, chaque pensée, chaque respiration de mon corps n'a qu'une fonction : la survie. La préservation. La lutte. *Lutte ! Continue de te battre !* Pourtant, j'ai arrêté de me battre : j'ai perdu. Il ne reste plus qu'à attendre qu'il me fasse ce que l'autre a fait. Ce pour quoi il m'a amenée ici.

Pourquoi s'est-il arrêté ?

Ses énormes doigts m'ont envahie contre ma volonté, puis il a goûté ma substance intime. Il avait l'air subjugué par le goût. Il a réagi comme si c'était une entrée exquise, alors que moi, j'étais le putain de plat de résistance. J'ai essayé d'ignorer la chaleur de sa passion. J'ai essayé d'ignorer tout de lui, sauf son odeur. Je ne peux pas ignorer son odeur. Son odeur ancienne et primitive m'appelle.

C'est celle de l'oasis. Celle d'une plante verte luxuriante, d'une faune riche, d'une chaleur douce. Non.

Ne te laisse pas déconcentrer. Bats-toi ! Tue-le ! Mais comment tuer une oasis ? C'est impossible, même le désert n'y parvient pas.

Je gémis puis je sanglote. Je suis *pathétique. Faible.* Pour faire taire les sons qui s'échappent de moi, je me mords l'intérieur de la joue jusqu'à ce que le goût du sang envahisse ma bouche. Il vaut mieux avoir mal qu'avoir peur. Il vaut mieux avoir mal que cesser de lutter. La lutte passe avant tout. Je suis censée me battre. Mais *je suis si épuisée.* Et son odeur... j'ai juste envie d'abandonner et de plonger dedans.

– Xiveri, qu'est-ce que tu veux ? Parle-moi.

– Non.

C'est mon ennemi. Il s'est placé entre mes jambes sans ma permission. Il allait me violer. Il va *toujours* me violer. Pourquoi ne l'a-t-il pas fait ? Je suis perdue. L'odeur est suffocante. Je n'arrive pas à respirer. Je cligne des yeux à la vue de son visage. Il me regarde fixement et son étrange visage violet est illuminé par des lumières fuchsia et roses qui sortent de son front – il égale en éclat le ciel rouge sombre derrière lui et le blanc qui tourbillonne à travers. Le blanc froid. *Mais il fait si chaud dans ses bras.*

Il fronce les sourcils et commence à se relever. Un instant, j'ai espoir qu'il va me laisser là, *qu'il va me laisser mourir,* mais quand il se redresse sur les talons, il attrape le devant de mes habits et il me tire vers le haut.

J'essaie de le repousser, mais je me suis blessée à la main en le frappant et je ralentis. Non. *Je me suis entraînée. Je suis forte. Je peux le faire.* Je pense que je suis restée dans ce sirop trop longtemps et je n'ai pas mangé ni bu d'eau depuis au moins un jour. En plus, j'ai combattu des guerriers et je me suis aussi battue avec ce mâle... Rien de tout cela n'a autant d'importance que l'odeur de sa peau violette et extraterrestre ; et les ravages qu'elle fait sur mon esprit, ma volonté et mon corps.

– Es-tu blessée ? Demande-t-il.

Il y a une inquiétude dans son ton que je déteste. J'essaie de le repousser.

– Ne t'approche pas de moi.

– Kiki, arrête immédiatement. Arrête de te battre. Tu ne peux pas gagner. Le Xanaxana ne fonctionne pas comme ça.

Kiki. Il m'a appelée Kiki. Il connaît mon nom.

Les larmes me montent aux yeux mais je refuse de les laisser couler. *Je suis pathétique. Faible. Petite.* Une oasis. Je m'accroche à sa combinaison, qui ressemble à la mienne sauf qu'elle est cent fois plus grande. Il est énorme. A quoi bon se battre ? Il a raison. Je n'aurais jamais gagné. *Non* !

Ses cheveux noirs sont emportés par le vent et se répandent sur mon bras, tandis qu'une autre rafale de froid se heurte à ma peau. Ça brûle. Ça brûle tellement fort, mais ce n'est rien comparé à l'étrange douleur qui bouillonne en moi. C'est à cause de son odeur. *Éloigne-toi de lui* !

J'essaie de me lever, mais mon corps se déforme et je tombe dans ses bras tendus.

– Es-tu blessée ? demande-t-il à nouveau. Réponds au moins à cette question.

Je secoue la tête pour qu'il arrête de parler. Plus il parle, plus l'odeur devient puissante et plus la douleur fleurit et s'épanouit. Mais moi je ne parle pas. Je ne peux pas parler. Lui, il n'arrête pas de parler.

– Je vais t'emmener au pied de la montagne chez le guérisseur. N'essaie pas de te battre contre moi. Ta vie est trop précieuse pour moi. Je ne la risquerai pas.

Il me prend dans ses bras et commence à se lever, mais au moment où il bouge, ça me frappe. C'est une douleur surréaliste, je n'ai jamais rien ressenti de tel auparavant. Et j'ai pourtant déjà vécu des atrocités. Ce que j'éprouve est mille fois plus douloureux. *Je préférerais être torturée à nouveau par Bo'Raku plutôt que de ressentir ce genre de douleur.*

Non, c'est faux. Je ne veux plus jamais être torturée par Bo'Raku.

Ce n'est pas une *douleur* qui me transperce comme une centaine de couteaux dans du tissu. C'est une douleur qui n'est pas douloureuse. C'est une douleur qui exige quelque chose de moi et je sais exactement ce que c'est, mais je ne ferai jamais ce qu'elle veut, pas même en rêve. C'est une douleur qui prétend que ce monstre est à moi, lié à moi par chaque ligne de vie, par tous les temps et qu'il n'y a rien que je puisse faire pour l'empêcher. Rien que je puisse faire pour arrêter la douleur. Rien. À l'exception d'une chose.

– Non…

Je gémis et je saisis son col pour l'empêcher de se lever. Je regarde ses yeux noirs purs et son visage violet pour ne pas pas l'oublier. Voici le mâle que je haïrai pour le reste de l'éternité, à cause de ce que je m'apprête à dire. Les mots s'échappent de ma gorge comme une blessure. Le fil barbelé de mon abdomen se resserre et une vague de liquide et de chaleur jaillit de mon intimité et mouille mes vêtements jusqu'aux cuisses.

– Baise-moi, lui dis-je.

Et je le désire avec chaque fibre de mon être.

5

Kinan

— Non, dit-elle, en me tirant sur la neige et la glace quand j'essaie de la soulever. Baise-moi.

Mon xora se durcit, mes pensées se brouillent, mon estomac s'enfonce dans ma poitrine. La douleur se fraye un chemin à travers moi, c'est une douleur née du désespoir. Enfoui sous des couches d'inhibition insouciante, je m'en extirpe.

— Ma Xhea, ce n'est pas ce que tu veux. J'ai senti tes tremblements. J'ai goûté à ta terreur…

— Tu n'as rien goûté, râle-t-elle, la voix pleine d'une haine dont je ne comprends pas la provenance.

Je suis son âme sœur Xiveri. Et comme une âme sœur Xiveri, elle s'accroche à moi même quand ses mots disent autre chose.

Je secoue la tête. Une autre rafale de vent apporte avec elle les menaces d'une tempête imminente. La première gelée de la saison sera tranchante et coupante. Je ne peux pas laisser sa chair humaine sensible y être exposée.

— Tu te trompes. Je *t'*ai goûtée.

Ses yeux, qui louchent contre le givre, s'élargissent légèrement. Elle lève une main pour parer les coups du vent, mais je passe mon corps autour du sien pour la protéger du pire.

– Et je vais te dire quel goût tu as.

Le pli inférieur moelleux de sa bouche tremble. Elle secoue la tête, mais je peux *sentir* son excitation flotter dans l'air, son odeur incroyablement puissante est impossible à ignorer. Elle brûle dans ma gorge alors que j'avale.

– Tu avais le goût de l'eau douce… et j'ai terriblement soif.

Sans prévenir, j'attrape ses jambes sous les genoux et je tire son corps en arrière pour qu'elle tombe à plat ventre sous moi, les genoux écartés. C'est si attirant. J'ai envie de déchirer ses fourrures et de la prendre entièrement, aussi entièrement que j'ai envie qu'elle me prenne. Mais elle est toujours effrayée. Et je ne sais pas pourquoi. Mais je sais que je peux l'aider.

– Je peux aider à calmer la douleur de l'appel de l'accouplement, si tu me donnes ta permission.

– Oui ! Putain. S'il te plaît. Baise-moi…

Ses mots vulgaires me déplaisent, mais je les mets sur le compte du Xanaxana. Il peut rendre désespéré même le plus stoïque des êtres, et je suis sûr que mon âme sœur Xiveri est d'ordinaire une créature stoïque.

Je fais l'expression du plaisir en touchant son monticule à travers ses vêtements et je regarde sa tête tomber en arrière dans un gémissement.

– Oh, peste d'étoiles, oui, aide-moi …

Je sens le besoin qui m'appelle et j'imagine que pour sa silhouette légère, cela doit être encore plus dur à supporter.

– Je vais t'aider. Mais seulement à une condition…

– Oh putain de... quoi ?

Sa tête bascule en arrière, ses paupières sont toujours closes. Doucement, je murmure :

– Tu devras me regarder.

Elle ne parle pas pendant un long moment, tremblante, mais quand elle relâche enfin la tension de sa bouche, elle ouvre ses lèvres et ses yeux au même moment. Puis elle lève les yeux vers moi et elle reprend son souffle. C'est comme si elle me voyait pour la première fois et je ne peux m'empêcher d'inspirer, espérant n'être que force devant elle. Je fais rouler mes épaules en arrière et je masse son corps avec le talon de ma paume.

– Ne détourne pas le regard.

Ses yeux deviennent subitement mouillés et cela me rend curieux, mais pas assez pour m'arrêter et en découvrir le sens. Il suffit pour l'instant qu'elle me regarde, même si je peux encore sentir les tremblements qui parcourent l'intérieur de ses cuisses et la tension qui irradie le reste de son corps. Même si elle porte toujours en elle cette peur étrange qui m'est aussi étrangère qu'elle, elle l'affronte pour le bien du Xanaxana.

Mes mains atteignent ses vêtements et les liens qui les attachent. Je n'ai plus une once de patience, je les déchire et tout son corps s'agite, mais elle ne quitte toujours pas mon regard. Je lui offre mon expression de plaisir, une expression que je n'ai pas faite depuis un certain temps.

– Tu es courageuse, ma guerrière.

Je soulève ses hanches pour qu'elles rencontrent ma bouche. Je respire l'odeur que j'y trouve si fort que mes yeux manquent rentrer dans mon crâne – c'est ce qui se serait produit si je ne lui avais pas juré de ne pas rompre le lien.

– Ma Xhea.

Elle ouvre la bouche, mais comme aucun mot ne vient, je plonge en avant. Ma bouche attrape son intimité et la dévore. Elle gémit si fort que tout son corps en est secoué. Elle ferme aussi les yeux. Je me retire, coupant immédiatement le lien entre nous, même si cela me fait mal. Ses yeux s'ouvrent et elle serre les poings pour m'attraper.

– Pourquoi… Qu'est-ce que… pourquoi t'es-tu arrêté ?

– Tu as détourné le regard.

Elle serre les dents, mais acquiesce et je sens à nouveau l'expression de plaisir sur ma bouche : ce pacte n'est pas raisonnable. Mais je ne m'en soucie pas et je ne me pose pas de question. Je me penche une fois de plus, cette fois-ci en léchant une ligne partant de l'arrière de son sexe et remontant à travers ses plis jusqu'à un mystérieux bouton qui se trouve à leur crête.

Ses hanches s'agitent assez fort pour que ma prise glisse. Les femelles Voraxianes ne sont pas aussi sensibles à ces caresses et elle me désarçonne, encore une fois. Je me concentre sur ce nœud et ses gémissements deviennent plus forts, plus profonds et plus désespérés. Fier de faire ainsi gémir ma reine guerrière, je pénètre son sexe avec les crêtes de ma langue, je goûte ses entrailles. Dans l'urgence, j'émousse une de mes griffes entre mes dents et je plonge sans pitié la longueur de mon doigt à l'intérieur de son sexe. Elle est tendue. Un sentiment d'incertitude m'envahit, alors même que je bois dans son océan de miaba. Vais-je lui faire du mal en cherchant à la pénétrer ?

– Oh ciel… Par toutes les étoiles…

Elle se tortille follement maintenant et mon pompage devient plus frénétique. Les crêtes de ma langue effleurent son petit dôme, mon doigt glisse plus profondément en elle, atteignant une paroi désespérément serrée, et je la sens soudainement, d'un seul coup, se contracter encore plus. Ses parois peuvent donc se resserrer encore plus ? Je ne peux pas le croire. Elle est la chose la plus serrée que je n'aurais jamais pu imaginer et pourtant, elle est là, à frissonner, à gémir, à s'agripper, à pousser et à donner des coups de pied tandis que les spasmes déforment et tordent sa forme légère.

Recouverte de boue, hurlant dans le gel, elle est un feu pur. De la chaleur. Une douce tiédeur. Qui m'appartient. Un honneur à vénérer.

Un jet de liquide inonde son sexe. Il éclabousse mon doigt et recouvre ma bouche et mon menton. Il dégouline sur mes fourrures, sur mon cou. Je me retire et fixe le brun foncé de son beau corps et avec mes doigts émoussés, j'ouvre ses lèvres inférieures. Ce qui est tout aussi choquant, c'est qu'elle est rose ici aussi, une couleur encore plus vive que celle qui tapisse l'intérieur de sa bouche. Son intimité bat à tout rompre, et cette vue fait battre mon propre cœur à tout rompre.

Ses hanches ont des spasmes et elle recule lorsque je lèche son petit bouton une fois de plus.

– Oh non, s'il te plaît... non. C'est si sensible.

Ses paupières battent, elle croise mon regard et je ne peux empêcher l'expression de plaisir de s'emparer de moi. Mon Xanaxana est plus en paix qu'auparavant, même si c'est elle et non moi qui a trouvé une petite mesure de libération.

Je m'avance et elle est lente à réagir, comme si elle nageait dans la boue une fois de plus. Elle ne s'éloigne pas de moi à temps et je touche son visage.

– Tu as froid, fais-je remarquer, inquiet.

Elle secoue la tête et repousse mon bras.

– Je m'en fiche, répond-elle.

Sa respiration est lourde. Éteinte.

– J'en veux encore, j'en veux plus.

Elle se lèche les lèvres et écarte les cuisses plus largement.

– J'ai besoin que tu me baises. Ça fait mal. Tout me fait encore mal.

Je lui fais un signe de tête.

– Hexa, le Xanaxana est fort.

– Alors prends-moi, s'il te plaît, vas-y. Je sais que c'est pour ça que tu m'as amenée ici. Vas-y, ça fait mal.

Je comprends ce qu'elle veut dire, même si je ne comprends pas ses mots. Je déglutis, car la pensée de ce qu'elle m'a demandé me fait dangereusement trembler.

– Allonge-toi.

Elle le fait, son corps s'affaisse comme s'il n'avait aucune élasticité. Elle essaie à nouveau de détourner son visage de moi, mais avec mon doigt – émoussé et encore couvert de son jus – j'incline son visage vers le haut. J'abaisse ses hanches sur la glace et couvre son corps avec le mien. Libérant mon xora, je le positionne à son entrée. Sa chaleur humide me marque comme une bougie pressée directement contre la chair.

Je berce son visage dans l'une de mes mains et tiens sa main dans l'autre. J'entrelace nos doigts. Je regarde profondément dans ses yeux brillants et obsédants. Et pourtant... je me trouve incapable de continuer. Je ne connais pas assez son anatomie et il y a une chose que je dois savoir.

– Est-ce que je vais te déchirer ?

Elle gémit mais ne me répond pas. Je sais qu'elle sait ce que je veux dire.

– Réponds-moi.

– Pourquoi ça t'intéresse ?

Je suis choqué. *Que veut-elle dire par là ?* Je ne le sais pas. Je renforce ma prise sur elle.

– Réponds-moi.

Elle cligne rapidement des yeux. Son souffle s'envole en nuages blancs entre nous. Je lutte contre l'envie de le goûter, de goûter sa bouche. Je ne sais pas pourquoi mais les coussinets qu'elle a là réveillent en moi quelque chose de primitif, de bestial.

– Non. Tu ne me déchireras pas.

Sa voix grince doucement comme si elle était épuisée ou extrêmement émotive. C'est alors que je remarque qu'elle ne se bat pas. C'est plutôt le contraire. Ses petites mains à cinq doigts me retiennent.

– En es-tu certaine ? J'ai lu que lors de leur première fois, les femmes ressentent souvent la douleur.

Elle secoue la tête, et une goutte d'eau s'échappe de son regard et coule sur la courbe de sa joue.

– Je ne suis pas vierge.

Je ne ressens pas de déception, mais plutôt une graine de doute. Elle est si forte. Digne d'un Okkari. *Mais moi, suis-je digne d'elle ?* Je ne me suis jamais accouplé avant, mais j'espère lui faire honneur. J'acquiesce une fois, fermement. Je donne l'impression que je suis plein d'assurance, mais intérieurement, je ne peux qu'espérer qu'elle a raison, qu'elle ressentira du plaisir et aucune douleur, et si douleur il doit y avoir, qu'elle ne durera qu'un instant.

Juste avant d'aller de l'avant, je me retiens une dernière fois afin de garder ce moment dans ma mémoire pour toujours, cristallisé. Je ne veux rien oublier. De l'odeur de la boue gelée dans ses cheveux aux cristaux de neige en équilibre sur la pointe de ses cils recourbés.

Je prononce alors les mots anciens et je le fais lentement, sachant qu'elle peut les comprendre mais qu'elle ne comprendra pas leur signification. Elle ne le peut pas. Pas encore.

– Je couvre ta chair avec ma chair. Je couvre ton cœur avec mes cœurs. Avec cette union, tu es mienne. Tu serviras en tant que Va'Rakukanna de Voraxia. Tu serviras en tant que Xhea de Nobu. Tu seras mon âme sœur Xiveri. Avec cette union, je suis à toi. Je serai ton Okkari, ton épée, le père de nos enfants à naître, mais surtout, ton serviteur avant tout. Es-tu prête, ma Xhea ?

Elle fait un signe de tête saccadé.

– Oui.

– Ne détourne pas les yeux.

Elle répond si bas que je ne l'entends à peine :

– Je ne le ferai pas.

Sans rien d'autre entre nous, je presse mes hanches en avant pour rencontrer les siennes. Mon xora passe le premier de ses plis, s'enfonçant de plus en plus profondément... jusqu'à ce que je ne puisse plus avancer. Quelque chose bloque ma progression et dès que je l'atteins et que j'en teste l'élasticité, ma Xhea halète, bondit sur la glace et saisit mon épaule de sa main libre. La peur traverse son visage et elle est si violente que je sens mes poils se hérisser, comme s'il y avait devant moi un adversaire à abattre.

Je prends une grande inspiration et presse une main sur son front pour la calmer tandis que l'autre continue de saisir ses doigts tremblants. *Elle a dit qu'elle n'était pas inexpérimentée. Pourquoi mentirait-elle à ce sujet ? Et puis je me souviens...*

– Ça doit être le merillien. Il t'a guérie de l'intérieur et de l'extérieur. Ta barrière aura repoussé, je dois donc la briser si nous voulons continuer. Dis-moi si tu veux que je continue ou que j'arrête.

Elle ne dit rien et se contente de me regarder avec une expression que je ne peux pas nommer. Je me sens frustré par le manque de crêtes de ces Humains, mais cela attendra, le temps des questions et de la compréhension viendra plus tard. Pour l'instant, je lutte pour rester fidèle à ma parole. Je lutte pour ne pas la heurter et la briser.

– Je suis... vierge à nouveau ? bégaie-t-elle.

– Hexa, tu es vierge. Tout comme moi, je précise, sans savoir pourquoi. Ce sera notre première fois à tous les deux deux.

Ses yeux restent clos un long moment, et je sens quelque chose de petit exploser dans ma poitrine quand je réalise que ses paupières ne se ferment pas de gauche à droite, comme les miennes. *Elle est si différente et pourtant, je ne peux m'imaginer désirer autre chose que sa forme différente.*

– Je veux que tu continues, affirme-t-elle enfin d'une petite voix pincée.

J'expire, soulagé. Exalté. Effrayé à mon tour.

– Xhivey, ma Xhea. Je vais la percer maintenant.

Je pousse en avant aussi doucement que possible, mais je réalise rapidement que cela lui cause plus de douleur. Ses yeux se ferment. Je lui ordonne de les ouvrir, et comme elle le fait, je m'avance, en l'empalant proprement. Je sens la barrière se briser lorsque mon xora glisse à l'intérieur et je pousse un gémissement. Haletante et gémissante, elle saisit mes bras dans ses mains. J'aurais voulu pouvoir sentir ses mains sur ma chair nue.

Je la tiens fermement tandis qu'elle se tortille en essayant de se mettre à l'aise. J'appuie mon front sur le sien et j'expire lourdement.

– C'est bon, rassure-toi, c'est terminé. A partir de maintenant, il n'y a que du plaisir.

Sa voix est cassée. Ses yeux deviennent de plus en plus brillants alors qu'elle me regarde. Et pendant qu'elle me regarde, ses mains descendent sur mes épaules. Son toucher devient tendre et avec cet encouragement, je sens une multitude de couleurs exploser sur mes crêtes. Je pousse à nouveau, aussi doucement que possible, même si cela défie tous mes instincts : si je les écoutais, je la baiserais sauvagement.

Entrant et sortant doucement de sa chaleur enivrante, je sens des supernovas exploser derrière mes paupières à chaque poussée. Pourtant, nos regards ne se séparent jamais, même si je vois la lumière des étoiles. Même quand elle gémit et que son dos se cambre.

J'ai l'impression que nous venons à peine de commencer et pourtant sa bouche s'ouvre sur une inspiration et se distend. Ses hanches se soulèvent. Elle serre les fourrures qui me recouvrent et mord le le pli inférieur moelleux de sa bouche si fort que je crains qu'elle ne brise la peau, même avec ses dents émoussées. Et puis je sens la pression. Son intimité *comprime* mon xora jusqu'à la douleur, et je réalise avec exaltation et horreur que la bataille n'est pas encore terminée. Je mène une guerre totale pour ne pas jouir juste après elle – une guerre que je perds.

Je couvre son corps avec le mien, entourant ses épaules avec l'un de mes bras pour qu'il soit impossible de briser notre étreinte. Je la regarde dans les yeux et je sens ses cuisses se resserrer autour de mes hanches. Mon xora baigne dans l'humidité de son corps et mon Xanaxana explose en moi en signe de soulagement, tout comme ma semence explose en elle, et remplit son intimité. Je m'évanouis, emporté dans ce tourbillon de sensations avant de sauter dans un autre, et quand je redescends, je sens le poids dessous ma taille se poser sur mon âme sœur Xiveri, tandis que mes bras continuent de soutenir mon torse.

Je jette un coup d'œil à son visage et je vois qu'elle semble surprise, mais un coin de sa bouche est incliné vers le haut pendant un moment avant que son expression ne change. Je touche sa joue, je la regarde frissonner. Je me rappelle soudain où nous sommes et je sens le froid de l'air extérieur. Sans attendre qu'elle réagisse, je retire mon xora raide de son humidité et j'arrache les couverture de son corps pour pouvoir la faire entrer entièrement dans mes habits, contre moi. Elle a froid, et j'ai chaud. *Cela n'a rien à voir avec mon besoin de la sentir contre moi. Rien du tout.*

Elle ne se débat pas et ne proteste pas, alors le Xanaxana gronde dans ma poitrine, satisfait que cette tradition d'accouplement humain soit maintenant terminée. Je ne peux m'empêcher d'être heureux de l'avoir honorée tandis que je rassemble ses vêtements boueux et les drape devant moi pour lui fournir une couverture supplémentaire. J'emmène mon trésor humain en bas de la montagne, jusqu'au village où mon peuple – notre peuple – attend avec impatience de rencontrer sa Xhea.

6
Kiki

Je suis sous le choc. C'est forcément le choc. Je ne vois que ça. Si ce n'est pas le cas : pourquoi est-ce que je ne me bats plus ? Pourquoi est-ce que je n'essaie pas de fuir ? Pourquoi est-ce que je me contente simplement... d'attendre ?

Je me sens moins comme un être humain que comme une flaque d'eau, enfoncée dans le sol blanc. Tout ici est blanc. Pourquoi c'est si blanc ? Aussi blanc que les pensées qui fusent à l'intérieur de moi. Je ne ressens rien. Rien, si ce n'est l'envie de ne plus me sentir comme ça. J'ai tellement chaud que j'ai *mal*. J'ai très mal, et ça n'a rien à voir avec les coupures sur mes bras ou l'ecchymose gonflée sur mon visage qui m'empêche de voir de l'œil droit, ça a tout à voir avec l'instabilité de mon estomac quand j'entends la porte s'ouvrir derrière moi.

Il est là. L'homme qui m'a portée en bas de la montagne. Celui qui m'a glissée dans ses vêtements, *son énorme bite dégoulinante de mon orgasme et du sien* pressée contre mon ventre. Celui qui m'a emmenée dans une vallée blanche pour que nous nous tenions au milieu de tant de maisons en verre qui semblaient avoir été taillées dans le flanc de la montagne environnante, et méticuleusement disposées.

Là, nous avons été encerclés par *eux*. Des extraterrestres. Des ennemis, tous autant qu'ils sont. Un nombre incalculable de visages colorés rayonnants comme des bijoux me fixaient. J'ai détesté la peur qui me transperçait la poitrine comme une lame et la façon dont je m'accrochais à celui que les autres appelaient Okkari. C'est ce que j'ai haï plus que tout : le fait que je me sois accrochée à lui. Parce que ça ressemblait beaucoup trop à un besoin. À *un sentiment de sécurité*.

En essayant de lutter contre la panique, j'ai montré les dents et croisé chacun de leurs regards pour leur faire savoir que je n'avais pas peur, *même si j'étais terrorisée*, et que je ne les voyais qu'à travers la haine qui coulait dans mon sang comme une maladie. Je voulais qu'ils sachent que je les détestais et c'est ainsi que j'espérais paraître, mais... ils ne semblaient pas s'en soucier. Malgré toutes mes tentatives pour les repousser, ils m'ont juste regardée avec admiration.

Le grand mâle violet avait défait certaines des attaches qui me retenaient à lui, exposant ma peau gercée et meurtrie par les éléments jusqu'au cou. Il a éloigné mes cheveux couverts de boue et de givre de mon visage et bien qu'il ne m'ait pas adressé la parole, il a parlé *de moi*, régalant les personnes rassemblées avec le récit de sa course sur la montagne comme s'il s'agissait d'un ancien savoir, et pas d'une aventure qui venait juste de se terminer.

Sa voix était profonde quand il parlait de mon intelligence. Il a raconté comment j'avais donné mes vêtements aux autres femmes pour dissimuler mon odeur. Il leur a dit comment je l'avais battu.

Comment. Je. L'avais. Battu.

Il leur a dit qu'il n'avait pas été le premier guerrier à me trouver, mais que lorsqu'il l'avait fait, je m'étais arrêtée et tournée vers lui. Il leur a conté que je l'avais défié avec mes mots, nullement effrayée par son approche. La congrégation qui se pressait autour de nous de tous les côtés en a eu le souffle coupé.

Il leur a même raconté... Il leur a même précisé... quand... comment ma chatte s'était serrée autour de sa bite – *putain de bite maléfique* – hâtant ce qu'il appelait son premier accouplement *zah-nah-zah-nah*. Il y a eu des chuchotements, puis des mots d'adulation, d'admiration. Des mots murmurés qui, malgré tous mes efforts pour le nier, étaient empreints de respect.

Ma poitrine se serre. On n'a jamais parlé de moi ainsi... jamais. Lorsqu'il parlait aux gens qui l'entouraient, il ne leur parlait pas de ma beauté. Il leur parlait de ma puissance. *Guerrière, que veux-tu...*

Enfin, la brute violette m'a emmenée dans sa maison. C'est là que je me trouve maintenant, entièrement nue à l'exception de la fourrure blanche en piteux état que je serre autour de moi, couverte d'une saleté principalement rose. Mes muscles ne se remettent pas de leurs émotions, mais ils se contractent aussi en petits spasmes, des impulsions fulgurantes qui m'annoncent ce que je ne veux pas croire. Le mot « envie » s'est imprimé en moi. J'ai encore envie de lui. Même si je préférerais plutôt m'ouvrir les veines que de recommencer.

Pendant ce temps, il se contente de me fixer d'un regard sans limite, rempli d'une convoitise que je connais bien. Plus il me regarde et plus mon désir s'intensifie. Je sais que je dois le combattre. Je me force à détourner les yeux et je scrute rapidement ce qui m'entoure. Comme beaucoup d'autres demeures qui encerclent la vallée blanche, la moitié avant de la maison de l'extraterrestre est en verre, tandis que la moitié arrière est enfouie dans une montagne faite de roche noire et dure. À travers les vitres transparentes, j'ai une vue sur tout le village en contrebas. Je n'aperçois que des lumières orange éparses qui brillent sur un fond d'ombres – et de blanc.

Le blanc froid tombe du ciel lentement, en gros morceaux en forme d'étoiles, chacun aussi grand que ma paume. Ils sont stupéfiants. Qu'en penserait Svera ? Que penseraient les autres membres de la colonie ? Aucun d'entre nous n'a jamais rien vu de tel auparavant.

Je secoue la tête et me concentre sur les étapes que je dois franchir, l'une après l'autre, comme lorsqu'on progresse en marchant. *C'est ce que je ferais si je n'étais pas entièrement soumise au désir qui m'a envahie.* La première chose à faire : m'éloigner de lui. La deuxième : quitter cette maison. La troisième : fuir cette planète. Je devrais probablement trouver des vêtements quelque part là-dedans, mais tant pis. Je prendrai le risque d'aller presque nue dehors sous la neige si les docks sont proches. *Mais où sont les docks ? Où sont les transporteurs ? Comment sommes-nous arrivés ici ?*

Pendant un instant, mes pensées vont vers ma mère. Je suis assise entre ses jambes. Ses doigts impitoyables arrachent mes cheveux emmêlés. Je grimace à ce souvenir, et je réalise que je n'ai aucun moyen de la retrouver. Est-ce que ça a de l'importance ? Elle doit penser que tu es morte depuis des rotations.

Je serre mes bras sur ma poitrine et mon regard se pose finalement sur une petite table contre le mur du fond. Quelques objets y sont éparpillés, et bien qu'aucun d'entre eux ne semble assez pointu pour poignarder, ils pourraient être assez lourds pour assommer... si seulement je pouvais les atteindre. Si seulement je *voulais* les atteindre.

Mais je ne fais pas un mouvement. Je me contente de rester... assise.

Je dois être sous le choc. C'est la seule façon d'expliquer ce qui se passe. Toutefois, *le choc n'explique pas mon désir*. Mon regard se tourne à nouveau vers lui.

Il s'accroche au cadre de la porte comme si c'était la seule chose qui l'empêchait de s'enfuir. Les muscles de ses bras sont saillants et des muscles que je n'ai jamais vus sur les corps des mâles humains glissent et pulsent le long de son cou, sur les plaques qui recouvrent sa poitrine à la place des pectoraux. La moitié supérieure de ses habits est resserrée autour de ses hanches. Ses cheveux noirs pendent en grosses touffes le long de son dos et effleurent l'échancrure en V qui commence à son abdomen et disparaît sous le bord de ses vêtements.

Il est couvert de bandes de boue brune et de taches plus foncées de gris que je *pense* être le sang de sa propre espèce. Il en est entièrement couvert – et il est immense. Je savais que les extraterrestres étaient immenses. Je l'ai toujours su. Mais lui, il semble plus grand. Plus puissant. Peut-être qu'il est plus grand. Ou peut-être que je le vois comme ça à cause de ce qu'il a fait... ou ce qu'il n'a pas fait. Il est énorme. Et puissant. Je n'arrive pas à croire que je l'ai combattu. Je n'arrive pas à croire qu'il ait pu se sentir, à un moment donné, vaincu. Et je n'arrive pas à croire qu'il m'ait été impossible de le terrasser.

Il m'a prise. Il a fait ce que je craignais le plus. Il m'a prise brutalement, comme par le passé. Comme l'alien rouge qui m'a détruite.

Mais lui, il m'a achevée. Cet alien violet avec une seule mèche flamboyante à l'avant de ses cheveux, une mèche aussi blanche que le froid extérieur, a dû briser quelque chose en moi quand il m'a regardée dans les yeux et a murmuré ces mots, cette incantation impie, ce rite blasphématoire. Il m'a appelée « *Guerrière* », il m'a appelée « *Kiki* ». Il m'a demandé si c'était ma première fois et j'ai nié, mais je... j'ai senti mon hymen se briser. Je l'ai senti se déchirer. Je dois réessayer. Je dois recommencer. Quand il a pris ma virginité, j'ai détesté à quel point j'ai aimé ça. J'ai pris tellement de plaisir que j'en ai eu le souffle coupé. J'ai toujours mal. *Et je ne regrette rien.*

Je me suis promis de *ne plus jamais être prise par un mâle.* Je me suis promis de *tuer tous les extraterrestres qui croiseraient ma route.* Mais j'ai aidé des femelles extraterrestres et j'en ai même défendu une. J'ai aidé malgré moi des mâles à trouver des femelles extraterrestres et quand j'étais au village, j'ai vu la cheffe lovée dans les bras d'un mâle, couverte de boue rose et barbouillée d'un bonheur brutal qui m'a fait monter les larmes aux yeux et la chaleur aux joues. J'avais dit *plus jamais*... mais ça a recommencé. Ça a recommencé avec lui, et c'est un extraterrestre.

– Ma Xhea...

Sa voix basse et profonde réveille quelque chose en moi.

– Je vais... m'occuper de toi.

Son sous-entendu me fait gémir sans retenue.

Il ferme les yeux – ses paupières s'ouvrent et se ferment sur le côté – et semble lutter pour les ouvrir, pourtant il m'avait demandé à moi de toujours les garder ouverts.

– Je vais d'abord m'occuper de tes blessures. Voici tes nouvelles hashebas. Elles sont honorées d'entrer à ton service. Kuana et Kuaku, emmenez votre Xhea aux bains.

Le doux bruit des pas sur le sol blanc détourne mon attention du mâle. Deux femelles se tiennent dans l'embrasure de la porte et à ma grande surprise, je les reconnais toutes les deux. Elles étaient toutes les deux avec moi dans la grotte et je ne peux m'empêcher de penser à nouveau à Svera et à son Triple Dieu. Bien sûr, il fallait que ce soit celles-ci : la chienne et la verte.

– Les hashebas sont ici pour t'aider. Ne te méfie pas d'elles.

Pendant qu'il parle, je fixe la garce. Elle s'est lavée et elle s'est changée depuis que je l'ai vue. Maintenant, elle porte juste une jupe en cuir, doublée de fourrure et rien d'autre. Sa poitrine est plate. Elle présente juste des plaques constellées de petits mamelons légèrement plus foncés que le reste de son corps, et même si je ne peux pas lire son expression et m'assurer qu'elle l'a fait exprès, je peux sentir la morsure de ses griffes dans ma chair quand elle s'avance pour attraper mon bras. J'échappe à sa prise d'un coup de poignet vers le haut et elle trébuche en arrière. Ses crêtes clignotent en blanc puis en rose.

– Je ne veux pas qu'elles me touchent.

Ma gorge est douloureuse et je ne reconnais pas le son de ma voix. Cela fait trop longtemps que je n'ai pas parlé. Depuis la dernière Chasse où j'ai été blessée, je n'avais pas prononcé un mot jusqu'à la Course de la

Montagne. *Un long et patient assemblage de haine, défait en quelques instants.*

– Je n'ai pas besoin d'aide.

Il y a un décalage, pendant lequel le mâle me regarde passivement. Comment peut-il rester de marbre alors que moi je me suis transformée en cire fondue ? *J'ai honte. Reprends-toi ! Je vais me battre. Et je vais perdre. Mais je me battrai quand même. Jusqu'à la mort. C'est bien ce que souhaite depuis le début, n'est-ce pas ?* Je grimace parce que le doute vient de germer dans mon esprit. Je veux toujours en finir – peu importe comment – mais en attendant... j'aimerais aussi retrouver un peu de ce que j'ai ressenti au sommet de la montagne.

Un grondement profond que l'on peut à peine appeler des mots retentit derrière moi quand je me retourne.

– Faites tout ce que la Xhea vous demandera de faire. Quand elle sera prête, amenez-la à notre nid avec le kit médical.

– Vous ne voulez pas que nous allions chercher le guérisseur ? Demande la garce.

– Nox.

La pression de sa voix emplit toute la pièce et je ferme les yeux. C'est trop fort. Tout ce que je vois dans l'obscurité derrière mes paupières, ce sont des étoiles noires accrochées sur la toile de fond d'une lune bleue. *Le paradis est tout proche, je le sens...*

– Je ne veux pas d'un autre mâle en présence de notre Xhea jusqu'à ce que le Xanaxana soit apaisé, pas à moins d'une nécessité absolue. Vous pouvez y aller. Soyez rapides et consciencieuses. Je peux sentir son sang. J'ai besoin que ses blessures soient propres et sans infection avant de les suturer. C'est peut-être une guerrière, mais elle reste humaine et la peau humaine est plus délicate que je ne le croyais, alors soyez très prudentes avec elle.

– Venez avec nous, ma Xhea, dit une petite voix en face de moi.

La petite extraterrestre verte se tient au milieu de la pièce. Elle désigne une autre porte de ses mains à six doigts.

– Nous vous guiderons.

– Je n'ai pas besoin d'aide.

J'ai répondu par réflexe. Son front s'éclaire en jaune comme un phare et elle baisse rapidement les yeux sur ses pieds. Je sens alors quelque chose d'horrible monter en moi – une envie de la traiter autrement, d'être plus douce. J'ai envie de changer. *Pour cela je devrais faire une croix sur la haine, mais sans haine, que me reste-t-il ? Que deviendrai-je ?*

Rien.

– Reviens vite ma Xhea, dit la voix derrière moi.

C'est la voix de mon ennemi. La voix de celui qui m'appelle reine.

Je serre les dents alors qu'une bombe explose en moi. La dévastation augmente en impact à chaque pas que je fais loin de lui. Est-ce qu'il ressent la même chose ?

Il pousse un grognement et j'entends un claquement, puis le bruit de la porte que nous venons de passer. L'extraterrestre verte me jette des regards timides par-dessus son épaule alors que nous marchons dans un large couloir blanc, bordé de chaque côté de portes identiques à celle que nous avons franchie. *Non, ses regards ne sont pas timides. Elle est effrayée. Elle a peur de moi.* Je réalise alors que pour elles, il n'y a qu'une seule extraterrestre dans la pièce.

– Avancez.

Le mot est accompagné d'un coup de coude dans ma colonne vertébrale. Je trébuche, cette fois, et me rattrape sur l'extraterrestre verte. Elle grimace lorsque je la touche et j'ouvre la bouche pour m'excuser par instinct avant de me raviser.

Je m'éloigne d'elle d'un coup sec et lance un regard furieux par-dessus mon épaule, mais la garce reste impassible. Au fur et à mesure que nous avançons, les murs blancs laissent place à de la pierre noire et je commence à me demander si je ne suis pas en train de perdre la tête car j'aurais *juré* que les murs ont commencé à chauffer. Je sursaute lorsque je pose le pied sur un endroit chaud au toucher.

– N'aie pas peur, Xhea. La montagne de la dague possède de nombreux bassins sous-marins. Ils sont chauffés et ainsi, ils réchauffent la maison de l'Okkari par le biais de la pierre Screa. C'est un conduit pour la chaleur.

L'extraterrestre verte parle si bas que je peux à peine l'entendre et ma haine ne fait que croître. *Haïr c'est plus facile que d'admettre la vérité...*

Je ne dis rien et quand je sens une autre légère poussée contre ma colonne vertébrale, je me fixe un nouvel objectif. Je remercie les étoiles d'avoir mis la salope sur mon chemin. Sans elle, ce serait facile d'oublier. Trop facile. *Peut-être que c'est parce que c'est ce que je veux...*

Les murs noirs finissent par nous engloutir et seules d'étranges lampes enroulées qui clignotent éclairent notre chemin. Elles sont taillées dans les murs de pierre en formes complexes et je ne peux même pas imaginer ce qui pourrait faire de la lumière comme ça. Pendant un instant, je pense à Miari, une inventrice et une exploratrice. Elle a toujours été intéressée par la façon dont les choses étaient faites.

Je rentre de l'entraînement avec Jaxal. Je trouve Miari assise sur le perron de notre cabane. Elle a un paquet sur ses genoux et j'apprécie le fait qu'elle n'essaie pas de me sourire comme Svera le fait toujours. Elle n'agit pas comme si le monde était un paradis. Quand Miari ouvre le long cadeau emballé, je peux voir ce qu'elle a fait. Elle a attaché une sorte de pointe de lame électrifiée à un long bâton – un bâton en acier, mais je ne sais pas où elle a trouvé le métal pour ça. C'est un superbe cadeau. Pour la première fois de mon existence, en possession de ce cadeau, je me suis vraiment sentie comme une guerrière.

Mes pensées me ramènent à l'instant présent. *Où est-elle maintenant ? Je l'ai bien vite oubliée...* J'ai honte une fois de plus, et en même temps, ça me rappelle où je suis et ce que je suis. *Je suis un être humain. Je ne suis pas l'une d'entre eux. Et je ne le serai jamais.*

La petite verte va à gauche et traverse une grande arche taillée dans la pierre. Je me tourne vers l'obscurité brumeuse au-delà avant de jeter un coup d'œil hésitant dans la chambre. Voyant que je n'avance pas, la garce m'octroie un autre léger coup de poing dans la colonne vertébrale.

Je suis projetée en avant et la verte couine faiblement.

– Kuaku !

– Ne m'appelle pas comme ça, répond la pétasse.

La verte tourne autour de moi, mais n'essaie pas de me toucher à nouveau. Au lieu de cela, elle s'interpose entre moi et la salope et l'horrible sensation que j'ai ressentie auparavant revient en force. *Elle me protège...*

– Tu es une hasheba. Et c'est une position très respectée, déclare la verte.

Le rouge fait surface sur le visage de Kuaku. Il contraste fortement avec le gris foncé de sa peau et les murs encore plus sombres derrière elle. Cela donne l'impression que son front entier saigne.

– Je ne suis la hasheba de personne, Kuana, affirme-t-elle d'un ton moqueur.

– Tu es une hasheba, comme moi, dit Kuana, avec un peu moins d'assurance cette fois. Moi, je suis fière de mon titre.

– Tu *peux* l'être. Tu es faible et tu ne pourras jamais faire mieux…

– Hé !

Elles se tournent tous les deux vers moi, le visage blanc. Il me faut quelques secondes pour réaliser que c'est moi qui ai parlé. *Maintenant, c'est moi qui la protège.*

– Pour l'amour des comètes, fermez-la. Je veux juste me débarrasser de cette boue.

– Bien sûr, Xhea, mes excuses.

Kuana se précipite en avant et écarte un lourd rideau noir que j'avais pris pour un mur. Au-delà, le blanc dans l'air est épais – trop épais pour voir les murs à travers. Ça ressemble… eh bien, ça ressemble à de la vapeur. Mais comment est-ce possible ? J'ai déjà vu de la vapeur par des journées très chaudes et au-dessus de casseroles d'eau bouillante – il y avait aussi des poches de vapeur flottant au-dessus de la boue – mais je n'en ai jamais vu autant d'un coup.

– Est-ce que c'est un bain ?

Je ne pense plus à rien quand je m'approche de Kuana. Elle écarte le rideau et un tout petit sourire se dessine sur son visage.

– Hexa, ma Xhea. C'est bien ça.

J'inspire profondément et je me dirige vers le bassin noir niché au milieu de la pièce, dans le sol rocheux – la provenance de la vapeur.

– Quelle est cette odeur ?

Je m'entends parler comme si la voix n'était pas la mienne.

– C'est l'odeur des minéraux curatifs et nettoyants que contient l'eau, pour vous aider à éloigner les infections.

– Je peux les sentir.

– J'espère qu'ils sont à votre goût, ma Xhea.

– Oui...

J'ai répondu distraitement, je me sens perdue. Et puis, comme j'oublie de la haïr pendant un instant, je me montre vulnérable et je vais jusqu'à lui faire des aveux.

– Je n'ai jamais pris de bain.

Je prends conscience de ce que j'ai dit et je lève les yeux, embarrassée. Le blanc clignote à nouveau, mais cette fois, il est suivi de quelque chose de plus sombre, de la couleur de la cannelle. Elle s'incline légèrement vers moi avant de détourner son regard.

– Sur Nobu, nous prenons des bains tous le jours, ma Xhea, vous en profiterez beaucoup. Autant que vous le souhaitez et aussi souvent. Nous ne manquons pas d'eau chaude...

Elle est interrompue par le rire de la garce.

– Cela ne me surprend pas. Ton espèce est tout simplement immonde. Tu es couverte de tous ces poils dégoûtants et de cette sueur. Je peux la sentir à travers la boue. Malheureusement, je ne pense pas qu'un bain suffira...

– Kuaku...

Le ton de Kuana souligne sa surprise. On dirait qu'elle ne peut pas imaginer que quelqu'un puisse vouloir faire du mal à une autre personne. C'est comme si, pour elle, l'univers était vraiment un lieu merveilleux.

– Tu ne devrais pas parler à la Xhea de cette façon. L'Okkari te ferait bannir pour moins que ça.

– Et comment l'apprendrait-il ? Qui irait le lui dire ? Toi ? Tu n'oseras jamais, et cette petite malheureuse n'est rien de plus qu'un animal. Il ne la croira jamais.

Je me retourne vers elle et j'étire mes muscles, qui s'étaient ramollis. Ses yeux d'insecte s'élargissent à mesure que j'avance et je peux y voir mon reflet. *Je ressemble à un monstre, à un animal, comme elle l'a si bien dit.* Je vacille, mais seulement une seconde, le temps qu'il me faut pour me rappeler qu'elle est l'ennemie et que je suis censée la combattre. Je lève les bras, mais ils sont trop faibles pour donner un bon coup de poing, alors je lance tout mon torse en avant. Mon front s'écrase contre sa bouche. Je l'ai frappée comme une bête. Elle hurle, trébuche dans le couloir, et je grimace quand la porte automatique se ferme entre nous.

Je me tourne vers Kuana qui se recroqueville près de l'entrée. Elle serre le lourd rideau de peau contre sa poitrine. Après quelques secondes, elle demande :

– Vous allez bien, Xhea ?

– Ne m'appelle pas comme ça.

Je m'approche de l'énorme bassin noir qui trône au centre de la pièce, l'eau à l'intérieur est toute noire. Je fais onduler mes doigts au-dessus de la vapeur qui la recouvre. Mon cœur bat plus fort quand je lève une jambe sur le bord, puis l'autre. Je m'y enfonce. *C'est le paradis...* Je ferme les yeux et m'abandonne pour un petit moment.

Le temps passe. Au bout d'un temps indéterminé, une petite voix vient enfin perturber le calme.

– Désolée, mais comment dois-je vous appeler alors ? Va'Rakukanna ?

Une chaleur qui n'a rien à voir avec l'eau chaude qui m'enveloppe me lèche l'échine.

– Non. Appelle-moi Humaine ou ne m'appelle pas du tout.

– Humaine. Vous souhaitez que je vous appelle *Humaine* ?

– Oui.

Ainsi, je n'oublierai pas. Il y a eux. Et il y a moi. Nous sommes foncièrement différents, même si *elle sourit si tendrement qu'elle me rappelle Svera.*

– Je… D'accord.

Elle inspire, puis expire en tremblant.

– Humaine, puis-je vous aider à enlever la boue de vos cheveux ?

Je pense à ma mère, à ce qu'elle me dirait maintenant, et je grimace. Je suis sur le point de refuser, mais au lieu de cela, je lui réponds d'une voix étranglée :

– Fais ce que tu as à faire.

Des doigts extraterrestres s'agitent dans mes cheveux. Des mains extraterrestres caressent diligemment mes cheveux et mon cuir chevelu. De l'eau coule – de l'eau chaude – dans mes cheveux boueux… Et je l'accepte.

C'est sûrement le choc. Ça doit être ce qui m'empêche de me rebeller, de la tuer et de m'échapper. Ça ne peut être que le choc…

– J'aurai besoin d'un peigne plus rigide pour peigner vos cheveux, ma Xh… je veux dire, Humaine. Permettez-moi d'aller en chercher un. Je reviens tout de suite.

Je ne dis rien. Je n'ouvre même pas les yeux. Elle ne le mérite pas. Non. *Elle ne mérite pas ça, la façon dont je la traite maintenant.* Je sursaute à nouveau et ce n'est que lorsque j'entends le rideau s'agiter que j'ose lever les yeux. La pièce s'étend autour de moi, tout en roche sombre, avec ces étranges lumières qui clignotent sur sa surface escarpée. Elles pulsent, et je me demande si elles sont *vivantes*. C'est effrayant. C'est *incroyable*.

Je suis les traces des lumières jusqu'à ce qu'elles se croisent, puis je continue à observer les faisceaux liés. Je suis des yeux les motifs produits par les lumières jusqu'à ce que je ne puisse plus les distinguer, même en penchant la tête complètement en arrière.

Je me demande comment l'eau peut rester chaude alors que je suis ratatinée à l'intérieur. Je tapote sa surface, j'observe les bulles d'air qui s'élèvent. Je peux sentir la saleté qui recouvre le fond de la bassine autrefois propre et je suis surprise de sentir la douceur de mes cheveux lorsque je les lève la main pour les toucher.

– Je devrais te noyer maintenant.

Je sursaute au son de la voix de la garce, mais je refuse de le laisser paraître. Au lieu de cela, je jette un coup d'œil dédaigneux par-dessus mon épaule à la femelle qui se tient contre le mur. Elle porte un chiffon blanc à la bouche pour stopper le flux de sang cuivré, presque orange. Je souris un peu à cette vue.

– Comment ça s'est passé sur la montagne ?

Je ne lui pose pas la question parce que ça m'intéresse, mais parce que je veux savoir pourquoi elle est là.

Ses crêtes brûlent d'un rouge encore plus vif, même si son expression ne change pas le moins du monde.

– Comment ça s'est passé ? Je n'ai pas été sélectionnée. Les chasseurs qui m'ont trouvée ont senti mes vêtements et se sont enfuis. Tu m'as donné tes vêtements humains dégoûtants et tu m'as porté malheur !

– Tu n'étais pas la seule à porter mon odeur. Alors pourquoi es-tu la seule à ne pas avoir été choisie ?

– Je... fait-elle avec hésitation.

Je souris.

– Et que fais-tu maintenant ? Tu es son esclave ? Sa pute ?

– *Quoi* ? L'Okkari... si tu n'étais pas... je... tu oses m'insulter !

J'essaie de me délecter de sa douleur mais quelque chose se brise sur mon sternum. *La honte, ma nouvelle amie, vient de faire son retour.* Mais j'éprouve aussi quelque chose d'autre que je refuse de nommer. Imaginer l'Okkari avec d'autres femmes me rend nerveuse. Je n'aime pas ça.

Je secoue la tête. Je suis prête à l'insulter à nouveau, toutefois, je me ravise :

– Peu importe. Tu n'en vaux même pas la peine.

Sa mâchoire s'ouvre. Il lui faut un moment pour parler et quand elle le fait, sa voix est stridente.

– Tu es le mal incarné. Tu es l'être le plus vil que j'aie jamais rencontré. Je souhaite que le Grand Océan de l'Après te noie, toi et toute la colonie humaine !

Voilà. *C'est bien. La haine est une bonne chose.* J'inspire, je la laisse me remplir comme une citerne sous la pluie. Je ne comprends que la haine. Je n'accepte facilement que la haine. *Je ne possède que la haine.*

– Tu peux aller te faire foutre. Pourquoi es-tu là de toute façon ?

Elle ricane.

– Tu as entendu ce qu'a dit Hurr. L'Okkari a organisé la Course de la Montagne pour toi. Depuis des solaires, on ne parle que de la grande guerrière Xhea. Celle qui a combattu les Khruis. Celle qui a aidé la Rakukanna à échapper à son Raku dans cet étrange rituel humain où vous, les femelles hideuses, vous combattez les mâles au lieu d'accepter les unions Xiveris que la déesse Xana vous a si généreusement offertes. Il t'a revendiquée, *toi*. Il pense que tu es son âme sœur Xiveri et il m'a nommée, *moi*, Hasheba. Quel déshonneur...

Elle poursuit plus fort.

– Je connais l'Okkari depuis que nous sommes enfants. Je l'ai vu manier sa première épée. J'étais là quand les Drakeshs ont envahi Nobu pour enlever des femelles. J'étais là quand l'Okkari avant lui est tombé et qu'il s'est levé pour prendre le commandement de nos guerriers afin de combattre les brutes, alors qu'il était à peine adulte. J'étais à ses côtés dans ce chamar et j'ai posé les pierres, de la seconde à la dernière, dit-elle.

Les couleurs s'enflamment sur son front – certaines grises, d'autres bleues – avant que son regard ne se tourne à nouveau vers moi et que les couleurs s'atténuent, pour devenir moins vives.

– Je connais même son nom d'esclave, le nom qu'on lui donnait quand il était enfant.

Je n'apprécie pas du tout ses sous-entendus et j'apprécie encore moins le fait que ça me dérange. Je m'agrippe aux bords de la baignoire pour retrouver un semblant de stabilité et mes orteils se recroquevillent. *Qu'est-ce qu'un nom d'esclave ? Qu'est-ce qu'un chamar ? Il y a eu une invasion Drakesh à Nobu ? Eux aussi ils ont été victimes des Drakeshs ?*

Je me mords les lèvres. Je déteste l'air avec lequel elle me regarde. Elle peut voir qu'elle est parvenue à me toucher.

– Tu ne le connais même pas, n'est-ce pas ? Tu es son *âme sœur Xiveri* et tu ne connais même pas son vrai nom. Est-ce qu'il connaît le tien ?

Oui. Il m'a appelée Kiki sur la montagne et j'ai adoré ça.

– Non. Et il n'a pas besoin de le connaître, tout comme je n'ai pas besoin de connaître le sien non plus. Tu peux l'avoir si tu veux.

Pas tant que je serai en vie. Je sursaute, surprise par l'assaut de cette émotion particulière. Je ne peux pas être jalouse. *Je ne connais même pas son nom, celui qu'on lui donnait quand il était enfant.*

– Je ne suis rien pour lui. Je ne suis pas sa ziv-air-ii ou peu importe comment vous l'appelez. Je ne suis la szhay-ah de rien.

En regardant son visage, j'agrippe les bords de la baignoire si fort que mes jointures s'éclaircissent.

Quelque chose dans mon ton – au-delà de ma mauvaise prononciation – doit la faire réfléchir, parce qu'elle décroise les bras et me fixe maintenant sans ciller, bouche bée, et étrangement, comme l'aurait fait un être humain.

– Tu... tu ne ressens pas...

– Non. Je ne ressens rien.

A-t-elle perçu le changement de ma voix ?

– Je veux juste savoir où sont mes amies et comment je peux les rejoindre. Mais d'abord, je dois m'échapper.

– Tu veux échapper à l'Okkari ?

– Oui.

Je me lèche les lèvres. Le goût riche de l'eau me rappelle quelque chose que j'ai du mal à situer.

– Si tu m'aides, je partirai d'ici pour toujours.

Elle hésite et j'éclate de rire, le son est horrible, torturé. Je ne riais pas comme ça auparavant.

– Par contre, ce que tu as dit sur les rituels humains et leurs accouplements précédés d'un combat est complètement faux, espèce d'idiote. Nous nous battons parce que nous ne voulons pas nous accoupler avec vous, c'est pourtant pas difficile à comprendre. Nous voulons juste qu'on nous laisse en paix dans notre colonie. Au lieu de cela, j'ai été transportée sans mon consentement hors de la colonie et traînée au sommet d'une montagne glaciale où j'ai dû lutter pour ma vie afin d'échapper à un mâle que je n'avais jamais rencontré auparavant, qui voulait me traquer et me baiser. Et c'est exactement ce qui s'est passé. Il m'a poursuivie. Je me suis battue. J'ai perdu. On a baisé. Maintenant, je veux rentrer chez moi.

– Le Xanaxana se révèle par paires, explique la pétasse, et il exige d'elles qu'elles se reproduisent. C'est ainsi que la nature nous aide à assurer la continuité de notre espèce, les petits sont si rares de nos jours. Même notre stoïque Okkari en parle longuement – il dit qu'il a su que tu étais à lui dès qu'il t'a vue sur la misérable petite lune sur laquelle vous, les humains, vous vivez.

Cette réponse me fait sursauter. *Il était là ?* J'étais tellement concentrée sur le méchant rouge que je ne me souviens pas l'avoir vu. Savoir qu'il m'a vue, qu'il m'a reconnue et qu'il a ressenti quelque chose pour moi me donne des frissons. *Si la Chasse avait eu lieu, il serait venu me chercher.*

– Il nous a raconté qu'il avait l'intention de participer à la version Drakesh de ta Chasse pour te revendiquer – il se préparait même à combattre Bo'Raku, car il savait que Bo'Raku te voulait aussi. Cependant, il est parti avec le Raku lorsque ce dernier n'a pas pu revendiquer sa propre âme sœur Xiveri. Une rotation plus tard, il t'a ramenée à Nobu et a organisé la Course sur la Montagne en *ton honneur*. Il a payé plus de crédits que toute la richesse des petites planètes de Voraxia pour le merillien dans lequel tu t'es rétablie après avoir combattu les monstres khruis sur ta colonie humaine avec tant d'insouciance. Pourtant, tu lui témoignes du mépris. Avez-vous un surplus de merillien sur votre colonie humaine ? Avez-vous des guérisseurs qui auraient pu faire un meilleur travail ?

Elle est à nouveau rouge et avance sur moi maintenant. Je suis prête à me battre. J'essaie d'être prête. J'essaie de ne pas me sentir si petite. J'ai compris une partie de ce qu'elle vient d'énoncer, mais pas tout. *Bo'Raku. Est-ce qu'elle le connaît ?* Bo'Raku. L'Okkari voulait le combattre ? Je suis envahie par un étrange désir. Je souhaite une chose terrible : que la Chasse ait eu lieu une rotation plus tôt, juste pour que je puisse voir cette bataille. J'aurais voulu voir l'Okkari mettre mon bourreau en pièces. Le violet bat le rouge. J'aurais peut-être pu m'enfuir après la bataille. *Mais l'aurais-je voulu ?* Il m'a appelée guerrière. Il m'a appelée Kiki. Et même à l'époque où je ne ne savais rien de son existence, il *m'avait reconnue*.

– Je ne prétends pas te comprendre, reprend-elle, mais pour le bien de l'Okkari, je vais t'aider à t'échapper d'ici. Il mérite mieux que toi.

Ces mots me font l'effet d'une gifle et je m'en veux car je ne peux m'empêcher de détourner le regard.

– Je ne lui ai jamais rien demandé.

– Le Xanaxana ne demande pas la permission. Mais si tu choisis de lui tourner le dos, peut-être qu'il peut être annulé. Peut-être que Xana en choisira une autre pour son Xaneru, pour son esprit. Quelqu'un de plus digne d'un mâle de son calibre.

– Laisse-moi deviner. Quelqu'un comme toi ?

Mon ton est moqueur.

– Bien sûr. J'ai essayé de nombreuses fois de gagner l'affection de l'Okkari.

Ses lèvres se froncent.

– Il a résisté, et bien que j'aurais aimé être sa première et unique femelle, je me contenterai de savoir que je suis sa dernière.

Un ballon se gonfle dans mon estomac et vient remplir ma poitrine. Je me fige un instant et ne respire pas, mais des mots que je n'ose pas prononcer m'échappent :

– Comment ça, sa première femelle ? Il en a sûrement eu beaucoup si c'est le chef de cet endroit.

Et il savait exactement comment me satisfaire.

Elle émet un cliquetis au fond de sa gorge et vient au près de la baignoire avant de s'installer à genoux.

– C'est un mâle qui a le sens de l'honneur. Il attendait son âme sœur Xiveri. Et toute cette attente a été gâchée à cause de toi. Maintenant tiens-toi tranquille.

Elle attrape une sorte de peigne, qui semble fait d'os, et soulève une touffe de mes cheveux. Elle passe lentement l'os dans ma chevelure et pendant qu'elle s'affaire, elle baisse le ton et me dit :

– Tu ne peux pas t'échapper maintenant. L'accouplement du Xanaxana n'est pas encore terminé et l'Okkari te poursuivra sans relâche jusqu'à ce qu'il le soit. Tu devras t'accoupler avec lui et compléter l'union du Xanaxana. Quand il sera en paix, tu quitteras son nid et tu prendras le couloir à gauche. Tu arriveras au bout et je t'attendrai. Je te montrerai le chemin vers les capsules de transport et ensuite tu partiras d'ici...

J'acquiesce, muette. J'écoute à peine ce qu'elle dit. Tout ce à quoi je peux penser c'est au fait que j'ai pris sa virginité. Il a dit quelque chose à propos des premières fois au sommet de la montagne, mais je n'avais pas compris. Ou peut-être que je ne voulais pas comprendre. Savoir qu'il a attendu toute sa vie pour offrir sa virginité à celle qu'il pense être sa véritable compagne – et qu'il me l'a ensuite donnée – me brûle.

C'est la haine dans le cœur que j'ai pris sa virginité, et j'ai bien l'intention de le trahir. *J'ai peut-être quelque chose en commun avec lui finalement.* Sa première fois aussi sera gâchée par un être venu d'ailleurs, et contrairement à moi, il ne pourra pas récupérer ce moment.

7

Kinan

Je m'approche de la porte de mon nid – de *notre* nid – propre. Mes blessures sont soignées et le Xanaxana me traverse à intervalles aussi rapides que les bébés skubbs d'eau profitant de leur premier dégel. Les hashebas attendent, selon les ordres, dans le couloir. leurs visages sont éclairés par les ionis dans les murs. La tête de Kuana est inclinée, noblement, tandis que Kuaku cherche hardiment mon regard.

Faire de ces femelles des hashebas était un geste atypique pour un Okkari. Normalement, la Xhea choisit elle-même son personnel, mais comme elle ne connaît pas nos coutumes ou les membres de cette tribu, j'ai fait cette sélection pour elle. Kuana est semble-t-il un bon choix, tandis que Kuaku s'est comportée d'une manière qui a été quelque peu difficile à interpréter jusqu'à présent. Si elle ne s'améliore pas, je devrais la congédier.

– Faites-moi votre rapport sur le bien-être de mon âme sœur Xiveri, hashebas.

Je parle à voix basse, je ne souhaite pas que ma Xhea, qui se trouve dans la pièce voisine, nous entende.

Kuana, qui ne manque pas d'honneur, s'incline alors plus profondément avant de se lever.

– Elle va bien, Okkari. Les sels de guérison ont déjà fait des merveilles pour les blessures de ses avant-bras, les quelques unes qu'elle avait. J'ai placé des bandages sur votre table.

Kuana a l'air satisfaite, c'est une démonstration d'émotion que je ne tolérerais pas de la part d'un de mes guerriers, mais ici et maintenant, face à une hasheba, je sens ma propre expression menacer de refléter la sienne.

– Tu as bien fait.

Ses crêtes s'illuminent d'une lueur orange, sa fierté est bien méritée. Je fixe alors mon attention sur Kuaku, qui détourne rapidement son regard. *Elle a toujours été aussi capricieuse qu'une enfant.*

– As-tu quelque chose à ajouter, Kuaku ?

Ses crêtes ne révèlent aucune couleur, mais il y a un resserrement dans sa mâchoire que je vais devoir aborder. Une autre fois. Certainement pas maintenant, quand le Xanaxana plane sur moi comme une menace. Tout ce que je désire, c'est oublier les formalités et renoncer à toute retenue pour aller vers elle. Damné soit mon titre. Pour elle, je suis Kinan de toute façon. Je le serai toujours.

– Je n'ai rien à ajouter.

– Xhivey.

Je commence à passer devant elle, mais elle fait un geste et dit :

– Elle a exprimé un certain degré d'émotion quand je lui ai dit que vous ne vous étiez jamais accouplé avec une femelle avant elle. Je crois que cette émotion était de la déception. Elle a dit du bien des mâles humains qui avaient été avec de nombreuses femelles avant de trouver leur âme sœur Xiveri.

Je me raidis. Mes tripes tombent et ma colonne vertébrale se cambre. Mes doigts forment des poings mais je les fléchis et j'essaie de reprendre le contrôle de mes muscles.

– Dis-moi pourquoi tu as parlé de ça avec elle.

Ma voix n'est plus qu'un grognement, mon ton est sombre.

– L'humaine m'a posé des questions sur les accouplements voraxians et l'anatomie masculine. Je crois qu'elle a trouvé le nôtre étrange.

La rage et le doute s'emparent de moi. Je sens mes crêtes menacer de trahir mon émotion mais je me contiens.

– Tu oses parler d'elle en ces termes ? Tu es hasheba...

– Mes excuses, Okkari, mais elle nous a demandé de ne pas l'appeler Xhea ou Va'Rakukanna. Elle veut qu'on l'appelle « Humaine ». Je crois qu'elle pense qu'elle est supérieure à nous.

Le doute enfle encore plus. Je tourne mon regard vers Kuana.

– Est-ce vrai ?

La bouche de Kuana s'ouvre. Elle ose à peine croiser mon regard.

– Je me suis absentée un moment pour aller chercher les peignes que vous m'aviez fournis, je n'ai donc pas entendu cette conversation.

– Xhivey.

J'expire, je peux donc me permettre de croire que Kuaku a menti ou exagéré. Mais la petite Kuana réduit à néant tous mes espoirs.

– Cependant, elle m'a demandé de ne pas me référer à elle comme Xhea ou Va'Rakukanna. Elle souhaite qu'on l'appelle Humaine. Je ne sais pas pourquoi.

Je suis envahi par la peine et la honte mais je ne le montre pas. *L'aurais-je déçue ?* L'affreux sifflement d'un serpent n'aurait pas pu entamer plus ma confiance en moi. Je suis Kinan. Je suis un garçon faible qui a vu l'Okkari précédent se faire tuer.

– Vous pouvez vous retirer.

Elles s'inclinent et je les regarde jusqu'à ce qu'elles disparaissent dans le hall, en prenant de grandes inspirations pour me calmer. Elles sont sans effet. Lorsque je me tourne vers la porte, une cacophonie d'émotions s'empare de mon esprit. C'est indigne d'un guerrier et encore moins honorable pour un dirigeant de cette fédération. Je me sens impuissant et faible face à ce qui menace mon union. Je ne sais pas comment régler le problème. Je vais devoir être franc et l'affronter.

Je serre la mâchoire, je m'avance, et les capteurs ouvrent la porte devant moi. La pièce n'est pas grande, mais intime. J'entre dans une grotte dont les murs sont recouverts d'ionis. Mes yeux sont instantanément attirés par elle et les craintes que j'ai de la décevoir augmentent.

Je n'ai jamais rien vu de plus beau et je me sens comme un humble adorateur devant l'autel de sa reine vénérée. Attiré comme par un aimant, je m'avance jusqu'à elle, hypnotisé par l'immensité de son regard, qui est dur et inflexible. C'est une guerrière, oui, mais il y a aussi quelque chose de vulnérable dans son expression humaine lorsqu'elle me voit. J'aimerais en savoir plus sur ces Humains et sur la façon d'interpréter leurs signaux faciaux.

Les plis moelleux de sa bouche s'ouvrent et elle laisse échapper un petit gémissement qui souligne son plaisir. *Mais peut-être ai-je tort. Peut-être est-ce la déception dont Kuaku a parlé.* En attendant, il me suffit de la voir pour trembler. Elle est entièrement nue maintenant, et libérée de la boue qui la couvrait, sa peau scintille. Elle est ioni, ramenée à la vie.

Elle est un bijou sombre récolté dans les profondeurs des océans de Nobu. Dire qu'elle est brune de peau ne lui rendrait pas justice, la coquille extérieure est peut-être faite de terre comprimée depuis des lustres, mais l'intérieur contient des petits acariens qui creusent sous les couches de sédiments d'écume comprimés. À l'intérieur, ils brillent et leur couleur devient de plus en plus vive jusqu'à ce que le brun foncé devienne ambre, puis or, avant d'éclater. Les acariens, engraissés par les minéraux contenus dans la pierre, passent à la suivante jusqu'à ce qu'ils se dissolvent eux aussi en poussière, rendus brillants par leur propre gloutonnerie, et finalement détruits par elle.

Le regard de ma Xhea parcourt mon corps, allant de mon visage à ma poitrine et à mon abdomen en passant par le pagne que je porte sur mon xora. Je l'enlève et elle prend une inspiration. Est-ce l'effet du plaisir ? Ou de la déception ? Je ne sais pas et ne pas savoir me détruit, mais comme l'honneur le dicte, je lui permets me voir nu, tout comme je la vois.

Mon xora est raide et inflexible. De petites vrilles de couleur que je ne peux contrôler l'illuminent. D'ordinaire je suis un mâle posé et cérébral, mais en ce moment, je ne suis qu'une émotion brute devant elle. Un profond désir indigo, un plaisir bleu, une incertitude canari, une honte plus sombre. Ses yeux s'agrandissent et elle fixe mon membre sans broncher. Elle semble incertaine. *Peut-être que c'était bien de la déception.*

Je m'avance et prends le siège placé face à elle près de la petite table en bois sur laquelle se trouve l'équipement médical consciencieusement disposé par les hashebas. Elles avaient raison dans leur évaluation. Je prends son avant-bras droit et je commence à appliquer une pommade. Je peux déjà voir que ses coupures ont commencé à guérir.

Pendant que je travaille, je la sens s'agiter. Ses cuisses se serrent l'une contre l'autre. Ses genoux sont si serrés que je ne peux m'empêcher de me demander si elle fait cela pour apaiser le besoin qui la traverse, ou si elle essaie de se cacher de mon regard. Je jette un nouveau coup d'œil à la touffe de poils entre ses cuisses et respire le léger parfum de son excitation avant de regarder son visage.

Elle sursaute, détourne rapidement le regard et je me sens chauffer. *Elle est déçue. Déçue par son âme sœur Xiveri.*

– Nous ne nous accouplerons pas sur ce solaire.

J'ai parlé sans réfléchir. Elle sursaute au son de ma voix et recule. Essaie-t-elle de me repousser ou est-ce involontaire ? Je n'en suis pas sûr. *Je ne suis certain de rien.*

– Quoi ? Pourquoi ?

Je suis surpris par le son de sa voix. Elle est si agréable. Plutôt grave pour une femme, et gutturale. Je regarde sa bouche et une image scandaleuse me vient à l'esprit : *sa bouche sur mon xora, tandis qu'elle aspire en me regardant fixement, le regard plein de désir. Plein d'un désir de me faire plaisir.*

– J'ai été informé que ma performance dans la Course sur la Montagne ne t'a pas satisfaite. Je vais d'abord devoir apprendre de quelle façon satisfaire une femelle humaine avant de tenter à nouveau de m'accoupler avec toi. Si je ressens du plaisir, alors tu devrais en ressentir aussi. Et j'ai ressenti du plaisir.

Je la fixe du regard, je ne veux pas qu'elle doute de ma sincérité :

– Mon premier rut avec toi était un paradis.

Elle me regarde fixement pendant que je pose une autre couche de gaze autour de son avant-bras droit, comme si elle était prise dans un rêve. Ses lèvres prononcent un seul mot, si bas que ce n'est même pas un murmure.

– Paradis.

Je me racle la gorge puis je prends la parole, quand je vois qu'elle ne le fait pas.

– Je vais donc te laisser, à moins que tu ne souhaites t'abaisser à me dire comment tu aimerais recevoir du plaisir en tant qu'humaine, et à me décrire comment les mâles humains sont capables satisfaire leurs femelles.

La demande est à la fois égoïste et humiliante, mais c'est ce qui me permettrait d'accélérer ce processus et de rester près d'elle.

Elle cligne rapidement des yeux et jette un coup d'œil à ses avant-bras bandés, puis secoue la tête.

– Oui… Enfin… je veux dire non.

Elle est vraiment déçue.

– Non… J'ai aimé la montagne. Je veux dire que j'ai aimé m'accoupler avec toi sur la montagne, et il faut recommencer maintenant, n'est-ce pas ? Pour le zah-nah-zah-nah ?

Je ne peux m'empêcher d'être séduit par l'accent humain qu'elle donne à notre langue, puisqu'elle est incapable de faire les sons cliquants qui composent mon langage. *Elle apprendra à le faire.* Mais nous avons le temps. Pour l'instant, je veux prendre mon temps avec elle.

– Je ne veux pas te déplaire et je suis conscient que mon anatomie est très différente de celle d'un homme humain.

– Non, non, c'est bon. On peut le faire, maintenant, répond-elle avec empressement.

Son regard est fuyant. Elle secoue à nouveau la tête. Je me demande si ce n'est pas le Xanaxana qui trouble son esprit. Si c'est le cas, je ferai tout pour connaître la vérité. Je ne permettrai pas qu'elle soit aveuglée par ça.

Je me penche sur mon tabouret et prends son menton dans une de mes mains. Je vois sa poitrine se gonfler rapidement, suivant ses inspirations. Je peux sentir l'odeur de son excitation miaba, qui s'épaissit dans l'air.

– Dis-moi pourquoi tu as dit à Kuaku que tu n'avais pas apprécié notre premier accouplement. Dis-moi pourquoi tu as demandé aux hashebas de t'appeler « Humaine », Kiki.

Elle sursaute au son de son propre nom. Le petit point noir au centre de ses yeux s'élargit et absorbe le reste de sa pupille.

– C'est un mensonge. Enfin... je ne lui ai pas dit que je n'avais pas apprécié l'accouplement.

Elle se lèche les lèvres.

– Et je ne suis pas à l'aise avec les titres, ajoute-t-elle, on ne les utilise pas chez moi.

Ce qu'elle dit m'intéresse presque trop. Pourtant, quelque chose me tiraille. *Il y a encore un problème* : ses derniers mots. *Chez moi*. Je suis son foyer et elle est le mien, mais elle désigne cet autre endroit, sa colonie humaine, comme sa maison.

– Dis-moi pourquoi Kuaku m'a laissé croire que tu étais insatisfaite.

– Probablement parce qu'elle est amoureuse de toi, répond-elle.

Je réalise alors qu'il y a tant de choses qui m'échappent en ce qui concerne les Humains que je ne peux en faire le compte parce qu'immédiatement après, sa réponse semble la frustrer. Je vais devoir parler avec la conseillère humano-voraxiane, Svera, et en apprendre davantage. Au plus vite.

– Que signifie « amoureuse » ?

Normalement, un Okkari ne pose pas de questions.

– Comment ça ?

– Mon traducteur ne me propose pas de traduction.

Elle prend une grande inspiration. De petites bosses se forment sur l'extérieur de ses bras. Curieux, je les effleure du bout des doigts et je suis surpris de voir qu'elle frissonne de partout. Elle doit encore avoir froid malgré le screa qui nous entoure. Rapidement, je tire une fourrure de zyth de notre nid et la pose sur ses épaules.

– Merci… commence-t-elle, puis elle hésite.

Les poils à la place de ses crêtes se resserrent au-dessus de son nez.

– Ce qui est à moi, est à toi.

Elle baisse les yeux sur ses genoux et inspire. Je fais de même. La puissance de son excitation est étouffante et je siffle. Elle jette un coup d'œil à mon xora et je sens ma propre semence perler à son extrémité. Il me faut tout mon contrôle pour ne pas la saisir et exiger mon droit de la baiser sur le champ.

Au lieu de cela, je dis calmement :

– Cette bête est appelée zyth. On la trouve plus à l'ouest, dans les forêts de Nobu. J'ai chassé cette créature lors de ma sixième rotation en l'honneur de ma future compagne Xiveri.

Elle me regarde en clignant des yeux et je ne peux m'empêcher de faire mon expression de plaisir. Elle prend place sur mon visage et pendant juste un battement de cœur, je vois un coin de sa bouche remonter aussi.

– J'en ai assez pour couvrir notre nid et ceux de nos futurs petits. C'est la chasse la plus importante qui ait été faite depuis bien longtemps.

Qu'est-ce que je raconte? Je ne me suis jamais autant vanté. J'ai soudainement désespérément besoin de l'impressionner.

Je m'éclaircis la gorge.

– Maintenant, parle-moi de ce mot, « amoureuse ».

Elle inspire, retient son souffle, et répond rapidement.

– Quand deux personnes ressentent de l'amour, sont amoureuses, c'est comme si le reste du monde n'existait pas. Elles feraient n'importe quoi l'une pour l'autre. Elles veulent tout donner à l'autre.

Je refais l'expression du plaisir et pose lentement, audacieusement, ma main sur le haut de sa cuisse. Je ne manque pas la façon dont elle écarte légèrement les jambes, ou gémit doucement à mon contact. *Kuaku, la traîtresse hasheba. Elle ne mérite pas ce titre. Que peut-elle espérer gagner en essayant de me tromper de la sorte ? Mon âme sœur Xiveri a-t-elle raison de croire que la hasheba me désire ?* Je ressens de la fierté et du soulagement. Nox, mon âme sœur Xiveri veut de moi. Je lui plais. Et elle est intelligente d'avoir vu en Kuaku ce que je ne pouvais pas voir.

– Je ne suis pas assez naïf pour ne pas avoir vu que Kuaku voulait devenir Xhea. Beaucoup de femelles voudraient avoir cette chance. Mais mes parents ont eu la chance d'être des âmes sœurs Xiveris et j'ai toujours voulu connaître la profondeur de cette union avec mon âme soeur Xiveri à moi. Je ne me suis pas accouplé avec une autre femelle, j'ai préféré attendre mon âme soeur. J'ai préféré t'attendre. Je pensais qu'après t'avoir trouvée, l'intérêt que Kuaku a montré pour moi au cours des rotations précédentes disparaîtrait et qu'elle comprendrait que sa place n'est pas dans mon nid. Toi seule a ta place dans mon nid.

Je fais glisser ma main jusqu'à la jonction de ses cuisses. Elle les écarte pour moi et ses yeux papillonnent. Elle agrippe les bords de la fourrure de zyth drapée autour d'elle et mord le coussinet inférieur de sa bouche.

– Je ressens cette émotion amoureuse pour toi, Kiki.

– Quoi ? Mais on ne se connaît même pas.

Sa voix se brise lorsque je m'avance pour toucher sa chaleur de mes mains. J'ai soigneusement émoussé les griffes de deux doigts, afin de mieux explorer ses plis sans la blesser. Et c'est ce que je fais.

– Par toutes les étoiles... gémit-elle.

Un plaisir violet se répand le long de mes bras, irradie dans ma poitrine et remonte le long de mon xora raide.

– Ça viendra. Avec le temps. Pour l'instant, nous ne pouvons qu'écouter le Xanaxana. Il m'a guidé vers toi et je sais avec une certitude absolue que je ferais n'importe quoi pour toi.

– Mais je suis humaine et toi, tu es un extraterrestre, fait-elle remarquer les yeux fermés.

Ses jambes sont maintenant écartées et elle se déhanche sans en avoir conscience. Je perds tout contrôle et je lâche dans un grondement :

– Est-ce important ?

– Je… Je…

Mes doigts se glissent dans l'humidité qui a imbibé les fourrures et s'appuient sur le bout du petit bouton que je connais si bien. Ils franchissent enfin la barrière de ses lèvres inférieures pour atteindre son trou chaud et humide. Elle lance un juron et secoue fébrilement la tête en s'agrippant à mon avant-bras des deux mains.

– Je ne sais pas… Putain, je ne sais pas… gémit-elle.

Je n'y tiens plus et je me redresse d'un bond. Mon xora est au niveau de ses yeux et j'adore l'expression qu'elle fait quand elle ouvre les yeux et le voit. Elle est l'image du *désir*. J'incline son visage vers le haut et la fixe du regard. Je veux qu'elle voie ce qu'elle m'a fait.

– Alors je vais te le dire. Ce n'est pas important. Tu es mon âme sœur Xiveri et je te chéris plus que je ne chéris ma propre vie. Dis-moi que tu me comprends et que tu me crois.

Elle se lèche les lèvres et je manque d'éjaculer à ce moment-là. Une vision de ses gros seins noirs enduits de ma semence bleue envoie un spasme dans ma jambe gauche. Elle voit le tremblement et ses yeux s'écarquillent. Elle acquiesce.

– Xhivey. Maintenant, tu vas me dire comment tu aimerais que je te donne du plaisir. Ensuite je t'emmènerai à notre nid et je passerai la prochaine lune à te satisfaire.

Sa respiration est courte, superficielle, et elle me surprend au plus haut point lorsqu'elle s'avance et prend mon xora dans son poing tremblant.

– Tout ce que tu fais… as fait… sur la montagne, m'a plu.

Elle déglutit, comme si elle admettait quelque chose de honteux et non la plus belle des vérités. Je n'ai jamais entendu de mots aussi beaux. Et je n'ai jamais rien vu d'aussi beau qu'elle qui soudain se penche en avant et lèche de sa langue rose et sans crête le long de mon sexe, avalant la semence qui recouvre maintenant la tête. Un besoin urgent se fait sentir en moi. Je ne peux pas la laisser continuer sinon je vais jouir sur sa poitrine. Je me lève et l'emporte avec moi.

Elle s'accroche à mes épaules et passe un bras autour de mon cou. Je la dépose brutalement sur le bord de notre nid, me mets à genoux sur le sol en pierre et presse mon visage à la jonction de ses cuisses. Ses doigts se glissent dans mes cheveux et je grogne mon approbation. Rapidement, elle les retire. Après avoir levé les yeux vers elle, je prends sa main qui s'éloigne dans l'une des miennes et je la remets là où elle était.

Elle n'a pas besoin de crêtes blanches pour exprimer sa surprise, mais je m'en moque. Je m'imprègne lentement de son odeur, qui se fait plus forte à l'entrejambe. Je me fraye un chemin jusqu'à ce que j'atteigne son monticule luisant d'humidité. Il sent le miaba, le sel , les épices et me fait saliver d'envie. Mon xora s'agite, libérant plus de cette précieuse semence qui devrait être déversée à l'intérieur d'elle. *Elle le sera. Bien au fond.*

J'admire son corps pour voir sa poitrine se soulever et s'abaisser.

– Ton monticule est déjà humide. Cela signifie-t-il que ton corps est prêt à recevoir le mien ?

Elle hésite. Appuyée sur ses coudes, elle me fixe, puis acquiesce avant de détourner le regard.

– Kiki…

Je refuse de l'appeler autrement.

– Regarde-moi quand je te prends.

Elle jette un coup d'œil vers moi, sa respiration s'accélère. Je fais l'expression du plaisir et mords l'intérieur de sa cuisse. Elle étouffe un gémissement et je ne peux empêcher le Xanaxana de résonner dans toute ma poitrine. Il menace de me déchirer de l'intérieur.

D'un ton si bourru que mes mots sont presque indiscernables, je prends la parole :

– Je suis impatient de te goûter. Ai-je ta permission ?

Elle acquiesce. Le souffle entre par saccades dans ses poumons, faisant rebondir et se trémousser les monticules à pointe sombre de sa poitrine. Ses monticules sont si doux, et sans plaques qui les recouvrent, ils semblent si précieux. Je me sens perdu, je veux les explorer avec la langue et les mains... *peut-être même en plaçant mon xora entre leur plénitude et en les utilisant pour répandre ma semence sur toute sa peau ionique...* Cette pensée est un plaisir autant qu'une torture pour moi. J'ai besoin de me régaler.

Je la lèche légèrement et ses yeux se révulsent. Elle vacille, tombe sur les fourrures mais je mordille la peau au-dessus de sa hanche, ce qui la fait sursauter.

– Kiki... qu'est-ce que j'ai dit ? Tu dois me regarder pendant que je te donne du plaisir.

Je place ma main sur le haut de son bas-ventre, juste au-dessus de la touffe de ses boucles scintillantes. Puis je pousse vers le haut, éloignant la peau de son monticule et exposant davantage ce petit dôme qui lui a donné tant de plaisir tout à l'heure.

Elle gémit si fort que je suis surpris. Surpris et heureux. J'écarte ses cuisses avec mes mains jusqu'à ce que je sente qu'elles résistent. Elle gémit et murmure :

– Plus fort.

– Répète.

– Plus fort, dit-elle après s'être raclé la gorge.

J'écarte ses jambes autant qu'il m'est possible de le faire, puis je me retire, mais elle dit :

– Non, ne le fais pas. Ça fait... ça fait…

– Je ne te ferai pas de mal.

– Tu ne me feras pas de mal.

Je fais l'expression du plaisir. *Mon âme sœur Xiveri apprend à me connaître.* Je ne peux pas m'empêcher d'être immensément heureux.

– Donne-moi ta réponse.

– Quelle... quelle réponse ?

– Dis-moi que tu veux que je te goûte.

Pendant que j'attends, je lèche légèrement ses plis, faisant passer ma langue entre eux pour goûter davantage de son essence.

– Je ne peux pas dire ça... Je ne peux pas.

– Alors je vais arrêter de mouiller ton monticule.

Je me relève et me tiens immobile.

– Oh peste d'étoiles ... putain !

Elle se répand en jurons et empoigne des mains la fourrure zyth sur laquelle elle est allongée.

– Ce n'est pas une réponse, dis-je, satisfait.

Elle gémit et donne des coups de pieds.

– D'accord. Lèche-moi. S'il te plaît.

– Tu as besoin de ton âme sœur Xiveri.

Elle hésite, puis lâche un petit « Oui » étranglé.

– Tu as besoin de moi.

Comme elle ne répond pas, je me retire encore plus. Lorsque je relève la tête, je m'aperçois qu'elle a les yeux fermés.

– Kiki, ne me force pas à me répéter.

Ses yeux s'ouvrent lentement et elle croise mon regard. J'y lis sa chaleur, son ardeur et sa souffrance.

Mon xora est si sensible que le moindre effleurement de la fourrure du zyth sur sa longueur provoque des décharges électriques en moi. Je comprends sa douleur, mais avant de pouvoir nous soulager tous les deux, j'ai besoin qu'elle admette qu'elle a besoin de moi.

– Dis-moi que tu as besoin de moi.

Ses yeux sont mouillés. Je suis hypnotisé par le mouvement de sa main qui s'est tendue vers son monticule de poitrine et le pétrit. Je souffle très légèrement sur son intimité ruisselante et sa tête se renverse dans un souffle. Quand son regard retrouve le mien, sa mâchoire est résolue.

– J'ai besoin de toi, dit-elle et je plonge en avant, la bouche sur son monticule.

Je fais le tour de son petit dôme avec ma langue et je réalise qu'avec mon rythme, mon toucher et ma vitesse, je peux *contrôler* les mouvements du corps de cette petite guerrière. Je sais alors que Kuaku avait profondément tort. Je donne du plaisir à mon âme sœur Xiveri et je me sens puissant. Puissant au-delà de tous mes titres, de toutes mes terres et de tous mes droits.

Quand je ralentis, elle gémit profondément, quand j'accélère, ses doigts se serrent et son dos se cambre. Quand je mordille les plis de ses lèvres, elle crie vers les étoiles. Et quand je m'occupe de son petit dôme, elle s'effondre. Tout son corps tremble et s'agite. Je vois alors un liquide perler au coin de ses yeux et couler le long de ses joues lisses et courbées.

Curieux de voir si ce liquide a aussi bon goût que la crème salée et collante qui s'est déversée entre ses plis inférieurs, je finis de lécher l'humidité de ses cuisses, en prenant soin de la dévorer entièrement avec avidité, avant de remonter le long de son corps. Elle est si belle allongée là, les bras écartés de chaque côté, sans défense, vulnérable, prête à être prise. Je tends une main vers l'avant et l'enfonce dans la profondeur de ses boucles épaisses et riches. Ses yeux sont ouverts et clignent lentement vers moi.

Je tiens l'arrière de sa tête et j'incline son visage vers le mien. Doucement, je presse ma bouche contre l'eau sur son visage et la retire. Elle émet un son troublant, mais avant que je ne comprenne ce qui s'est passé, elle pousse sur mes épaules et me renverse sur le dos. Sa main se tend entre nous et je suis stupéfait quand elle écarte ma paume et prend à nouveau mon xora dans la sienne. Sa peau est si douce autour de ma queue que mon corps tout entier se met à trembler. Avant elle, je n'avais jamais senti la main d'une autre personne sur mon xora. Ce n'est pas aussi agréable que la chaleur brute et humide de son intimité, mais c'est tout de même très agréable.

– Kiki…

Sans se soucier de mon grognement, elle passe une jambe sur mes hanches. *Qu'est-ce qui se passe ?* Je ne sais pas. Je ne sais pas, mais je l'arrête car je sens qu'elle va s'abaisser sur mon xora toute seule. À ma grande honte, je lui demande d'expliquer les raisons de son geste.

– Est-ce que notre rut te déçoit ?

Elle se fige, comme si elle était stupéfaite.

– Non.

– Pourtant, tu souhaites diriger…

Elle acquiesce.

– Tu veux diriger, même si c'est la responsabilité du mâle de guider la reproduction.

Ses yeux se plissent. Elle fait l'expression du plaisir et je suis tellement abasourdi par la beauté de son visage à cet instant que je n'entends pas ce qu'elle dit ensuite et je dois me rabaisser encore une fois à lui demander de répéter.

– Les femelles humaines sont connues pour mener le rut aussi, parfois. Je ne l'ai jamais fait... Mais j'ai juste pensé... Je veux dire... je voulais essayer.

Sa voix a l'intonation d'une question et sa demande fait que quelque chose se resserre dans ma poitrine. Je lève la main et caresse la pointe de son monticule de poitrine, son ventre, puis le bord de sa mâchoire.

– Hexa. Mon corps est à toi.

Elle cligne des yeux, mais l'eau qui remplit son regard ne se répand pas sur ses joues. Au lieu de cela, elle fait la plus petite expression de plaisir alors qu'elle monte sur mon xora et glisse dessus en douceur. Elle gémit et cette fois, c'est moi qui agrippe la fourrure du zyth sous moi, comme si je craignais qu'elle disparaisse ou que je m'envole. Parce qu'au moment où je remplis sa chaleur serrée et humide, et que je pousse un rugissement dans notre caverne, je suis perdu à jamais. Inexorablement. Je ne suis rien de plus que du bois flotté, échoué sur le rivage du paradis.

8

Kiki

Mes rêves sont merveilleux. Je vois un paradis. Des mirages d'oasis. *J'ai été trop longtemps coincée sur le sable brûlant, j'ai trop longtemps connu la soif et la faim.* Ce rêve ressemble à une plénitude, à l'essence même de la satisfaction. Il a un merveilleux arôme de sel, de sperme et de sueur. Il sent comme l'épice de racine brune que nous utilisons beaucoup chez nous.

J'ai deux rotations. Mon grand-père est assis dehors, sur le perron que nous appelions porche, et pétrit de la pâte sur une planche plate. Au lieu de former une boule, il aplatit le pain, enduit un côté de la pâte d'épice à racine, l'autre d'eau sucrée, le roule et le fait cuire. C'est la première fois que je mange du pain aux épices et à la cannelle, c'est la première fois que je mange quelque chose de sucré. Je croyais à la magie à l'époque. Je croyais que la vie était parfaite et précieuse.

Je me lève. Mes mains se tendent et trouvent de la chaleur. Je suis lovée dans écrin de chaleur, le bord de plaques dures dans mon dos m'indique que je suis contre sa poitrine. Ses cuisses encerclent les miennes. Il a une jambe drapée sur tout mon corps pour me protéger et un bras serré autour de mon torse comme un étau. *Pourquoi me suis-je réveillée ? Pourquoi ne puis-je pas demeurer éternellement dans ces rêves merveilleux ?*

Ma poitrine se serre. J'ai du mal à respirer. Une énergie étrangère me traverse et je me sens vivante, même si je suis entraînée dans la léthargie par l'esprit du sommeil lui-même. Tout est comme avant. Rien n'a changé, mais tout est différent.

J'étais dessus. Il m'a laissée prendre les choses en main. C'est moi qui ai mené le rut. Et pourtant il était nerveux à ce sujet... Cette pensée, indigeste et presque insupportable, m'écrase alors que j'essaie de la mettre de côté. J'ai une décision à prendre. Je peux me lever et fuir, ou juste... retomber dans le cocon de l'oasis. Je peux laisser passer ce solaire. Je peux essayer de le raisonner au lieu de me battre. *Qu'est-ce que je raconte ? C'est un extraterrestre, on ne peut pas le raisonner ! Qu'est-ce qui m'arrive ? Je dois partir ! Je dois absolument lutter...*

J'ai soudain une vision de ma mère. Un flash. C'est quelques mois après la Chasse, je pense encore à l'extraterrestre rouge, je m'imagine en train de lui trancher la gorge. Ma mère pose une tasse sur la table à côté de moi. Je sens la menthe et l'épice d'écorce qui flottent dans la vapeur qui la recouvre, masquant l'odeur de l'eau riche en terre, mais je ne regarde pas la tasse, ni ma mère. Pas même quand elle me dit : « Tu ne peux pas te libérer de tes démons si tu les gardes prisonniers en toi ».

J'expire. Décidée, je me baisse dans les fourrures arrachées aux animaux qu'il a chassés pour moi. Ses bras se resserrent autour de moi, mais à peine ai-je fermé les yeux et me suis-je abandonnée au rêve qu'une vive sensation me ramène dans le présent.

Une pichenette sur mon front m'a réveillée. Je cligne des yeux et j'ai du mal à voir quoi que ce soit dans les lumières basses qui tourbillonnent dans la pièce. On dirait qu'elles ont diminué d'intensité. Mais comment ? Miari le saurait. *Peut-être que si je le lui demandais, il la trouverait et je pourrais alors lui montrer les lumières et le blanc froid. Je pourrais même les présenter l'un à l'autre.*

On me frappe à nouveau sur le front et j'y vois plus clair. *C'est Kuaku. Qu'est-ce qu'elle fait ici ?* J'ouvre la bouche pour demander des explications mais elle la recouvre d'une main. Son front est d'un rouge tourbillonnant mélangé à des taches sombres de cuivre alors qu'elle regarde mon corps et celui de l'Okkari pour constater que nous sommes enlacés.

Elle me fait signe de la suivre et se dirige silencieusement vers la porte. Confuse, je vacille en me redressant et je commence à la suivre. Au moment où mon pied touche le sol de pierre chaude et où je finis de m'extirper de la toile que nos corps ont créée, l'Okkari se réveille en sursaut.

Son front devient blanc puis rose. Il lève les yeux et il me voit. Son regard est vif , plus du tout endormi – c'est un regard prêt pour la bataille. Sa poitrine gronde et il commence à se redresser. Ses crêtes sont une mutinerie de couleurs maintenant et mon estomac s'emballe, un désir irrévérencieux me remplit.

– Pourquoi quittes-tu notre nid ? demande-t-il de sa voix basse et sensuelle.

J'ai du mal à résister au son de sa voix. Pire encore, lorsque je finis par m'exprimer, j'ai l'air bien moins sûre de moi et autoritaire que lui.

– Je vais aux toilettes.

C'est un mensonge. Je déteste lui mentir.

Je déteste aussi le fait que je ne veuille pas lui mentir.

Je déteste encore plus le fait qu'après avoir regardé son visage violet d'extraterrestre, je ne trouve toujours pas la force de le haïr .

Il hoche la tête. Les crêtes lisses au-dessus de ses yeux brûlent d'un bleu un peu violet.

– Xhivey. Je vais t'accompagner.

– Non.

Je viens de me souvenir de Kuaku qui se trouve juste dans le hall et de la raison de sa présence ici. Je me souviens de ce que je lui ai dit que je voulais. Ce qu'elle a accepté de m'aider à faire.

– Je demanderai à l'une des hashebas de m'aider si j'en ai besoin.

Il sourit avec un coin de sa bouche et ses dents blanches scintillent dans la faible lumière. Des bulles remplissent mon estomac et éclatent en petites explosions, chacune forme une symphonie de sons. *Allonge-toi. Rendors-toi. Oublie cette salope. Elle en a après ton homme. Elle peut crever.*

– Xhivey. Elles sont ici pour t'aider. J'attendrai avec impatience ton retour, Kiki.

Je baisse les yeux. Il s'assied jusqu'à ce qu'il puisse m'atteindre, puis il glisse un doigt sous mon menton, ce qui me force à plonger les yeux dans son regard étrange et profondément non humain. Je suis sûre qu'il peut lire en moi. Je me sens tout à fait transparente. Je veux l'embrasser et me lèche les lèvres. Je maudis ma réaction mais ça ne m'empêche pas de vouloir quand même l'embrasser.

– Tu peux dormir.

Il caresse le côté de mon visage avec amour, et me regarde comme si j'étais le soleil de son univers. La chaleur commence à monter entre mes jambes et son grondement devient plus fort.

– Dépêche-toi de revenir, ou je vais devoir recommencer la Chasse.

Je grimace à ce dernier mot. Il me rappelle un extraterrestre – rouge et sauvage celui-là – un monstre qui m'a suivie à grands pas sur des sables durs et compacts, le regard empli de détermination joyeuse. Je m'éloigne rapidement et me dirige vers la porte, refusant de regarder derrière moi lorsque je la franchis pour entrer dans le hall. Il est vide, mais des murmures m'orientent vers la gauche.

En prenant soin de ne pas toucher les lampes bizarres qui clignotent en fonction des mouvements comme des serpents phosphorescents, je passe ma main le long de la surface bosselée du mur pour me stabiliser et finalement, j'entends un bruissement devant moi avant de tomber sur une porte ouverte.

Kuaku – *la salope* – se tient juste derrière le seuil et je ne peux pas imaginer ce qu'elle voit car ses crêtes offrent une panoplie de couleurs – du cuivre au rouge en passant par le gris et le noir et d'autres couleurs que je ne peux nommer. Elle semble à nu. Même ses épaules sont tendues sous ses étranges oreilles pointues.

Je comprends son choc. Je serais choquée aussi à sa place. Je suis *toujours* sous le choc, alors que ce n'est pas moi qui suis amoureuse de lui. *Pourtant, quand il dit qu'il m'aime, je sais qu'il dit la vérité.* Debout devant elle, couverte d'épaisses taches de sperme bleu qui sèchent au hasard sur ma peau, je déglutis, ouvre la bouche, mais je ne peux pas parler. Je n'ai rien à dire pour ma défense.

Ses yeux se fendent et elle siffle :

– Ne me dis pas que tu as des doutes.

C'est si évident ? Je secoue la tête. Une minute...
Qu'est-ce que je fais là ?

– Non.. J'ai juste... J'ai dit que je revenais tout de suite.

– Ne t'inquiète pas. J'ai prévu de le distraire.

La jalousie déforme ma voix. Elle est plus aiguë, plus
assurée.

– Que vas-tu faire ?

– Qu'est-ce que ça peut te faire ? Tu ne veux même
pas de lui, tu te souviens ? C'est un extraterrestre. Il ne te
mérite pas.

C'est ce que m'a dit Jaxal et c'est ce que je me suis
répété durant les deux dernières rotations. C'est tout ce
sur quoi je me suis concentrée. Ce sur quoi j'ai construit
ma nouvelle personnalité et mon nouvel univers. Mais
l'entendre le dire rend les choses ... banales, légères.

– Peut-être que c'est trop risqué. Et il a l'air...

Ne le dis pas.

– Il a l'air raisonnable. Je peux peut-être lui parler et
on trouvera une solution.

Je détourne le regard, honteuse de ma propre
incertitude. Que m'est-il arrivé ? Une bonne baise ne
vaut pas la peine d'abandonner Svera et Miari.

Elle fronce les sourcils et je me sens encore plus mal
que je ne le suis déjà.

– Une solution à quoi ?

Dans la lumière tamisée, ses grands yeux noirs ont un
éclat meurtrier.

– Tu crois qu'il te laisserait retourner sur ta planète
natale ? Ou qu'il te laisserait essayer d'interférer avec la
relation entre la Rakukanna et le Raku ? Il ne te laisserait

jamais les approcher, ni l'un ni l'autre. Tu seras jugée pour ce que tu as fait, il y aura un procès.

J'ai l'impression que mon cœur est traîné sur des charbons ardents. Maudit soit l'espoir. *L'espoir est un putain de mensonge.* Le monde est bien aussi mauvais que je le pensais...

– Quel procès ?

Les couleurs de son visage s'éteignent et elle décroise ses bras.

– Dès que la première chute de glace sera terminée, toi et l'autre traîtresse qui a aussi essayé d'empêcher le Raku de retrouver son âme sœur Xiveri, vous serez soumises à un procès. Ce sera un combat décidera de votre sort. Vous devrez combattre les guerriers les plus vicieux de Voraxia et si vous perdez, vous serez probablement bannies au-delà de la toundra dans l'océan de glace sans fin de Nobu où vous devrez essayer de survivre. Rares sont ceux qui peuvent y survivre et tu n'es pas équipée pour ça de toute façon. Si tu parviens à vaincre ton adversaire – ce qui, je le répète, est impossible – tu seras peut-être autorisée à t'installer ici et à conserver ta position de Xhea. *Peut-être.* Mais peut-être que le Raku voudra vous punir encore plus pour les problèmes que vous lui avez causés toutes les deux.

– L'Okkari laisserait le Raku me bannir ?

– À qui penses-tu que l'Okkari rende des comptes ? Raku a plus d'autorité que lui. Il est le chef de toute notre fédération. L'Okkari ne s'opposerait pas à sa décision. Pourquoi crois-tu qu'il t'a laissée sur cette lune humaine alors qu'il *savait* que tu étais son âme sœur Xiveri ? C'est un soldat avant tout et il est profondément loyal envers Voraxia. Pourquoi *te* choisirait-il plutôt que toute une galaxie ?

Mon cœur bat la chamade. Mes poings sont serrés.

– Mais l'Okkari n'a rien mentionné de tout cela. Et je pensais que...

Par toutes les étoiles, non. N'y pense même pas. Ne va pas te faire des idées. Ne sois pas si naïve, putain.

– Tu vas lui donner des petits, c'est tout ce qui l'intéresse chez toi.

Un rire doux et cruel flotte entre nous.

– Si tu veux vraiment revoir ton peuple et si tu tiens à ta propre vie, tu dois fuir maintenant.

Sa queue fait le balancier derrière elle et cela me rappelle les chats des sables qui parcouraient la lune humaine. Le dernier d'entre eux s'est éteint il y a quelques générations, mais j'ai vu des sculptures les représentant. Mon père avait l'habitude de les fabriquer avec des morelles noires pétrifiées et de les vendre au marché. *Je revois le sable sec tourbillonnant dans l'air. Je me souviens des conversations sur le marché, une sur deux était ponctuée par le rire de mon père.* Il nous a quittés quand j'étais jeune. Après que ma mère ait dû participer à la Chasse. Mes parents ont commencé à se disputer à ce moment-là. Tout a changé. La Chasse détruit tout ce qu'elle touche.

Mes épaules s'abaissent et une haine fugitivement oubliée perce dans ma voix :

– Tu as raison. Quel est ton plan ?

– Viens.

Elle me conduit dans la pièce derrière elle, puis dans une volée de couloirs labyrinthiques. Elle connaît bien le chemin, elle doit être souvent venue ici. L'irritation s'empare à nouveau de moi et me rappelle une fois de plus pour quelle raison je dois quitter cet endroit. *Comment ai-je pu oublier ? Comment ai-je pu croire en lui ?*

Mon genou gauche menace de s'effondrer et mon estomac s'agite avant de retomber. L'étrange fil qui déchire mon abdomen a commencé à se défaire – et c'est le reste de mon corps qui se défait à sa suite. Je me force à continuer, même si chaque pas me donne l'impression de patauger dans la boue. La température se rafraîchit au fur et à mesure que nous avançons, jusqu'à ce que les murs deviennent enfin blancs.

Nous entrons dans une petite pièce. Le froid est si désespérant que je n'ose même pas imaginer ce que cela va donner à l'extérieur. Heureusement, la garce a pensé à tout et elle se tourne vers moi avec une tenue doublée de fourrure similaire à celle que je portais auparavant. Je fais fi de ma dernière hésitation et j'enfonce mes pieds dans les cale-chaussures intégrés. Je suis surprise de constater que les liens ne s'enroulent pas autour des chevilles et des hanches comme la dernière fois. Je lace le plastron et jette la capuche sur mes cheveux emmêlés. Lorsque je lève mes mains maintenant gantées, je vois qu'il y a cinq doigts sur ces gants au lieu de six. *Cet habit a été fait pour moi.*

L'émotion m'assaille et pendant une fraction de seconde, je me demande si c'est la bonne décision, si je ne devrais pas y retourner. *Pourquoi y retourner alors qu'il ne m'a même pas parlé de mon procès ? A moins que...*

– Comment es-tu au courant de mon procès ?

Ma voix est lourde d'accusation mais la salope se contente de rire.

– Tout le monde à Voraxia est au courant de ta trahison. Tout le monde ne parle que des tortures que le Raku va t'infliger pour avoir tenté de l'éloigner de son âme sœur Xiveri.

Son « âme sœur Xiveri ». Je n'arrête pas d'entendre cette expression.

– Si le Raku pense que Miari est son âme sœur Xiveri, alors ça veut dire qu'il l'a retrouvée et qu'elle est avec lui, n'est-ce pas ?

– Bien sûr. Tu pensais vraiment pouvoir l'arrêter ? Il est le chef de la Fédération Voraxiane et c'est un guerrier redoutable. Des gens comme *vous* ne peuvent pas l'empêcher de faire ce qu'il veut faire.

Je n'aime pas la façon dont elle me parle. À ses yeux, je ne suis *rien*. Cela me rappelle trop la façon dont l'alien rouge m'a regardée, s'est adressé à moi, m'a fait du mal – et je n'ai rien pu faire pour l'arrêter.

Je grince des dents et je me retiens de la frapper. Au lieu de cela, je lui demande :

– Où est Miari maintenant ?

Le jaune fait irruption sur son front et elle détourne rapidement le regard.

– Ils vivent à Illyria, la capitale de Voraxia.

– Et ?

– Et quoi ?

– Comment… comment va-t-elle ?

– Je n'en sais rien moi.

– Si tout le monde parle de mon procès, alors on doit aussi parler d'elle. Quelles sont les dernières nouvelles ?

La garce attend un moment, comme si elle réfléchissait à ce qu'elle allait me dire ou non. Finalement, elle dit quatre petits mots qui changent ma vie.

– Elle attend un petit.

Stupéfaite, je laisse la révélation m'envahir, pendant des secondes qui représentent des lustres. *Elle est enceinte. Elle a probablement été forcée de s'accoupler. Elle a* été enlevée par un peuple étranger – par des extraterrestres – dont je n'ai jamais entendu parler. Je n'ai pas pu la protéger. J'ai *encore* failli à mon devoir. La haine fleurit à nouveau dans ma poitrine, trouve en mon doute un appui, et s'accroche. Je me retourne, je déglutis fortement et je regarde la seule autre porte de la pièce, celle d'où provient un froid si oppressant.

– Dis-moi où trouver un transporteur. Je suis prête à rentrer chez moi.

La garce hésite, la couleur de la pêche clignote sur ses crêtes. Elle semble incertaine et je n'aime pas ça. Je finis par la presser :

– Tu sais comment partir d'ici ou pas ? Si tu veux que je parte, alors montre-moi le chemin.

Ses traits se durcissent. Ses couleurs s'éteignent. Elle tourne la tête vers la porte et dit :

– Suis le soleil vers l'Orient jusqu'à la falaise d'écume noire. La porte des transporteurs privés de l'Okkari s'ouvrira pour toi comme tu es Xhea. Elle ne le fera pas pour moi, donc tu dois le faire par toi-même. A l'intérieur, tu trouveras le module de transport. Tu pourras aller où tu veux. Pendant ce temps, je vais distraire l'Okkari. Quand tu auras atteint ta pathétique planète humaine, tu ne seras plus qu'un lointain souvenir pour lui.

Le fil dans ma poitrine s'ouvre et forme un gong creux qui sonne. Je fais un nouveau pas douloureux jusqu'à ce que je sente le froid franchir la barrière de la porte et de mes gants. Je me demande si la température extérieure n'a pas baissé encore plus significativement.

– C'est loin ?

– C'est à un quart d'éclipse d'ici, ce n'est pas loin, mais avec tes petites jambes trapues, il te faudra probablement une demi-éclipse au moins.

Je claque des doigts et ignore son insulte.

– Je ne connais pas cette mesure, combien ça fait en pas ?

Elle hausse les épaules, ses crêtes se couvrent de noir.

– Trois cents pas. Ensuite tu seras libre.

Je me tourne à nouveau vers la porte et cette fois, elle appuie sa paume sur un panneau à côté de la porte avant qu'elle ne se libère et glisse, laissant entrer une rafale de lumière blanche éclatante et un blitzkrieg d'air glacial et mordant. Je fais rapidement le premier pas hors de la maison de cet extraterrestre envoûtant, avant qu'il ne soit trop tard. *Avant que je ne succombe à l'oasis et que je ne la laisse me noyer.*

– Humaine.

Je me tourne. Ses crêtes sont à nouveau incolores, et je peux sentir la satisfaction s'infiltrer dans ses mots.

– Ne reviens pas.

La porte se referme entre nous en silence, sans grande cérémonie.

La maison est derrière moi, et au-dessus de moi, le ciel est choquant. Des bandes rouges brillent à travers un blanc sans limite. Le froid en tombe comme des aiguilles et fond là où il touche ma peau. En plissant les yeux, j'aperçois le contour sombre de falaises au loin, comme la garce l'avait promis, même si elles semblent plus éloignées que trois cents pas. *Trois cents de leurs pas, c'est probablement cinq cents des miens.* Le monde est plat partout ailleurs et il n'y a pas de maisons ici. *Je suis sûrement de l'autre côté de la colline.*

J'avance de quarante pas et quand je me retourne, la maison de l'alien violet est à peine visible. Devant moi, l'horizon est toujours d'un blanc immaculé, il n'y a que le vague contour de *quelque chose* devant moi pour me guider.

Je fais encore vingt pas, puis dix, puis cinq. Le vent me brûle comme un feu. Je ne comprends pas comment quelque chose d'aussi froid peut occasionner une telle brûlure. C'est encore pire qu'au sommet de la montagne, et je n'aurais jamais cru cela possible à l'époque. *Est-ce que ça peut être encore pire que ça ?* Pendant ce temps, le sol sous mes pieds est passé d'un blanc moelleux et élastique à un froid dur et inflexible, comme la toundra sur laquelle j'ai couru, même si la cheffe m'a dit de ne pas le faire. *Si elle m'a recommandé de ne pas courir dans la toundra, pourquoi garderaient-ils des transporteurs ici ?* Peut-être qu'elle a menti. *Peut-être que c'est Kuaku qui ment.* Après tout, elle voulait que je parte. Pourquoi ai-je pensé qu'elle se soucierait de ma vie ?

Un souffle froid me traverse la joue et je ne peux pas le repousser. Je lui tourne le dos et même là, les aiguilles semblent flotter autour et même *à travers* mes habits. Ça fait mal. Les battements dans ma poitrine se muent en prémisses d'une panique bien réelle.

Je me retourne, mais je ne suis pas sûre d'être exactement dans la même direction. J'essaie de m'orienter, je cherche la maison – disparue – puis mes pas – mais ils sont partis aussi, ils ont été effacés dès que j'ai levé le pied. Le vent est trop fort. Le blanc est trop blanc. Le froid est trop brutal. *Je dois retourner là où je serai en sécurité.* Là, je pourrai le combattre au sujet du procès. Là, je pourrai le combattre à propos de Miari. Je peux me battre contre n'importe quoi au chaud, mais dans ce froid blanc, il devient de plus en plus difficile de bouger et de respirer – deux actions dont je ne peux me passer.

Je finis par choisir une direction et je fais un pas. Je sens le froid dur gronder autour de moi. J'ai ressenti *la même chose* lorsque les extraterrestres rouges ont atterri sur notre colonie lunaire dans leurs grands vaisseaux. Y a-t-il un aéroport par ici ? Je n'ai pas encore fait trois cents pas, mais elle a peut-être mal compté. Je dois être proche. Seuls les téléporteurs produisent ce son.

L'espoir soulève ma poitrine et me pousse à avancer, mais là où je marche, le sol sous mes pieds s'assombrit. Il n'y a pas d'ombres au-dessus de moi et c'est trop blanc et trop vaste pour que j'aie pu créer une ombre moi-même.

Aussi confuse que curieuse, je me penche et je repousse la couche de brume qui recouvre le froid intense. Je manque tomber à la renverse quand une ombre passe sous mes pieds. *Quelque chose* bouge *là-dessous*. Et là, je le sens. Un bruit sourd, un gémissement distant et terrible venant d'en bas. *D'en dessous.*

Le bruit sourd revient et quand je lève les yeux, je ne me soucie plus du fait que je n'ai aucun point de repère pour me guider. Rien de tout cela n'a d'importance. Je ne sais pas si ce qui se trouve sous le froid dur peut le traverser, mais le bruit sourd suffit à secouer tout mon corps, à décoller mes pieds du sol, à me faire trébucher. C'est *énorme*. Je ne veux pas être là pour découvrir à quel point ce froid dur est épais. Je pensais que me battre contre les khruis était difficile, mais je suis sur la terre des extraterrestres maintenant, et je ne connais rien des monstres qui vivent ici. Ce sont tous des monstres.

Je m'élance en courant aussi fort que ma combinaison le permet, trébuchant tous les trois pas sur les tremblements que le bruit sourd crée. L'épuisement est oublié. Tout comme Miari, Svera, la colonie, les différences entre les Humains et les extraterrestres... Tout ce que je sens, c'est le feu dans ma poitrine et le désespoir de vivre qui me tenaille... ainsi que le craquement du froid dur sous mes pieds.

Un cri assourdissant brouille mes ondes cérébrales. Je glisse et tombe sur les genoux, mais je ne reste au sol que quelques secondes. Tout vacille. Le froid dur cède et je m'envole alors que quelque chose d'énorme – plus grand que les extraterrestres, plus grand que les khruis, plus grand que les maisons de notre colonie, plus grand que les vaisseaux – se libère de la prison froide qui le tenait à distance.

Une sorte de chaleur aiguë me brûle toute la jambe droite dès que je me lève et je retombe durement sur mes genoux. Je jette un coup d'œil à ma combinaison pour la voir déchiquetée par une étrange substance incolore. De la vapeur s'en échappe et à en juger par la soudaine inflexibilité et l'immobilité de tout mon côté droit, je sais que cela ne peut rien signifier de bon.

Un autre hurlement traverse le blanc et m'envoie voler sur le froid dur, propulsée par le vent généré par son mouvement. J'atterris sur le ventre et quand je lève les yeux, je le vois.

Je ne peux que prier l'univers pour une mort rapide.

Le mammouth du *froid intense d'en bas* a trois membres et se fraye un chemin hors de l'eau à l'aide d'étranges tentacules lisses, faisant apparaître un corps géant complètement dépourvu d'yeux. Tout ce qui se trouve dans son centre rond et gélatineux est une énorme gueule.

Alors que je prends rapidement conscience de sa taille, c'est cette gueule qui me fait frissonner. Ronde et humide, elle n'a pas de dents. Ce n'est qu'un trou béant blanc et rose, à l'intérieur duquel je peux voir des organes, de la chair et de quoi hanter les cauchemars les plus terribles. *Je vais me retrouver à l'intérieur de ça.* Les seules questions qui me viennent à l'esprit sont les suivantes : combien de temps va-t-il prendre pour me tuer ? Comment va-t-il me faire périr ? *Est-ce que je vais suffoquer ? L'acide gastrique que contient cette créature va-t-il me dévorer vivante ?*

Je me redresse en titubant alors que les tentacules s'élancent vers l'avant, s'accrochent au froid dur et, avec une force impossible, tirent la créature vers moi. Elle se déplace lentement, c'est le seul avantage que j'ai pour le moment.

Maladroitement, je cours pour sauver ma vie et ce faisant, je hurle le nom de mon ravisseur :

– Okkari !

Le mot me choque parce qu'il sonne si juste que le fil dans ma poitrine se reconstruit et s'apaise. C'est comme si j'acceptais quelque chose de plus grand. Un calme étrange s'installe dans ma poitrine malgré la menace terrifiante de ma mort imminente. Étrangement, je suis maintenant convaincue que Svera avait peut-être raison depuis le début.

Je commence à penser qu'il existe un Triple Dieu, une force divine qui régit le cosmos, et que ce Triple Dieu a un drôle de sens de l'humour et de l'ironie. Parce qu'en ce moment, alors que j'imagine être mâchée vivante par une bête sans dents, dévorée pour l'éternité : je me dis que j'aurais préféré la Chasse. Mais ce que je regrette le plus, c'est de ne pas être restée dans l'oasis.

9

Okkari

Ce n'est pas mon âme sœur Xiveri.

Je le sais avant même de me réveiller. Le corps qui tente de se glisser dans mon nid n'est pas celui de mon âme sœur Xiveri. Ce n'est pas Kiki. Celle qui m'a rejoint ne sent pas le miaba, le zxhoa ou le crova. Son odeur est infecte. Elle sent les fruits trop mûrs, la viande avariée ou les cadavres qui pourrissent sur un champ de bataille. Mon Xanaxana s'emballe et mon corps commence à tourner contre la fourrure du zyth. Le guerrier en moi s'enflamme.

– Qu'as-tu fait de mon âme sœur Xiveri ? Où est ta Xhea ?

Dans la lueur de l'ioni, je reconnais la femelle. C'est *Kuaku*. Et elle est aussi nue qu'elle l'était le jour de sa naissance.

– Okkari…commence-t-elle, une touche de séduction dans la voix.

Sans prévenir, je la saisis impitoyablement à la gorge.

– Kuaku, as-tu perdu la raison ?

Elle me griffe la main et je la libère d'une poussée en l'envoyant trébucher en arrière jusqu'à ce qu'elle heurte le mur. La peur élimine l'expression de plaisir qu'elle portait sur le visage.

– Okkari, je ne voulais pas…

– Tu ne voulais pas souiller ces fourrures ? Manquer de respect à mon union Xiveri ? Me déshonorer ? Déshonorer ma Xhea ou te déshonorer toi-même ? Nox, tu ne pouvais pas avoir l'intention de faire ces choses. Mais tu vas me dire maintenant ce que tu voulais faire, et tu vas me dire où est mon âme sœur Xiveri et pourquoi tu te trouves à sa place.

Elle tombe à genoux et pose ses crêtes sur le sol – signe ultime d'humiliation.

– Heffa, Okkari, heffa…

– Supplier ne te sauvera pas. Dis-moi ce que tu as fait. Dis-moi où est la Xhea.

Kiki, où es-tu ?

– Je n'ai rien fait, Okkari ! C'est la Xhea… Elle m'a demandé de l'aider à s'échapper. Elle m'a demandé de prendre sa place dans vos fourrures. Elle n'avait aucune envie de s'accoupler avec vous et elle souhaitait retourner auprès de son peuple. Je ne voulais pas, mais elle est ma Xhea. Quel autre choix avais-je, Okkari ?

Mon corps entier se transforme en pierre. La faiblesse m'assaille et c'est une sensation paralysante, étrangère. Je ne peux pas y croire. Je n'ose pas le croire. Pas après ce que nous avons partagé. La lune précédente m'a déchiré. Je ne suis plus le mâle que j'étais au début et, après notre dernier accouplement, je ne me suis jamais senti aussi proche d'une autre âme vivante. Son Xaneru parle au mien comme s'ils étaient, à un point unique et infinitésimal de la création de l'univers, un tout. Est-il possible que ce que Kuaku dit soit vrai ? A-t-elle vraiment voulu me quitter ? Ou Kuaku prépare-t-elle un mauvais coup, comme elle l'a fait auparavant ?

– Ce n'est pas la première fois que tu mens à ton Okkari ce solaire. Tu vas me dire où est mon âme sœur Xiveri maintenant et tu vas dire la vérité ou je n'hésiterai pas à te bannir dans l'océan de glace sans fin où tu pourras vivre tes quelques jours restants seule avec le gel, lui dis-je d'un ton égal, plus froid que la première chute de neige.

– Elle voulait juste partir, mon Okkari. Je lui ai dit que l'est était trop dangereux, alors je crois qu'elle est partie vers l'ouest.

– Tu mens. Si elle était allée à l'ouest, elle serait tombée sur le village. La chute de glace a déjà commencé. Tu sais aussi bien que moi que le village est occupé à se préparer et à s'abriter. Elle aurait été vue et j'aurais été alerté immédiatement.

Une peur rose colore alors son visage avant que l'émotion ne s'éteigne. Ses propres crêtes l'ont trahie. Je soulève Kuaku du sol par les épaules et secoue sa forme flasque.

– *Dis-moi où elle est* !

Le rose flamboie à nouveau, c'est le plus brillant que j'aie jamais vu, il est suivi d'une nuance maladive. Celle du *regret*. Ça ne la sauvera pas.

– À l'est, répond-elle, elle est allée vers l'est.

Je la laisse tomber et elle heurte les pierres en dessous avec un cri.

– Et Kuana ? Où était-elle ? Quel est son rôle dans tout ça ?

Je suis déjà en train d'activer mon disque de vie et j'envoie un message à quatre de mes guerriers les plus proches et trois de mes meilleurs pisteurs pour qu'ils préparent mon dreya et me rejoignent à l'entrée est de ma maison. Si elle est sortie dans la toundra orientale, alors nous n'avons pas une minute à perdre.

Kuaku se balance d'avant en arrière et secoue la tête. Elle s'agenouille devant moi comme la lâche qu'elle est.

– Je...

Elle secoue la tête.

– Elle est dans ses quartiers. Je l'y ai enfermée.

Je rugis de frustration. Je ne veux pas perdre plus de temps avec cette femelle maintenant. J'ai permis à cette créature d'entrer dans ma maison et de prendre soin de mon âme sœur Xiveri. Ce qui est arrivé est de ma faute, je l'ai mise en danger.

Je me prépare à toute vitesse avant de foncer dans ma maison, dans des couloirs noirs, puis blancs, jusqu'à ce que j'atteigne l'entrée Est. Les portes s'ouvrent en glissant lorsqu'elles sentent mon approche et je suis assailli par les premiers souffles de la chute de glace.

Si nous, habitants de Nobu, nous nous sommes adaptés à ce temps, ce n'est pas le cas de mon âme sœur, et la chute de glace sera bientôt beaucoup plus importante. Au plus rude de l'hiver, même les plus audacieux de nos villageois restent chez eux. Il ne faudrait que quelques instants de trop à Kiki pour passer de vie à trépas.

Je dévale les marches raides de ma maison et m'enfonce dans la neige jusqu'aux tibias. Je fonce à travers le blanc jusqu'à l'endroit où mes dreyas m'attendent, attachés à leur planeur de glace. Le premier de mes pisteurs est déjà arrivé. Il est assis dans la coque transparente de son propre planeur.

Mes dreyas sont des bêtes féroces qui se tiennent sur six pattes et mesurent la taille d'un mâle voraxian. Couverts d'une fourrure hirsute, munis d'un cou court, mais de blocs carrés à la place des dents, ce sont de redoutables compagnons de combat et des transporteurs rapides en temps de paix. Les voyages en téléportation sont interdits par ces températures, qui font souvent geler même nos technologies les plus avancées.

Le temps que je sois prêt et attaché dans la coque du planeur de glace, mes guerriers et traqueurs restants se sont rassemblés. Je ne donne qu'un signal rapide avant de commencer à foncer vers l'est. Elle n'a eu que peu de temps et dans ces conditions, elle n'a pas pu se déplacer à grande vitesse. Elle n'a donc pas été en mesure d'atteindre le prochain village de Tannen. *Malheureusement. Là, elle aurait été trouvée et j'aurais été alerté. Elle aurait été logée, accueillie et gardée au chaud pendant le temps qu'il m'aurait fallu pour venir la chercher. En ce moment, elle est en danger.*

– Okkari, Don !

L'appel de Cal'El vient de derrière moi. Je me redresse, tire sur sur les holorênes que je porte et m'arrête net. A travers la fibre transparente de la coque qui me porte, je vois les dreyas devant moi taper impatiemment du pied. Ce sont des créatures loyales et endurcies. La tempête ne les agite pas ainsi d'habitude...

C'est là que je les entends. Le gémissement d'une bête ancienne suivi du cri d'une femelle – *ma femelle*. Elle m'appelle.

– Okkari !

Des frissons remontent le long de ma colonne vertébrale et une explosion se produit dans ma poitrine.

– C'est un hevarr ! rugit mon pisteur, Cal'El, par-dessus le bruit de la tempête.

Je ne lui réponds pas, mais fais claquer mes rênes en partant plus à l'est que le cap que nous avions fixé. Kuaku, *l'immonde menteuse,* Kuaku, la traîtresse hasheba. Si ce qu'elle a dit est vrai et si mon âme sœur Xiveri cherchait vraiment à s'échapper, elle aurait eu besoin d'aide. Elle aurait eu besoin de quelqu'un pour la guider. Quelqu'un pour lui dire où trouver les téléporteurs. Kuaku sait où ils sont, juste au nord de ma maison, dans la montagne. Elle a dû dire à ma Kiki de venir ici et elle avait l'intention de la laisser mourir. *Elle lui a menti,* tout comme elle a essayé de me mentir. Une partie de moi, déraisonnable et lointaine, se sent soulagée à l'idée que, peut-être, ma Xhea ne me fait pas insulte au point de vouloir s'enfuir, mais qu'elle aussi a été trompée.

Un autre cri fend le ciel lumineux et l'ombre d'une douleur ondule le long de ma jambe droite alors que nous chevauchons. Je prépare la lance de glace que je porte ainsi que le blaster ionique que je garde attaché dans mon dos. Cela fait de nombreuses rotations que nos chasseurs n'ont pas affronté un hevarr et il est probable que tous les membres de mon groupe de guerre ne survivront pas.

Mon intuition se mue en certitude lorsque nous arrivons à la source du cri.

L'hevarr ici présent a atteint sa pleine maturité, on peut facilement le voir, même avec le vent et la brume qui l'engloutissent. Pas de traces de ma Xhea, par contre. Je pousse un cri de guerre alors que le chagrin m'envahit et mes guerriers répondent en rugissant. Le bruit collectif, que la neige ne couvre pas, fait sursauter le hevarr. Il chasse à l'aveugle et se fie uniquement aux sons et aux vibrations pour trouver ses proies.

Il se tourne vers nous et, tandis qu'il se déplace, Je balaie rapidement la toundra blanche du regard. Elle est frappée par la glace et des coups de vent portant une neige de plus en plus épaisse. Au beau milieu de tout ce blanc, se trouve une petite tache sombre. Elle est allongée sur le dos et fixe la créature avec une expression d'horreur. Elle a bien compris que même si elle était armée, ce qui n'est pas le cas, elle n'aurait aucune chance contre une telle créature.

Tout ce qui compte pour moi, c'est qu'elle vive.

– Kiki !

Je n'aurais pas ainsi rugi son nom d'esclave et je ne l'aurais pas déshonorée de cette manière si ce n'était pas si urgent. Mais c'est efficace. De l'autre côté du ravin qui nous sépare, elle me regarde. Ma vision n'est pas affectée par la distance et je peux la voir parfaitement, mais de son côté ; je remarque que ses yeux humains doivent lutter pour se concentrer sur mes traits. J'observe sa poitrine, elle tremble. Je l'entends murmurer les drôles de jurons humains qu'elle dit parfois dans le feu de l'action : «par toutes les comètes ». Ou: « par les étoiles. Je remercie le ciel. Okkari »...

Le Xanaxana dans ma poitrine bat plus fort pour elle alors que la rage, la peur, l'honneur, le devoir et quelque chose de plus grand que toutes ces émotions disparates m'envahissent. Je rugis un autre hymne de combat et charge la créature féroce. Elle émet son propre cri et le monde blanc autour de nous se brise alors que l'Okkari en moi se lève pour défendre les siens.

10

Okkari

Les tentacules qui balaient le sol s'abattent violemment comme les bras immenses de Xana elle-même, tandis que l'encre acide gicle en jets mortels. Trois des nôtres sont tombés avant que je ne parvienne à tuer la créature, ce qui n'aurait pas été possible sans le sacrifice de Re'Okkari.

Vers la fin du combat, Re'Okkari a frappé deux des membres du monstre d'un coup pendant que les autres guerriers sectionnaient le troisième. Son attaque l'a malheureusement placé près de la bouche de la créature, et il n'a pas pu éviter la salive acide de l'hevarr. Pourtant, il est resté planté là où il était, même lorsque la salive a commencé à le désintégrer.

Pendant que la bête était distraite, j'ai pu me positionner près de Re'Okkari et poignarder le monstre de part en part avec ma lance Droherion agrémentée de verre noir – une invention de la Rakukanna. L'extrémité de la lame, qui brûle en coupant, a perforé le petit cerveau de l'hevarr.

Même blessé, il ne s'est pas laissé tuer sans combattre. Après avoir fait éclater ma lance, il a libéré un dernier jet que j'ai reçu sur l'avant-bras gauche, ce qui a écorché la peau de ma chair là où il a atterri. Puis il s'est jeté désespérément dans un trou qu'il avait créé dans la glace, en fracturant le sol. Le corps de Va'El est tombé, mais un autre de mes guerriers a plongé après lui. J'ai écarté Re'Okkari et aidé Cra'El et Ren'El à sécuriser l'espace près de l'hevarr. Enfin, j'ai rapidement donné des ordres aux autres afin qu'ils protègent les soldats tombés et les dreyas pendant que je m'occupais de mon âme sœur Xiveri.

J'ai enlevé ma manche gauche et j'ai bandé ma chair à vif en y apposant de la glace avant de sauter d'un plateau de glace flottant à un autre jusqu'à ce que j'atteigne l'autre bord du trou que l'hevarr avait créé. Là, ma Xhea m'attendait, à l'affût – j'aurais pu dire fièrement, si ce n'était le tremblement de son menton.

– Es-tu blessée ?

Je ressens tant de colère amère et de chagrin que je peux à peine parler.

Elle secoue la tête et tressaille quand je l'attrape. Je la prends néanmoins dans mes bras en grognant et je cours avec elle jusqu'à l'autre côté de la glace brisée, où mes guerriers préparent notre retour en compagnie des Dreyas. Je la dépose dans la coque de mon planeur où elle est protégée du vent.

Alors que je grimpe à sa suite, je ne peux contrôler ma fureur.

– Qu'est-ce qui t'a pris ?

Elle commence à trembler – assez violemment maintenant – mais elle ne me regarde pas. Nox, son regard reste fixé sur le corps de Re'Okkari. Il est allongé à un pas sur sa droite. Son corps est prêt pour le transport. Je maudis ce jour, car il a coûté la vie à l'un de mes guerriers et à deux dreyas au moins. En outre, je ne connais toujours pas l'état de Va'El ni les blessures de mes autres guerriers. Pour l'instant, j'ai juste besoin de savoir pourquoi. Même si je dois m'avilir et lui poser question après question, j'aurai des réponses de sa part.

Je claque mon poing sur le sol glissant. Mes cheveux se détachent autour de mon visage et se répandent en mèches humides.

– Réponds-moi ! Pourquoi t'es-tu enfuie ? As-tu été manipulée ? Comment as-tu atterri ici ?

– Il est mort ?

Le chagrin qui brille dans ses yeux trop humides submerge mon Xanaxana. Je n'ai pas tremblé devant l'hevarr adulte que j'ai terrassé mais je tremble devant elle maintenant.

– Hexa, lui réponds-je en serrant les dents.

Elle s'est enfuie, et je devrais la punir, mais je n'en suis pas capable.

Toute recroquevillée, elle tend la main pour toucher une bande déchiquetée de l'enveloppe qui recouvre le corps. La chair qui contenait son Xaneru un quart de solaire auparavant est maintenant immobile. Les mains croisées sur la poitrine, le cadavre est solidement enveloppé dans les vestiges de son enveloppe de peau. Il a été aspergé par le venin du hevarr, celui-ci a fait fondre l'extérieur de sa combinaison avant de creuser un tunnel dans sa chair.

– C'est grâce à lui que la bête a été vaincue. Sachant qu'il allait mourir, il s'est approché d'elle, a attiré son attention avec un coup, et m'a permis d'avancer suffisamment pour la tuer. Sans son sacrifice, il est probable que d'autres seraient morts, ou auraient été gravement blessés. Et c'est à cause de toi. *Parce que tu m'as menti* et que tu t'es enfuie.

Je m'emporte – pas seulement parce que c'est la vérité, mais parce que je veux la blesser. Je veux blesser mon âme sœur Xiveri. Je suis un mâle fier, mais en cet instant, je ne ressens aucune fierté.

Soudain, à ma grande surprise, elle enfonce le talon de sa main gauche dans son front tandis que son autre bras se pose sur sa taille. J'attrape ses poignets pour l'arrêter mais elle bloque mes mains dans un mouvement bien rodé. Furieux qu'elle essaie de se battre ici, je montre toutes mes dents et me jette sur elle.

Elle ouvre de grands yeux et prend une pose qui me sidère. Qui m'accable. Elle lève son bras droit, écarte ses doigts et utilise son coude pour se protéger le visage et la tête. Elle se prépare à être frappée comme quelqu'un qui a l'habitude d'être battue, qui l'a été de nombreuses fois, et qui n'a pas pu se défendre.

Le temps s'arrête. À l'extérieur de la coque transparente, le monde blanc fait rage. Ici, nous partageons la chaleur que nous créons ensemble. J'attrape son bras avec une main et le tire vers moi. Je l'attire ainsi à moi, sur mes genoux, et je la serre contre ma poitrine, très fort, pour l'assurer qu'elle fait partie de moi et que je ne la frapperai jamais, pas plus que je ne me frapperai moi-même.

Je laisse mon Xanaxana ronronner de soulagement, remplissant la coque entière de ses vibrations. Ses muscles commencent à se détendre et elle a le hoquet, puis elle se couvre la bouche avec sa main. Ses yeux sont fermés et elle s'agrippe à sa poitrine.

– Ce n'était pas censé arriver, dit-elle enfin.

Les mots jaillissent d'elle comme une tempête.

– Un extraterrestre n'était pas censé mourir en essayant de me sauver la vie.

Je m'enflamme de colère en entendant la distinction si inepte qu'elle souligne entre nous, et je grogne dans ses cheveux.

– Extraterrestre, Humain, Voraxian... Quelle est la différence ? Nous sommes tous pareils. Tu déshonores son sacrifice en le réduisant à une espèce.

Elle me serre plus fort et tremble maintenant avec vigueur. Elle se tourne vers ma combinaison, ses doigts s'agrippent au tissu, tirant désespérément. Je le tourne vers elle, pris au dépourvu à la vue de l'eau chaude qui recouvre son visage.

– De l'eau s'écoule encore de tes yeux…

Un sanglot s'échappe d'elle avant que je puisse en dire plus.

– Laisse-moi ici. S'il te plaît…

Qu'est-ce qu'elle veut dire ? Que peut-elle bien vouloir dire ?

– Après avoir risqué la vie de quatre guerriers, trois traqueurs, trois douzaines de dreyas et la mienne, tu me demandes de te laisser là dans la neige ? Qu'est-ce que tu penses que je vais faire ?

Je suis hors de moi. Ma voix menace de briser les fibres de la coque qui nous entoure.

– Tu es mon âme sœur Xiveri ! Tu es notre Xhea.

– Ne m'appelle pas comme ça.

Sa réponse me fait sursauter.

Elle aurait pu répondre n'importe quoi d'autre. N'importe quoi. Mais il a fallu qu'elle dise ça. Je la libère et me lève sans quitter des yeux sa forme à genoux sur le sol en plastique de la coque. Une vague d'émotions me submerge si fortement que je sais s'avance que je ne pourrai pas me contrôler. *D'habitude, je me contrôle toujours. Je me suis toujours contrôlé. Mais plus maintenant.*

– Comment oses-tu ?

Les mots s'échappent de ma gorge comme une lamelle d'écorce arrachée à un arbre. C'est effrayant.

Elle sursaute et sa mâchoire inférieure tremble. Elle me regarde avec des yeux vitreux, mais seulement pendant une seconde. L'instant d'après, elle se redresse et cherche à tâtons l'éclat du bâton que j'ai utilisé pour tuer la créature. Il est posé à côté du corps de Re'Okkari. Elle l'attrape et le soulève en se levant. Dans cet espace incroyablement petit, elle se positionne face à moi comme si je n'étais qu'un autre hevarr. Comme si nous n'avions pas parcouru les plaisirs les plus intimes de la galaxie il y a juste une lune de cela. Comme si nous n'étions pas tous les deux épuisés, blessés et souffrants.

– Baisse cette arme immédiatement.

– Non.

Elle se jette sur moi mais je repousse son premier coup avec les plaques de mon avant-bras, puis le second. Je recule alors qu'elle avance et quand les portes de la coque s'ouvrent, je sors dans la neige. Elle me poursuit dans la glace qui tombe, mais n'arrive pas loin car sa jambe droite cède. Elle lâche le bâton dans la neige et manque s'embrocher quand la partie inférieure de son corps est prise de spasmes. Elle hurle de douleur et s'agrippe à sa cuisse, en la serrant de ses doigts gantés. *Elle a cinq doigts, elle, mais elle pense que c'est nous qui sommes étranges... comme si le fait d'avoir cinq et non six doigts faisait une différence.*

Je plonge à sa suite et fais passer son petit corps sur mes genoux. Je cherche à voir ce que ses mains me cachent, et je remarque tout à coup que ses vêtements sont déchirés. Elle essaie de m'arrêter mais je repousse ses mains.

– Va-t-en, me *supplie*-t-elle.

– Xhea, qu'est-ce qui te prend ?

– Ne m'appelle pas Xhea. Je ne... Je ne le mérite pas... non. Je ne le mérite pas...

Sa tête retombe sur son cou. Ses muscles se relâchent. L'eau qui coule de son visage creuse des chemins à travers la glace qui s'est formée. Ses lèvres sont bleues et sa peau est cendrée. Mon Xanaxana se tortille sauvagement dans mon corps et je ne peux soudainement plus respirer. *Elle est en train de mourir.*

La peur et la panique m'envahissent, mais je n'ai pas la capacité d'endiguer la ruée de la couleur vers mes crêtes alors que tout ce qu'elle fait me dénude et m'écorche jusqu'aux os.

– Cra'El ! Ka'Okkari !

Mon traqueur et mon guerrier viennent à mes côtés juste au moment où je replace à nouveau le corps de Kiki dans le planeur de glace. Les dreyas restants tapent du pied. Ils ont perdu un frère et une sœur aujourd'hui, deux êtres qui avaient grandi avec la portée depuis sa naissance. Eux aussi vont ressentir leur propre forme de chagrin.

– Qu'est-ce qui se passe ? Que lui arrive-t-il ?

Tandis que je pose ces questions, mes doigts survolent son corps. Je ne veux pas la déshabiller, mais je ne sais pas comment l'aider sans la dénuder. Ka'Okkari répond à ma question en finissant d'attacher ses jambes aux stabilisateurs.

– Okkari, regardez ici. Le jet de l'hevarr l'a mutilée. Il a rongé la couche supérieure de la peau.

Pendant qu'il parle, il prend de la neige à l'extérieur du planeur et l'applique sur sa blessure – c'est un moyen efficace de contrer les effets du venin qui l'a aspergée.

Bien que cela puisse ralentir les effets, la neige ne fera pas repousser sa peau. *Seul le merillien a ce pouvoir.* Je suis submergé par la honte. Ce sera la deuxième fois que je devrai placer ma propre âme sœur Xiveri dans un réservoir merillien pour la sauver, parce que cela fait deux fois depuis que le Xanaxana l'a nommée mienne que les créatures de Voraxia s'en prennent à sa vie malgré ma protection.

Je sors mon holovision et donne des ordres rapides aux guérisseurs. En même temps, j'ordonne à mes traqueurs et à mes chasseurs de se disperser et d'apporter les restes de l'hevarr à Hurr afin qu'elle et les xub'Hurrs les préparent et les traitent pour les utiliser pendant la prochaine chute de glace. Un butin de cette importance sera d'une grande utilité. Les peaux peuvent être tannées et utilisées à de nombreuses fins. L'acide peut servir pour la création de fournitures médicales et d'armes. Le gras sera employé pour la création de savons et d'huiles. C'est ce que j'aurais dû dire à ma Xhea, à ma Kiki étrange et blessée qui pleure ceux qu'elle appelle les extraterrestres. *Elle nous hait, mais elle a quand même de la peine pour nous. Je ne comprends pas...*

– Okkari, dit-elle d'une voix faible.

Je me mets à genoux et laisse le pilote automatique contrôler notre direction pour le moment alors que nous volons au-dessus de la glace, en direction de notre maison.

– Hexa, Xiveri. Je suis là.

Ses yeux sont fermés et elle se débat. La température de sa peau est déjà bien plus élevée que d'habitude. Cela fait partie des effets du poison, qui sont beaucoup apparemment plus destructeurs pour elle que pour moi. Délirante, elle dit un nom, puis le répète.

– Maman… maman…

– Kiki ?

Des perles de sueur se forment déjà sur ses joues lisses et arrondies. La couleur s'est assombrie autour de ses yeux, mais le reste de son corps est si pâle qu'on dirait que le Mudan qui guide le chemin vers l'Océan de l'Après est venu la chercher lui-même.

L'émotion m'étouffe. Je suis Okkari et pourtant je n'ai pas pu empêcher cela. *Tout comme je n'ai pas pu arrêter l'invasion Drakesh à l'époque. Je suis faible. Faible.* Je pousse un rugissement qui ne s'adresse à personne d'autre qu'au guerrier mort dans mon planeur de glace et à la Xhea mourante à mes pieds.

Elle cligne des yeux et dans son regard injecté de sang, des demi-lunes s'abaissent.

– Okkari ?

– Hexa, Kiki. Tu vas bien. Tu vas survivre aux effets de l'acide. Je vais te soigner grâce au merillien…

– Je ne te déteste pas.

Surpris, je reste silencieux. Elle lève les yeux vers moi.

– C'est moi que je déteste…

Je plonge mes doigts dans ses cheveux et la secoue. Je suis furieux, pas à cause de ses propos mais seulement parce que j'ai eu une peur bleue. Tout bas, je grogne :

– Kiki… tu es fiévreuse. Calme-toi. Garde ton énergie…

– …Et lui.

Sans voix quelques instants, je me fige à nouveau.

– Qui ?

Elle se lèche les lèvres et hoche la tête.

– Mhm. Bo'Raku. Je le déteste. Je le hais…

Elle se tait, et je reste seul avec ma peur et ma colère. Bo'Raku. *Pourquoi déteste-t-elle ce putride conspirateur ? Ce mâle sans honneur qui essaie de vendre des femelles humaines au seigneur vicieux de Kor et à ses pirates Niahhorrus.* Je ne comprends pas et j'essaie de lui arracher des mots plus intelligibles – pour qu'elle reste lucide, hexa, mais aussi parce que j'ai besoin de réponses. Cependant, après quelques mots marmonnés à propos des vivants et des morts, elle ne réagit plus.

Comme nous approchons de notre maison, je prends la Xhea dans mes bras et j'active mon moteur de vie. J'indique rapidement à ma tribu comment prendre soin des blessés, des morts et des restes du hevarr. J'envoie aussi deux requêtes : l'une à la Rakukanna et l'autre à Svera, la conseillère humaine et la femme qui a conspiré avec la Rakukanna et Kiki. Je prévois de les rencontrer ce solaire. J'ai besoin de leur aide de toute urgence. Je dois tout savoir sur ma Xhea. Pourquoi veut-elle fuir ? De qui fait-elle le deuil ? Pourquoi a-t-elle prononcé le nom de Bo'Raku ? Pourquoi me craint-elle ? Pourquoi est-elle emplie d'une haine qui l'empoisonne ?

Je secoue la tête. Je fixe du regard le visage torturé de ma Xhea. Même dans le sommeil, elle ne peut trouver la paix. Mon âme frissonne et tremble. Il me faut des réponses. Je les obtiendrai malgré mon épuisement, même s'il me faut rester éveillé toute cette lune. Même si cela me prend le reste de ma vie.

//
Kiki

Un écrin de chaleur. Je nage à nouveau dans un écrin de chaleur. Je nage *lentement. Ne savent-ils pas que je ne sais pas nager* ? Cette idée me fait sourire et mes joues se pincent. Je n'ai pas souri depuis longtemps.

Mes orteils tremblent. Je suis parcourue de petits courants électriques comme si j'étais effleurée par des épingles et des aiguilles. Des épingles et des aiguilles. Svera coud une robe – une pour moi cette fois. Cette année-là, Miari et moi avons reçu de Svera et de sa famille des robes assorties pour Noël. Miari a transformé la sienne en un gadget, mais j'ai porté la mienne et tout le monde m'a dit que j'étais belle dedans. Ça fait du bien de se sentir belle.

Ça fait du bien. Le sirop enduit mes membres. Je me réveille lentement. Je suis à l'aise. C'est tellement agréable. C'est aussi agréable que d'être dans les bras d'un homme et de voir sa peau scintiller dans la faible lumière des étranges décorations qui zigzaguent sur les murs noirs. Aussi agréable que de se prélasser dans un nid tapissé de la peau d'un animal qu'il a chassé pour moi tandis que son souffle réchauffe mon cou et que sa voix murmure : « Xivoora Xiveri ». Peu importent les mots. Je les connais déjà. Ils sont d'un autre temps, d'une autre galaxie, bien plus douce que celle-ci...

Je respire et l'air pénètre dans mes poumons accompagné de souffrance. Je halète et j'essaie de m'accrocher à quelque chose sans y parvenir. Je touche... Par toutes les étoiles ! Je ne sens que de la matière visqueuse. *Le sirop est vraiment réel ?* Il s'accroche à mon corps comme des taches, comme des cicatrices. C'est de la matière visqueuse. Une substance violette bizarre qui picote quand je la touche et qui est collée à moi. Elle est sur ma peau, mes yeux, elle épaissit mes cheveux, elle rend ma tête encore plus lourde. Je peux même la sentir *à l'intérieur de mon corps*. C'est comme si mes parties intimes avaient été frottées avec de la menthe poivrée.

Ne me touchez pas ! C'est ce que je pense, mais quand j'ouvre la bouche pour crier, j'étouffe. *Bats-toi, bats-toi, bats-toi !* Je tousse et je me concentre pour me remettre sur pieds. De là, je peux trouver une arme. Avec une arme, je peux tuer à peu près n'importe quoi. Peut-être pas la matière visqueuse, mais n'importe quoi d'autre.

Toutefois, je retombe juste dans plus de sirop. Ma tête passe sous l'eau, et quand mon visage sort de la surface du liquide, je respire un air qui a un goût de réglisse. Est-ce que je peux respirer ? Est-ce que je respire ? *Bats-toi, bats-toi !* Non, calme-toi... J'ai besoin de me calmer... *Bats-toi ! Maintenant, mets-toi debout. Debout ! Ouvre les yeux.* Non. J'ai peur. Non. *Je n'ai peur de rien.* J'ai peur de tout.

— Doucement, doucement... Tout va bien. Tu es en sécurité...

Des doigts doux touchent la racine de mes cheveux et mes paupières papillonnent.

– Svera ?

Ma vision floue révèle un visage qui n'est pas brun clair comme celui de Svera, mais vert. Aussi vert que les arbres sacrés qui poussaient à l'extérieur de la colonie humaine, à l'écart. Qui y poussent toujours. *Comment puis-je en être sûre ? Je ne vis plus là.* Et puis ça me revient. La course en montagne. Ma volonté de le vaincre. Sa victoire. Mon désir. La douleur. Le monstre sur la glace. Les extraterrestres morts à cause de moi...

– Putain. Qu'est-ce que c'est ? Où suis-je ?

Il fait très sombre dans cette pièce. Il y a quelques-unes de ces lumières bizarres qui tournent au plafond et je perçois l'odeur des minéraux. *Je suis déjà venue ici auparavant.*

– Vous êtes dans la salle des bains, dans un bain merillien où vous avez dormi ces derniers solaires. Vos blessures n'étaient pas importantes, donc vous avez guéri rapidement. Je vous prie de m'excuser, mais nous sommes en pleine période lunaire et les ions sont à leur point le plus sombre. J'ai été informée qu'il était difficile pour les Humains de voir lorsque la luminosité est faible.

Une lampe brillante est allumée contre le mur du fond, elle ressemble beaucoup au type de lampe à huile que nous avons utilisée sur la colonie avant que l'huile ne s'épuise et que Merdock ne commence à faire payer trop de rations pour en avoir plus.

– Voilà... c'est mieux ?

Le visage de Kuana apparaît devant moi. Je distingue ses larges yeux noirs, ses cheveux blancs éclatants, ses lèvres douces, ses mouvements empreints de crainte alors qu'elle m'observe.

Le violet qui recouvre mes bras ressemble à de la gelée. De grosses gouttes bien grasses. Mais j'ai l'impression que... *ça bouge.*

– Merillien ?

Je me souviens de ce mot. Il l'a déjà dit, sur la glace, quand il me procurait le plaisir le plus intense que j'aie jamais ressenti...

– Hexa. Ces microbes ont des propriétés curatives. Ils vous ont sauvé la vie lorsque vous avez été amenée de votre lune humaine à Voraxia. Le guérisseur m'a informée que vous aviez dû rester dans le bain merillien pendant trente-quatre solaires. Vos blessures étaient graves cette fois-là. L'Okkari dit que c'est parce que vous aviez combattu les khruis afin de sauver la vie de la Rakukanna – et que vous avez réussi à en tuer deux. Veuillez excuser mon impertinence mais j'aimerais avoir l'honneur de vous demander si cela est correct.

– Je...

J'ai encore le vertige, mais en m'asseyant, je parviens à m'incliner contre le bord de quelque chose de dur. Alors que ma tête tourne momentanément, je cligne des yeux et me concentre uniquement sur un petit visage vert. Celui de Kuana. Je me mouille les lèvres, je me sens... à mon aise... entière. En bonne santé.

– Oui, c'est vrai.

Tsssak. Tsak. Tsak... D'énormes bêtes grises avancent vers Miari et moi. Elles sont toutes griffues et tout ce que j'ai, c'est mon grabar, un ampli que Miari a fabriqué avec une seule impulsion, et ma volonté d'en finir.

– Wow... souffle-t-elle.

Ses lèvres se retroussent mais on dirait qu'elle essaie de lutter contre ce mouvement.

– C'est tellement impressionnant !

– La Rakukanna...

Ma voix n'est qu'un murmure. Ses crêtes deviennent grises. Sa bouche se ferme.

– Pourquoi avez-vous l'air si triste ? Le Rakukanna va bien. Elle est à Illyria où elle règne sur Voraxia aux côtés de Raku et s'occupe de leur petit qui grandit. Ce sera le premier jeune mi-Voraxian, mi-humain né depuis votre dernière chasse avec les Drakeshs. Notre fédération entière est extrêmement excitée d'avoir des nouvelles du petit.

Un profond chagrin m'envahit.

– J'ai échoué. Je n'ai pas pu la protéger.

Kuana, aussi irritante et optimiste que Svera pouvait l'être, secoue la tête.

– Nox. Vous n'avez pas échoué. Svera, la plus proche conseillère de la Rakukanna, m'a informée que vous ne saviez pas ce qu'elles étaient devenues alors on m'a confié l'honneur de vous mettre en contact avec elle. Voulez-vous lui parler maintenant ?

Je suis à nouveau sous le choc. C'est la seule explication, car tout ce que je trouve à dire, c'est :

– Maintenant ?

– Hexa. Maintenant. Ou, vous pouvez aussi attendre le moment de votre choix.

– Non... non. Maintenant ce serait bien.

Kuana sourit et passe une main sur son avant-bras gauche. Tout un tas de chiffres et de symboles holographiques apparaissent avant de planer devant son visage.

– Ligne de communication E6FV8.

Il y a une pause, puis c'est le silence. Les nombres holographiques disparaissent et dans leur sillage, la forme bidimensionnelle de Svera apparaît dans toute sa clarté, comme si elle était là et me regardait à travers une vitre transparente.

– Kiki ! Oh ciel ! Oy Gewalt, Alhamdullah, tu vas bien. Tu vas bien, n'est-ce pas ? J'ai parlé à l'Okkari pendant les deux derniers solaires et il m'a raconté tout ce qui s'était passé. Tu as été amenée à Illyria après avoir été blessée. Il n'était pas censé te faire sortir d'Illyria avant que tu ne te réveilles et que tu aies eu l'occasion de nous parler, à Miari et à moi, mais il l'a fait et maintenant nous sommes coincées ici et nous ne pouvons pas te rejoindre – apparemment, la première gelée de Nobu est trop rude même pour nos transporteurs. Nous allons devoir attendre avant de pouvoir venir te voir ou avant que tu puisses partir et venir nous voir, ou retourner à la colonie si c'est ce que tu veux vraiment. Je suis vraiment, vraiment désolée, Kiki. Il nous a dit qu'il t'avait forcée à faire une autre Chasse et qu'il... que vous…

Elle soupire, l'air torturé, en continuant à me fixer.

– Il pense que tu es son âme sœur – que tu ressens quelque chose appelé Xanaxana qui provoquerait chez toi des réactions... physiques.

Svera, qui vénère le Tri-Dieu et ne sait rien du désir, du sexe ou du corps d'un homme – ose à peine aborder le sujet. Sa voix finit par se briser.

– Il ne sait pas que les humains ne ressentent pas le Xanaxana comme eux. Il pensait que ce serait le cas.

C'est le cas.

– Et je suis désolée Kiki, mais j'ai dû le lui faire comprendre. Alors je lui ai dit ce qui t'était arrivé avant. Ce que Bo'Raku t'a fait pendant ta première Chasse. Va'Raku – l'Okkari – éprouve de profonds remords. Il ne savait pas, et les différences culturelles ont fait que…

Enfin, bref. Je parle, je parle... mais je sais que ça ne change rien au problème.

Un doux raclement de gorge se fait entendre. Kuana se lève et en quelques claquements de doigts, elle s'éloigne du bord du bassin, mais l'image de Svera demeure.

– Je vais vous laisser maintenant. S'il vous plaît, appelez-moi quand vous aurez terminé. Je vous aiderai à préparer un bain.

Je lui fais un signe de la tête, j'ai du mal à trouver les mots, à savoir ce que je dois dire. *Merci* ? C'est une extraterrestre : je ne remercie pas les extraterrestres, je les hais. *Va te faire foutre* ? Mais elle est aussi gentille que Svera ! Et pourtant, c'est une extraterrestre. Je me redresse petit à petit et m'agrippe aux bords de la baignoire.

– Oh Kiki, s'il te plaît, dis quelque chose. Je sais que tu me détestes probablement en ce moment, mais écris quelque chose si tu ne veux pas me parler. Fais un geste. S'il te plaît, ne me laisse pas sans réponse.

Elle met une main sur sa bouche et je vois des larmes lui monter aux yeux. Je suis moi aussi sur le point de pleurer.

J'ouvre la bouche mais ne dis rien. Des éternités passent. Des vies s'effilochent. Mens. Dis-lui que tu la détestes. Dis-lui que tu le détestes. Dis-lui qu'elles t'ont abandonnée et trahie. Dis-leur que tu as encore envie de tuer. Que tu es heureuse que l'extraterrestre qui s'est sacrifié pour toi soit mort. Dis-lui que tu ne ressens rien. Rien !

– Je ressens…

Rien. Je ne ressens rien.

– Je le ressens.

Ma voix se brise. Le démon haineux qui se tortille en moi meurt. La rivière dans mon corps s'assèche. Je me dessèche, pressée à sec. Je tremble de partout. J'ouvre la bouche et un demi-sanglot s'en échappe.

Je ferme les yeux et je lui dis l'horrible, la terrible vérité.

— J'ai senti le xanaxana dès le premier instant où je l'ai combattu. Je ressens *tout*. Tout, sauf de la haine. Je ne te déteste pas et je ne déteste pas Miari.

Je ne le déteste même pas, lui, celui qui se dit mien alors que je ne sais rien de lui. Je ne sais rien si ce n'est qu'il m'emmène dans une oasis où souffle une extraordinaire brise de canne et de racine.

12
Kiki

Je ne suis plus dans le sirop. Je ne suis plus dans la baignoire. Je suis dans une petite pièce sombre dans laquelle se trouve un grabat. Je tremble. C'est peut-être parce que j'ai bien mangé et bien dormi. Ou c'est peut-être parce que j'ai pu discuter avec Svera et Miari. Elles sont toutes les deux heureuses ici, hors de la colonie, avec les mâles qui leur ont été assignés. Miari s'est même unie à l'un d'eux. Elle est reine aujourd'hui. Et elle est enceinte. Cette pensée me fait frémir. *Et si cela m'arrivait à moi ?*

Résolue, je me lève de la petite table où Kuana m'apporte à manger. Elle m'a attendue et cela me gène. Nous sommes toutes les deux mal à l'aise. Moi, parce que je ne sais pas quoi faire avec elle – je n'ai jamais eu grand-chose et ce que j'ai eu, j'ai dû me battre pour l'obtenir. Je n'ai pas l'habitude que quelqu'un m'aide à faire des choses... pas gratuitement...

Elle, parce qu'elle ne sait pas quoi faire de moi. Je me suis comportée de manière erratique depuis que je suis arrivée ici – au mieux. Et quand j'ai essayé de m'enfuir, elle s'est apparemment fait enfermer par Kuaku. *Je ne lui ai même pas demandé ce qui lui était arrivé. Je me suis uniquement concentrée sur moi, au détriment de tous ceux qui m'entouraient.* Je grimace.

J'ai un mal de tête dont je n'arrive pas à me débarrasser. Une peur pulse dans mon corps, et envoie des aiguilles dans mes jambes jusqu'aux ongles des mes orteils. Je veux me battre contre quelque chose pour apaiser mon agressivité. *Je veux m'excuser auprès de tous les êtres que je pourrais croiser, même s'ils sont extraterrestres. Surtout s'il s'agit d'extraterrestres.*

Je soupire, épuisée par mes propres pensées. Je ramasse mes plats en pierre, je prends une grande inspiration, et je m'approche de la porte. Elle s'ouvre grâce à une sorte de capteur et, aussi silencieusement que possible, je me faufile dans le hall. Dès que j'atteins la partie blanche du hall, la température baisse et je regrette de ne pas avoir mis les pantoufles que Kuana m'avait préparées. Mon père m'a toujours dit que j'avais mauvais caractère. Ma mère aussi. Quand ils se sont séparés, c'était la seule chose sur laquelle ils étaient d'accord.

J'entre dans la grande pièce blanche et vitrée qui surplombe le village et je suis tellement distraite par la vue de la tempête qui fait rage de l'autre côté, qui rend le monde entier blanc et sans vie, que je ne remarque pas immédiatement Kuana. Je sursaute lorsqu'elle se lève d'une pile d'oreillers blancs près de la bassine noire encastrée dans le sol et s'incline légèrement.

Je me détourne d'elle en grognant et traverse la pièce en direction de la porte. Je ne suis pas surprise lorsque Kuana se place sur mon chemin. Au lieu de me laisser passer, elle essaie de m'arracher les assiettes vides des mains, mais après une danse maladroite qui, j'imagine, est *frustrante pour nous deux*, elle me laisse passer.

– Montre-moi juste comment faire, lui dis-je d'un ton sec.

J'aimerais savoir comment adoucir mon ton. Ce n'est pas de sa faute. Je le sais, et pourtant ça ne change rien. *Même sans haine, je me comporte toujours comme une horrible bête.*

Ses crêtes se colorent d'une couleur qui, j'imagine, représente sa peur ou sa surprise. Ce n'est pas la première fois que nous avons cette discussion, et comme les autres fois, elle finit par acquiescer et me conduit à travers la porte vers la pièce blanche suivante qui a une fosse creusée dans une partie du sol et à l'intérieur de celle-ci, une estrade surélevée.

Elle m'emmène dans la fosse, puis, au-delà de l'estrade jusqu'à une tache noire contre le mur entièrement blanc. Il s'élève à peu près jusqu'au niveau des hanches et il y a une auge sur un côté. Kuana enlève le bouchon à la base de l'auge et de l'eau étonnamment chaude jaillit.

Vous pouvez utiliser ces cristaux pour faire la vaisselle, dit doucement Kuana.

Elle prend quelques boules rondes et colorées sur le rebord qui dépasse à la hauteur des yeux et en les fait rouler dans ses mains jusqu'à ce qu'elles forment une mousse riche.

Je peux sentir mes yeux s'écarquiller. Je peux aussi sentir mes lèvres se retrousser à la vue de la brosse noire qu'elle prend et place entre nous. Elle ressemble aux brosses de laine que nous utilisions à la maison.

Je l'attrape, mais elle hésite.

– C'est un honneur de vous servir, m'assure-t-elle.

Ces deux derniers solaires, elle n'a pas cessé de répéter cette phrase.

– Oui, oui. Je le sais.

Je rougis. Je ne sais pas quoi dire d'autre mais j'essaie de m'expliquer.

– C'est juste que... je préfère faire les choses moi-même.

Elle baisse la tête.

– Je comprends, ma Xhea.

– Demain, je veux que tu m'apprennes à utiliser ces objets.

Je désigne l'estrade à l'étrange surface marbrée, puis l'ensemble des lambris blancs qui s'étendent sur le mur dans mon dos. Entre les deux, il y a des boîtes argentées que j'ai déjà touchées avec curiosité plusieurs fois – je n'arrive toujours pas à comprendre comment ouvrir quoi que ce soit.

Son visage s'affaisse encore plus, le gris et le céruléen s'étalent sur son arcade sourcilière.

– Bien sûr.

À nouveau, je me sens coupable et je me hais. Le pire dans tout ça, c'est que je sais exactement ce que je devrais faire et dire pour me sentir mieux, mais à chaque fois, je choisis de ne pas le faire.

Je retourne dans la maison comme une coquille vide. Du moins, jusqu'à ce que j'atteigne la porte. Mes paumes commencent à transpirer et un tambour bat sous ma ceinture. Toutefois, je ne cède pas à la tentation de le chercher. Comment le pourrais-je, après ce que j'ai fait ? Qu'est-ce qu'il peut bien penser ? Qu'est-ce que je pourrais dire ? Je pourrais avouer que suis désolée d'avoir fui. Je pourrais dire que je suis désolée qu'il y ait eu des morts par ma faute... mais est-ce que ce serait suffisant ? Je suis baisée, je suis foutue. J'aimerais qu'il me baise, lui. Et j'aimerais me battre. Je veux juste baiser et me battre jusqu'à ce que je sois à bout de force.

J'accélère et la dépasse avant de m'arrêter, stupéfiée, quand j'entends la porte s'ouvrir dans mon dos. *Sors plus vite. Bouge-toi. Pars.* Mes pieds ralentissent. Le froid me donne la chair de poule. Je me tourne avant de me retrouver immobile, le souffle court. Ce mâle n'est pas celui que je connais. Il est bleu – pas rouge – mais il n'est pas non plus l'Okkari. Je fais un bond en arrière et me heurte au mur blanc derrière moi. J'aurais aimé avoir une arme.

– Ma Xhea, c'est bon de vous voir en bonne santé.

Je me fige en tournant la tête. Je finis par lever les yeux vers lui et j'inspecte son visage pour la première fois. Une once d'acier se détache de mes os.

– Tu... tu étais là. Sur le blanc froid.

Sa bouche se plisse et je me demande ce que j'ai fait de mal cette fois.

– Hexa. Je suis Ka'Okkari, guerrier et chasseur de l'Okkari, et de cette tribu.

Je me sens nerveuse. Nerveuse et terrifiée. Il m'a sauvé la vie, *mais c'est un extraterrestre.* Je ne peux pas l'attaquer, même si c'est ce que j'ai instinctivement envie de faire. Comme c'est l'un des extraterrestres qui m'a sauvé la vie, je peux supposer qu'il n'essaiera pas de me faire du mal. Pas après tous les sacrifices qui ont été faits pour me garder en vie.

Une vague de chagrin ; mêlée à un torrent de regret, de peur et de honte, m'atteint puissamment.

– Je...ne...

Il me regarde en clignant des yeux et je sais que je l'ai offensé, même si sa réaction ne trahit rien du tout. Il se contente de sourire et son expression fait naître des larmes de frustration au fond de mes yeux.

– Je vais retourner dans ma chambre.

– Je sais, Xhea, dit-il.

Son sourire s'élargit encore plus.

– J'espérais vous voir juste avant. L'Okkari m'a informé que vous désiriez visiter les maisons de Va'El et Re'Okkari. Il m'a dit que vous vouliez honorer leurs sacrifices. Une fois que vous serez correctement équipée, je pourrai être votre guide.

Son offre me laisse sans voix. Je ne suis plus seulement nerveuse, je suis au summum de l'embarras. C'est exactement ce que je veux faire. Je veux m'excuser auprès des familles des extraterrestres qui ont donné leur vie pour moi, c'est ce que j'ai dit à Svera. Elle doit le lui avoir dit. *Ils se sont parlé ?* Je n'aime pas ça, même si je n'ai aucune raison de ne pas apprécier cela. Ce n'est pas parce que c'est un extraterrestre et ce n'est pas parce qu'elle lui parle derrière mon dos. C'est parce que c'est *mon* extraterrestre.

Il est mien. Il m'a appelée sienne une fois. Mais c'était avant que je ne gâche tout et que je fasse tuer ceux de son peuple. Il n'a plus de raison de penser ça...

Je jette un coup d'œil au large mâle, mais je ne vois personne dans le bureau de l'Okkari.

– L'Okkari est-il là ?

– Il est là, mais il est très occupé. Il y a beaucoup à faire avant que la première chute de glace ne s'achève. Il faut organiser la préparation de l'hevarr qui a été tué, réparer les réserves de grain endommagées par la tempête, poursuivre l'entraînement des guerriers... Il doit aussi organiser un chamar pour Re'Okkari.

– Un chamar ?

– C'est une cérémonie en l'honneur de sa mort au cours de laquelle nous allons célébrer sa vie. Sur votre lune humaine, avez-vous aussi une telle tradition ?

Je sursaute comme si j'avais été frappée, puis j'acquiesce légèrement.

Ka'Okkari me fait une petite révérence et je me sens ébranlée par la sympathie qu'il dégage.

– N'ayez crainte, Xhea. Nous savons que vous n'avez pas encore été initiée à notre culture et que vous avez souffert dans le passé.

Que sait-il de mon passé ? La panique me saisit.

– Je ne suis pas là pour vous tourmenter, et je vous assure que l'Okkari non plus. Nous sommes ici pour vous protéger. Re'Okkari s'est comblé d'honneur, il va rencontrer Xana en sachant qu'il a fait tout ce qu'il pouvait pour vous protéger, et pour protéger la tribu. L'hevarr nous permettra de bien survivre aux chutes de glace imminentes. Il est rare que les chasseurs aient l'occasion de se mesurer à un adversaire de cette valeur et de survivre pour en faire le récit. Je suis sûr que des chansons sont écrites sur Re'Okkari en ce moment même. Il recevra un repos de guerrier dans le Grand Océan de l'Après.

Ses mots me donnent des crampes internes. Je dois m'accrocher au mur derrière moi. J'ai l'impression que je vais mourir. Je cligne rapidement des yeux et articule difficilement une réponse :

– D'accord, je vais y aller... je veux dire, j'aimerais y aller... Je veux les honorer. Laissez-moi juste m'habiller.

Je me tourne et trouve Kuana debout devant ma porte. Elle me tend déjà une lourde combinaison doublée de fourrure.

– J'ai pensé que vous pourriez en avoir besoin, offre-t-elle d'un air timide et touchant qui ne fait qu'accentuer mon agonie.

Ces êtres ne sont pas comme les Drakeshs. Ils ne sont même pas comme les Humains. Les Humains sont de petits êtres cruels. *J'ai été créée par les Humains, et remodelée par les Drakeshs, qu'est-ce que ça fait de moi ?*

Je m'empresse d'enfiler la combinaison et la fourrure supplémentaire que Kuana m'a donnée et je la suis jusqu'à la porte d'entrée où Ka'Okkari attend avec un petit sourire. Je remarque que sa peau est plus bleue et plus sombre que celle de l'Okkari. Son visage n'est pas aussi anguleux, ce qui lui donne un aspect plus doux. Je ne sais pas pourquoi, mais je n'ai pas peur de lui comme je me l'étais imaginé. Je ne ressens aucune envie de me battre.

– Les températures ont augmenté juste assez pour que nous puissions sortir sans grand danger. Cependant, comme vous venez d'une colonie lunaire désertique, j'imagine que la chute de glace va quand même beaucoup vous impressionner. Êtes-vous prête, Xhea ?

Je hoche la tête, à nouveau étonnée qu'il puisse en savoir autant sur ma colonie et je réponds :

– Oui.

– Xhivey, reprend-il avant d'ouvrir la porte d'entrée sur un monde de blanc. Accrochez-vous.

Je le suis dans les escaliers de pierre noire, surprise de constater que ce sont les seules choses ici qui ne sont pas blanches et froides. Le blanc froid descend plus lourdement maintenant. Les flocons sont plus grands que mon visage, même s'ils sont plats comme de l'écorce. Leur taille et leur nombre font qu'il est difficile de voir à plus d'une maison de distance. Heureusement, nous n'allons pas loin avant d'arriver à une habitation taillée dans la même montagne de pierre que celle de l'Okkari.

Elle a une façade en verre, mais étant plus bas dans la montagne, elle n'a pas la même vue impressionnante sur le village que la maison de l'Okkari. Je constate que dans ce foyer enfoncé plus profondément dans la montagne, la plupart de la maison est en pierre noire, plutôt que blanche. Cette habitation est chaleureuse. Chaleureuse et accueillante, avec une touche nettement féminine.

La maison de l'Okkari est bien plus sobre en comparaison. Elle est entièrement blanche et noire. Cette maison a des tapisseries d'un rouge riche relevé par l'or éparpillé sur le sol en pierre noire. Des plantes vertes luxuriantes qui semblent ne pousser que dans des climats beaucoup plus chauds sont posées sur des dais de pierre, suspendues au plafond dans de grands bassins de roche noire ou se contentent de s'agripper directement aux murs.

Alors que je fais un pas de plus dans la pièce et que les portes se referment derrière moi, je ne peux m'empêcher d'être attirée par une étagère pleine d'holophotos piégées dans des cadres roses, verts et beiges. Chacune d'elles présente deux visages souriants. Des visages *extraterrestres* souriants.

Ces visages souriants se trouvent dans des environnements enneigés, parfois dans des environnements plus luxuriants et verts, parfois à l'intérieur de bâtiments, parfois avec d'autres extraterrestres, mais dans tous les cas, ce sont les deux mêmes extraterrestres – Va'El et une femme – et dans toutes les images, ils ont l'air incroyablement heureux.

– Nous sommes honorés de vous recevoir, Xhea, dit une voix féminine.

Je détourne mon regard des holophotos pour me concentrer sur la femelle extraterrestre près du feu. C'est la femelle des photos. Les voir sur les photos, elle et Va'El, si manifestement amoureux l'un de l'autre, me pique la poitrine. Je frotte l'espace au-dessus de mon cœur avec le talon de ma main, même si cela ne fait rien pour dissiper la sensation.

Va'El est allongé sur un divan. Sa jambe est posée sur une pile d'oreillers en peluche. Malgré une jambe cassée en trois endroits et un mollet rongé par l'acide du venin de l'hévarr, il sourit toujours. Sa joie apparente me pousse à me demander comment il est possible que dans une maison pleine d'extraterrestres, je sois, à mes yeux, l'être le plus détestable.

– Je voudrais juste…

Arrête de balbutier comme une idiote, reprends-toi. J'essaie d'adopter l'attitude de Svera quand elle prend la parole et j'inspire profondément. J'expire tout aussi profondément.

– C'est moi qui suis honorée d'être ici.

Je ne peux mesurer ce qu'il m'a fallu de volonté et de force pour affirmer ceci. C'est la première fois que je dis quelque chose de gentil à l'un d'entre eux et ce qui me dépasse, c'est que ça me fait un bien fou.

Va'El et sa femelle échangent un regard. Elle semble légèrement amusée, mais incline tout de même la tête.

– C'est gentil de votre part, Xhea.

Va'El lui fait écho.

– Très aimable.

Par la suite, ils demeurent silencieux et moi aussi. Je sens la chaleur me monter aux joues. Je ne sais pas quoi faire. Je ne sais pas quoi dire à ces gens. A ces extraterrestres, je veux dire... Non, à ces êtres *honorables*.

– Je... hum...

Je bégaie encore comme une idiote.

– Ce que tu as fait, Va'El, c'était vraiment courageux.

Je n'ai donc rien de plus intelligent à dire ?

– C'était mon devoir, Xhea. C'était un honneur. Et si mon âme sœur Xiveri avait été dans la même position, j'aurais compté sur l'Okkari pour faire de même.

Cela me surprend, et je sens la chaleur chauffer mes joues.

– Vous deux, vous êtes des âmes sœurs Xiveris ?

– Hexa, dit Va'El.

Ses crêtes éclatent soudain en couleurs rayonnantes. Elles me rappellent celles de l'Okkari et la façon dont il regarde sa femme me rappelle la façon dont l'Okkari me regarde parfois. *Ou plutôt, la façon dont il me regardait. Maintenant, il ne veut plus me voir.*

– Tre'Hurr et moi avons découvert notre lien lors d'une Course sur la Montagne entre notre tribu et une tribu voisine. Il y a deux rotations. C'était l'une des plus grandes courses que nous ayons jamais vues.

L'extraterrestre – Tre'Hurr – rayonne.

– Hexa, nous sommes bénis par Xana et Xaneru qui nous ont permis de nous trouver. Nous avons entendu dire que vous et l'Okkari êtes également bénis. Je dois dire que je trouve encore plus remarquable que Xana et Xaneru vous aient mis sur le chemin l'un de l'autre de si loin, même si les circonstances qui vous ont réunis étaient des plus malheureuses... Je pleure pour vos femelles humaines.

– Drakeshs muxung, crache Va'El.

Puis ses crêtes rayonnent d'un jaune doux, tranché au milieu d'un rouge beaucoup plus profond.

– Mes excuses, Xhea. C'est simplement tellement impardonnable que je ne peux m'empêcher d'aborder ce sujet.

– Vous… vous êtes au courant de notre Chasse ?

– Nous savons que les accouplements étaient forcés, hexa, dit Va'El.

– Et nous savons aussi que la vie des femelles humaines était perdue si elles ne se débarrassaient pas des petits hybrides avant leur naissance.

Tre'Hurr émet un son strident au fond de sa gorge tandis que ses crêtes deviennent grises. Je me demande si le gris ne signifie pas le chagrin, car je vois cette couleur se propager sur les crêtes de nombreux extraterrestres dans la pièce. Sur les crêtes de *tous les extraterrestres*.

Une pierre se loge alors dans ma gorge, je peux à peine parler. Je cligne des yeux plusieurs fois en espérant ne pas paraître trop émotive. Ils ont de la peine pour nous.

– Comment savez-vous tout cela ?

– Nous avons regardé les premières émissions de la conseillère humaine de la Rakukanna – She-vair-ax, dit-elle en prononçant si mal le nom que je ne peux empêcher le tressaillement de mes lèvres.

– Ce sont des rapports très détaillés sur la culture humaine et son histoire récente. L'Okkari a demandé à ce que ces informations soient diffusées dans tout Nobu afin que nous puissions mieux comprendre notre Xhea. Il nous a également informés que vous aviez été victime du pacte injuste créé entre votre conseil humain et les Drakeshs, dit doucement Tre'Hurr.

Ces propos me stupéfient. Ils savent. Ils savent tous ce que Bo'Raku m'a fait.

– Comment… il n'avait pas le droit de partager cette information…

Ma voix n'est plus qu'un râle. Va'El fait une grimace, quelque chose comme un froncement de sourcils, mais c'est avec une sympathie si authentique que ma colère tombe aussi vite qu'elle est venue.

– Il se devait de partager cette information, afin que les auteurs soient condamnés et que votre courage et votre résilience soient connus. Vous êtes une femme courageuse et vous continuez à vous battre, avec une ardeur qui force l'admiration, même après ce déshonneur – celui de Bo'Raku bien sûr, pas le vôtre.

– Mais c'est… embarrassant…

J'ai du mal à respirer.

Je n'ai pas besoin de connaître le sens des couleurs qu'ils arborent pour savoir que ma remarque a provoqué leur surprise.

– Embarrassant ? Nox, ma Xhea. Pardonne-nous, mais ici sur Nobu, ce que vous avez affronté ne fait qu'accroître votre honneur et le respect que nous éprouvons pour vous. Avoir une Xhea qui a combattu des batailles et a survécu à des horreurs est vraiment un insigne honneur. Même si nous aurions préféré que ces combats et ces horreurs vous soient épargnées.

Un souvenir me revient si fort et si vite qu'il m'assaille comme un coup de fouet. Je croise Malik et Everett qui me sourient en passant. Puis ils parlent de moi, assez fort pour que j'entende :

– Putain, qu'est-ce qu'elle était bonne avant. Dommage que cet extraterrestre l'ait salie.

– Elle doit avoir la chatte explosée maintenant !

Ils rient jusqu'à ce que j'avance sur Malik et le frappe en plein visage. Je me bats contre eux et finis par les laisser avec deux nez, une lèvre et trois yeux noirs en sang. C'est la première fois que je me sens aussi bien depuis longtemps. C'est bon de se battre. C'est bon de gagner.

– Vous ne me trouvez pas... sale ? Souillée ?

Ils sont une nouvelle fois surpris. Tre'Hurr ouvre la bouche, mais c'est Ka'Okkari qui parle. Il se lève et s'éloigne du mur où il s'était appuyé. Son ton est sinistre, son expression est un masque plus sévère que jamais.

– Quelqu'un vous a-t-il dit que vous étiez sale ?

Je secoue la tête.

– Pas ici. Pas sur Nobu.

Le rouge clignote sur son front et je lutte pour soutenir son regard, mais je refuse de détourner les yeux. Je ne veux pas paraître faible. Je ne veux pas avoir l'air sale. Surtout pas devant lui. Cela fait des solaires qu'il ne m'a pas vue. Peut-être qu'il pense la même chose que les jeunes de la colonie. Peut-être qu'il m'en veut à cause du chaos que j'ai causé, et des vies trop tôt éteintes par ma faute.

– La réponse à votre question, Xhea, est nox.

Il ne dit rien de plus et j'acquiesce faiblement, même si je ne suis pas sûre de le croire.

Va'El émet un son furieux avant de s'exclamer :

– C'est un honneur pour nous tous de savoir que le Bo'Raku déchu sera condamné lors du prochain tsanui. Notre Raku a fort honorablement donné son accord.

Le nœud dans ma gorge m'empêche de faire quoi que ce soit, mais je dois savoir.

– Qu'est-ce que c'est ?

– Tu oublies, mon Xiveri, qu'elle ne connaît pas nos coutumes.

Tre'Hurr pose doucement sa main sur le bras de son partenaire avant de réarranger les fourrures qui le recouvrent jusqu'à la taille.

Mon cœur se serre. Je me souviens... L'Okkari se cambre sur mon corps et me protège du froid qui mord ma peau. Il m'appelle guerrière. Plus tard, je regarde sa tête, et surtout cette bande de cheveux blancs au milieu de tant de noir. Je lui dis que j'ai besoin de lui et c'est la chose la plus vraie que j'aie jamais dite à haute voix.

– Excusez-moi, ma Xhea, dit Va'El.

Il se redresse quand son âme sœur Xiveri pose son bras sur son épaule. *Il vit pour elle. Pour quoi est-ce que je vis moi ?*

– Le tsanui est le droit du guerrier à la vengeance. Pour ses crimes, celui que vous appeliez Bo'Raku a été démis de ses fonctions. Il est maintenant connu sous son nom d'esclave, Peixal, et est jugé pour sa trahison envers les Raku et le peuple Voraxian. Il était impliqué dans un commerce illégal avec le roi de Kor, d'après ce qu'on nous a dit, et était également complice de l'enlèvement de la Rakukanna et de sa conseillère.

Je me souviens de ce que j'ai ressenti en apprenant comment Miari et Svera avaient été enlevées par le roi Niahhorru à l'aide d'un dispositif de transport dont on n'avait jamais entendu parler auparavant. Si Krisxox, le protecteur de Svera, n'avait pas survécu, et s'il n'avait pas réussi à placer un traceur dans le communicateur de Svera, elles n'auraient peut-être jamais été retrouvées.

– Le procès devait avoir lieu sur Voraxia, cependant, notre Okkari a demandé à ce que Peixal soit amené ici afin qu'il puisse subir le tsanui avant son procès.

Mon corps tout entier se crispe. Je sens la chaleur qui part de ma lèvre consumer tout mon visage, mon cou et ma poitrine. Je vacille sur place, tendant le bras pour attraper quelque chose, *n'importe quoi*, avant de tomber. Soudain, Tre'Hurr se tient devant moi, ses bras sur mes bras. Elle me touche *gentiment*. Elle me guide vers un oreiller et me tend une tasse de quelque chose de chaud.

– N'ayez pas peur, ma Xhea. Vous êtes en sécurité. Il ne peut pas vous faire de mal. Cela n'arrivera plus jamais.

– Bo'Raku va venir ici ?

Je n'arrive pas à respirer. J'ai rêvé de sa mort des millions de fois, mais il n'est pas apparu au sommet de la montagne, et j'ai oublié ce que ce serait de le voir vivant. *Que vais-je ressentir ?*

– Calmez-vous, Xhea. Vous n'aurez pas besoin d'être près de lui, ni même de le voir, ajoute-t-elle comme si elle lisait dans mes pensées. Il ne serait pas déshonorant pour vous de ne pas assister au tsanui.

– Que se passe-t-il pendant le tsanui ?

Je suis presque en train de m'étouffer entre deux gorgées de ce thé étrange et terreux qui a à la fois le parfum du sable de la colonie et de l'Okkari.

– Il y aura un combat entre notre Okkari et le Bo'Raku exilé, Peixal.

– Un combat ? À la loyale ? Mais pourquoi ? Pourquoi ferait-il ça ?

Pourquoi ferait-il ça pour moi ?

Une couleur clignote un instant sur son front et elle s'incline légèrement.

– Je m'excuse pour cette démonstration émotionnelle. J'oublie parfois que les Humains ne sont pas pleinement conscients de la puissance et des effets du Xanaxana. Il me serait impossible de l'expliquer autrement qu'en disant qu'il ne fait aucun doute que l'Okkari ferait cela pour vous. Exiger le tsanui contre celui qui a fait du mal à son âme sœur Xiveri est instinctif pour lui.

– Je ferais la même chose pour mon âme sœur, ajoute Va'El.

Il prend la main de Tre'Hurr quand elle s'installe à nouveau à ses côtés. Il la pose contre sa poitrine et il la garde là. Je le fixe. Je l'observe attentivement avant de me pencher, la bouche sèche, sur la boisson chaude dans mes mains. Je la savoure alors avec précaution tandis que les arômes épicés submergent mes papilles. Nous n'avons pas de thé comme ça sur la colonie. Du thé qui n'est pas du thé, mais qui est épais, sirupeux, épicé et apaisant à la fois.

– Mais l'Okkari pourrait perdre…

– Nox.

Cette fois, c'est Ka'Okkari, debout à quelques pas, qui vient d'intervenir. Son visage est toujours aussi sévère.

– L'Okkari est le plus féroce des combattants de Nobu. Il ne peut être vaincu dans un tsanui. Ce sera un combat loyal, mais vous ne devez pas avoir peur. Xaneru est avec lui.

– Qu'est-ce qui va se passer ?

– L'Okkari appliquera la punition qu'il jugera appropriée. Il exilera probablement Peixal dans l'océan de glace sans fin de Nobu, mais il devra trouver un accord avec le Raku, la Rakukanna et les autres xub'Rakus. On ne sait pas jusqu'où s'étend l'influence de Peixal sur les planètes extérieures et ils voudront s'assurer qu'il ne peut pas nuire aux Voraxians ou aux Humains, où qu'il soit placé. Vous ne le reverrez jamais.

– Je voulais dire... que va-t-il m'arriver ? Serai-je exilée avec Bo'Raku ?

Ma voix tremble. Je suis terrifiée à l'idée d'être piégée seule avec lui dans une chute de glace à laquelle je ne peux survivre seule. À l'idée de chasser et d'être chassée pendant que j'affronte des Khruis, des Hevarrs et des monstres inconnus. Le Tri-Dieu de Svera parle de paradis. Mais il parle aussi d'enfer. Ce sera le mien. Seule avec le tourmenteur qui hante mes rêves dans un donjon blanc et froid.

Tre'Hurr et Va'El échangent un regard. Elle secoue la tête.

– Mais ma Xhea, pourquoi seriez-vous exilée ?

– Parce que j'ai caché Mi...

Je m'arrête. Je viens de me souvenir de ce que Svera m'a dit à propos des noms. Ici, le nom est intime, secret, on ne le confie qu'aux compagnons ou à la famille proche. Partager celui de Miari maintenant serait la déshonorer.

– ... la Rakukanna.

Les crêtes de tout le monde dans la pièce s'illuminent de différentes couleurs. Quand Tre'Hurr reprend la parole, sa voix trahit son hésitation.

– Ma Xhea, il est vrai que vous serez jugées, la conseillère Svera et vous, pour avoir éloigné le Raku de son âme sœur Xiveri. Cependant, vous ne serez jamais exilée. Les procès, pour vous et Svera, impliqueront des épreuves de combat. Il n'y aura pas de tsanui ou autre chose de ce genre. Vous aurez alors l'opportunité de choisir votre champion ou votre adversaire. L'Okkari sera votre champion et comme Ka'Okkari l'a bien dit, l'Okkari est le plus grand guerrier que Nobu ait jamais vu. Il vous assurera la victoire.

Il va se battre pour moi aussi ? Je ferme les yeux et acquiesce, en essayant de ne pas penser au fait que Kuaku m'a menti et que c'est à cause de ce mensonge que je me suis enfuie. J'aurais pu simplement lui parler. J'aurais pu être honnête et ouverte. J'aurais pu lui demander de parler à Svera et Miari. Ainsi, toutes ces horreurs auraient été évitées.

– Xhea, dit Tre'Hurr, ramenant mon attention sur mon thé.

Elle est particulièrement intéressée par la colonie humaine et me pose des questions polies. Je sens bien qu'elle aimerait en demander plus, mais elle ne le fait pas. Au bout d'un moment, je remarque que Va'El est fatigué. Honteuse de ne pas m'en être aperçue plus tôt, je marmonne un au revoir maladroit, et je me lève pour partir. Alors que je me dirige vers la porte, Tre'Hurr me remercie d'être venue les voir et je parviens à m'excuser, puis à les remercier à nouveau.

De retour dans le blanc froid, je me dis que Jaxal aurait honte de moi mais que mes excuses feraient plaisir à ma mère. Quand ai-je commencé à admirer Jaxal ? Quand ai-je cessé d'admirer ma mère ? Pourquoi ne puis-je pas les admirer tous les deux ?

Le froid est plus fort maintenant, et il ne faut que quelques secondes pour que je le sente sur mon visage et dans mes poumons. Je dois mordre fermement l'intérieur de mes joues pour empêcher mes dents de trembler, et c'est pleine de reconnaissance que je suis Ka'Okkari jusqu'à une autre habitation. Une maison plantée au milieu de la vallée et pas du tout abritée par la montagne, mais blottie contre d'autres demeures plus petites et trapues.

– C'est la maison de Re'Okkari, dit-il lorsque nous passons une porte circulaire, qu'il doit franchir en se penchant.

Encore une fois, je remarque le contraste frappant avec les deux autres maisons que j'ai visitées. Alors que celle de l'Okkari est toute en lignes pures et en efficacité, et que celle de Tre'Hurr et Va'El rayonne de leur amour, l'espace de Re'Okkari est épuré. Il ne trahit pas grand-chose.

D'un côté, il y a le même appareil de cuisson étrange et une estrade qui, *je pense*, est destinée soit à stocker la nourriture, soit à la couper. Au fond de l'espace, il y a une plate-forme surélevée sur laquelle sont empilées d'épaisses fourrures, bien qu'elles ne soient pas placées dans un lit incurvé comme celles de l'Okkari. Il y a un bassin en pierre au centre de l'espace, avec des cendres au milieu, et des oreillers gris et épais éparpillés autour.

À ma droite, en face de la cuisine, il y a une table basse sur laquelle j'aperçois un jeu en cours, laissé pour deux joueurs ou plus. Mon cœur se serre quand je réalise qu'il ne sera jamais terminé.

Je serre les dents avant de demander rapidement :

– Il n'avait pas de famille ?

– Nox, Xhea. Il n'était pas marié.

– Et ses parents ?

Ka'Okkari incline la tête à ce sujet.

– Ceux qui l'ont engendré viennent d'une autre tribu. Ils ont déménagé, et sont partis en quête de climats plus chauds une fois que leur fils est devenu un guerrier à part entière.

– Ils ne se voyaient plus ?

– Nox. Je vois que cela vous perturbe, mais c'est ainsi sur Nobu. Dans tout Voraxia, en fait.

Je croise les bras, en pensant à ce que Kuaku m'a dit. Je ne reverrai jamais ceux que j'aime. Même si elle a menti sur les autres choses, il semble que sur ce point, elle ait dit la vérité. *Je ne rentrerai jamais chez moi. Je n'aurai jamais la chance de dire à ma mère combien je suis désolée.*

Doucement, je reprends :

— Dans la colonie humaine, on reste près de nos parents jusqu'à ce qu'ils meurent.

— Je suppose que vous voulez dire : jusqu'à ce qu'ils passent dans le Grand Océan de l'Après.

Je ne sais pas ce que c'est, mais je comprends l'essentiel et j'acquiesce.

Le blanc scintille sur ses crêtes et il me sourit affectueusement. C'est étrange, mais j'ai l'impression de le connaître depuis des années et non depuis quelques instants.

— Ici, les géniteurs s'occupent des jeunes jusqu'à ce qu'ils atteignent l'âge adulte et prennent leurs nouveaux titres. Ensuite, ils abandonnent les noms qu'ils ont portés enfants.

Tout à coup, je comprends pourquoi ils ne partagent pas leurs noms entre eux. Le faire serait en quelque sorte... intime. C'est une proximité qu'il est peu probable de partager avec beaucoup, surtout si le taux de naissance est si bas. Cela me rend également triste. *Je veux connaître son nom, mais peut-être qu'il ne le partagera pas avec moi après tout ce qui s'est passé.*

— Ma Xhea, je vais vous quitter maintenant, annonce Ka'Okkari.

— Quoi ?

— L'Okkari m'a demandé de vous laisser ici.

— Pour quoi faire ?

Il hésite, le blanc envahit son visage. Le blanc représente la surprise. Le rouge évoque la rage, le jaune la honte, le gris le chagrin et le bleu le bonheur. Le violet symbolise le désir... Je ne parle peut-être pas couramment le langage de leurs couleurs, mais je m'y habitue petit à petit.

– Il pensait que vous préféreriez posséder votre propre résidence en dehors de la sienne.

Ma bouche s'ouvre. Je ne peux pas parler. La haine, la peur, la terreur, le chagrin, la soif de sang et la sauvagerie tendent leurs doigts crochus vers moi. *C'est l'idée qu'il pourrait m'abandonner qui les a fait renaître.*

– Si je peux me permettre, dit Ka'Okkari en brisant le silence, je crois qu'il a peut-être l'intention de vous faire la cour à la manière des Humains. Le manuel écrit par Svera indique clairement que les mâles et les femelles – ou deux mâles ou deux femelles – vivent séparément pendant le processus de cour.

Que Svera et son Triple Dieu soient damnés. C'est bien sûr une croyante qui a rédigé ce bouquin... J'ouvre la bouche pour protester, mais en faisant un pas, mon pied tombe sur l'un des oreillers près du feu. Je fixe les cendres. Je me demande à quand remonte le dernier repas de Re'Okkari, ce qu'il a mangé et si le feu rugissait quand il l'a mangé.

– Ce ne serait pas un déshonneur pour moi de vivre là où habitait Re'Okkari alors que c'est moi qui ai provoqué sa mort ?

– Ma Xhea, personne ne voit les choses de cette façon.

Je croise son regard. Je n'ai pas besoin de sa sympathie. J'étais là. J'ai vu l'hévarr vomir sa salive acide sur lui. Pendant ce temps, je fuyais la bataille sans combattre et je n'avais que quelques blessures superficielles. *Je l'ai déjà déshonoré, de bien des façons.*

– Nox. Au contraire, ajoute Ka'Okkari. Vous l'honorez grandement en vous occupant de son nid.

– Dans ce cas, c'est d'accord. Je vais rester ici.

– Xhivey. Je vais informer l'Okkari et la hasheba qui préparera le nid pour vous.

Je ne sais pas quoi dire ensuite, et je déplace mon poids inconfortablement d'un pied à l'autre.

– Merci.

– C'est tout à fait normal, Xhea. Je vais vous laisser.

Il se détourne de moi pour aller vers la porte et je ressens une étrange tristesse à son départ, semblable à celle que j'ai ressentie lorsque nous avons quitté Tre'Hurr. Elle avait été vraiment... douce. C'est le genre de personne – d'être vivant – que j'apprécie. Je pourrais peut-être même être amie avec elle, si je devais rester ici. *Personne n'a dit que je n'avais pas le droit d'y retourner... pourquoi est-ce que je continue à dire "si"* ? Je me retiens de penser à cette question parce que la réponse génère une douleur sourde qui se répand dans tout mon corps, comme si j'avais été battue encore et encore et que les bleus qui en résultaient ne devaient jamais s'effacer. *Je ne veux pas y retourner.*

À l'instar de la neige qui vient du ciel et qui recouvre tout, cet étrange monde de glace m'a donné une chance de repartir à zéro. Un nouveau départ. Et plus encore... La panique s'empare de moi à la seule pensée de l'Okkari et je secoue la tête pour m'éclaircir les idées.

– Attends !

Ma voix s'élève au moment ou Ka'Okkari atteint la porte. Il me jette un coup d'œil par-dessus son épaule.

– Peux-tu le remercier pour moi ? Il a... bien fait.

Je vais avoir du temps pour moi ? Je serai complètement seule ? Qu'est-ce qui pourrait mal tourner ?

– Je le ferai, répond-il.

Ses lèvres se plissent à nouveau.

Les portes s'ouvrent devant lui et se referment dans son dos. Je suis seule dans le monde obscur qui était autrefois celui de Re'Okkari, pour la première fois depuis des *solaires*. Je fais le tour du propriétaire. Je m'installe à l'endroit où le jeu est encore disposé sans rien toucher. J'ai froid et je me recroqueville dans mon costume de fourrure en essayant de donner un sens au plateau incurvé et à ses nombreuses pièces noires et blanches. Distraitement, je me demande comment je pourrais trouver de la nourriture, mais je ne reste pas longtemps à débattre : au bout de quelques minutes, la porte de la maison de Re'Okkari s'ouvre.

Une seconde, je m'imagine que c'est encore Ka'Okkari et ce qui m'attend me cloue sur place. Ce n'est pas Ka'Okkari mais l'Okkari lui-même. Ses cheveux noirs volent au vent, son regard brutal ne quitte pas le mien. Encadré par le monde blanc derrière lui, il est imposant et masculin. Le fil d'or dans ma poitrine s'enflamme. Non, ce n'est pas un fil. *C'est une mèche.*

Un vent fort s'engouffre entre mes jambes comme pour me mettre au défi de me lever, mais avant que je ne le fasse, il lève les deux mains et fait un petit pas dans la pièce. Les portes se referment derrière lui et, sans les étranges appliques murales glissantes, je dois me contenter des lucarnes qui laissent passer la lumière blanche. Elle tombe doucement sur ses épaules, le faisant briller.

Il ne parle pas. Mes doigts se serrent et se desserrent. Je me détourne du jeu ; je n'ai qu'une envie : me battre, me jeter sur lui, l'emmener jusqu'aux fourrures, lui arracher son costume et m'unir à lui sauvagement. Toutefois, j'arrive à déclarer calmement :

– Je suis désolée. Je n'aurais pas dû être là. Je n'aurais pas dû…

Il lève à nouveau sa main droite et la rapidité de ses gestes me fait sursauter. Il se déplace comme un spectre. Il se rapproche de trois pas, me cache la pièce derrière lui et rend le monde entier plus sombre et plus menaçant. Pourtant, je n'ai pas peur – ou plutôt, je suis terrifiée, mais je n'ai pas peur *de lui*. J'ai peur de moi. Depuis le début, c'est de moi que j'ai peur.

Depuis mon siège bas, mon regard s'attarde sur son corps. Il porte un pantalon doublé de fourrure et une fourrure enroulée autour de ses épaules, rien d'autre, mais je peux encore sentir l'oasis qui le suit partout, sa chaleur enveloppante. Ses épaules se soulèvent et quand il jette un coup d'œil à mon visage, je remarque des signes surprenants de fatigue. Ses yeux sont d'un violet plus terne qu'ils ne l'étaient et ses cheveux sont gras à la racine. En fait, je pense qu'il porte le même pantalon que la dernière fois que je l'ai vu se battre, bien que je ne puisse pas en être sûre.

La mâchoire tendue, je cherche quelque chose d'autre à dire, quelque chose à lui demander, mais il rompt le silence brusquement, durement, et me fait sursauter. Mon cœur palpite avec la force d'un tir d'ion contre du Droherion.

– J'ai parlé à la Rakukanna, à notre Raku et à Svera. J'ai lu le manuel que Svera et Lemoria sont en train de rédiger, ainsi que toutes les notes de Svera, tous les rapports de votre Conseil humain d'Antikythera, de sa cheffe, Mathilda, et des chefs humains qui l'ont précédée.

– Tu… comment ? Tout... en seulement... deux solaires ?

Il ne répond pas. Au lieu de cela, il fait un demi-pas en avant. J'hésite à m'asseoir, mais, *à ma grande déception*, il ne fait toujours pas le moindre geste pour me toucher ou m'attraper afin de me jeter sur les fourrures.

Au lieu de cela, il serre la mâchoire. Un muscle se tend dans son cou. Sa voix est rauque quand il reprend la parole :

– Je suis venu avec une seule requête.

– Je…

Je tousse dans mon poing. Mon visage rougit. Mes orteils tapent sans cesse contre le tapis usé. Je poursuis :

– Tu peux me demander ce que tu veux, je le ferai. J'ai fait tellement d'erreurs, je veux me racheter.

Il siffle, ce qui me fait taire.

– J'ai moi aussi fait des erreurs. Je t'ai arrachée à ton monde natal. Je t'ai poursuivie sur la montagne. Je t'ai refusé des réponses que j'aurais pu te donner et dont je pensais que tu n'aurais pas besoin. Je t'ai traitée comme j'aurais traité une Voraxiane. La liste est longue, mais ce n'est pas ce dont il est question. Tu as parlé à Svera, tout comme moi. D'après ce que tu sais maintenant de la culture voraxiane, et d'après ce que je sais de l'histoire humaine, nos erreurs sont compréhensibles. Tout peut être compris, même si la voie à suivre pour la suite reste floue.

Je déglutis. Je me demande où il veut en venir. Va-t-il me dire que mon existence n'a pas d'importance ? Va-t-il me réduire en cendres comme Bo'Raku n'a jamais pu le faire.

– Es-tu de mon avis ?

J'acquiesce. Je me souviens de la façon dont il m'a amadouée en me demandant de soutenir son regard, alors je continue à le fixer des yeux. Sous mon regard, sa poitrine se gonfle à l'inspiration. Son pantalon se tend à l'entrejambe et mes entrailles palpitent douloureusement.

– C'est exact. Mais que faisons-nous maintenant ? Quelle est ta demande ?

Je mouille mes lèvres en parlant. Je l'ai fait involontairement, mais j'aime la réaction que cela suscite chez lui.

Son pied avance d'un demi-pas, il grogne dans le fond de sa gorge puis expire de façon bourrue, les narines dilatées.

– Je t'ai revendiquée selon les anciennes coutumes de Nobu, mais j'aimerais te revendiquer comme un être humain le ferait. Je voudrais…

Il s'interrompt et s'éclaircit la gorge si fort que je tressaille sur mon siège.

Je me penche en arrière et lorsque ma main s'abat sur une surface de pierre lisse, je brise une des pièces du jeu. Je grimace. Je ne veux pas en abîmer d'autres alors je me lève rapidement. Je ne sais quoi faire de mes bras une fois debout et je me sens extraordinairement plus petite que lui sans arme. Non pas que cela importe beaucoup. Je l'ai vu se battre. C'était magnifique. Une chose est sûre : je n'aurais pas pu le battre, même avec une arme.

– Je vais te poser une question, même si ce n'est pas habituel pour un Okkari ou un xub'Raku.

– D'accord.

Il inspire et expire un souffle régulier.

– Kiki, puis-je te faire la cour ?

Il est l'oasis, et je suis emportée par la marée. Le temps passe. Une quantité indéfinie de temps. Je ne parle pas et il ne bouge pas. Ni lui, ni moi ne cédons. Et à la fin, il n'y a qu'une seule chose que je puisse dire alors que mes entrailles se battent les unes contre les autres et que mon cerveau s'éteint une cellule après l'autre. Il n'y a qu'une seule chose que je puisse espérer faire.

– Oui. Tu peux... On peut essayer ça.

Mon poing se desserre. Mes épaules se détendent. *Je peux le faire. Je peux essayer*.

Il me fait un signe de tête.

– C'est tout ce que je te demande.

13

Kiki

– Gabel.

Au son de ma voix, Kuana replace le fruit étrange de forme carrée dans le bol avec un trille doux, comme elle le fait à chaque fois. Le fruit en forme d'étoile vient ensuite, suivi par le bol entier.

– Splintar et hibo ?

Elle sourit et secoue la tête.

– Presque. Hih-zoh, corrige-t-elle en mettant l'accent sur la deuxième syllabe.

– Hizo.

Ma réponse correcte est récompensée par un rire mélodieux.

Je me mords l'intérieur de la joue pour rester impassible. Je suis déterminée à ne pas céder à la tentation de sourire, même si, à ce stade, je ne sais même pas pourquoi. Cela fait deux solaires que je n'ai pas vu l'Okkari, que j'ai emménagé dans la maison de Re'Okkari et que Kuana a emménagé avec moi.

Lorsque Kuana s'est présentée pour la première fois avec des provisions – des peaux, des fourrures, des allume-feu, du bois coupé, des outres d'eau et des aliments de toutes sortes, ainsi qu'un petit appareil me permettant de contacter Miari et Svera – j'ai pensé qu'elle faisait une livraison. Mais lorsqu'elle a commencé à étaler un plus petit tas de fourrures du côté opposé du feu par rapport au plus gros tas, j'ai su que ma solitude venait de prendre fin.

J'eus instinctivement envie de la mettre dehors... mais je ne pouvais pas. Depuis que j'étais entrée dans sa vie, elle avait été chassée, rejetée, enfermée, ridiculisée et détestée. Elle était ma hasheba maintenant – *ma* hasheba – et bien que je ne connaisse pas beaucoup leur culture, je savais que je ne pouvais pas la renvoyer sans l'humilier. *Un petit effort de ma part serait le bienvenu.*

Ainsi, pendant la première moitié du mois, nous avons vécu l'une avec l'autre dans un silence inconfortable, chacune faisant de son mieux pour rendre l'endroit vivable. Nous avons à peine parlé. Il semblait que nous essayions toutes les deux de trouver des excuses pour être à l'extérieur de la maison aussi souvent que possible – au grand regret de ma peau irritée et gercée par le vent.

Le froid a fini par s'abattre sur nous pour de bon et, dès la seconde moitié du premier solaire, j'ai su que nous serions enfermées ensemble à l'intérieur jusqu'à l'arrivée de la lune à venir. Finalement, j'en ai eu assez. Je ne pouvais plus rester assise en silence avec ma colère et sans exutoire. En outre, je savais qu'elle en avait aussi assez de rester assise en silence sans remplir son rôle et d'être rejetée sans raison qu'elle puisse connaître ou comprendre.

Je ne sais pas comment cela s'est passé, ni qui a fait le premier pas, mais finalement, nous avons fait l'impensable : nous avons commencé à travailler ensemble.

Nous avons construit un feu ensemble. Elle m'a montré comment allumer les pierres roses à l'aide d'une torche trouvée dans l'un des plateaux coulissants de la zone que je vais nommer *cuisine* faute de mieux. Il s'agit en fait d'une série de tiroirs coulissants, tous en pierre noire polie et remplis d'objets étranges.

J'ai demandé à Kuana comment s'appelaient quelques-uns d'entre eux pour découvrir que ces objets étaient en fait de la nourriture. Elle a trouvé ma réaction amusante et a émis son premier trille. Un solaire plus tard, elle m'aide toujours à définir les choses qui composent ce nouveau monde étrange qui m'entoure. Je n'arrive pas à me souvenir de tout ce qu'elle me dit, mais j'ai réussi à noter quelques mots.

– Banaba, dis-je en brandissant une tasse du délicieux thé épais que m'a offert Tre'Hurr il y a quelques solaires de cela.

Elle secoue la tête.

– Bakaba.

– Bakaba.

– Nox. Ba-ka-ba.

– Arrrg.

Je penche ma tête en arrière en signe de frustration et jette mes mains en l'air.

– Je ne vais jamais y arriver.

– Prenez vos mites de traduction. Ils vont vous aider.

– Des mites ? Ce ne sont des insectes, j'espère ?

Son rire mélodieux répond à ma remarque, le visage fleuri de couleurs. Cette fois, c'est le bleu. Elle dépose mon assiette en bois près de l'un des tiroirs qu'elle fait glisser pour l'ouvrir et le fermer. Un drôle de grondement se fait entendre et je sens qu'il y a de l'énergie à l'intérieur du tiroir. Je ne sais pas de quel genre, ni pour quel l'effet. Mais je suis curieuse. *Curieuse, pas heureuse, mais au moins, je ne suis plus sous l'emprise de la haine.*

Kuana hoche la tête.

-Hexa, je le sais. Elles sont très chères. Rares sont ceux qui en possèdent, ici, sur Nobu. On ne m'a donné des mites que lorsque j'ai été nommée hasheba.

– Donc tu ne pouvais pas me comprendre sur la montagne ?

– Nox. Hurr a traduit la plupart de ce que tu m'as dit.

– Hurr ?

– Elle dirige les autres xub'Hurrs. Elles sont chargées de préparer le produit de la chasse des guerriers et des traqueurs. Elle était avec nous quand nous avons couru dans le bourbier.

– Ah. La Cheffe. Et son nom est juste Hurr ? Qui est xub'Hurr ?

– Les xub'Hurrs sont tous ceux qui travaillent avec elle à la préparation des viandes pour le village. Elle donne les ordres et elle est responsable de la formation des xub'Hurrs. Tout comme l'Okkari est responsable de la formation et du commandement des guerriers et des chasseurs, les xub'Okkaris.

J'acquiesce, les rouages s'enclenchent et se verrouillent lentement.

– Comme Re'Okkari et Ka'Okkari.

– Hexa, ma Xh... je veux dire, mon Humaine.

Elle n'aime pas employer ce mot, mais elle l'utilise fidèlement. *Humaine. Est-ce ce que je suis ? Est-ce mon seul attribut ?*

– Les seuls à ne pas avoir de titres xub' sont les hashebas, ceux qui dirigent une discipline comme l'Okkari et la Hurr, et la Xhea ou le Xhera – le compagnon mâle ou femelle de l'Okkari, bien que nous n'ayons eu qu'une seule femelle Okkari dans le passé et c'était dans les temps anciens, avant que le problème de reproduction ne commence à nous affecter.

– Svera m'en a un peu parlé quand je lui ai posé des questions. Elle a dit que le truc... le Xanaxana, brille pour aider les Voraxians à trouver des partenaires idéaux pour la reproduction puisqu'il n'y a pas autant de femelles que de mâles et que tomber enceinte est difficile.

– C'est vrai. Seule une femelle sur quinze a la chance d'avoir un enfant. C'est pourquoi Voraxia est ravie d'avoir découvert votre lune humaine, qui regorge de tant de femelles fertiles. J'ai même lu dans les rapports que vos femelles sont capables de produire plus d'un petit au cours de son existence, dit-elle, en donnant à sa voix l'intonation d'une question.

J'acquiesce.

– Oui. Je veux dire, hexa. C'est vrai.

Kuana trille, ce qui peut être dû soit à ma réponse, soit à mon utilisation de son mot voraxian, soit aux deux.

– Incroyable. J'espère que vous et l'Okkari aurez cette chance.

Je m'étouffe avec mon thé – mon bakaba – et Kuana s'affaire autour de moi pour m'aider pendant que je tousse pour m'éclaircir la gorge.

– Je m'excuse, mon...Humaine. Je n'aurais pas dû suggérer…

– Non. Ça va, ça va. C'est bon.

Mais elle ne m'écoute pas et continue à essayer de m'apporter de nouveaux liquides dans de nouvelles tasses. Bientôt, j'ai une demi-douzaine de tasses étalées sur la petite table à manger devant moi et je ne peux pas m'en empêcher. Je ris.

C'est un rire bizarre, déformé et faible, mais il est là, réel et audible et je ne peux pas l'arrêter. Je ris encore quand j'entends le son d'un coup ferme à ma porte d'entrée.

– Kuana…

J'étouffe, j'avale, je tousse, puis j'étouffe à nouveau.

– Tu peux y aller ?

Un blanc éclatant illumine son visage – comme la dernière fois que je lui ai demandé de faire quelque chose pour moi – suivi d'un orange profond.

– Bien sûr, ma Xhea. Bien sûr.

Elle s'incline trois fois, dans une succession rapide, puis se lève d'un bond. Elle place une pelisse de fourrure blanche autour de ses épaules et se précipite vers la porte. Lorsqu'elle l'ouvre en posant sa paume sur le lecteur juste à côté, je suis encore en train de m'étouffer et de rire dans le même souffle.

L'Okkari apparaît dans l'embrasure de la porte, enveloppé de blanc, et lorsqu'il regarde droit vers moi, au-delà de Kuana, et qu'une symphonie de couleurs illumine son corps, je me fige. Mon rire s'éteint. Le désir m'envahit et la chaleur monte dans mes tripes, elle est si forte et si intense que j'en suis presque malade. Je m'empresse d'avaler un peu plus de la boisson fraîche que Kuana a placée près de moi et j'essaie de croiser son regard… mais j'échoue.

– Est-elle malade ? demande l'Okkari.

Sa voix profonde me fait frissonner, *me fait fondre*. Je réponds « Non » au moment où Kuana dit « Nox ».

– J'ai juste avalé de travers.

– De travers, répète l'Okkari.

Une profonde inquiétude s'est abattue sur sa langue – *sa langue striée*. Il entre dans ce que je considère comme ma maison et la pièce qui semblait si grande auparavant rétrécit rapidement autour de lui. Les portes se referment dans son dos et tout devient silencieux.

– Que va-t-il t'arriver ? Faut-il appeler des soigneurs ? Nous n'avons pas pour coutume d'avaler « de travers » sur Nobu, la nourriture descend droit…

– Ce n'est pas ce que je voulais dire. C'est juste une expression.

J'éclate de rire et l'Okkari s'illumine à nouveau. Même ses yeux s'écarquillent. Les muscles de son cou se tendent comme des fils électriques.

Je me tais, je me lèche les lèvres et j'attends qu'il dise quelque chose. Mais il se contente de fixer mon visage sans broncher et mon embarras enfle. *Je ris devant eux avec insouciance. Je ris comme avant...*

Je détourne le regard, puis je me ravise en demandant :

– Tu voulais quelque chose ?

Son étalage d'émotions disparaît et ses couleurs se taisent. *Je suis presque désolée de les voir partir.*

– Hexa. Je suis venu voir si tu voulais te joindre à moi pour un rendez-vous.

Il prononce le mot avec notre accent humain et cela me fait l'effet d'une claque sur *la fesse*. Je frissonne.

– Un rendez-vous ? Un rendez-vous... galant ?

– Je ne sais pas quelle est la différence entre un rendez-vous et un rendez-vous galant mais le guide interculturel des interactions entre Humains et Voraxians réalisé par Svera et son équipe d'experts détaille l'acte du *rendez-vous* de manière très approfondie. C'est un acte de séduction, généralement initié par le mâle. Je suis ici pour initier la cour et je te demande de participer à ce rituel de rendez-vous avec moi.

Je sens l'air siffler dans ma bouche ouverte, entre mes dents. *Ma mâchoire est à deux doigts de toucher le sol.*

– Je... hum... tu veux aller à un rendez-vous maintenant ? En pleine chute de glace ?

– Hexa. Elle est assez fine pour qu'on puisse la traverser et notre rendez-vous aura lieu dans les grottes de screa qui bordent la montagne.

– Oh. Je...

J'ai envie de dire non. J'ai vraiment envie de dire non. Il ne s'agit plus du tout de ma haine – la haine que je me porte à moi-même ou la haine tenace que j'éprouve pour le souvenir de Bo'Raku et de tout ce qui me le rappelle. Je veux dire non parce que l'Okkari m'intimide au plus haut point.

J'ouvre la bouche mais un souvenir me pince les lèvres. *Je vais essayer. C'est ce que je lui ai dit.* Rejeter sa première tentative pour me faire la cour, comme il l'a dit, ce n'est pas essayer. Je me lèche les lèvres et tire ma lourde tresse sur mon épaule. Il inspire un peu plus profondément – je peux le voir à la façon dont les peaux attachées sur sa poitrine par des liens et des boucles complexes s'étirent sur ses pectoraux. Mon regard se baisse. *Est-ce qu'il bande encore ?* Oh ciel...

Je lutte un moment pour cesser de penser à sa bite et je bredouille :

– Que dois-je porter ?

L'Okkari expire un peu et jette un coup d'œil à Kuana. Je me demande s'il est aussi reconnaissant que moi de ne plus avoir à me regarder.

– Où en est son okami, Kuana ?

Kuana se dirige vers une pile de fournitures qui n'a pas encore été démontée et sort un paquet soigneusement emballé du reste.

– Son okami est prêt, Okkari. Gi l'a cousu à la main elle-même au cours de l'été précédent.

– Xhivey.

Il se tourne vers moi.

– Kuana te fournira des vêtements adéquats et tu lui diras si cela nécessite des ajustements.

– O...kay.

– Xhivey. Je vais te laisser te changer, puis tu me retrouveras juste à l'extérieur de cette maison.

– Attends – le rendez-vous commence maintenant ? Tout de suite ?

Il croise mon regard et je m'arc-boute contre son impact, plus saisissant que n'importe quelle chute de glace et d'autant plus saisissant que, sans ses couleurs, je n'ai aucune idée de ce qu'il pense. *Est-il heureux ? Triste ? Plus ou moins satisfait ?*

– Hexa. Le rendez-vous commence maintenant.

Son ton est si sinistre que, lorsqu'il part, je me lève lentement, pleine de regrets. Pourquoi lui ai-je dit que j'allais essayer ? J'aurais dû dire à cette brute condescendante d'aller se faire foutre.

– Ne t'inquiète pas, ma Xhea, je suis sûr que l'Okkari a préparé quelque chose à ton goût.

Je grogne sans répondre pendant qu'elle m'aide à ôter la tunique et le pantalon légers doublés de fourrure que je portais pour mettre quelque chose de beaucoup, beaucoup plus étrange.

– Qu'est-ce que c'est ?

Elle enfile des menottes identiques sur chacun de mes bras. Les deux premières me couvrent de l'épaule au coude, les deux suivantes du coude au poignet. Elle attache une autre bande de fourrure sur mon dos, et un plastron ajusté et doublé de fourrure sur mon front. Des pièces tout aussi étranges s'attachent sur mes jambes, mes hanches et mes fesses, et l'ensemble de l'étrange engin est finalement attaché par une série élaborée de boucles, semblables à celles que porte l'Okkari.

– C'est ton okami, dit-elle en continuant à attacher les boucles.

Elle a un petit sourire sur le visage.

Mes yeux deviennent deux fentes.

– Tu sais où il m'emmène, n'est-ce pas ?

– Nox. Je n'ai pas été informée de ce *rendez-vous*, dit-elle en prononçant le mot aussi mal que l'Okkari.

– Les rendez-vous sont bizarres. Je n'ai jamais aimé y aller sur la colonie humaine. Je n'apprécie ni les robes, ni les petits cadeaux inutiles, ni le repas pris ensemble, ni les conversations gênantes. Les garçons de la colonie avaient l'habitude d'essayer avec moi, mais je n'ai jamais aimé ça, alors l'Okkari ne devrait pas se faire d'illusions. Tu ne devrais pas non plus.

Je fais la moue, j'ai parlé sans conviction.

– Nox. On ne m'a rien dit de ton *rendez-vous*, mais je sais ce qu'est un okami et il n'a qu'une seule fonction. Si j'ai raison, alors je pense que tu trouveras ce rendez-vous à ton goût.

– Qu'est-ce qu'un okami ?

Comme elle ne répond pas, je tente d'obtenir une réaction de sa part :

– Hmm ?

– Je... ne souhaite pas interférer avec les plans de l'Okkari.

Elle choisit ses mots très soigneusement en parlant. Je sais que son sens de l'honneur est fort, il faudra lui arracher cette réponse – *en serais-je capable ?* Je m'aperçois soudain que je ne peux pas blesser Kuana.

– Je pourrais t'ordonner de me le dire, tu sais…

Elle acquiesce.

– Certainement. Vous n'auriez même pas besoin de me l'ordonner. Si vous voulez vraiment savoir, je peux vous le dire… mais je préférerais laisser à l'Okkari un tel honneur, puisque c'est le rendez-vous qu'il a préparé afin de vous honorer.

Je pousse un soupir audible – théâtral.

– D'accord, d'accord. C'est bon ?

Elle se recule pour observer son travail.

– L'okami permet une flexibilité maximale dans ces basses températures, mais pour arriver aux grottes, vous aurez peut-être besoin d'une fourrure supplémentaire.

Elle enlève la sienne et la jette sur mes épaules en l'attachant solidement avec un nœud au centre de ma poitrine, quelque part dans l'espace au-dessus de mon cœur qui bat follement la chamade.

Son geste me touche profondément et alors que je regarde ses traits verts se froncer en signe de concentration tandis qu'elle me donne ses vêtements pour que je sois au chaud, je détourne le regard avec émotion au moment où elle termine. Lentement, je m'avance vers la porte, en mettant sur mes mains une paire de gants en cuir fins et non tannés.

Juste avant de partir, je murmure :

– Merci, Kuana.

Je ne me retourne pas. Je n'ai pas besoin de me retourner pour savoir que son front est à nouveau orange et rayonne de fierté. *Elle en mérite chaque once.*

– De rien, Xhea.

Alors que je me prépare à affronter le monde froid de l'autre côté de la porte, je me rends compte que j'ai oublié de la corriger quand elle m'a appelée Xhea...

L'Okkari incline la tête. Un vent violent souffle entre nous. Des rafales de blanc froid balafrent mes joues de chaleur tandis qu'une chaleur fraîche agite mes entrailles. Je déglutis fortement, tirant la fourrure de Kuana plus haut autour de mon visage et de ma tête. L'Okkari n'a pas une telle couverture, donc le blanc froid se pose sur ses cheveux foncés, qui volent autour de lui, au vent, désireux d'être touchés. *D'être tirés.*

– Il n'y a que quelques dizaines de pas d'ici à la grotte. Tu me diras si l'okami préparé pour toi est adéquat.

– Il l'est.

J'ai répondu immédiatement, même si je ne le saurai pas tant que nous n'aurons pas commencé à marcher et que le froid ne m'aura pas pénétrée – si le froid parvient à imprégner la température de mon corps, qui grimpe en flèche depuis que je suis à ses côtés.

– Xhivey. Alors allons-y. Suis-moi et reste près de moi.

Ses crêtes changent de couleur très légèrement, elles deviennent d'un vert maladif. Se souvient-il de ce qui s'est passé la dernière fois que j'étais seule dans le froid blanc ? Bien sûr qu'il pense à ça... Rien n'a changé entre nous. Je ne lui ai donné aucune raison de me faire confiance. Mais je peux essayer.

Sans détourner le regard, j'inspire de l'air. Beaucoup d'air. Je laisse le froid remplir mes poumons, je laisse ses flocons blancs tourbillonner autour de moi. Je ne le quitte pas des yeux.

– Je suis avec toi, dis-je.

Mon ton est ferme et assuré. J'espère qu'il me comprend et qu'il ressent ma sincérité. Ses crêtes rayonnent à nouveau de couleur, juste une touche d'orange.

– Xhivey.

Je souris derrière lui quand il se détourne.

En descendant le chemin de sa maison et en contournant le bord de la vallée, je me rends compte qu'il y a de véritables portes qui mènent directement dans la pierre. Après quelques marches raides, la plupart sont marquées par des auvents de pierre rudimentaires qui empêchent le froid de s'emparer totalement de l'espace. Quelques-unes d'entre elles s'ouvrent à notre passage et des hommes et des femmes nous saluent depuis les entrées. Un homme tient ce qui semble être un pot, et une femme un objet en ion.

Derrière une autre porte ouverte, un très vieil homme se tient légèrement voûté et un enfant se cache entre ses jambes. Je n'ai qu'un bref aperçu du petit être, si bref que je ne peux pas dire si c'est un garçon ou une fille. Pourtant, quand nous avançons, je réalise que j'ai une main en l'air. Je lui fais signe.

À l'endroit où le mur de la vallée commence à s'incurver vers son centre, il y a une autre entrée. Elle est basse, mais large. Je peux déjà voir que des lumières brillent le long de tous les murs de cet immense espace. Elles tourbillonnent et pulsent comme les courants d'une rivière. Je peux entendre les sons qui résonnent à l'intérieur, même à travers le blanc froid. Ce sont des bruits de combat.

– Est-ce que c'est...

Je suis sous le choc. Je ne sais pas quoi dire.

La caverne est immense, facilement assez grande pour amarrer une douzaine de transporteurs intra-quadrant. En passant sous l'auvent et en entrant complètement dans l'espace massif, l'Okkari se tient sur le côté. Je sens qu'il évalue ma réaction et il doit être satisfait de ce qu'il voit car il sourit très légèrement.

Je me tourne vers lui.

– C'est ce qu'on va faire pour notre rendez-vous ?

– Bien que je ne connaisse pas bien les coutumes humaines, les exemples de rendez-vous donnés dans le manuel étaient... inintéressants, selon moi. Le manuel parlait de soirées remplies de repas et de jeux enfantins. J'ai pensé que cela serait peut-être plus approprié pour une femme de ton calibre.

– Je...

Je jette un coup d'œil autour de moi pour voir ce qui se passe. Il y a cinquante guerriers ici, peut-être plus, organisés en cinq groupes différents. Le groupe le plus proche est dirigé par un homme qui crie des ordres tandis que le reste des combattants adopte différentes formations.

Deux groupes légèrement plus éloignés sont constitués de paires qui s'affrontent et se battent dans des mouvements chorégraphiés. Dans le groupe suivant, les paires combattent en forme libre tandis que le dernier groupe, le plus proche du cœur incurvé de la grotte, a formé quelques petits groupes. Dans chacun d'eux, un seul combattant affronte plusieurs adversaires.

Quant à leur armes... *Pour l'amour des comètes*, leur armement est dément. Bien qu'il semble, d'où je me tiens, que la plupart des combattants utilisent des épées ; l'armurerie s'étend sur un mur entier. Quelques-uns utilisent des lances qui me sont familières, tandis que d'autres, dans les groupes les plus éloignés, utilisent des armes que je n'ai jamais imaginées – des choses qui ressemblent à des chaînes avec de grosses boules pointues à chaque extrémité ; des couteaux avec plusieurs lames qui tournent autour de celui qui les manie ; de grands filets qui, sous mes yeux, sont utilisés pour mettre les plus grands combattants au sol.

Si je me sentais intimidée avant, ce n'est rien comparé à ce que je ressens maintenant. Sur la colonie, nous n'avons que des lances rudimentaires faites de bois et parfois, si on a de la chance, en métal. Je n'ai jamais rien vu de tel. Un étalage d'armes est monté sur des murs de roche, brillant en noir, blanc et chrome dans des piles qui s'étendent au-delà de ce que je peux voir. Quelque chose doit alimenter au moins quelques-unes de ces armes, car de là où je suis, je peux sentir leur charge électrique fendre l'air, le faire chanter.

– Kiki, dit l'Okkari à voix basse.

Je sursaute.

– Pardon ?

– J'ai dit que j'espérais que cette alternative pour un rendez-vous te plaisait.

Il pose encore une question sans la poser.

Ça m'agace qu'il ne le fasse pas, mais je trouve aussi ça un peu drôle. Il est donc arrogant. Et l'arrogance, ça me connaît. Je sens la tension dans ma bouche se relâcher un peu et je réponds :

– Hexa. Ça me plaît. C'est vraiment cool. C'est une bonne idée. Est-ce que je vais visiter cet endroit et me contenter de regarder l'entraînement ou…

– Nox. J'avais l'intention de te proposer de t'entraîner avec moi.

– Tu m'as amenée à un rendez-vous pour te battre contre moi ?

Comme il ne répond pas, je me mets à rire. Mon rire jaillit de moi de travers, il est un peu torturé, mais il se fait tout de même entendre. Je ris si fort que j'ai mal au ventre. Je ris si fort que je vois plusieurs guerriers se retourner. Leurs crêtes s'enflamment de couleurs, mais aucune n'est aussi brillante que celle de l'Okkari. Aucun visage n'est aussi beau que celui de l'Okkari.

Je mets ma main sur ma bouche. Je suis sûre qu'au moins une de ces couleurs représente sa gêne. Je viens de rire comme si j'étais cinglée. Pas comme une jolie fille. Et c'est ce que tous les hommes veulent, n'est-ce pas ? Une jolie femme... *Les hommes qui veulent des jolies femmes ne les invitent pas à sortir pour se battre.*

Ses couleurs s'éteignent, et sa bouche s'abaisse.

– Si c'est inacceptable, alors…

– Non. Non. Je veux dire, nox. Ça ne l'est pas.

Alors que je l'interromps, je sens de nouvelles flammes s'allumer dans mon ventre, plus puissantes que le froid qui pénètre cet espace caverneux.

– C'est exactement ce que je veux faire, ça me fait très plaisir. C'est une idée géniale. J'adorerais me battre contre toi... enfin, tu me comprends.

Je me mords l'intérieur de la joue pour garder un visage impassible. De tous les hommes de la colonie qui m'ont proposé un rendez-vous, aucun d'entre eux n'a pensé à faire quelque chose comme ça. *Mais cet extraterrestre y a pensé.* Nos différences m'obsèdent de moins en moins.

– Xhivey.

Il expire d'un ton bourru et se tourne pour faire face au mur d'armes.

– Alors tu vas choisir ton arme, à moins que tu ne veuilles me combattre à mains nues comme tu l'as fait pendant la Course de la Montagne.

Il y a quelque chose de séduisant et de taquin dans ce qu'il dit et la façon dont il le dit. Je me sens rougir. Les souvenirs me reviennent en couleur. Je me souviens de son corps au-dessus du mien, qui va et vient, qui pousse. Je me souviens de mes cuisses serrées autour de ses hanches, qui le retiennent, qui l'attirent à moi.

– Je vais prendre une arme.

Il sourit doucement.

– Très bien.

Il m'emmène jusqu'au mur où se trouvent des perches, des piques, des épées en métal à lames multiples, de grands carrés aux poignées étranges, d'énormes fléaux dont on dirait qu'il faut sept mains pour les manier, d'énormes disques remplis d'électricité qui ressemblent à des boucliers, des lanceurs, des haches, des marteaux et de fines petites flèches couvertes d'épines qui brillent dans le noir.

Rien que le fait d'observer toutes les armes placées sur toute la longueur du mur prend une éternité. *Ou peut-être que c'est l'impression que j'ai parce qu'on marche côte à côte.* Je peux sentir le frottement de son bras contre la fourrure que je porte tous les cinq pas. C'est tellement régulier que je commence à attendre cette caresse avec impatience. *Je ne devrais pas, mais je m'en fous.* Je me rapproche un peu plus de lui et je me demande s'il le remarque. Il n'y a aucun grondement subtil, aucun commentaire, aucune couleur de sa part. *Est-ce qu'il aime ça ? Est-ce qu'il déteste ça ? Qu'est-ce qu'il pense ?*

Il me faut un moment pour réaliser que nous avons longé tout le mur et que nous sommes arrivés à la toute dernière arme – une sorte d'arc incurvé avec une lame à chaque extrémité et aucune corde pour les lier. Il est suspendu à son propre crochet.

– Nous appelons cela un arc-dague, mais ce n'est ni l'un ni l'autre. C'est un bâton-épée hybride, très efficace pour chasser le gros gibier, en particulier ceux qui se déplacent en meute, ou lorsqu'on doit affronter plusieurs adversaires.

– Wow.

Je retire ma main et me racle la gorge, en essayant d'avoir l'air confiante.

– Toutes ces armes sont impressionnantes.

– Je pense qu'il est important que mes xub'Okkaris apprennent à s'entraîner avec toutes les armes qu'ils peuvent utiliser au combat ou à la chasse, et à se défendre contre elles. Ce que tu as pu voir est un échantillon de toutes les armes que l'on trouve sur Voraxia.

Alors que nous faisons demi-tour, mes doigts se tendent et caressent la longueur d'un objet incurvé, en forme de bol avec un bord dentelé. Je n'arrive même pas à imaginer comment on le tient.

– Ce ne sont que des armes d'entraînement ?

– Hexa.

– Oh.

– Je vois que cela te perturbe. Cette partie juste ici comprend uniquement les armes destinées au combat à mains nues.

– Non, ce n'est pas... attends. Donc ce ne sont que des armes qui ne tirent pas ? Il y en a d'autres ?

– Bien sûr. Tous mes guerriers apprennent à s'entraîner avec chacune de ces armes jusqu'à ce qu'ils trouvent celle qui leur convient le mieux. Si tu ne trouves pas ton compte ici, je ferai construire une arme qui te ressemble. La Rakukanna fabrique des armes plus adaptées aux humains.

Je sens la frustration et la colère me monter au nez.

– Non. Je suis sûre que vous avez quelque chose que je peux utiliser.

Je claque des doigts et je me force à avancer. Je feins d'ignorer ce que je ressens en sa présence et je vais jusqu'à ralentir pour éviter que nous nous touchions en marchant. J'observe les armes avec un mal être presque palpable. *C'est sans doute de l'anxiété ou du stress.* Je n'en sais rien.

– Vous n'avez pas de lances ?

– Si, bien sûr.

L'Okkari s'arrête, se retourne et pose sa main sur un bâton qui m'a échappé. Au lieu de me le tendre, il tire et le bâton se libère, un tiroir s'ouvre en même temps. A l'intérieur, il y a une douzaine d'autres bâtons, chacun a un style différent. Certains ont des extrémités incurvées, d'autres dentelées, certains ont l'air de contenir *quelque chose*, d'autres encore sont blancs et glissants. Aucun d'eux ne ressemble au bout de bois simple avec lequel je me suis entraînée, ou au grabar que Miari avait fabriqué pour moi et que j'ai utilisé pour combattre les khruis.

– Wow.. tous ces ... il y en a tellement... Je murmure pour moi-même.

Sur la colonie, nous ne possédions rien, ou presque. Et ici, les richesses abondent. *Qu'est-ce que j'imaginais ?* Que je pouvais battre un guerrier qui s'est entraîné toute sa vie avec ces armes ? Quelqu'un qui connaît toutes les armes de Voraxia ? Qu'est-ce que j'aurais pu lui faire avec ma putain de petite lance ? Une lance si petite en comparaison des siennes qu'il pourrait probablement se curer les dents avec. Je pensais qu'on pourrait peut-être s'amuser. Je pensais que ce serait l'occasion de mettre à profit les heures passées à m'entraîner avec Jaxal. Je pensais que j'aurais une chance de l'honorer. De me combler de fierté. De *le* combler de fierté. Et me voilà submergée, honteuse d'avoir cru un instant que je pouvais y arriver.

Je suis à deux doigts de renoncer à ce « rendez-vous » et de retourner dans ma petite tanière avec Kuana quand l'Okkari se tourne vers moi:

– Puis-je faire une suggestion ?

Je lève les yeux vers lui, hésitante et méfiante, mais je ne refuse pas. Comment le pourrais-je ?

Sans hésiter, il tire de la rangée un bâton blanc à l'aspect glissant.

– C'est du helos, dit-il en me le tendant. C'est l'une des pierres les plus dures qui existent. Elle coupe la peau si on la manie sans gants. Cette arme est légère et redoutable. Il suffit d'un coup, même très léger, pour percer la peau. Un coup plus fort déchirera à coup sûr les plaques d'un combattant aguerri. C'est un bâton d'entraînement, il est donc émoussé, mais étant donné que la peau humaine est plus délicate que la nôtre, je t'encourage à garder tes gants et à veiller à toujours utiliser les prises.

Il me tend le bâton et je suis surprise par sa légèreté. Il est tout de même plus lourd que mon ancien grabar et à peu près aussi lourd que les bâtons d'entraînement de Jaxal. En l'examinant de plus près, je m'aperçois qu'il n'est pas lisse, mais strié de quelque chose de caillouteux et de sombre, comme des gouttelettes microscopiques d'eau noire, ou des paillettes d'onyx noir. J'enlève un de mes gants avec mes dents et j'appuie mon majeur dessus.

Lorsque je retire mon doigt, il est parsemé de petites gouttelettes de sang.

Je souris en percevant le froncement de sourcils de l'Okkari.

– Celle-là, elle est bien.

Je me racle la gorge.

– Je ne l'ai jamais utilisée auparavant, mais je pense que ça ira.

Je retire mon gant et me place en retrait avec l'arme, l'inclinant d'un côté à l'autre, testant son poids. *Elle me convient parfaitement. Il savait que cette arme était faite pour moi. Je doutais et une fois de plus, il est venu à ma rescousse.*

L'Okkari prend son propre bâton. Son arme est aussi noire que les murs autour de nous et elle est plus longue que la mienne de plusieurs pieds. Il me conduit loin du mur, loin des autres guerriers et de l'endroit où ils s'entraînent. Mais pas trop loin. Nous sommes assez proches pour qu'ils puissent nous voir – et beaucoup d'entre eux nous regardent. Je peux voir les coups d'œil qu'ils lancent dans notre direction. Je les ignore et garde la tête haute. *Je me suis entraînée pour ça. Je sais me battre. Je sais ce que je fais. Je vaux autant qu'eux.*

– On commence ?

– Hexa.

Il s'arrête et se tourne vers moi, l'arme en l'air.

– Attaque en premier.

Je fais mine de lutter pour détacher la peau que Kuana a fixée autour de mes épaules tout en murmurant un « ok » assuré. Mon cœur bat la chamade, mon estomac est une bouilloire de scarabées qui se tortillent, et pourtant, tout ce à quoi je peux penser, c'est à mon dernier entraînement. La dernier entraînement dont je me souviens. *Jaxal avait tout donné et je l'avais battu. J'avais gagné.* Je ne m'étais jamais sentie aussi bien qu'à ce moment-là, ou si ça avait été le cas, je ne m'en souvenais pas. Je me sentais invincible.

Ça va bien se passer. Je me suis entraînée. Je ne vais pas m'humilier.

– Je vais t'aider, dit l'Okkari, juste au bon moment.

Il s'avance et quand il arrive à distance de frappe, je lâche ma fourrure, je fais une clé avec le bâton et je le laisse voler.

Je ne suis pas encore habituée au poids du bâton et cela perturbe mon centre de gravité. Je suis légèrement décalée en conséquence, et je ne frappe pas où je veux. Je le frappe à la poitrine, juste là où se trouvent ses épaisses plaques, et je peux sentir leur résistance en même temps que j'entends leur doux craquement.

Il baisse les yeux et je scrute l'espace, d'environ un mètre, qui sépare nos deux corps. Je suis assez près pour sentir la chaleur de son corps m'envahir comme le soleil qui efface l'ombre. Il lève les yeux vers moi, l'air satisfait. Des gouttelettes de bleu flottent dans l'espace au-dessus de ses yeux.

– Xhivey, dit-il doucement. Ne m'épargne pas.

D'un coup sec, il déloge mon bâton et le rejette si fort que je dois faire trois pas pour retrouver mon équilibre. Il passe une main sur le cuir de sa poitrine et je suis heureux de constater qu'il est légèrement déchiré au niveau du sein gauche.

– Oh, je ne t'épargnerai pas.

Je commence à l'encercler, à observer ses mouvements, à chercher ses faiblesses.

– Et qu'est-ce que je gagne ?

– Comment ça ?

– Si je gagne ce combat, qu'est-ce que je gagne ?

Mon explication le surprend encore plus que ma première question alors je développe.

– Lorsque je m'entraînais sur la colonie humaine, mon entraîneur et moi faisions des paris tout le temps. C'est plus amusant, ça motive.

Il ne répond pas immédiatement, mais quand je change soudainement de direction, il le fait aussi, aussi vite que s'il avait anticipé mon mouvement. *Je dois m'être trahie. J'ai dû révéler quelque chose. Personne n'est aussi bon.*

– Dis-moi ce que tu veux.

Tout à coup, la réponse me semble évidente et je ralentis, en baissant légèrement mon arme.

– Ton nom.

– Verax, dit-il.

Je vois bien qu'il veut que je répète, même si le mot lui-même n'est pas traduit.

– Je veux connaître ton vrai nom. Pas Okkari, ni Va'Raku. Je veux connaître le nom que ta mère t'a donné.

Ses crêtes clignotent. Il hoche légèrement la tête.

– J'accepte.

– Et toi, que veux-tu, si tu gagnes ?

Il ralentit, mais seulement un instant, puis son rythme s'accélère à nouveau pour s'adapter au mien.

– Je ne veux pas de prix. Le rendez-vous est un prix suffisant.

Je lève les yeux au ciel.

– Pff… Tu crains !

Il s'arrête complètement à ce moment-là, et me fixe du regard.

– Je crains ? Tu peux parfaitement voir que je n'ai pas peur.

Je me retiens de pouffer de rire et je recommence à lui tourner autour.

– Oui, je sais. C'est juste une autre expression. Ça veut dire que tu es ennuyeux. Choisis un prix. Tu peux choisir n'importe quoi. Je n'ai pas grand-chose à donner, mais je te l'offrirai volontiers – si tu gagnes.

Je lui fais cette proposition, en espérant ardemment qu'il choisisse ce que j'espère qu'il choisira. *Et en espérant que je vais perdre.*

Il me tourne autour un peu plus. Ses pieds bougent sans cesse de gauche à droite et de droite à gauche. Il se déplace comme un chat des sables, il est mortel et puissant. Mon estomac s'emballe. Mon cœur bat plus fort et plus vite. J'inspire sa force – la force qu'il irradie – et j'expire mon angoisse et ma peur – la peur que j'avais pu ressentir à l'idée de combattre un extraterrestre. *Je l'ai déjà fait auparavant et quand nous nous sommes battus, c'était incroyable.*

– Je voudrais faire l'expérience d'un baiser avec toi.

La demande est si inattendue que je trébuche – je trébuche vraiment. Je n'ai pas trébuché en plein combat depuis mes premiers entraînements avec Jaxal.

– Tu veux m'embrasser ?

– J'ai lu des informations sur ce baiser dans le manuel de Svera. Selon ce manuel, le baiser doit précéder l'acte d'accouplement dans la culture humaine. L'accouplement Xiveri a eu lieu avant dans notre cas, mais je ne voudrais tout de même pas te priver de ce rituel. Je ne veux pas nous en priver.

Je me lèche automatiquement les lèvres et le grondement qui m'est familier s'échappe de lui pour emplir l'air.

– J'accepte. Mais seulement *si* tu gagnes.

– Bien sûr, dit-il.

Même si je ne le connais pas très bien, je sais qu'il n'est pas condescendant avec moi. Il me parle comme si je ne l'avais pas déjà vu combattre, comme si je n'étais pas déjà prête à renoncer à ce que j'avais mis en jeu, comme si ma victoire était une possibilité.

Parce qu'*il* croit en ma victoire, j'y crois aussi. Et je me bats en conséquence.

Je traverse l'espace en quelques enjambées, mes grands pas dévorent la distance qui nous sépare. Je m'aperçois qu'il anticipe chacun de mes mouvements, donc je sais que je dois faire quelque chose pour le prendre au dépourvu. Je transfère ma lance dans ma main gauche et feinte à droite, attendant qu'il me suive avant de donner un coup de pied.

Je vise sa cuisse, et alors qu'il utilise la sienne pour écarter mon pied d'un élégant coup de pied, j'abats mon helos avec force. En bougeant, j'aperçois du blanc dans les crêtes qui parsèment son large front. Bien que la courbe de ses hautes joues reste inchangée, ses narines s'élargissent et sa mâchoire se serre. Il parvient quand même à parer le coup avec son avant-bras, mais c'est le minimum pour tout guerrier digne de ce nom, et il est bien plus que cela.

Je touche le sol et tourne sur moi-même. Le poids du bâton me déstabilise à nouveau, mais je fais rapidement les corrections nécessaires et lorsque je me retourne pour lui faire face et le frapper à la cuisse, mon coup se heurte à une des épaisses plaques qui le couvrent. Je grogne de frustration.

Fichues plaques. J'ai pris en compte celles sur sa poitrine et ses avant-bras, mais j'ai oublié celles de ses jambes. Je dois viser les côtes alors, ou le cou, les épaules – même l'aine s'il le faut. D'un coup rapide de son bâton, il repousse le mien. Je me place hors de sa portée, mais il ne se défend pas. Pas encore. Il me donne le temps de m'habituer à l'arme. De m'habituer à le combattre.

J'avance avec force. Il me bloque avec son bâton, les deux pièces de métal et de pierre se heurtent avec un claquement fort. Il y a un moment de silence. *Un moment de paix.* Son odeur tourbillonne autour de moi, ce qui m'empêche de penser. Je suis dans l'oasis. Pourquoi est-ce que je me bats ici ? Je secoue la tête, je hausse les épaules et je plonge à nouveau. Un autre blocage sans effort répond à mon attaque, il est parfaitement synchronisé.

Nous dansons comme ça pendant un moment. Les bâtons se cognent l'un contre l'autre. Chaque fois que je commence à trouver un rythme, il me force à en changer encore et encore, jusqu'à ce que finalement, après ma douzième attaque, il commence aussi à attaquer.

Il charge et balance son bâton au-dessus de sa tête en un large arc de cercle. Sa poitrine est exposée et je plonge pour l'atteindre, mais il se déplace plus vite que je ne l'avais prévu et ramène son arme pour toucher mon côté gauche. Même si son arme est émoussée, le coup est assez fort pour me couper le souffle. Avaler de la saleté d'astéroïde serait plus facile que d'encaisser un autre coup venant de lui. Je rebondis sur mes pieds, en m'efforçant de rester légère et agile pour éviter le coup suivant. Mais il ne vient pas.

Il se fige, puis vient vers moi, sans se soucier de sa position de combat.

– Je t'ai fait mal ? demande-t-il avec malice avant de recommencer à me tourner autour.

Je secoue la tête.

– Pfff, dans tes rêves !

– Xhivey.

– C'est tout ce que tu peux faire ?

Il grogne ou sourit (les deux peut-être) quand je replace mes pieds dans une position de combat. Ils sont légèrement écartés. Le pied droit devant le gauche. Mon corps est incliné, ce qui me fait paraître plus petite. Mes mains sont positionnées sur le bâton, assez écartées l'une de l'autre pour me donner un meilleur contrôle pendant que j'apprends à maîtriser cette nouvelle arme. C'est incroyable. C'est comme manier une lame faite d'eau. Je repense au mur des merveilles et j'imagine un instant qu'il pourrait me laisser les essayer toutes, même l'arc-dague.

Je charge et nous nous affrontons. Nous nous battons en avant et en arrière.

– Encore, aboie-t-il quand j'arrive enfin à connecter le bout de ma lance à son épaule. Plus vite !

Je réessaie. Je ne réussis pas à le frapper, mais je parviens à le bloquer trois fois de plus et à l'empêcher de me frapper dans le ventre, le dos, les bras et les cuisses – tous les endroits qui, sur le solaire à venir, seront certainement meurtris et douloureux.

– Xhivey, dit-il. Relève tes pieds.

Je n'avais pas réalisé que je laissais la plante de mes pieds tomber à plat et je corrige rapidement la position. *Il m'entraîne. Il m'entraîne, pourtant c'est un extraterrestre.*

Et c'est notre rendez-vous.

Nous continuons. Je me bats plus fort et plus vite. Je veux lui prouver que j'ai de la valeur. Je veux aussi me le prouver à moi-même.

Mes bras sont lourds et je transpire, même s'il n'a pas l'air d'être fatigué le moins du monde. Ça fait des lustres qu'on fait ça et tout ce qu'il a, c'est une petite déchirure sur sa veste.

– Kiki, dit-il doucement entre deux coups de poing retentissants. Nous devrions arrêter. L'entraînement touche à sa fin. Les guerriers vont se lasser de se contenter de nous regarder.

Je peux voir une douzaine de guerriers s'affairer dans ma périphérie. Ils ont terminé leur propre entraînement, ils boivent dans des peaux et des flacons d'eau et parlent entre eux sans que nous puissions les entendre. Ils parlent de moi. Ils m'observent tous. *Ils se demandent sans doute si je suis juste la fille qui n'a pas pu battre Bo'Raku, celle qui leur a coûté la vie de l'un des leurs, l'humaine qui pense qu'elle est apte à les gouverner.* Je vais le leur prouver. Je leur montrerai qui je suis. Je leur prouverai que je suis une guerrière. Que je suis capable de tout. Que je ne suis pas inférieure parce que je suis humaine. Que je ne suis pas faible.

Je tourne, je balance mon arme et l'Okkari est forcé de reculer d'un demi-pas. Il me pousse loin de lui, lance contre lance, et je ne peux pas résister à l'immense pression. Il est trop fort. Bien plus fort que moi. Je trébuche et je dois utiliser ma lance pour m'empêcher de tomber. J'entends la voix de Jaxal dans ma tête qui me crie : « *Ne laisse jamais ton épée toucher le sol !* » Je grimace et me redresse. J'attaque encore et encore et encore.

– Les humains ont besoin de se nourrir trois fois par jour, dit-il entre ses grognements, ses pirouettes et ses mouvements liquides qui le font ressembler plus à un danseur qu'à un guerrier. Tu as besoin de ton dernier repas…

– Si *tu* ne te fatigues pas, alors *je* ne me fatigue pas.

– Ce n'est pas ta dernière occasion de t'entraîner. Ne te bats pas comme si c'était ta dernière bataille.

Pourtant, c'est l'impression que j'ai...

Je frappe plus fort la fois suivante et il recule, m'entraîne dans un cercle et me force à le poursuivre. Je tourne et soulève des cailloux et de la terre tassée, pensant utiliser la même distraction que la première fois, mais comme moi, il n'a pas oublié cette tactique. Il n'est pas effrayé par les cailloux et quand j'abaisse mon bâton, je me rends compte trop tard qu'il s'est contenté d'attendre.

Il manœuvre son bâton en forme de huit et c'est comme s'il avait transformé le morceau de métal en corde, en le nouant autour du mien. Quand il tire, ma lance s'envole. « *Ne lâche jamais ton arme !* » La voix de Jaxal dans ma tête fait rage comme une marée en colère.

Je m'élance vers mon bâton de helos en plongeant sur le sol. J'atterris durement sur les genoux. Je l'attrape, mais un pied lourd couvert d'une botte est déjà dessus et le met hors de ma portée. La lance patine sur le sol, atterrit à côté de deux mâles groupés, *qui parlent probablement de moi et de ma défaite. Ils ont vu que les Humains ne pourront jamais se mesurer aux extraterrestres. Je n'ai jamais pu distancer Bo'Raku. Je ne pourrai jamais espérer gagner contre l'Okkari.*

Je suis à bout de souffle et cela n'a rien à voir avec le combat, bien mené et bien perdu. C'est entièrement la faute de la voix dans ma tête qui crache du vitriol et empoisonne le puits que ma rencontre avec l'hevarr et la mort de Re'Okkari avaient purifié.

Je me serre la poitrine. L'Okkari est une bête au-dessus de moi. *Il peut sentir à quel point je suis faible. Cache-lui ta faiblesse ! Cache-la...* J'essaie de reculer, mais d'un seul coup, il se met à genoux, tombe presque sur moi et son corps entier se courbe sur le mien, me cache. Il me protège, il me protège même si je suis la seule à me menacer. *Mais je n'ai pas besoin de protection* !

Je me lève, mais une main gigantesque glisse derrière ma tête, il se cambre sur mon corps et appuie son front sur le mien.

– Stop, me dit-il.

Il me transmet tellement de choses dans ce seul mot que mes entrailles se creusent. Je ferme les yeux. Je suis son souffle profond et régulier avec mon souffle.

– Il ne peut pas te faire de mal. Rien ne le peut.

J'acquiesce, je suis incapable de parler. Le grondement s'amplifie et forme un bouclier autour de moi.

– Tu ne te bats plus pour survivre, plus maintenant. Tu es un guerrière aujourd'hui et tu te bats pour la tribu, pour la chasse.

Son souffle sent l'anis et la brise de l'océan. J'acquiesce à nouveau et quand j'expire, je tremble juste un peu. Sa main sur l'arrière de mes cheveux pétrit ma nuque.

– Mes guerriers savent qu'il ne faut pas se surmener lors d'un entraînement. L'excès d'impatience mène à l'imprudence et les guerriers imprudents ne participent pas à la première chasse après le dégel. Je ne ferai pas d'exception avec toi parce que tu es Xhea. Je suis Okkari, je suis responsable de tous les guerriers. Si je sens que tu ne seras pas capable de te défendre comme tu le devrais, tu pourras t'entraîner, mais je ne te permettrai pas de chasser tant que tu n'auras pas maîtrisé cette colère.

Je n'ai jamais eu le droit de sortir avec les chasseurs de la colonie humaine. Je me suis entraînée avec eux, mais tous nos chasseurs sont des hommes, donc je n'ai pas pu chasser. Je n'avais même pas pensé que ce serait possible ici.

– Tu… Tu veux que je vienne avec vous à la chasse ?

Je peux à peine articuler.

Il cligne des yeux. Ses paupières glissent sur les orbites rondes de ses yeux. Il cligne des yeux de côté, ce qui souligne sa différence, que j'avais oubliée pendant notre combat.

– Bien sûr. Tu es notre guerrière Xhea. Si tu ne te bats pas à mes côtés, dis-moi maintenant où tu préférerais être.

Où est-ce que voudrais être ? De tous les endroits où j'ai été et de tous ceux que j'ai seulement imaginés, je ne peux pas penser à un seul autre endroit où je voudrais me trouver.

Je recule juste assez pour le voir. Pour le *voir* vraiment. Sa peau violette. Ses cheveux noirs striés d'un seul éclat blanc, annonciateur des années à venir. Stoïque et majestueux, il ne ressemble à personne que j'aie jamais rencontré. Et c'est peut-être le premier être à me *voir* vraiment, comme je peux le voir lui.

Je me lève – pas pour me battre – mais pour écraser sa bouche contre la mienne. Je tire sur ses lèvres avec mes dents, je les suce une par une. Elles sont dures, bien plus dures que celles d'un homme humain, mais elles sont lisses, comme de la pierre polie. Je lèche une ligne sur leur jointure. Je me sens puissante alors qu'il aspire, souffle et se tend, car je sens qu'il me veut. Qu'il en veut plus.

Sa main se crispe autour de l'arrière de ma tête tandis que son autre main s'interpose entre nous. Il tire sur la boucle de ma poitrine et tout mon corps se jette contre le sien jusqu'à ce que nous soyons pressés l'un contre l'autre, poitrine contre poitrine, mes cuisses chevauchant ses hanches, mes genoux s'enfonçant dans le sol dur en dessous. Mes doigts lissent ses cheveux. Quand il réagit enfin pour m'embrasser en retour – ses lèvres se séparent, sa langue rencontre la mienne avec hésitation, ses dents mordent mes lèvres assez fort pour que ça fasse un peu mal – je gémis.

Le son se répercute dans la moitié avant de la grotte et même moi, je peux entendre le bruit que font ses guerriers en réponse. L'Okkari s'éloigne de moi immédiatement et nous remet tous les deux debout. Mon corps est mou jusqu'à ce qu'il écarte mes pieds et me force à les planter. Même comme ça, je m'accroche à ses bras pour me stabiliser.

Il se penche et murmure contre ma bouche, comme s'il en voulait plus, mais s'en privait – ou comme il le dit, nous en privait tous les deux.

– Je ne peux pas te partager avec mes guerriers. Je ne partagerai même pas tes gémissements avec eux. Et je ne peux pas les laisser voir ce que tu me fais. Tu me rends fou.

Je lève les yeux et vois son front plein de lumière. Je l'ai déjà vu ainsi auparavant mais les couleurs sont plus lumineuses. Il y a plus de violet. Il est incandescent.

Je lève une main sans me soucier de son tremblement. Ou j'essaie de le faire. Mais c'est nouveau pour moi et j'ai un peu le vertige. Je n'ai jamais fait ça avant. J'ai déjà embrassé des garçons, bien sûr. J'ai même eu des relations sexuelles avec quelques jeunes hommes avant la Chasse. Ça, c'était avant, quand je pensais que le sexe se résumait à quelques secondes passionnées dans un champ ou dans un placard sombre avec un garçon mignon de la colonie qui avait échangé les quelques centimes qu'il avait contre quelques rations supplémentaires pour pouvoir m'offrir de la vraie viande dans l'espoir que cela arrive. J'ai apprécié ces rencontres rapides et vite oubliées. Mais ça, c'est nouveau.

Je n'ai jamais touché aussi significativement un homme avant. Je n'ai jamais porté de regard plein de promesses non dites. Je n'ai jamais utilisé ainsi mes doigts et tracé une ligne invisible sur un visage à partir de la tempe. Je n'ai jamais fait glisser ce toucher sur des crêtes saillantes, puis sur l'arête d'un nez. Je n'ai jamais regardé un homme fermer les yeux et se perdre dans mes caresses. Je n'ai jamais souri extérieurement et intérieurement tandis qu'il se balançait doucement. Je n'ai jamais regardé des lèvres s'ouvrir avant de voir une langue striée glisser entre elles. Je n'ai jamais pressé le bout de mes doigts sur une langue, senti sa chaleur et sa rugosité humide. Je n'ai jamais observé un homme tandis qu'il inspirait et expirait mon nom...

– Kiki.

Ses yeux s'ouvrent et je me retire. En fermant ma main, je peux sentir l'électricité brûler à travers elle et je sais que même si je ne devais plus jamais le revoir à partir de cet instant, je suis sûre que le contact de sa peau serait gravé à vie sur la mienne.

– Tu as eu ton baiser, dis-je en m'éclaircissant la gorge dans mon poing pour faire disparaître le désir de mon ton hésitant. Donc je suppose que je vais devoir attendre notre prochain combat pour continuer à te rendre fou.

Il émet un petit son étouffé au fond de sa gorge et s'éloigne de moi d'un pas. Je n'ai aucun mal à voir l'effet de mes paroles sur son corps. Son pantalon est tendu à l'entrejambe. J'essaie de retenir mon sourire, sans y parvenir. Je détourne plutôt le regard, reconnaissante qu'il ne puisse pas voir l'effet qu'il a sur moi.

– Tu parles comme si tu avais oublié ton prix ou comme si tu n'en voulais plus.

– Si, je le veux.

– Tu n'as pas l'intention de gagner ?

Je détourne le regard, mais il glisse son doigt sous mon menton, comme il l'a fait tant de fois.

– Au prochain solaire, tu viendras ici t'entraîner avec les guerriers après ton deuxième repas. Tu rejoindras le groupe dirigé par Ka'Okkari.

Je ne peux cacher ma surprise.

– Je vais rejoindre un groupe ? Je m'entraîne avec les autres guerriers ?

– Hexa. Tu as des bases suffisantes, mais tu as besoin de raffinement, de contrôle, et d'une introduction à nos formations de chasse et à nos armes. Je te rejoindrai après ton entraînement pour te donner des instructions supplémentaires.

– Tu viendras pour moi ?

Il grogne.

– En tant qu'Okkari, je n'ai pas l'habitude de me répéter. Si tu me forces à nouveau à le faire, alors je te punirai.

Je déglutis.

– Comment ?

Il me lance un regard brûlant et toute idée de rébellion disparaît. Être punie par lui est soudainement tout ce que je veux dans ce monde. Je mords ma lèvre inférieure. Même sans iris, je peux voir comment il se concentre sur elle, et sa bouche s'ouvre légèrement en réponse.

– Pendant ton entraînement, bien sûr.

– Bien sûr.

Je le suis dans le froid. Il m'accompagne jusqu'à la maison de Re'Okkari et m'attend jusqu'à ce que j'entre. Je fais semblant de ne pas être déçue qu'il ne me suive pas. Pendant quelques secondes, j'oublie que Kuana est toujours là, qu'elle nettoie consciencieusement un endroit qu'elle a probablement déjà nettoyé une douzaine de fois.

– Merci, Okkari, dis-je avant que les portes ne se referment. Merci pour m'avoir intégrée dans ton groupe, même après tout ça.

– De rien, Kiki.

J'acquiesce, je cherche quelque chose d'autre à dire. Je cherche un moyen de le garder ici.

– C'était un très bon rendez-vous.

– J'en suis ravi.

– Et j'aurai ton nom, Okkari. Un jour ou l'autre.

– Ne tarde pas. J'ai hâte de t'entendre le prononcer, dit-il.

Son souffle forme des nuages dans le froid.

– Et je ne souhaite pas attendre longtemps, ajoute-t-il.

14

Kiki

Il est plus plus cruel que Jaxal, mais c'est un bon entraîneur – même moi je dois l'admettre. Il me pousse jusqu'à mes limites – mais pas trop fort – et ça fait mal. Pas assez toutefois pour m'empêcher de m'entraîner avec lui le solaire d'après, et celui qui suit, puis le suivant.

Tout mon corps est endolori et douloureux mais la douleur cuisante ne dure pas. Je commence à me raffermir. Je commence à me souvenir de ce que c'était que de travailler dur chaque jour. Je veux aller plus loin et me dépasser, utiliser de nouvelles armes, de nouvelles machines, de nouvelles positions et des techniques que je n'avais jamais vues auparavant. Je veux affiner des muscles que je ne savais même pas que je possédais.

Kuana essaie de me convaincre de la laisser réparer la déchirure de mon okami, mais je m'obstine et je m'en occupe moi-même jusqu'à ce que deux hommes entrent dans notre espace en portant quatre énormes seaux métalliques. De la vapeur s'échappe de leurs surfaces brillantes et je suis fascinée par cette vision, comme à chaque fois. Kuana les dirige vers un bassin profond construit dans le sol près de la cuisine et même si j'essaie de la convaincre de se laver en premier, elle est probablement aussi têtue que moi et refuse.

Je m'enfonce dans l'eau chaude, laissant mes maux et mes douleurs ne faire qu'un avec elle. Je ferme les yeux. Cela fait seize solaires. J'ai passé seize solaires avec des extraterrestres et j'ai déjà du mal à me souvenir d'une autre vie.

– Xhea ?

La voix de Kuana trahit son hésitation. Je lui ai demandé de ne pas m'appeler Xhea, mais je ne déteste pas qu'elle le fasse. Ce que je déteste, c'est sa réticence à demander. Cela fait trop de solaires que nous cohabitons pour qu'elle ait encore peur de moi. Ça fait trop longtemps que je me comporte comme une garce avec elle. *Je ne vaux pas mieux que Kuaku. Kuaku, elle au moins, elle ne s'en prenait qu'à moi et moi j'étais aussi garce qu'elle. Maintenant, je m'en prends Kuana et elle, elle est adorable. Je suis bien pire que Kuaku et c'est Kuana qui en fait les frais.*

– Oui ?

J'essaie de répondre gentiment et même de la regarder par-dessus mon épaule pendant que mes mains continuent de frotter efficacement ma peau.

Naturellement, elle est dans la cuisine, occupée à frotter quelque chose qui est sans aucun doute déjà propre puisqu'elle ne fait que nettoyer depuis son arrivée. Je me demande ce qu'elle faisait avant. J'ai envie de le lui demander, mais... je ne lui ai jamais posé de question personnelle auparavant.

– Je serais heureuse de vous aider.

– À me laver ?

Je contiens à grand peine ma mauvaise humeur.

– Non, merci.

Son front grésille en jaune – une couleur dont je sais maintenant qu'elle évoque la honte. Et la seule raison pour laquelle je sais ça, c'est parce qu'elle est perpétuellement jaune à mes côtés.

– Si je vous propose de vous aider c'est uniquement parce que vous semblez vous être froissé de nombreux muscles ces derniers solaires en vous entraînant avec les xub'Okkaris. C'est tout.

Par toutes les étoiles, elle n'a pas tort.

– D'accord, je comprends. Merci, mais ça ira.

Elle se retourne vers la surface propre et reprend son chiffon pendant que je termine. Je me demande ce que ma mère penserait si elle pouvait m'entendre et me voir maintenant. Elle dirait que *j'aurais dû mal à savoir ce qu'est la gentillesse même si elle venait me gifler*. Et elle aurait tout à fait raison.

Je termine rapidement et laisse Kuana faire de même. Elle termine de se peigner les cheveux – ça lui prend environ deux secondes – et pendant que je continue à suer sang et eau pour démêler la moindre mèche de mes cheveux, elle se remet à nettoyer un désordre imaginaire.

Je glousse sans ressentir la moindre allégresse et me tape la paume de la main sur le visage.

– Kuana.

J'ai claqué des doigts plus fort que je ne le pensais.

Elle se redresse comme si je l'avais piquée avec une épingle et croise mon regard dans le miroir devant lequel je suis assise. C'est un morceau de pierre noire bien polie, très différente des miroirs en argent que nous utilisons chez nous. De ce fait, la couleur de mes cheveux et de ma peau s'y fondent et mes cheveux flottent autour de ma tête maintenant comme une crinière animée de sa propre volonté – un buisson impossible à traverser... sans aide.

– Hexa, ma Xhea. Je suis là.

– On sait toutes les deux qu'il n'y a rien à nettoyer.

Elle pose le radiateur gamma et la lingette qu'elle utilisait et se tourne vers moi.

– Nox, soupire-t-elle, il n'y a rien.

– Alors arrête ça.

– Que voulez-vous que je fasse d'autre ?

– Viens m'aider avec mes cheveux.

Il fut un temps où j'aurais voulu que tous les extraterrestres souffrent, mais aujourd'hui il n'en est rien. Kuana est une extraterrestre, et elle souffre, mais, ironie du sort : sa peine me fait souffrir.

Du blanc et du bleu brillent sur son front et au centre de son nez. Elle trille.

– Je serais heureuse de faire cela pour vous. Avez-vous besoin d'aide pour les peigner ?

– Oui... hexa.

À ma réponse, son visage s'illumine encore plus, apportant de la chaleur au mien. Je devrais lui donner plus de tâches, et plus régulièrement. Je suis responsable d'elle.

– Il faudrait aussi les tresser.

– « Tresser » ? Je ne connais pas ce mot.

– C'est bon alors, je...

Je suis sur le point de lui dire que je vais m'arranger quand les couleurs de son visage changent à nouveau, revenant à ce jaune grotesque et tourmenté. Je me ravise – ce que je fais rarement – et lui offre un sourire bizarre.

– Je vais t'apprendre. Je sais que mes cheveux sont très différents des tiens mais ça m'aiderait beaucoup que quelqu'un m'aide à les tresser...

Elle est surprise.

– Je serais *honorée* d'apprendre.

Elle s'incline profondément et je me sens rougir à nouveau.

– Ah non, pas de ça. Viens juste ici. Pas de courbettes à la con.

Un sourire sur le visage, Kuana prend un coussin et le pose à côté de moi et ensemble nous peignons mes cheveux et séparons la masse en plus petits morceaux. Je lui montre les mouvements avec mes doigts et je ne suis pas du tout surprise qu'elle les reproduise rapidement. Après seulement quelques tresses d'essai qu'elle défait ensuite, elle est déjà meilleure que moi.

Je soupire et je finis par me détendre, ce qui n'est pas arrivé depuis longtemps. Je suis chaude et sèche. Kuana tire tout doucement sur mes cheveux pour tracer et natter des tresses, l'une après l'autre. Le contact apaisant de ses doigts contre mon cuir chevelu suffit à me faire oublier que je vis avec des extraterrestres – et m'aide peut-être même à réaliser à quel point vivre avec des extraterrestres peut être agréable.

– Xhea ? demande-t-elle doucement.

– Hexa ?

Derrière moi, je sens son souffle frais sur mon cou quand elle expire un peu.

– Puis-je vous poser une question ?

Mon regard fixe le sien dans le miroir. Je regarde ses yeux d'alien cligner sur le côté. Je lui dis quelque chose que j'aurais dû lui dire il y a des solaires de cela, le jour de notre rencontre. Une petite fissure de vérité dans le vernis de ma haine, un éclat très fin qui a tout de même le pouvoir de la détruire entièrement.

– Tu es mon égale. Tu n'as pas à demander.

– C'est juste que... Vous n'avez pas souvent l'air d'*avoir envie* de me parler.

Je fronce les sourcils et même si ça me semble étrange, je prends sa main. Je ne m'attendais pas à ce qu'elle soit sèche et rugueuse à certains endroits. Kuana est si délicate et si douce. *Elle travaille dur*. Je ne la connais que depuis peu de temps, mais je l'ai vue à l'œuvre.

– Je sais et je suis désolée. Mais je sais aussi que tu as vu le rapport de l'Okkari sur moi et la colonie humaine. Un Voraxian détestable m'a fait beaucoup de mal et je pensais que vous étiez tous comme ça. Je sais que ce n'est pas vrai maintenant, je vais juste... te demander d'être patiente.

Elle s'incline légèrement devant moi et ses crêtes s'illuminent à nouveau de bleu en signe de plaisir. Je me tourne vers l'avant et quand elle reprend sa tresse, elle me surprend.

– Qui vous faisait des *tresses* sur votre colonie d'origine ?

Je souris et cette fois, l'expression me vient sans effort.

– Ma mère.

Je prends une inspiration et, les yeux fermés, je me retrouve là-bas, sur la colonie. Le sable tourbillonne doucement autour de mes chevilles. Ma tête se penche sur le côté, sur la cuisse de ma mère. Je m'endormirais si elle ne tirait pas violemment sur mes cheveux. Chaque fois qu'elle me dit que je suis courageuse, je sens que je le suis et je ne pleure pas.

Je pourrais m'arrêter là, mais je ne le fais pas. Poussée par un sentiment que je ne peux pas nommer parce que je ne le comprends pas moi-même, je me confie.

– Il faisait chaud dans notre colonie, alors souvent, elle me tressait les cheveux dehors. Cela prenait une grande partie du solaire, mais je ne m'ennuyais jamais. Jaxal venait et nous jouions aux pierres, ou Miar... je veux dire, la Rakukanna me montrait une de ses dernières inventions. À seulement deux ou trois rotations, je me souviens qu'elle m'a montré un jour ce piège qu'elle avait construit pour les rats des sables. Nous étions affamées, même à l'époque, et plus tard, nous avons même réussi à en attraper un, mais... nous ne pouvions pas aller jusqu'au bout. On n'arrivait pas à le tuer. Alors on l'a laissé partir.

J'expire et avec ses doigts sur mon cuir chevelu, tirant et démêlant les nœuds, je suis à nouveau une enfant, en sécurité, assise entre les genoux de ma mère, là où rien ne peut me blesser.

– Cette colonie lunaire vous manque, dit-elle.

Pour elle, ce n'est pas une question, c'est un fait.

– Hexa, oui.

– Allez-vous… repartir là-bas ?

Les mots me manquent soudain, ce qui est un peu triste puisque, ne maîtrisant pas encore l'art des cliquetis *pour le moment*, je ne peux compter que sur eux. J'essaie de trouver les mots. Tout ce que je peux faire, c'est essayer.

Je ne sais pas quoi dire. Ce n'est pas que je n'ai rien à dire, mais je n'arrive pas à décider quoi lui dire. Je ne peux pas lui dire que j'ai été blessée là-bas une fois, que le souvenir de Bo'Raku me hante et que je ne veux plus jamais revoir la colonie à cause de ça. J'ai en effet vécu un enfer sur la colonie, mais ce n'est pas la raison pour laquelle je ne veux pas repartir.

La vérité, c'est que je ne veux pas y retourner parce que lorsque je m'entraînais avec un guerrier appelé Tra'Okkari le solaire précédent, nous avons fini dans une impasse – aucun de nous ne gagnait jusqu'à ce que Ka'Okkari arrive et nous sépare.

– *Je serai heureux que tu surveilles mes arrières pour la première chasse de la saison*, m'a dit Tra'Okkari.

Muette d'étonnement, je n'ai pas pu répondre ; mais lorsqu'il m'a fait un signe de salut de guerrier – les deux bras croisés sur sa poitrine au niveau des poignets – j'ai ressenti une immense fierté.

La vérité, c'est que je ne veux pas y retourner parce que sur la colonie, je vivais dans la crainte du jour où les extraterrestres reviendraient. Ici, il n'y a pas de peur ,parce qu'ici, je suis puissante.

– Je ne pense pas.

– Vous êtes heureuse d'être avec nous au village ?

Je déglutis.

– Hexa. Je crois que oui.

Elle trille et expire. Ses doigts travaillent rapidement maintenant. La sensation est si agréable que j'abandonne ma tresse pour m'asseoir.

– Xhivey. Ça me fait plaisir de l'entendre. Certains craignaient que vous ne souhaitiez pas rester avec nous.

– Certains ? Comment ça ?

Ses doigts ne font pas de pause, mais continuent de bouger sûrement. Je me demande si elle peut sentir la tension soudaine dans mon cou et mon dos – ou si elle peut même lire mes émotions étant donné que je n'ai pas les mêmes couleurs qu'elle sur le visage.

– Hexa. Lorsque je collectais des fournitures au cours des derniers solaires, de nombreuses femelles sont venues me voir pour me poser des questions sur vous et sur les Humains en général. Certaines d'entre elles étaient inquiètes parce que vous ne vivez pas avec l'Okkari, ce qui n'est pas commun pour les âmes sœurs Xiveris.

– Comètes de mes deux... Qu'est-ce que tu as dit ?

– Je leur ai expliqué que ça se faisait dans votre culture.

– Et qu'ont-elles dit ?

– La plupart des femelles ont compris, puisque tout le monde a lu le guide fourni par Svera, la conseillère.

Elle continue de tresser en silence, comme s'il n'y avait rien à ajouter.

Je me décale d'un pouce sur la gauche pour pouvoir la voir plus clairement dans le miroir.

– *Et* ?

– Verax.

Après quelques secondes, elle répète ce mot intraduisible, qui signifie qu'elle a besoin de plus d'explications.

Je m'énerve.

– Tu as dit la plupart. La plupart, donc pas toutes les femelles. Alors qu'ont dit les autres ?

– Ma Xhea, ce que pensent quelques femelles n'est pas important...

– Bien sûr que si. Qu'ont-elles dit ?

Elle attend, puis avoue.

– Elles pensent que vous déshonorez l'Okkari.

Sa réponse m'atteint comme un coup de poing. Ce n'est pas ce à quoi je m'attendais. Pour elles, je suis une femelle d'une autre espèce qui a séduit leur chef, qui a essayé de s'enfuir et a causé la mort d'un guerrier. Une femelle qui s'entraîne avec les xub'Okkaris et pense en être une elle-même... Je m'attendais à ce qu'elles m'insultent, *moi*. Je détourne le regard de la surface réfléchissante et me concentre sur cette stupide tache dans la cuisine que Kuana a nettoyée sans relâche. A ce stade, je n'ai pas vraiment envie de me regarder.

– Et qu'est-ce que tu as dit ?

– Je leur ai dit qu'elles avaient tort et que ce qui se passe entre l'Okkari et vous ne regarde que vous deux.

– Merci, mais tu sais qu'elles n'ont pas tort.

Je gémis.

– Et ça me fait chier.

– Ça vous fait chier ? Là, tout de suite ? Comment des mots pourraient-ils vous donner envie de vous soulager ?

Je ricane par inadvertance, en levant les yeux au ciel et en lui donnant un coup de coude, comme si nous étions de bonnes copines.

– Non... C'est juste une expression humaine. Ça m'énerve – pas pour moi, mais pour l'Okkari. Il n'a rien fait de mal.

Elle ne répond pas tout de suite, et je me sens encore plus mal.

– Nous n'avons jamais entendu parler d'âmes sœurs Xiveri qui vivent séparément, ou d'une Xhea qui essaie de s'enfuir... Et nous n'avons jamais vu de Xhea guerrière qui se bat contre son Okkari ou qui s'entraîne avec les xub'Okkaris. C'est tout nouveau pour nous. Alors forcément, il y en aura toujours pour douter...

– Mais ils ne devraient pas douter de *lui*. Il n'a rien fait de mal. J'ai juste... besoin de temps pour comprendre tout ça. C'est nouveau pour moi aussi.

– L'Okkari le sait. J'en suis sûre.

Je ne me sens pas mieux pour autant.

– Non, il ne le sait pas.

Je touche l'une des tresses qu'elle a faites, qui pend près de mes seins nus. C'est une tresse parfaite, bien lestée, pas une mèche n'est effilochée. Elle est aussi parfaite que celles que ma mère aurait faites. Peut-être même mieux, même si elle ne le reconnaîtrait jamais. Elle me regarde d'un air renfrogné, les mains sur les hanches, une serviette accrochée au tablier qu'elle porte à la taille – pourtant elle ne cuisine pas. C'est là qu'elle porte une panoplie de produits capillaires. « Kiki, cette tresse n'est pas bien faite. Ah, ce serait bien si tu pouvais tresser aussi bien que tu peux frapper. »

– Alors vous devez le lui faire savoir. Vous êtes notre guerrière Xhea.

Je n'en ai pas envie. Je secoue la tête.

Kuana marque une nouvelle pause, cette fois avec une légère secousse, comme si elle se retenait de dire quelque chose de plus.

– Qu'est-ce qu'il y a, Kuana ?

– Puis-je faire une suggestion ?

– S'il te plaît...

Je grommelle, à moitié sarcastique. Heureusement, elle ne semble pas le remarquer.

– Il est important pour une Xhea d'honorer sa tribu. Lorsque vous honorez la tribu, vous honorez l'Okkari.

– Comment puis-je honorer la tribu ?

Elle me fait un petit sourire.

– Vous êtes notre guerrière Xhea. Je vais vous laisser trouver, car tout ce que je pourrais suggérer serait inférieur, j'en suis sûre.

Elle termine la dernière tresse et fait chauffer de l'eau à ma demande. Nous plongeons les extrémités de mes cheveux dans l'eau chaude pour les sceller, et elle lève les bras au ciel.

– C'est magnifique.

– C'est ton travail qui est magnifique. Ma mère me réprimandait toujours parce que je ne pouvais pas tresser aussi bien qu'elle. Je pense que tu pourrais même la rendre jalouse avec ce que tu as fait.

Je secoue mes cheveux, laissant le poids des tresses et de leurs racines serrées me rappeler ma maison, mon enfance heureuse et ma mère.

– Merci, Kuana. Pour tout.

Un bleu profond couvre à nouveau son front, contre sa peau vert vif, la couleur semble alarmante, mais je m'y habitue. En fait, c'est seulement quand ses couleurs sont vraiment surprenantes que je remarque la couleur de sa peau. Je me demande si elle remarque aussi la mienne.

Elle ouvre la bouche pour répondre, mais au moment où elle le fait, on frappe à notre porte. *Un coup. Ça ne peut être qu'une personne.* Une seule personne frappe à la porte, tandis que les autres s'adressent à mon communicateur personnel ou à celui de Kuana, puis entrent.

Kuana jette rapidement un manteau sur mes épaules, un manteau qui descend jusqu'à mes mollets. Elle l'attache avec un fermoir en pierre et, en me déplaçant maladroitement en dessous, je me dirige vers la porte, avant de crier :

– Entrez !

Comme rien ne se passe, j'appuie ma paume sur le lecteur d'empreinte et la porte s'ouvre en trombe.

Un souffle d'air s'engouffre dans la pièce, il est si froid que je dois fermer les yeux. Même avec la fourrure que j'ai revêtue, je peux sentir les picotements glacés contre mes pieds et mes tibias, qui remontent jusqu'à toucher mon intimité. Mes lèvres inférieures palpitent et chauffent et, comme à chaque fois, j'essaie de l'ignorer mais je n'y arrive pas. Le voir, savoir que nous avons été si proches ces derniers solaires lorsque nous nous sommes battus – mais sans nous toucher – me rend nerveuse. Plus agitée que jamais. Chaque solaire est pire que le précédent.

Sa mâchoire se serre, sa peau violette semble fraîche et grise sous les nuages, qui pendent bas. Il s'éclaircit la gorge et je ne peux me tromper, je sais de qui il s'agit. *Sa voix me hante, mais pas comme celle de Bo'Raku, pas dans mes rêves... cette voix me hante tout au long des solaires. Elle a sa place dans mes pensées les plus intimes...*

– Xhea, Kuana, pardonnez-moi. Le gel a momentanément cessé alors nous allons honorer Re'Okkari maintenant avec le chamar.

– Maintenant ?

Ses crêtes clignotent d'un indigo sombre et sinistre.

– Me donnes-tu une raison de me répéter, Xhea ?

Je me mords les lèvres et serre les genoux pour empêcher mes jambes de flancher.

– Non. Je t'ai entendu. Nous allons faire le chamar. Je vais me préparer tout de suite.

Je suis nerveuse à l'idée de le regarder. La promesse d'une punition fait onduler mon corps, le fait vibrer, le fait palpiter. Je sens des poids lourds dans mes seins, je sens mes mamelons se hérisser. Cette énorme fourrure qui m'enveloppe ne ressemble plus à rien du tout.

Pendant ce temps, il est totalement dépourvu d'expression. Cela m'irrite. Voyant qu'il ne bouge pas, je demande :

– J'ai le temps de me changer ?

– Hexa.

Je fais une pause, pensant à la tradition humaine de porter du noir en signe de deuil. Mais je n'ai pas de noir.

Je n'ai que les costumes doublés de fourrure que Kuana m'apporte.

– Que devrais-je porter ?

Il ne répond pas. *Il ne dit pas un mot.* Son silence est un peu surprenant. Il se contente de me fixer de ses immenses yeux suffisamment sombres et brillants pour que je puisse y voir mon reflet. Je peux aussi voir d'autres motifs tourbillonnant à travers leur infinité. Ça me fait mal d'essayer de les suivre, mais je ne peux pas détourner le regard. Je ne veux pas détourner le regard.

Derrière moi, Kuana intervient.

– Pardonnez mon interruption, mais je peux vous aider à trouver ce que vous pourriez porter si vous voulez, Xhea.

– Ce serait formidable. Merci, Kuana.

Bien que l'air soit plus épais maintenant et plus dur à déplacer, il m'est *difficile* de me détourner de lui. Je ne comprends pas. Tout allait *bien* avant – ce n'était pas parfait, mais ça allait. Maintenant c'est douloureux. Le *désir* que j'ai ressenti ces derniers solaires est revenu décuplé.

Je me dirige vers Kuana, à l'arrière du dôme. Elle brandit un costume de fourrure et le pose délicatement sur le coffre fermé d'où elle l'a retiré. Quand je la rejoins, ses doigts ont habilement détaché le fermoir à l'avant. Sans prévenir, elle prend la fourrure qui me couvre, et je me retrouve toute nue.

– Woah, woah, dis-je en attrapant la fourrure qui vient de tomber.

Je jette un coup d'œil par-dessus mon épaule et je vois que l'Okkari me regarde avec une intensité brutale. Il ne s'est pas détourné. Cela me donne la chair de poule et des frissons dans les os. Je mouille si fort que mon liquide intime commence à couler le long de mes jambes. Je les serre le plus fort possible, mais cela n'arrange rien.

– Oh ! s'écrie Kuana qui comprend enfin le motif de ma gêne.

Son front est bleu vif, avec de petits éclats de blanc, d'or et d'argent. Elle bafouille :

– Je peux vous laisser avec l'Okkari, si vous voulez de l'intimité pour consommer votre lien Xiveri…

– Non ! Peste d'étoiles... par toutes les comètes maudites, nox. Non, Kuana. C'est trop… gênant.

Je rougis si fort que je suis sûre que je vais m'enflammer. Derrière moi, l'Okkari ne dit rien. Mais ça ne veut pas dire qu'il est silencieux. Non. Il gronde. *J'ai besoin de Svera. J'ai besoin qu'elle m'explique ce qui m'arrive parce que la sensation douloureuse sous ma taille est tout sauf humaine.* Un gémissement rauque s'étouffe dans ma bouche et j'attrape rapidement la combinaison doublée de fourrure pour la poser sur ma poitrine.

– Kuana, tiens juste la fourrure pour que je puisse me changer, s'il te plaît.

– Nox.

Ce refus viscéral vient de derrière moi. Je me retourne. Il est d'un violet encore plus profond et l'un de ses pieds est placé un peu plus haut que l'autre, comme s'il voulait s'avancer mais était retenu par une barrière invisible. Je croise son regard et il secoue la tête. Lentement.

– Nox.

Je frissonne et j'essaie de l'ignorer. Kuana m'aide à enfiler les fourrures qu'elle a choisies pour moi. Celles-ci forment une sorte de pantalon avec une jupe qui les entoure. Une autre fourrure englobe mon torse et finalement, Kuana place un lourd châle sur ma tête qui couvre tout. J'ai l'impression d'être un abat-jour en papier, mais lorsque je me tourne vers l'Okkari, il me regarde comme si j'étais une lune – non, comme si j'étais *la* lune dans un univers étrange et lointain qui n'en compte qu'une.

Kuana pose un chapeau de fourrure par-dessus mes tresses. Les extrémités se libèrent, pour tomber sur mon costume, un peu plus bas que mes seins. Lorsque je me retourne et m'approche de l'Okkari, je le vois fixer ces pointes d'un air meurtrier et je me demande ce qu'elles ont fait pour l'offenser.

J'ouvre la bouche, mais je n'arrive pas à trouver les mots pour lui poser la question, alors je me contente de lui dire :

– Je suis prête pour le chamar, Okkari.

Il hoche la tête une fois et nous sortons ensemble pour attendre que Kuana se prépare.

– Pendant le chamar, tu te tiendras à mes côtés.

Je ne comprends pas pourquoi il me dit ça.

– Bien sûr. Où aurais-je bien pu me mettre sinon ?

Il expire. Ses épaules s'abaissent légèrement comme s'il était soulagé et je grimace. Il ne me fait toujours pas confiance. Je ne lui ai toujours pas prouvé qu'il pouvait me faire confiance.

– Je serai à tes côtés.

Je vois sa main gauche bouger vers moi alors que je m'avance à ses côtés.

– Xhivey. Alors partons maintenant.

Le vent est calme, mais d'immenses flocons tombent du ciel. Ils font la taille de ma poitrine entière. J'ai du mal à marcher à travers eux, mais finalement nous nous frayons un chemin vers le fond de la vallée. Bien après les maisons, après l'arène d'entraînement, après l'endroit où les Hurrs travaillent, après les grottes où les traqueurs s'exercent, après le grenier et après plusieurs autres portes et entrées contenant des installations que je n'ai pas encore explorées.

La marche devient plus agréable lorsque nous commençons à monter. Les sons deviennent moins sourds et je réalise lentement que nous ne sommes pas seuls. Une ombre apparaît devant nous à travers les énormes feuilles blanches et aériennes qui tombent, puis une autre. Je commence alors à distinguer les bruits de pas derrière nous et légèrement sur la gauche. De nombreux bruits de pas. La vallée serpente de façon spectaculaire à travers les collines escarpées de grès noir, allant de-ci de-là, si bien qu'il est difficile de voir les autres pendant plus de quelques instants avant qu'ils ne disparaissent derrière le prochain virage.

Finalement, un silence sinistre s'installe et, au prochain virage, la vallée se termine. Il y a une entrée là où les deux collines se rencontrent, un grand trou dans le côté de la roche où le blanc ne peut pas l'atteindre. Les gens – je veux dire les êtres – nox, la *tribu*, la communauté – s'en approchent. C'est la première fois que je vois autant d'extraterrestres rassemblés.

Ils sont vieux, jeunes, ils ont les cheveux noirs, blancs, mi-blancs, mi-noirs et de toutes les possibilités entre ces deux teintes. Leur peau est de toutes les nuances d'émeraude, du violet au citron vert en passant par le rouille, mais surtout, tous les visages rayonnent au-dessus de leur combinaison de fourrure dans des tons de cobalt et de charbon. La teinte de l'Okkari est plutôt unique parmi eux. Je lève les yeux vers lui, et je dois redresser le cou pour voir son visage. Quand j'y arrive, je suis surprise de voir qu'il me regarde déjà.

– J'ai été informé que Kuana t'avait brièvement expliqué comment se déroulait le chamar, dit-il. Est-ce exact ?

– Hexa, elle l'a fait, et de son mieux. J'espère seulement que je pourrai me souvenir de tout et honorer la tribu.

Il cligne rapidement deux fois des yeux.

– Tu le pourras.

– Je n'en suis pas si sûre.

Je me souviens des mots de Kuana et du déshonneur que je lui ai causé. J'expire profondément.

– Je passe la torche que l'on me tend et lorsque le corps est descendu dans la tombe, je place ma pierre après Kuana. Puis c'est ton tour.

– Hexa.

– Où se trouve la pierre ?

– Tu n'auras qu'à suivre mes instructions. Tout sera clair. Je ne te laisserai pas te déshonorer.

Trop tard. C'est ce que je pense, mais je ne le dis pas. Je ne dis rien du tout. Pendant tout ce temps, je pensais que Jaxal m'apprenait à être forte. Toutefois, si mon corps l'est, sans aucun doute, mon cœur est plus faible qu'il ne l'a jamais été. *Ils m'appellent leur guerrière Xhea, mais je ne suis qu'une lâche. Kuaku avait raison depuis le début – ils méritent mieux.*

– Merci, Okkari.

Mon murmure est à peine audible.

Nous passons sous le rebord de l'entrée de la grotte qui s'élève bien au-dessus de nous. La grotte elle-même est si vaste que j'ai l'impression d'être un insecte qui regarde en l'air et imagine le cosmos. Ma main gantée se tend vers celle de l'Okkari. Je veux m'accrocher à quelque chose pour m'ancrer, mais je me ravise au dernier moment et ma main se tend le long de mon bras.

Je m'assure de marcher à ses côtés alors que nous approchons de la foule qui se rassemble. Ils sont tous entassés sous l'auvent de l'entrée de la grotte. Même s'ils se détournent de nous, leurs épaules s'inclinent et ils nous observent pendant que nous marchons. Leur regard est plus dur lorsqu'il se pose sur moi que lorsqu'il se pose sur lui. Je ne suis pas surprise. Après tout, c'est à cause de moi qu'ils sont tous là. Re'Okkari serait encore en vie si je n'avais pas été aussi stupide.

Je m'en veux énormément, et tout ce que je peux faire, c'est bomber le torse et regarder droit devant moi, en faisant de mon mieux pour imiter la position et l'attitude de l'Okkari. Devant nous, la foule silencieuse se sépare. Le bruit des pieds qui traînent et des costumes en fourrure qui bruissent sont les seuls sons audibles en dehors du feu qui crépite dans les énormes bassins d'écume taillés directement dans les murs de pierre. Il fait de plus en plus chaud au fur et à mesure que nous avançons. Bien qu'il ne fasse pas chaud à proprement parler, il ne fait pas froid lorsque nous atteignons l'avant de la congrégation. Là, une longue étendue de terre s'étend jusqu'au fond de la grotte, qui est piégée par des ombres trop denses pour que la lumière puisse y pénétrer. Entre nous et cette obscurité, il y a des dizaines de monticules. Peut-être des centaines. Peut-être des milliers.

Les pierres empilées forment des monticules qui me rappellent les tombes de la colonie humaine, mais seulement quand elles sont fraîches. Le sable souffle si fort qu'il recouvre les tombes avant la fin du solaire où elles ont été posées. Ici, les tombes sont permanentes, immortalisées. Chaque monticule représente quelqu'un qui ne sera jamais oublié par le passage du temps car les pierres demeurent. Les pierres prouvent que les disparus ont existé.

La puissance de cet endroit m'atteint comme une vague si forte que je ne peux pas rester debout. Je m'étire, je cherche à m'accrocher à quelque chose. Je trouve son bras, mes doigts serpentent le long de son poignet et prennent sa main. Il ne réagit pas, ou s'il le fait, je ne le vois pas. Je regarde droit devant moi la parcelle de terre qui a été déterrée. Re'Okkari est allongé là, comme s'il dormait.

Il est allongé face vers le ciel, les yeux recouverts de deux petites pierres plates qui me font peur. *Pourquoi voyage-t-il vers le Grand Océan de l'Après les yeux fermés ?* Je peux sentir la présence de Kuana qui prend place à côté de moi, mais quand l'Okkari s'avance quelques secondes plus tard, je ressens toujours de la panique. Il rompt le contact de nos mains assez longtemps pour récupérer deux pierres dans un tas près de la tombe de Re'Okkari. Il m'en tend une. J'enlève mes gants comme il l'a fait, je la prends, et avec ma main libre, je prends la sienne.

Cette fois, je sens son petit mouvement de surprise lorsque j'entrelace mes doigts avec les siens, mais il ne bouge pas, ne me regarde pas et ne rompt pas le lien. Au lieu de cela, il continue à faire face à la tribu et nous regardons les villageois s'approcher de la tombe un par un pour déposer leurs pierres sur le corps de Re'Okkari. Le temps passe lentement, mais finalement le tas devient plus grand et forme un pic taillé qui attend son apogée : un cairn. Il se dresse, tout aussi grand et fier que les autres.

Mon cœur fait des étincelles dans ma poitrine quand Tre'Hurr et Va'El arrivent au cairn. Je suis soulagée de voir que Va'El ne boite plus et quand je réussis à croiser son regard, il me fait un très subtil signe de tête. Je le lui renvoie avec un demi-sourire avant de faire de même avec Tre'Hurr. Elle me sourit tristement avant que le couple ne se replie dans la foule. Après un long moment, Kuana, l'Okkari et moi sommes les derniers à n'être pas passés.

Kuana revient après avoir placé sa pierre et un silence révérencieux s'installe dans la foule. Tout est calme. Je respire doucement. *Attends... Prends ton temps...* J'attends, mais l'Okkari semble hésiter, et je réalise rapidement que c'est probablement parce que nos mains sont toujours liées et que je ne veux pas le relâcher. *J'ai peur. Je suis pétrifiée.* Alors quand j'avance, je le tire avec moi. Il s'arrête sur la première marche, puis me rejoint et s'aligne à mes côtés.

Le cairn est haut maintenant : il monte jusqu'à sa poitrine et jusqu'à mon front. Mon châle s'étire alors que je place ma pierre à côté de la sienne. Nos doigts se croisent. Je lève les yeux vers lui et il me regarde. Tout ce que je veux qu'il sache à ce moment-là, c'est que je suis désolée, profondément désolée, pour tout ce que j'ai fait. *Je pensais que j'étais ici pour tuer des extraterrestres, mais la mort d'un seul extraterrestre est pour moi une souffrance intolérable.*

L'Okkari s'agite, ses crêtes se colorent, puis il se raidit et la couleur disparaît. Il se détourne de moi pour faire face aux villageois qui s'étendent devant nous dans une masse de deuil stoïque. Ils ne sont pas très expressifs, mais je peux quand même sentir la désolation de cet endroit. Ainsi que l'amertume. Et l'amour.

– Re'Okkari était un brave guerrier.

La voix de l'Okkari est profonde et très mélodieuse. Il parle fort, mais sans crier, et cela envoie des éclaboussures de glace le long de ma colonne vertébrale, presque immédiatement contrebalancées par une intense chaleur.

– Il s'est battu honorablement et il a donné sa vie pour défendre notre Xhea, et notre terre. Son sacrifice ne sera pas oublié. Non seulement notre Xhea vit, mais l'hevarr subviendra aux besoins de tout le village pendant les prochaines chutes de glace et nous permettra de prospérer à travers les tempêtes. Que le Xaneru de Re'Okkari aille s'unir au Xana de l'univers. Nous allons lever nos torches maintenant pour aider à éclairer son chemin

– Attendez.

Le mot m'échappe dans un souffle. Je peux sentir une nouvelle tension dans la foule, mais ce n'est rien en comparaison de la tension de l'Okkari à mes côtés. Je lève les yeux vers lui pour le supplier, et quand il cligne des yeux, c'est la seule concession que je sais que j'obtiendrai. Je l'accepte. *Qu'est-ce que je suis en train de faire ?* J'agis. Je fais ce que je peux.

Je fais un pas en avant de sorte que l'Okkari et le tas de pierres de Re'Okarri soient derrière moi tandis que je fais face au village. Au village entier. *Qu'est-ce que je suis en train de faire ?* Je regarde Kuana et bien qu'elle soit totalement inexpressive, comme ils le sont tous, la voir me redonne confiance en moi.

J'inspire profondément et je demande :

– Kuana, veux-tu traduire pour moi ?

Elle ouvre de grands yeux et un souffle de couleur traverse son front avant de s'estomper. Après une fraction de seconde d'hésitation, elle s'approche de moi et s'incline.

– Ce serait un honneur, ma Xhea.

– Merci, Kuana.

Je me retourne. Mes os sont comme du verre alors que j'élève la voix et que je fais l'impensable – je m'adresse à tous les extraterrestres en même temps dans le but d'honorer l'un d'entre eux. Peut-être même pour les honorer tous.

Les mots brûlent alors qu'ils sortent de ma bouche. Mes aveux sont crus, intimes :

– J'ai construit un cairn moi aussi pour la mère de ma meilleure amie. Elle est morte en donnant naissance à une enfant hybride mi-humain, mi-Drakesh. Cette enfant est maintenant la Rakukanna.

Kuana inspire si profondément que je peux sentir l'air se déplacer entre nous. Elle élève sa voix haut et fort et celle-ci ne vacille qu'une seule fois. La foule est silencieuse, mais je n'ai pas été arrêtée ou huée. Je continue.

– C'est le premier tas que j'ai aidé à construire. J'en ai construit beaucoup d'autres depuis. Nous, les Humains, nous avons connu beaucoup de souffrances. Pendant longtemps, j'ai blâmé l'ensemble de Voraxia pour cette souffrance, y compris les habitants de Nobu. Toutefois, condamner tous les extraterrestres à cause des actions de quelques-uns est injuste. Essayer de vous infliger une souffrance réciproque l'est encore plus. Je suis honorée par les actions de Re'Okkari, Va'El, Ka'Okkari, les autres chasseurs et les traqueurs qui ont abattu le hevarr, qui se sont battus eux-mêmes comme des forces de la nature. Et je suis profondément, profondément honorée par notre Okkari, qui a porté le coup fatal.

Je déglutis et attends que Kuana traduise. Ce faisant, j'ose jeter un coup d'œil par-dessus mon épaule pour voir l'Okkari debout, les mains sur les côtés. Il est raide. Aussi impassible que le vide intersidéral.

– Ce coup fatal a été porté, en partie, grâce au sacrifice de Re'Okkari et grâce à son honorable dévouement pour la tribu. Pour l'Okkari et pour moi. Je sais que je ne connais pas *encore* votre culture et vos coutumes, mais je suis en train de les apprendre. En attendant, je souhaite maintenant honorer Re'Okkari de la seule façon que je connaisse. Je n'ai jamais chanté le chant de deuil auparavant ; Svera, la conseillère de la Rakukanna, a toujours eu cet honneur. Mais je vais essayer pour vous. Je vais essayer pour Re'Okkari afin qu'il puisse savoir qu'il a été chéri alors qu'il fait route vers le Grand Océan de l'Après, où il trouvera la paix.

Kuana termine la traduction et je lui tapote doucement le bras. Elle n'a pas besoin de traduire ceci. Je ferme les yeux et pense à ma mère, mon père, Svera, Miari, Jaxal, Kuana et l'Okkari. Je laisse tout le reste s'en aller. Je laisse partir la peur, l'espoir, la haine... et je me mets à chanter.

15

Kinan

Sa voix traverse la caverne. Sa mélodie est entêtante, tout à fait captivante. Je suis immobile, j'ai refoulé mes émotions de sorte que mes crêtes restent incolores, mais je suis bien le seul. C'est un endroit sombre, stoïque, et pourtant, je vois des crêtes de presque toutes les nuances. Il y a beaucoup de crêtes grises, qui représentent le chagrin, mais aussi beaucoup plus de crêtes bleues. Cela fait plaisir aux gens de l'entendre chanter. Même si sa voix est parfois légèrement fausse, son intention est profondément touchante, car elle chante la perte, le salut, la rédemption et la grâce.

À la fin de sa chanson, les fronts striés se penchent légèrement vers l'avant, puis s'inclinent un peu plus. Elle revient à mes côtés et croise ses cinq doigts avec mes six doigts. Je tiens sa main fermement. Je ne veux pas perturber l'honneur que mon peuple lui fait, mais je veux qu'elle sache à quel point elle nous a tous honorés. *Serait-ce un signe d'acceptation ? Pas seulement de son acceptation par la tribu, mais de sa propre acceptation de la tribu ? Est-ce trop espérer ?*

Je ne connais pas les réponses à ces questions, mais je vois Va'El et Tre'Hurr rayonner devant leur Xhea. Les visages d'Hurr et des autres femelles qui ont participé à la Course sur la Montagne affichent des expressions de joie similaires. Je me sens dangereusement ému par ce qui se déroule devant moi. Il y a eu beaucoup de manquements à la tradition, et pourtant, nous sommes ici, tous ensemble, nous vénérons le même autel, nous honorons le même guerrier, et nous ne faisons qu'un.

Il n'y a pas d'Humaine et de Voraxians. Il n'y a que l'honneur et la grâce. Lorsque ma guerrière Xhea se tourne pour me regarder, je peux voir dans ses yeux qu'elle me demande conseil, mais je peux aussi voir les gouttes d'eau qui parsèment les poils de ses paupières inférieures. Elles tombent lourdement sur ses joues, telles des gouttes de pluie. *Elle ne porte peut-être pas de gris sur ses crêtes, mais son chagrin pour la mort de Re'Okkari est tout de même évident.*

Avant que je ne puisse m'en empêcher, je m'incline à mon tour devant elle. Je penche la tête vers l'avant dans un geste tout à fait indécent de la part d'un Okkari devant son peuple. Je montre à ma tribu ce que je pense de son don en ce jour et je lui montre que j'accepte le passé : la conséquence involontaire de ses actions, mal planifiées. En échange de l'honneur qu'elle me fait, je lui offre le pardon, une chance de trouver et de créer sa propre forme de rédemption.

Poursuivant la cérémonie du chamar, je prends la torche qui m'est apportée et m'assure que ma Xhea fait de même. Ensemble, nous nous avançons et allumons les bâtons éteints de ceux qui nous précèdent. Elle commence avec Kuana tandis que j'allume les torches de Hurr et de son compagnon. Les flammes jumelles de nos torches donnent bientôt naissance à un royaume de lumière. Les bâtons des centaines de membres de la tribu créent bientôt un nouveau monde, illuminé de couleurs. Les cairns prennent vie, ressemblant à des cités construites par des habitants de l'ombre qui vénèrent et collectionnent les lunes tombées. Nouvellement construit, celui de Re'Okkari est le plus haut d'entre eux.

Je trempe ma flamme dans la terre sous mes pieds et quand je la lève à nouveau, la braise brille. Ce geste est imité d'abord par ma Xhea puis par le reste de la tribu jusqu'à ce que finalement la seule lumière qui existe soit celle de nos braises, représentant la lumière des étoiles.

Je reste stoïque pendant tout le temps qu'il faut à la braise pour s'éteindre et devenir de la fumée. Je me dirige ensuite vers l'avant, la main de Kiki toujours prise dans la mienne. C'est assez étrange. J'ai lu dans le manuel humain de Svera que ça s'appelait « tenir la main ». Je ne me suis jamais fait tenir la main auparavant, mais je comprends le sentiment de confort si bien décrit par le manuel, que cela procure. Cependant, le manuel ne décrit pas le nœud de douleur qui accompagne ce geste.

Mon Xanaxana s'est montré conciliant avec moi ces derniers solaires. Il m'a permis de respirer sans gêne, même lorsque je touchais sa peau ou que je sentais ses cheveux contre mes mains. Mais il ne l'est plus maintenant. Ce solaire a été *difficile*, et sa chanson a brisé quelque chose d'ouvert à l'intérieur de moi que je ne peux plus refermer. C'est comme si j'essayais de reconstruire les morceaux d'une tour de verre.

Nous sortons dans le monde enneigé et nous marchons en silence – le seul son audible est celui de nos pas qui crissent sur la neige et les pas de ceux dont les braises sont également mortes. Ils nous encadrent maintenant. Certains nous dépassent et se dirigent vers le centre de la vallée, ou autour de son bord opposé, alors qu'ils retournent chez eux. Pendant ce temps, mes propres pas ont commencé à ralentir. *Je ne souhaite pas la ramener chez Re'Okkari. Je la veux avec moi, chez nous, où je pourrai la prendre avec passion et être pris par elle en retour.*

Elle serre sa main en un poing dans la mienne, à la recherche de chaleur. Je défais rapidement la boucle avant de mon okami et glisse sa main à l'intérieur. Elle émet un petit son et je m'arrête complètement lorsque ses doigts froids me brûlent. J'ai essayé de ne pas la regarder – de ne pas la fixer – pendant trop longtemps et je me tourne vers elle maintenant.

Elle croise mon regard de ses yeux ronds et humides. Se léchant les lèvres, elle demande :

– Ai-je déshonoré la tribu ? T'ai-je déshonoré ?

Ma réponse est ardente, c'est presque un cri :

– Nox, au contraire !

Son front se plisse et ses cheveux s'agitent dans le vent. Ils sont *beaux*. Je n'ai jamais rien vu de tel et j'ai envie d'examiner chacun d'entre eux. Ils ont l'air si complexes. Spectaculaires. Encore une fois, je suis submergé par la grâce de la déesse Xana. On m'a donné une guerrière pour compagne, et de toutes les femmes de l'univers, on m'a aussi donné la plus belle

– Alors pourquoi es-tu si calme ? Tu as l'air contrarié.

Je secoue la tête et réduis la distance entre nous de moitié. J'abaisse mon visage jusqu'à ce que nos bouches ne soient plus qu'à un souffle l'une de l'autre avant de déclarer :

– Je le suis parce que je vais devoir t'abandonner à la maison de Re'Okkari.

Elle secoue la tête.

– Si c'est possible, j'aimerais rentrer avec toi. Et pas seulement pour ce soir. Je veux passer toutes les nuits avec toi. Je ne peux plus supporter ça. L'espace entre nous est trop grand. Je veux vivre avec toi... si c'est ce que tu veux aussi.

La surprise m'arrache la peau des os. Mes cœurs commencent à accélérer leur rythme. Je me demande si, contre sa main, elle peut les sentir.

– C'est bien sûr une option, mais le manuel des relations avec les Humains dit...

– Je me fous du manuel des relations avec les Humains. J'aime Svera plus que la vie mais par toutes les comètes, c'est une prude. Je ne peux pas continuer comme ça. J'ai besoin de te baiser. J'ai besoin de t'embrasser. S'il te plaît.

Elle expire. Sur sa langue, un rire s'associe à une pointe de désespoir. Un gros flocon de neige s'abat entre nous que je dégage avec mon bras.

– Ne m'oblige pas à te supplier, ajoute-t-elle.

Je grogne et supprime la distance entre nous. D'un poing, j'arrache le dos de sa combinaison et de l'autre main, j'emmêle mes doigts dans ses cheveux, la fixant contre moi. Elle inspire brusquement, ses doigts contre ma poitrine se recourbent, ses ongles marquent la plaque durcie de mon pectoral.

Contre sa bouche, je murmure avec malice:

– C'est exactement ce que je vais faire.

Je l'embrasse fort, d'un baiser brûlant, en espérant que j'ai maîtrisé la technique que je n'ai expérimentée qu'une seule fois avec elle après notre premier entraînement, et qu'elle ressent le même plaisir que moi maintenant. Parce que c'est tout ce que je ressens. Sa bouche est vraiment comme deux coussinets, d'une douceur décadente, chaude et ferme dans sa caresse.

Je me fonds en elle, prenant conscience que mon peuple peut nous voir ici, mais sa langue est une distraction que je ne peux ignorer. Pas aujourd'hui. Je la touche avec la mienne et elle émet un doux son qui me fait frissonner. Je la serre plus fort contre ma poitrine et je suis surpris quand elle se lève d'un bond et enroule ses bras et ses jambes autour de moi. Son corps ondule contre le mien et elle se bat contre moi désespérément, comme si elle avait l'intention de se donner à moi ici, dans le froid, devant tout notre peuple.

En peinant pour ne pas me laisser aller trop rapidement à l'avalanche de désir sous lequel je croule, j'écarte ses jambes et la fait descendre au sol. Elle saisit le devant de ma combinaison et essaie de me tirer plus près. Je bloque son bras. Elle lève son genou vers le haut de ma cuisse, provoquant un spasme dans toute ma jambe. Et puis dans mon état de faiblesse passager, elle fait une chose incroyable: elle me frappe. Son poing se plante dans la partie molle de mon abdomen, entre mes plaques, comme je le lui ai appris. Le souffle court, je recule d'un demi-pas, mais elle l'a anticipé et s'en prend à nouveau à moi. Elle me donne des coups de pied dans la jambe, pousse sur mes épaules et essaye de me faire tomber au sol.

Je ne peux m'empêcher d'émettre des sons de plaisir dans le monde enneigé. Ma bouche est ouverte, ma gorge se contracte et mon visage se tord tandis que ma poitrine se soulève et s'affaisse.

– Veux-tu me chasser maintenant, ma Xhea ?

Sa bouche forme une expression de plaisir exquis qui me rend aussi faible que le coup de poing qu'elle m'a asséné dans les côtes.

– Ce n'est que justice, non ?

– Certainement. Mais il serait également juste que je prenne de l'avance dans ce cas.

– Dans tes rêves !

Elle plonge vers moi immédiatement, sans me laisser le temps de me préparer. *Xhivey. Elle a bien fait.* Ses poings touchent ma poitrine et elle essaie d'ouvrir la boucle desserrée. Elle y parvient – mais pas assez pour la libérer complètement – avant que je ne me libère de son emprise et que je m'élance sur la neige, loin d'elle.

La neige arrive jusqu'à mes tibias et au-dessus de ses genoux, mais nous nous sommes entraînés dans la neige ces derniers temps et elle est plus rapide qu'avant.

Elle enlève la jupe autour de ses hanches pour pouvoir avancer plus vite. Elle n'est vêtue que d'un pantalon de peau. Quand elle m'atteint, elle se jette sur mon bras gauche et s'y accroche. Elle tourne sur elle-même contre mon corps, je suis distrait par la pression de son cul contre mon entrejambe pendant un peu trop longtemps, et ce moment d'inattention est tout ce dont elle a besoin.

Elle enfonce son coude dans mon abdomen à l'endroit même où elle avait frappé auparavant. Je m'effondre, reculant rapidement et la tirant avec moi par le châle qu'elle porte. Elle laisse échapper un gazouillis alors que je la traîne au sol, mais elle roule en arrière par-dessus sa propre tête et lorsqu'elle se relève, elle est à nouveau libérée du châle.

J'échappe à son emprise en dansant, l'attirant plus loin du centre de la vallée tandis que je trace un chemin vers ma maison. Notre maison. Je me faufile entre les demeures de la vallée. J'espère pouvoir la déboussoler et la ralentir afin d'avoir le temps d'atteindre ma maison et de me préparer avant qu'elle ne m'attrape, mais alors que je cours, je me rends compte qu'elle a pris trop de retard.

Je m'arrête et je tourne en suivant le chemin que j'ai créé dans la neige tout en ignorant les regards de ceux qui me croisent. Ils m'observent, moi, – leur Okkari – avec des relents de curiosité et d'amusement dans les crêtes. Voir leur Okkari jouer dans la neige avec son âme sœur Xiveri est atypique, non traditionnel, certains pourraient même dire que ce n'est pas digne de moi. *Qu'ils parlent. Au diable la tradition. Pour la première fois depuis des lustres, je m'amuse.*

– Xhea !

Je l'appelle quand je passe le prochain virage avant de me retourner pour voir le chemin que j'ai pris. Si j'en juge par le rythme qu'elle a adopté, elle devrait déjà m'avoir rattrapé.

– Xhea…

Tout à coup, je reçois un coup – *elle* vient de me frapper. Pas d'en haut, mais *d'en bas*. Ma Xhea a choisi une cachette juste à côté du sentier, sous une couche de neige supérieure assez dense pour s'y cacher. Elle est si petite qu'il n'est pas impossible pour elle de tenir ici, mais il est impossible pour moi de la voir et quand je m'avance, elle balaie mes pieds avec l'un des siens.

Je tombe et lorsque j'atterris sur le dos, Kiki jette une jambe sur moi puis place ma poitrine entre ses cuisses. Son intimité se trouve juste au-dessus de mon sternum et l'odeur de son excitation me rend complètement aveugle. Ses genoux transpercent mes biceps et ses mains trouvent mes poignets. Elle les attrape et les tire au-dessus de ma tête pour les bloquer de toutes ses forces.

– J'ai gagné, dit-elle en se penchant sur moi.

Sa bouche est si proche de la mienne que je pense qu'elle va m'embrasser. J'espère qu'elle va le faire.

Je sens mon visage former l'expression du plaisir et je vois son plaisir, en miroir, illuminer ses joues. Mes cœurs vibrent hors du temps.

– C'est ce que tu penses ?

– Hexa. Tu es à moi, et je peux te prendre, Okkari.

– Là, tu n'as pas tort.

La dominer n'est pas difficile. Malgré son ingéniosité et sa rapidité, elle est bien trop petite pour m'égaler au corps à corps. Je soulève puis déloge ses genoux et elle glapit lorsque je roule sur elle, inversant notre position.

– Arg ! Espèce de brute ! C'est tellement injuste.

Elle pousse sur mon épaule et je la laisse me faire rouler sur le dos, avant de reprendre rapidement de la puissance et de la tirer sous mon corps. Nous répétons cela plusieurs fois jusqu'à ce que bientôt mon désir menace ma détermination et je commence à faire le bruit du plaisir, puis elle fait de même. Maintenant nous sommes simplement un Okkari et sa Xhea roulant dans la neige comme des enfants. *Nox. Nous ne sommes pas des chefs, pas pour le moment. Pour l'instant, nous sommes simplement Kiki et Kinan.*

– Tu es intelligente, je te l'accorde, mais si tu veux vraiment gagner contre moi, tu ne peux pas te permettre d'être trop confiante. Tu ne gagneras jamais en opposant ta force à la mienne. Tu dois lire ton adversaire, l'analyser, trouver ses faiblesses.

Ses yeux sont mi-clos, en demi-lunes, et brillent de ce que je sais être son désir. Je peux sentir son Xanaxana partout.

– Et quelle est ta faiblesse, Okkari ?

Nous roulons encore. Elle se retrouve sous moi, mon corps pressant le sien dans le sol froid et dur. Mon bassin s'enfonce contre le sien et elle écarte les jambes pour moi. Je me frotte contre elle en soufflant:

– Je pense que c'est évident.

Elle cligne rapidement des yeux alors que je continue à me frotter contre elle. Je vais répandre de la semence et je ne l'ai même pas encore pénétrée.

– Par toutes les comètes, baise-moi Okkari, demande-t-elle, enfiévrée.

Le son du plaisir laisse place à des gémissements doux et plaintifs. Elle se cambre et essaie de frotter son corps contre mon corps, mais je la force à rester immobile.

D'une main, je caresse le côté de son visage.

– Nox.

Je me penche et dépose un baiser sur le bout de son nez. Stupéfaite ou confuse, elle cesse de me combattre un moment.

– Pourquoi ?

– Je ne te baiserai jamais. Tu es trop précieuse pour ça. Ce soir, je vais m'accoupler à toi et je le ferai en tant que Kinan car c'est mon nom d'esclave et je ne suis rien d'autre qu'un esclave pour toi.

Elle comprend quel aveu je viens de lui faire et l'expression de plaisir l'envahit.

– Kinan. Ton nom est Kinan ?

L'entendre sur sa langue m'apporte de nouveaux plaisirs inconnus jusqu'alors.

– Hexa.

– Je suis honorée que tu me le dises.

– Tu l'as mérité.

Je l'enlace de mes bras. Je me sens comme un fou alors que j'essaie de l'emmener toute habillée dans la neige.

– Je vais maintenant te ramener à notre nid.

– Kinan ?

Je pourrais l'entendre prononcer mon nom des milliers de fois encore, sans jamais manquer d'être surpris et satisfait.

– Hexa, ma Kiki.

– Je veux faire l'amour avec toi... mais je ne veux pas tomber enceinte. Pas encore, je veux dire. J'aimerais encore en apprendre davantage sur le fait d'être une guerrière et de remplir mon rôle de Xhea avant.

La déception que je m'attends à ressentir suite à sa déclaration ne vient pas. Au lieu de cela, je fais une expression de satisfaction et je descends le long de son corps pour toucher son intimité à travers son pantalon. J'ai envie de le déchirer.

– C'est un désir honorable, Xhea. Ta demande sera satisfaite.

– Comment ?

– Il existe une plante couramment utilisée par les mâles pour empêcher l'éjaculation de la semence fécondante. J'ai un peu de cette herbe et je vais la chercher maintenant avant de m'occuper de toi.

– Et pourquoi exactement as-tu cette herbe ?

Ses yeux se rétrécissent et bien qu'elle n'affiche pas de cuivre, je suis ravi et excité par sa jalousie. Je masse son intimité à travers son pantalon avec le talon de ma paume. Elle serre les dents, luttant pour se contrôler, mais c'est une bataille perdue d'avance. Elle gémit quand je la relâche.

– Krisxox était mon invité la dernière fois qu'il a visité Nobu. Il a laissé une grande quantité de cette herbe derrière lui.

– Par toutes les étoiles, gémit-elle, bénies soient les comètes, heureusement qu'il couche à droite et à gauche.

Je fais le bruit du plaisir et la soulève rapidement du sol enneigé, surpris de voir les visages des nombreux Voraxians qui se tiennent à proximité et qui nous espionnent. Je fais une expression de plaisir en les regardant et j'émets des sons de satisfaction dans le monde à cause de l'embarras voilé que tous ressentent. Ils n'ont jamais vu leur Okkari comme ça. Même pas quand j'étais Kinan.

– Allons-y maintenant.

Elle pousse un cri quand je m'élance, et me serre le cou dans un étau. Je sens le raclement de ses dents contre la partie lisse, sans plaque, sous mon oreille.

Elle murmure :

– Puisque j'étais dans le merillien, ça veut dire que je suis à nouveau vierge ?

– Hexa. Ça te fait peur ?

– Nox. Ça me fait plaisir.

Je ne comprends pas sa réponse et demande une explication, à laquelle elle répond :

– Quand j'ai pu recommencer la dernière fois, j'ai tout gâché en essayant de fuir. Cette fois-ci, quand on recommencera, ce sera bien pour nous deux. Je ne vais pas tout gâcher. Ce sera parfait.

Nous arrivons à notre maison et je bondis dans les escaliers, j'ouvre la porte d'entrée et j'entre dans la salle d'attente. Je la jette brutalement sur un monticule de peaux blanches et d'oreillers. Elle couine et rit en se roulant dessus.

Je trouve rapidement l'herbe de pierre de Krisxox dans mon coin cuisine et je l'attrape. Je défais les crochets qui m'enserrent et quand je retourne dans la salle d'observation, je la regarde lutter pour faire de même. Je me mets à genoux entre ses cuisses et j'arrache le reste de ses vêtements, puis je couvre son corps avec le mien. Je positionne mon xora à son entrée et j'avance sans prévenir, la transperçant jusqu'à ce que je sente, avec une pointe de douleur, sa membrane se resserrer autour de mon membre.

Elle crie et se cambre. Ses mains cherchent à saisir les fourrures. J'attends qu'elle relève le menton pour me regarder. Le mur noir de mes cheveux crée un rideau autour de nous. Je ne suis rien d'autre que du feu, un soleil incertain. Les dents serrées, je lui dis :

– Je suis toujours heureux quand je suis avec toi. À chaque instant.

Son visage est pincé de concentration et de douleur. Ses hanches tournent sous moi, avides de répit ou de libération, ou les deux. Elle attrape mon épaule d'une main et de l'autre, elle saisit mes cheveux à la racine. Elle tire jusqu'à ce que je ressente une douleur aiguë.

– Moi aussi je suis heureuse. Mais là, j'ai besoin que tu me baises, Kinan.

Je grogne. Son intimité est mouillée et palpite autour de moi. Chaque émotion me déchire. Comme elle l'avait promis, je suis déchiré. Les dents serrées, j'articule péniblement :

– On dirait que tu veux être punie.

– Hexa, dit-elle avec une malice où perce un désir insatisfait, c'est le cas.

Je place mes hanches contre elle et la peur la plus fugace traverse son visage. Je ralentis, avant de caresser sa joue et de lisser ses cheveux derrière son oreille. Je l'embrasse profondément.

Sa bouche miaba est divine et me distrait alors que je cherche à retrouver un minimum de contrôle.

– Kiki…

Ma voix n'est qu'un murmure, un souffle qui se fraie un passage entre les coussinets de sa bouche.

– Kinan, répond-elle.

– Je vais la percer maintenant.

Je me souviens de la première fois où j'ai prononcé ces mots. La lumière blanche du sommet de la montagne la faisait ressembler à un être éthéré. Aujourd'hui, la lumière de l'ioni la fait ressembler à l'ioni lui-même, quelques secondes avant son implosion. Si elle explose maintenant, elle m'emportera avec elle.

Son canal se resserre par petites impulsions autour de mon xora, le serrant comme un poing. C'est si chaud et humide que je me sens glisser dans la folie. Je ferais tout pour elle. Je lui donnerais tout…

– Attends, murmure-t-elle.

Je me bats pour me concentrer sur son visage. J'espère lui faire comprendre que je comprends son appréhension et que je ferai de mon mieux pour que cela soit indolore pour elle. Mais ce n'est pas de la peur que je lis dans ses yeux, et sa main vient caresser le côté de mon visage.

– Xivoora Xiveri, reprend-elle, avant d'entamer la litanie des mots anciens. Je couvre ta chair avec ma chair. Je couvre ton cœur avec mes cœurs. Je te revendique. Tu es mon serviteur, tu es mon roi, tu es ma lame. Et je suis ta Xiveri, Xhea pour ton peuple, future mère pour tes enfants. Avec cette union, je promets d'être ton bouclier. Je promets de t'honorer. Pour toujours.

– Kiki...

Je ne peux pas croire qu'elle me dise ces choses, maintenant, et comme ça. Je n'ai pas de réponse. Pas un mot ne s'échappe de ma bouche.

Elle me regarde, toute rayonnante de lumière. Elle rendrait jaloux les soleils de Voraxia.

– Maintenant, je suis prête... susurre-t-elle.

Je hoche la tête, muet. Je me sens comme un enfant. Je me sens comme un roi. Je place mes avant-bras de chaque côté de sa tête et je presse mes hanches en avant. Elle essaie de garder les yeux fixés sur moi, mais la douleur devient trop forte pour elle lorsque je me heurte à la dernière résistance de son corps vierge.

Je pousse et glisse jusqu'au fond et nous crions de concert nos émotions crues. Je ne lui accorde pas le répit dont elle pourrait avoir besoin, je continue à la prendre, encore et encore, tout en parsemant son visage de nombreux baisers et en maintenant le rythme jusqu'à ce que la douleur passe et laisse place au plaisir.

A ce moment-là, je roule vers l'avant : je cherche à m'approcher le plus près possible d'elle tout en restant capable de bouger. Nos bouches sont fusionnées, nos langues sont entremêlées, la sueur coule sur ma peau.

– Xivoora Xiveri, lui dis-je.

Ces mots prononcés dans le feu de notre passion résonnent dans la pièce quelques instants avant que le premier jet de semence ne jaillisse de mon xora dans son utérus. Il n'y aura pas de fécondation mais je sais que ce solaire viendra, quand nous serons tous les deux prêts et quand ce sera le cas, je remplirai le monde de guerriers et guerrières de son acabit. Aussi sauvages que beaux ou belles.

Elle ferme les yeux en hurlant son propre plaisir. Son corps incroyablement serré se contracte encore plus autour de moi, et aspire tout ce que j'ai. Quand elle finit par détourner les yeux, je ne peux m'empêcher d'avoir une expression de plaisir pour elle. Ses paupières papillonnent. Elle sait ce que cela signifie.

— Tu as cessé de me regarder. Alors prépare-toi pour la punition, ma Xiveri.

— S'il te plaît, dit-elle, les bras écartés pour révéler les monticules de sa poitrine pleine et douce.

Je m'élance vers l'avant, assez rapidement pour la faire sursauter, et je m'accroche à l'un de ces pics sombres. Je le suce fort et quand je mords doucement le côté de son sein, elle pousse un doux cri.

Mon xora est ferme et prêt à entrer en elle, une fois de plus. Je tiens ses mains par les poignets et je soulève ses hanches pour qu'elle n'ait aucun contrôle et qu'en dessous de moi, elle soit entièrement offerte. Elle est mon trésor à chérir, à conserver, à adorer ; un trésor dont je peux disposer comme je l'entends.

— Ne te retiens pas, déclare-t-elle.

Je n'ose imaginer que je mérite la confiance qu'elle a en moi.

— Je ne me retiendrai pas, Kiki.

Et je ne le ferai pas pendant toute la durée de la lune à venir.

16

Kinan

Les premières lueurs de l'aube filtrent dans la salle d'observation. Je n'y prête pas attention, j'ignore aussi les tâches et les responsabilités qu'apporte ce nouveau solaire. À la place, je remonte les fourrures en lambeaux sur nous. Kiki remue, mais seulement légèrement. Elle se déplace sur le côté et jette son bras négligemment sur mon ventre. Je souris et trace la ligne de ses formes avec un doigt. Je le laisse errer distraitement sur sa peau parfaite, tendue et immaculée, avant d'explorer ses cheveux et ses nombreuses tresses.

– Comment appelles-tu cette coiffure ?

Elle fait l'expression de plaisir sans ouvrir les yeux et mes deux cœurs battent fermement sous mes plaques de poitrine.

– Mes tresses ?

– Tresses.

J'expire.

– J'aime beaucoup ces tresses.

– Merci. C'est Kuana qui les a faites. Je lui ai appris comment faire.

– Tu l'honores.

– C'est ce qu'elle a dit, soupire Kiki.

Sa langue passe entre ses dents et bien que je veuille presser ma propre bouche contre sa bouche délicieuse et épicée pour goûter cette langue une fois de plus, je vois qu'elle est légèrement gonflée à cet endroit. *J'ai été trop brutal avec elle.* Elle a encouragé ma rudesse, mais je devrai être plus prudent avec elle à l'avenir. Cette pensée me ravit. *Il y aura un avenir entre nous.* Un avenir radieux.

– J'aime aussi tes cheveux, affirme-t-elle.

Surpris, je cligne des yeux.

– Merci.

J'ai parlé dans sa langue humaine, car nous n'avons pas ces mots.

– De rien, souffle-t-elle.

Je suis persuadé qu'elle va se rendormir, mais elle demande doucement :

– Pourquoi y a-t-il une bande blanche ?

J'hésite un moment. Je ne sais pas si je dois lui dire ou non – mais je réalise rapidement que ne pas lui dire la vérité, ce serait mentir.

– Tu seras peut-être surprise d'apprendre que, des siècles plus tôt, nos ancêtres sur Nobu ressemblaient beaucoup aux Drakeshs d'aujourd'hui. Leurs cheveux étaient de la couleur de la neige, leur peau était rouge. Plusieurs générations plus tard, après la découverte des voyages interplanétaires, une partie de l'ancienne population de Nobu a cherché à partir. Ils voulaient trouver des terres plus fertiles et des conditions de vie moins dures. Ils ont décollé et, pensant se diriger vers la planète principale de notre fédération, Voraxia – là où siègent aujourd'hui le Raku et la Rakukanna, dans la capitale – ils ont fait une erreur de navigation. Elle les a conduits à Cxrian. Les tribus indigènes qu'ils y ont trouvées ont été assimilées ou décimées et plusieurs centaines de rotations plus tard, la planète s'est établie comme une planète indépendante de la fédération voraxiane. Ils ont appelé leur race les Drakeshs. Voraxia était en paix avec Cxrian jusqu'à ce que la population Drakesh cesse de produire des petits. C'est arrivé il y a quelques rotations. Dans un effort pour repeupler leur territoire et survivre, ils ont cherché de nouvelles femelles pour la reproduction. Les Drakeshs représentent une race fière, peu encline à s'accoupler avec des êtres qui n'appartiennent pas à leur race. Cependant, un groupe de militants a pensé que comme Nobu avait aussi des ancêtres Drakeshs, cette planète pourrait être une alternative acceptable. Ils ont donc envahi notre tribu. L'Okkari qui m'a précédé a été abattu et en tant que second, j'ai mené nos guerriers à la victoire. Mais pas sans pertes. Deux femelles ont été tuées ce jour-là, ainsi que vingt-trois guerriers. L'une des femelles attendait un petit. Les images de cette bataille me reviennent souvent en mémoire. *Je n'ai pas oublié l'odeur du sang, ou le goût de la fumée.* Je n'étais qu'un enfant quand les envahisseurs Drakeshs sont arrivés sur notre planète pour s'emparer de nos femelles. Ils y sont parvenus, mais seulement pendant quelques instants avant que l'ivresse de la bataille et le besoin féroce de vengeance ne m'envahissent. Dans ma tribu, on appelle ça le tsanui et c'est un rite sacré. J'ai tué douze guerriers Drakeshs adultes ce jour-là, mais je n'ai pas pu empêcher l'un d'entre eux de prendre ces vies. La vie de deux femelles, et d'un petit. Ils ne m'ont pas ôté la vie mais ma peine ne connaissait pas de limites, tous les petits et toutes les femelles sont sacrés. Ce mâle Drakesh est mort dans la douleur, mais ce n'était pas suffisant.

– Que s'est-il passé ensuite ?

À nouveau happé par le présent, je m'éclaircis rapidement la gorge et pose mon regard sur le visage brun pressé contre ma poitrine, qui me regarde. Violet et brun. Nos couleurs semblent avoir été choisies spécifiquement pour s'accorder. Elles sont magnifiques ensemble. *Je me demande à quoi ressembleront nos petits.*

– La planète Drakesh a été intégrée à la fédération voraxiane. Pour ne pas les déshonorer, nous avons convenu que les Bo'Rakus resteraient égaux aux autres xub'Rakus, ainsi nous évitions d'être traités comme un protectorat, un peu comme votre lune humaine actuellement. J'ai été nommé Okkari ce jour-là par mon peuple et élevé au rang de Va'Raku par les Rakus de l'époque. Le Bo'Raku a été exilé et le Bo'Raku suivant, maintenant déchu, a pris sa place.

Son corps se tend dans mes bras, ses doigts tracent de petits motifs sur mes plaques. Je prends sa main et l'amène à ma bouche, puis j'embrasse sa paume jusqu'à l'intérieur de son poignet.

– Il subira son châtiment dans le tsanui. Je l'écorcherai vif, je lui enlèverai ses plaques, je lui arracherai les yeux, les griffes et les dents, avant de le laisser mourir là après une longue agonie.

Un son de plaisir s'échappe de ses lèvres et elle lève les yeux vers moi.

– C'est la chose la plus romantique qu'on m'ait jamais dite.

– C'est la vérité. Il t'a fait du mal, j'ai donc droit à un tsanui. Je serai cruel.

– Je sais. C'est juste que... non, non, rien.

– Dis-moi à quoi tu penses, Kiki.

Elle ne dit rien pendant un long moment, puis elle répond :

– Je suis juste nerveuse de le revoir.

– Tu en as fait un monstre dans ton esprit. Ce qu'il a fait est terrible, certes, mais il n'est pas différent des autres hommes. Il n'est pas différent de moi. Il est aussi fait de chair et de sang. Tu verras à quel point il peut saigner.

Elle sourit à nouveau.

– Xhivey.

Sa prononciation est très mauvaise, mais je suis tout de même content qu'elle essaie de s'exprimer en voraxian.

– Tu n'as toujours toujours pas répondu à ma question, fait-elle remarquer.

– C'est vrai. Ma réponse est longue car je veux te dire que nous étions autrefois Drakeshs jusqu'à ce que Voraxia s'étende de sa capitale actuelle à d'autres planètes. À cause des voyages et des retours, le sang s'est mélangé. À l'époque, le Xanaxana était fort et il liait de nombreuses âmes sœurs Xiveris. Ce que tu vois aujourd'hui dans ce village et dans tous les villages de Nobu est le produit de ces accouplements, des générations et des générations plus tard. Certains d'entre nous en portent encore les marques.

Je tends les mèches de cheveux blancs qui s'écoulent de mon cuir chevelu vers elle et les laisse se déposer sur le dos de sa main. Elle les regarde sans parler et je ne peux rien lire dans son expression.

– Tu nous détestes parce que du sang Drakesh coule dans nos veines ?

Je n'ai pas pu ôter toute trace de mécontentement de ma voix.

– Nox. Je ne vous déteste pas. Il y avait bien de la haine dans mon cœur avant, mais la personne que je détestais le plus, c'était moi.

Ses mots provoquent en moi une colère que je ne peux contenir.

– Tu te détestais à cause de ce qu'un autre t'a fait ? C'est absurde.

– Ça peut sembler illogique, mais c'est ce que je ressentais. Je ne déteste même pas vraiment Bo'Raku. Je ne le porte pas dans mon cœur bien sûr, mais ce que je déteste le plus, c'est le fait de ne pas avoir pu le battre.

– Tous les guerriers perdent des batailles. Nous ne sommes pas invincibles…

– Ce n'est pas parce que j'ai perdu.

Il y a un hoquet dans sa voix et quand elle croise mon regard cette fois, je comprends qu'elle me révèle quelque chose de profondément intime.

– Ce n'est même pas le fait qu'il m'ait violée qui m'a détruite. J'avais déjà fait l'amour avant. Je savais ce que c'était. Ma mère a fait la chasse et ce qu'elle a décrit n'était pas horrible. Elle a même dit qu'elle avait ressenti du plaisir. La mère de Svera était aussi passée par là, et elle a pu communiquer avec lui... avec le type. Comme ma mère, elle était bien après. Par contre la mère de Jaxal et la mère de Miari... Elles sont mortes. Mentalement, je me suis préparée pour la Chasse. Je savais quelles étaient les possibilités et je pensais les avoir toutes envisagées. Je savais que mon corps guérirait de ce qu'on me ferait et ça a été le cas, mais…

Elle se mord les lèvres. Je ne parle pas. J'attends aussi longtemps qu'il le faut, jusqu'à ce qu'elle expire enfin, jusqu'à ce que son souffle se répande sur ma poitrine en faisant frissonner chaque endroit qu'il touche.

– Il a ri.

Je ne parle pas. Je ne peux pas. Son aveu – ces trois petits mots – m'ont éviscéré. Écorché. Massacré. Déshonoré. J'ai l'impression que le fait de partager le même sang que lui me désintègre et je comprends soudain ce que Kiki a dû ressentir. Ce qui l'a poussée à se comporter comme elle le faisait auparavant.

– Ça a été le moment le plus dégradant et le plus humiliant de toute ma vie. J'aurais pu supporter la douleur, mais son rire... Je l'entends tout le temps. Quand je suis endormie, quand je suis réveillée...

– Tu l'entends maintenant ?

Elle fait une pause.

– Non.

– C'est parce que Peixal est gouverné par la haine. Ne sois pas comme lui. Quelque chose de bien plus puissant peut te pousser à devenir la plus grande guerrière que Nobu ait jamais vue. Tu es déjà la plus redoutable Xhea que nous ayons jamais vue.

Elle se mord la lèvre inférieure et lève les yeux vers moi. La terreur dans son regard a diminué. Elle brille plus qu'avant, ou peut-être que je ne fais qu'imaginer des choses.

– Tu veux parler du Xanaxana ?

– J'allais dire l'amour.

Elle lève une main et passe doucement ses doigts dans mes cheveux, en portant une attention particulière aux mèches blanches. Mon cuir chevelu se hérisse lorsqu'elle gratte ses ongles dessus.

– Peixal, dit-elle. Bo'Raku... Je ne pensais pas pouvoir prononcer son nom à voix haute.

– Les noms ont un pouvoir ici. Plus que ce son de plaisir que vous appelez rire. Le nom de Peixal a été révélé pour que tout Voraxia puisse l'entendre. Il est assis dans un puits de honte dont il ne peut s'extirper. Dès que la première chute de glace se terminera, il sera jugé pour ses crimes et j'exigerai le tsanui en ton honneur.

Je presse ma bouche sur le sommet de sa tête et respire l'odeur de ses cheveux.

– Il mourra ou sera exilé là où les seuls êtres vivants à entendre son rire sont les hevarrs.

Elle éclate de rire.

– J'aimerais bien le voir se faire dévorer par un hevarr. Ce serait amusant.

Cette fois, c'est moi qui fais le son du plaisir.

– Comme tu veux. Et en parlant d'hevarr, tu dois rencontrer Hurr très tôt le prochain solaire. L'hevarr a été dépecé avec succès. Tu vas maintenant aider les xub'Hurrs à tanner et sécher les peaux.

Elle lève les yeux vers moi et je vois qu'elle est sous le choc.

– Je ne m'entraîne plus ?

– Si, si. Tu t'entraîneras dans la seconde moitié du solaire. Tous les guerriers ont plusieurs emplois. Nous ne pouvons pas simplement jouer avec des épées pendant que le reste de la tribu fait tout le travail. J'ai été trop indulgent avec toi jusqu'à présent.

Elle est bouche bée.

– Es-tu en train d'insinuer que je suis une *paresseuse* ?

Elle m'envoie un coup de poing sur la poitrine.

– Peut-être que oui. Comment vas-tu te venger ?

Elle se redresse rapidement et jette une jambe sur mon torse, avant de grimacer et de s'accrocher à sa cuisse. Elle pousse des hauts cris et grimace tant que c'en est presque comique avant de se pencher sur le côté puis de s'effondrer sur une pile d'oreillers.

– Crampe ! crie-t-elle.

Je ne peux contenir mon rire. Je m'allonge sur elle.

– Si tu penses que je ne vais pas te prendre à cause d'une crampe, alors tu te trompes. Tu as encore beaucoup à apprendre, ma Xhea. Et tu vas travailler plus...

Je l'empale avec ma longueur sans prévenir et elle gémit profondément du fond de sa gorge. La bouche à demi entrouverte, elle s'efforce de plonger son regard dans le mien tandis que je la pénètre.

– Plus de travail, gémit-elle. Tu vas me faire mourir...

– Nox.

Je capture ses lèvres avec les miennes et entre deux baisers, je grogne :

– Mais je tuerai pour toi.

Quarante-huit solaires plus tard...

17

Kiki

Tre'Hurr rit à gorge déployée et je ne peux que supposer que c'est à cause de mon expression.

– Qu'est-ce que c'est ?

La bile monte dans mon estomac et remonte dans ma gorge alors que je manœuvre mon pinceau de haut en bas sur l'étendue de peau devant moi.

D'autres femelles se tiennent à intervalles réguliers à ma gauche et à ma droite dans l'immense chambre à screa. C'est l'une des plus grandes grottes construites que j'ai vues dans le village jusqu'à présent, juste après le terrain d'entraînement de l'Okkari, bien que celle-ci soit divisée en de nombreuses antichambres – si nombreuses que je ne les ai même pas toutes explorées.

Dans cette caverne, nous sommes un peu plus de trente à travailler, mais certaines entrent et sortent par intermittence. Toutes s'occupent de différentes peaux et les transportent d'une antichambre à l'autre pour les écorcher, les tanner, les étirer ou les aérer.

Depuis plusieurs solaires, j'aide à transporter d'un endroit à l'autre des peaux fraîchement écorchées – des peaux blanches d'Edena – et à les étirer sur des cadres en bois de différentes tailles. En repensant à tous les travaux manuels que j'ai effectués sur la colonie, je pensais que ce serait un jeu d'enfant. J'ai complètement sous-estimé la difficulté de cette tâche. Pourtant, je me surprends à sourire lorsque je remarque quelques visages qui se tournent vers moi et Tre'Hurr. Ils sourient aussi.

– N'ayez pas l'air si surprise. C'est du dolloram, ce que nous avons utilisé pour traiter les peaux.

– Mais ça ne sent pas aussi mauvais d'habitude – enfin, ça sent mauvais, mais là c'est un tout autre niveau. C'est comme si un bol de fruits pourris avait macéré pendant des mois avec du poisson.

– C'est une bonne description, je vous l'accorde, mais vous devriez savoir mieux que quiconque ce que c'est.

Je me tiens à l'écart un moment, la tête penchée sur le côté. Mon ventre se remplit d'effroi.

– C'est l'Hévarr ?

– Oui, c'est ça.

– Ça pue.

Elle rit.

– C'est vrai. C'est un matériau incroyablement dense. On a pensé que pour ta première fois, ce serait plus facile de te faire commencer par de l'Edena.

– Et donc maintenant... Je fais partie de l'équipe ?

Je souris. Elle me regarde, s'arrête à mi-course et me rend mon sourire sans détour :

– Hexa.

Elle reprend son travail sans rien dire d'autre. Comme si ce seul mot n'avait pas une signification particulière pour moi. Comme si c'était évident.

– Vous vous êtes considérablement améliorée au cours des derniers solaires. Vous êtes presque aussi douée que des jeunes proches de la majorité.

– *Wow*, dis-je en allongeant le mot, tu es en train de me chambrer là !

– Chambrer ?

Elle marmonne en soufflant. Elle a passé son temps à faire ça au cours des derniers solaires passés à travailler à ses côtés dans cette grotte moite.

– Je ne cherche pas à vous mettre dans une chambre. Encore une de vos expressions humaines, je suppose.

– En effet.

Je ris légèrement et reprends mon pinceau. Je le déplace sur la peau puante par touches régulières, tout comme Hurr et Tre'Hurr me l'ont appris.

– Nous faisions quelque chose de similaire sur la colonie humaine, mais nous n'avions pas de dolloram, ni de moyens de tanner particulièrement efficaces d'ailleurs.

– Qu'avez-vous utilisé alors ?

Je hausse les épaules.

– Nous avons mélangé du sable avec de l'acide et nous avons imbibé les peaux avec une fois car nous n'avions pas assez de sel, ou d'acide, pour les faire tremper. En fait, la seule chose que nous pouvions utiliser en abondance, c'était le sable. Si jamais vous en avez besoin, vous savez où aller.

Elle me sourit légèrement, mais cesse soudain lorsqu'elle se retourne vers la peau avec sa brosse. Elle trempe le bout de son pinceau poilu dans le gel gris et épais puis en applique une couche sur le dessous gris pâle de la fourrure.

– Votre colonie n'aura plus ces soucis à l'avenir. J'en suis sûre.

Quelque chose m'irrite alors : une pensée récurrente que j'ai eue et que j'ai enfin le courage d'exprimer.

– Les femelles voraxianes en veulent-elles aux Humaines ?

Les crêtes de Tre'Hurr sont blanches d'étonnement. Elle ouvre la bouche pour répondre, mais à ce moment-là, il y a une agitation dans mon dos, vers l'entrée de la caverne. Je me retourne et suis surprise, comme à chaque fois, lorsque Reema entre dans la grotte. Elle est jeune et essaie d'occuper différents postes. Elle a commencé à aider les xub'Hurrs ces derniers solaires et parfois, nous sommes stationnées assez près l'une de l'autre pour parler. J'ai appris beaucoup de choses sur elle.

Sa mère est une xub'Xhen – d'après ce que j'ai compris, c'est une sorte de scientifique qui étudie la matière organique – et son père est Garon, gardien des armes. Elle n'aime pas dépouiller ou tanner, mais elle aime le processus de saumurage parce qu'elle peut peindre. Elle adore peindre. Il n'y a pas d'artistes ici sur Nobu, alors elle espère que dans les prochains solaires, quand elle se battra pour obtenir son propre titre, elle deviendra la xub'Garon, l'apprentie du gardien d'armes – elle veut prendre exemple sur son père. Cependant, elle ne pense pas être capable d'obtenir le poste, parce qu'il n'y a qu'un seul xub'Garon et qu'aucune femme n'a jamais accompli cette fonction auparavant. Ça ne l'empêche pas d'espérer. Elle raffole aussi du pudding sucré aux fruits et aux noix de shorba – nous l'aimons toutes les deux.

– Elle a encore réussi à vous surprendre, ma Xhea, dit Tre'Hurr avec un petit rire. Je pensais que vous vous habitueriez à voir Reema. Surtout après tout ce que j'ai entendu sur cette lune humaine et sa fécondité. Vous devez avoir des bébés qui tètent des seins et des petits qui courent partout.

Reema cherche quelque chose – quelqu'un – et quand son regard croise le mien, elle sourit d'un air penaud et me fait signe en suivant la coutume de salutation humaine que je lui ai apprise. Je lui réponds par un signe de la main et l'observe jusqu'à ce qu'elle soit dirigée par Hurr dans l'antichambre où les peaux sont trempées. Je ne peux m'empêcher de confier ma surprise à Tre'Hurr après avoir levé mon pinceau vers la peau de l'hevarr :

– C'est fou... J'ai vu bien peu de jeunes comme Reema – et elle n'est même pas si jeune. Je veux dire qu'elle est évidemment plus jeune que nous, mais je ne suis pas sûre d'avoir vu des bébés depuis que je suis ici.

Tre'Hurr acquiesce et un écheveau de chagrin gris s'enroule sur son front. *C'est à cause de moi et ma grande bouche stupide.*

– Je suis désolée. Je ne voulais pas...

– Nox, ma Xhea, tu as raison. Le village de l'Okkari est le plus grand de Nobu. Nous sommes un peu plus de trois mille. Sur ce nombre, nous n'avons que deux cent quatre-vingt-dix personnes qui n'ont pas encore de titres et, parmi elles, seulement trente-deux petits. Aucun bébé n'est né au cours des quatre dernières rotations.

– Comètes, c'est terrible ! Ce n'est vraiment pas beaucoup.

– C'est vrai. Alors pour nous, c'est difficile d'imaginer cette colonie humaine dont vous parlez. L'idée qu'il y ait plein de petits qui jouent, des bébés qui tètent et les rires innocents des jeunes qui nous aident à traverser ces longues tempêtes de glace est vraiment une chose merveilleuse à imaginer. Mais si lointaine. C'est comme essayer d'attraper de la glace dans l'air avant qu'elle n'atterrisse sans la faire fondre.

– J'ai déjà essayé. Sans succès.

Elle rit légèrement, mais cela n'atteint pas ses crêtes.

– Nous avons tous essayé. Alors pour l'instant, nous nous contentons de chérir nos petits. Les rares petits que nous réussissons à concevoir. C'est un miracle que nous ayons des adultes sains d'esprit, vu comment nous gâtons nos petits.

Je souris et nous tombons dans un silence agréable. Autour de moi, j'entends d'autres femelles parler, des rires renouvelés et le trille aigu occasionnel d'une voix beaucoup plus jeune qui glousse parmi elles. Distraite par des pensées portant sur les enfants, je laisse tomber ma brosse. Quand je me retourne pour la récupérer, je donne un coup de pied par inadvertance dans le seau de dolloram – le seau à screa.

La douleur irradie ma jambe et je jure un millier de fois avant de grommeler :

– Putain ! Tout est fait avec du screa ici, c'est pas possible…

Tre'Hurr essaie de cacher son rire derrière sa main.

– Mes plus profondes excuses, Xhea.

– Xhea ?

Ce mot, que j'entends tous les jours, vient d'être prononcé par une voix qui n'appartient qu'à mes souvenirs. Cela me fait trembler. Je me retourne, je vois un fantôme et je souris.

– Je dois rêver.

C'est la seule réflexion que je peux faire. Dans ma périphérie, je vois que tout le monde a cessé de travailler et se concentre sur moi et la femme qui se tient près de l'entrée. Il n'y a que de la terre tassée et des cailloux qui nous séparent. Je fais un pas en avant et elle sourit à son tour. Son visage rouge reflète un héritage que je ne pourrais jamais lui reprocher, tout comme je ne peux le reprocher à aucun d'entre eux, même si j'ai essayé de le faire. On ne peut rien contre la peau dans laquelle on est né.

Ses mains se déplacent instinctivement pour couvrir son ventre. On pouvoir qu'il est visiblement gonflé malgré les nombreuses couches de fourrure dans lesquelles elle est enveloppée. Les fronts rayonnants de couleur se penchent vers l'avant tandis qu'elle se dandine et vacille plus loin dans la caverne.

J'éclate de rire.

– Oh ! Par toutes les étoiles, c'est toi ! C'est vraiment toi !

Je me précipite en avant. Je laisse tomber mon pinceau et je la prends dans mes bras. Comme elle est à moitié drakesh, elle est plus grande que moi et quand je recule, je dois lever les yeux vers elle.

– Qu'est-ce que tu fais ici ?

Elle rit et il y a une lueur dans ses yeux qu'elle essuie.

– Peste d'étoiles, Kiki, tu ne sais pas à quel point c'est bon de te voir.

Elle me prend à nouveau dans ses bras et quand elle se tourne cette fois, elle m'entraîne avec elle.

– Je voulais te faire une surprise.

– Eh bien, pour une surprise, c'est une surprise. Je ne savais pas qu'il était déjà possible de voyager.

J'ai l'estomac noué. Mes tâches sont oubliées. Je n'arrive pas à y croire. *Elle est là.*

L'éclair d'un souvenir me traverse, un souvenir d'une autre vie. Miari est accroupie à l'intérieur de la grotte, les genoux repliés sous le menton, mâchant un morceau de cuir de fruit et une miche de pain de sable. Ses yeux sont grands et effrayés et pourtant elle me sourit pour une bêtise qu'elle a dite ou que j'ai notée. Je ne parlais pas alors, mais quand le khrui est venu nous chercher, je me suis levée et j'ai tenu mon grabar devant moi. J'étais certaine d'une chose : si le khrui attaquait mon amie, j'étais prête à mourir pour la protéger. Je tiens à elle comme à la prunelle de mes yeux.

Son ventre se presse contre le mien et cela me déstabilise. Je fais une grimace, je la retiens et elle rit.

– Je sais. Je ne m'y suis pas encore habituée. Mais pour répondre à ta question, la première chute de glace est passée et la prochaine ne recommencera pas avant une trentaine de solaires, ce qui nous laisse juste assez de temps.

– Assez de temps pour quoi ?

– Pour rattraper le temps perdu.

– Je pensais que c'était ce que nous faisions lors de nos appels ces derniers solaires.

– Je ne parlais pas de toi et moi.

Elle me tire jusqu'à l'entrée de la grotte et quand elle s'écarte du chemin, je suis muette de stupeur. Miari rit.

– Alors ? En voilà une surprise, hein ?

Je dois avoir des hallucinations. Peut-être que les vapeurs du dolloram m'ont vraiment tuée. Debout jusqu'aux chevilles dans la neige, assez proches pour être touchées, se trouvent les personnes qui comptent le plus pour moi. Tous les êtres que j'aime le plus au monde : Svera, Jaxal et ma mère. Et bien sûr, juste derrière eux, Kinan. Il se tient aux côtés de Raku, de Miari et d'un petit contingent de guerriers. Il me regarde.

Je crie comme une petite fille et me précipite vers l'avant, pour embrasser ma mère en premier.

– Oh mon Dieu ! s'écrie-t-elle le souffle court à cause de mon poids.

Elle est plus petite que moi et semble beaucoup plus âgée que la dernière fois que je l'ai vue. Mais elle a toujours la même odeur. Un parfum de sable, de terre et de beurre de racine parfumé à la lavande, celui qu'elle utilise pour ses cheveux.

– C'est si bon de te voir. Je n'arrive pas à croire que tu sois là…

J'expire contre son épaule. Ses tresses s'entremêlent aux miennes et quand je me retire, elle a l'air encore plus surprise que je ne le suis.

Au bout de quelques instants, elle finit par retrouver la parole :

– Personne n'aurait pu m'empêcher de venir ! Quand Svera a annoncé qu'un groupe d'entre nous serait autorisé à aller sur une planète lointaine pour te rendre visite, je n'ai pas besoin de te dire que j'étais la première dans la file. J'ai même dû vexer Mathilda, car elle et Deena pensaient qu'elles devaient être les premières à bord, mais elles ne font même pas partie des douze êtres humains sélectionnés pour le voyage. Svera y a veillé.

Svera l'interrompt alors. Son visage est d'un rouge écarlate brillant, à l'exception de la cicatrice argentée sur sa joue – un souvenir de son enlèvement par le roi pirate de Kor.

– Ce n'est pas que je voulais les exclure, mais le règlement stipule que la priorité doit être donnée aux femmes et aux familles de femmes qui ont participé à la Chasse. Mathilda et Deena y ont échappé.

– Oh chérie, nous comprenons les règles, dit ma mère en lançant à Svera un clin d'œil appuyé qui nous fait hurler de rire, Miari et moi – même Jaxal ne peut s'empêcher de sourire.

Je me tourne ensuite vers lui et fais un pas en avant pour le serrer dans mes bras, mais il s'écarte maladroitement de moi. Ses joues foncées rougissent et son regard passe par-dessus son épaule.

– Je n'ai pas le droit de te serrer dans mes bras, affirme-t-il en serrant les dents avant de se concentrer à nouveau sur moi. Mais c'est bon de te voir. Tu as l'air... différente.

Ses mots me réchauffent et poussée par la gène, j'oscille de gauche à droite. C'est difficile de croiser son regard. Pendant trop longtemps, nous nous sommes nourris de la haine de l'autre. Maintenant que la mienne est partie, je ne sais pas quoi lui dire.

– Je me sens différente…

– Tu as l'air en bonne santé.

– Tu as l'air surpris.

– Je le suis.

Son ton est plat et morne. Ses cheveux, qui tombent en mèches lourdes jusqu'aux omoplates, sont attachés à l'arrière de sa tête par une bande. Il n'a pas l'air à sa place ici, enveloppé de fourrures. Le froid blanc qu'ils appellent neige tombe doucement autour de lui. Et cette douceur contraste avec l'éclat de ses yeux. Il semble prêt à lever les deux poings et à déchiqueter le monde qui l'entoure. *Est-ce à ça que je ressemblais ?* Ma colonne vertébrale se hérisse. J'en ai mal aux dents.

Je m'avance, et malgré ce qu'il a dit – malgré l'ordre qu'il a reçu – je l'étreins de mes deux bras avant de fermer les yeux et de respirer son odeur. *Dans son cou, l'acier bleui, le bois sec et les vents arides du désert qui ne promettent que la soif se mêlent.* Cela me rappelle tant de douleur. La sienne. La mienne. Celle de toute cette foutue colonie.

Je le serre fort et comme ses bras viennent timidement entourer mes épaules, je murmure contre sa poitrine :

– Je ne sais plus qui je suis. Mais qui que je sois, je la préfère à celle que j'étais après la Chasse. J'ai juste…

J'expire.

– Merci de m'avoir aidée à traverser les ténèbres. Sans toi et ce que tu m'as apporté, je n'aurais pas la chance d'être ici maintenant.

Derrière moi, une voix sombre prononce mon nom – mon titre.

– Xhea.

C'est une menace, vaguement voilée et dirigée droit vers le cœur de Jaxal.

Je libère Jaxal et je relâche le poids de la culpabilité que je ressentais lorsqu'il m'a vue ici. Alors, légère, sans que la haine ne colore chaque centimètre de mon être, je me tourne et souris à l'Okkari. Son front est une ardoise vierge, à l'exception d'une simple note de cuivre. J'ai déjà vu cette couleur à plusieurs reprises lorsque je me suis battue avec certains de ses soldats. Je sais ce que cela signifie – une jalousie aiguë – parce que je l'ai aussi ressentie lorsqu'il parlait avec les femmes de la tribu. Même Kuana, qui s'occupe de notre maison, n'est pas immunisée.

Je m'approche de lui et prends son bras pour le faire avancer.

– Okkari, je veux que tu rencontres ma famille. Ma mère, mon frère et mes sœurs.

– Nous avons déjà brièvement discuté ensemble, mais je suis heureux d'être présenté à nouveau.

Il s'avance vers ma mère en premier et lui tend la main.

Ma mère la regarde, puis me regarde, incertaine. Ses yeux bruns sont pleins de questions, d'hésitation et d'indécision, mais les rides du rire autour de sa bouche et celles qui plissent les coins de ses yeux me rappellent qu'il n'y a pas une once de haine dans son corps – même la Chasse n'a pu la changer.

Les femmes de la colonie, en règle générale, ne parlent pas de la Chasse. Toutefois, je me demande maintenant, alors que je la vois me regarder, debout à côté d'un mâle alien que j'ai revendiqué dans son corps et dévoré dans son âme, si c'est la bonne décision. Si je devrais lui en parler. Je ne l'ai jamais crue quand elle disait que son expérience de la Chasse n'avait pas été mauvaise... qu'elle avait même été *agréable*.

– Maman, voici l'Okkari. C'est mon homme.

Un rire contagieux s'échappe d'elle, même si elle a les larmes aux yeux, qu'elle s'empresse d'essuyer avec ses pouces.

– Ah bon ? Vraiment ?

– Oui, vraiment.

– Eh bien, dans ce cas il fait partie de la famille maintenant.

Elle repousse la main tendue et serre Kinan dans ses bras. Ses petits bras enlacent à peine à sa poitrine.

– Si tu es de la famille, alors je vais t'appeler fils.

Tout en souriant, Kinan prend ma main et la porte à ses lèvres. Il embrasse le dos de ma paume et très doucement, pour que seuls trois d'entre nous puissent entendre, il répond :

– Tu peux m'appeler fils. Mais tu peux aussi m'appeler Kinan. C'est mon nom de naissance.

L'expression de surprise de ma mère m'apprend que Svera lui a fait comprendre l'importance de la chose. Je suis aussi sous le choc, mais je suis surtout profondément reconnaissante.

– Tu peux m'appeler par mon prénom, Mirella, ou tu peux m'appeler maman.

Kinan sourit et ma mère brille en retour. Pendant un moment, nous restons tous là à nous sourire bêtement les uns les autres jusqu'à ce que Miari se mette à rire. Elle se dandine à nouveau du côté de Raku et il embrasse le sommet de sa tête dans un geste qui me surprend par son côté humain.

– Les autres Humains ont été appelés à se joindre à nous. Nous voulions te donner une chance de rencontrer ta famille en privé avant de leur faire visiter le village.

– Merci.

Elle se contente de hausser les épaules et d'agiter une main dédaigneuse. Je me tourne vers Kinan.

-Je suppose que c'est toi qui es derrière tout ça..

-Je ne serais pas Okkari si je ne le faisais pas.

Je souris.

– Arrogant, va.

Il se contente de répondre « Hexa ».

Je ris, lève les yeux vers lui et croise son regard de face. Je voudrais ne plus avoir à le quitter des yeux.

– Merci.

– Pas besoin de me remercier. Ça me fait plaisir de te faire plaisir.

Je me dresse sur la pointe des pieds alors qu'il se penche et je réussis à atteindre son oreille avec mes lèvres. J'embrasse le lobe, le mordille avec mes dents, et dis :

– Alors peut-être que je pourrai te remercier au cours de la prochaine lune, d'une autre façon ?

Kinan s'éclaircit la gorge d'un air bourru et se redresse. Ses crêtes s'enflamment d'un violet sombre et crépusculaire, bien plus profond que la couleur de sa peau.

– Ce serait appréciable.

J'éclate de rire.

– Bon, puisqu'ils veulent visiter le village, commençons.

18

Kinan

Je n'ai jamais vu ma Kiki aussi radieuse que maintenant. Elle va de gauche à droite à travers le village et à chaque mot prononcé à ses humains, à chaque présentation faite aux Voraxians de notre tribu, à chaque explication concernant le plus infime détail ou la plus subtile nuance, je suis frappé par une vérité saisissante, une vérité que je n'aurais jamais pensé pouvoir observer : Kiki s'est approprié ce village. Elle veut être ici. Elle revient toujours à mes côtés, les yeux remplis de chaleur, de satisfaction et d'espoir. Elle veut être ici avec moi.

Je l'encourage alors qu'elle montre à Jaxal et à l'un des autres mâles l'armurerie de la salle d'entraînement, même si chaque regard partagé et chaque mouvement de leurs doigts alors qu'elle leur tend diverses armes me donne envie de les embrocher avec la lance helos qu'elle apprécie tant. Non, quelque chose de plus tranchant encore. Afin que ce soit plus douloureux. Mais à contrecœur, je lui fais confiance.

Je la crois quand elle dit que Jaxal est de sa famille, même si le concept de frères et sœurs n'existe pas ici sur Nobu – les femelles capables d'avoir des petits n'en ont qu'un. Je la crois , même s'ils ne sont pas liés par le sang.

Raku, Krisxox et moi restons à l'arrière du groupe avec le contingent de guerriers qui accompagne cette délégation humaine. Sur les douze humains, huit sont des femmes et quatre des hommes. Bien que je ne sache pas s'ils sont tous considérés comme des beautés exceptionnelles sur leur lune, je sais qu'ils seraient tous considérés comme des prix rares et précieux ici sur Nobu.

Malgré la menace de la chute de glace à venir, le village n'a jamais paru aussi plein et animé qu'aujourd'hui. Les portes sont grandes ouvertes, les visages des vieux, des jeunes et de tout ce qui se trouve entre les deux abondent. Les villageois espèrent être présentés ou, au moins, voir les humains. Ma Kiki fait de son mieux pour faire les présentations à chaque villageois que nous rencontrons, mais ils sont trop nombreux et il y aura d'autres occasions. En outre, la lune approche et cette lune, plus que toute autre, Kiki aura besoin de repos.

– D'accord, d'accord, dit-elle alors que je le lui rappelle pour la quatrième fois. Laisse-moi juste leur montrer notre maison, d'accord ?

Abasourdi par la façon dont elle dit "notre", j'acquiesce. L'Okkari est fort, mais Kinan est faible et ne peut rien lui refuser. Elle monte presque d'un bond les marches de la chapelle qui mènent à notre maison, ses humains la suivent de près. Je remarque que, si la plupart sont curieux, il y a une femelle qui semble assez effrayée, et puis il y a Jaxal qui observe tout ce qu'il voit avec dégoût ou répulsion. Il ne fait aucun effort pour le cacher.

Il est clair que ses réactions blessent Kiki, même si les autres ne voient pas la légère crispation de ses épaules ou la façon subreptice dont elle observe ce mâle qu'elle appelle frère alors que nous entrons dans notre maison et qu'elle présente ses – nos – affaires. Je vais devoir lui parler si son attitude ne change pas. Ou le combattre. Il se dit guerrier, mais je ne doute pas que je le battrais au combat en l'espace d'un battement de cœur. Cette pensée m'apporte un pur plaisir. Je crois que pendant ce voyage, je pourrais trouver un moyen...

– Oh mon Dieu ! Qui est-ce ? demande Mirella, la mère de Kiki, quand Kuana apparaît dans l'entrée de la salle d'observation.

– C'est Kuana, répond Kiki face au silence de Kuana. Kuana, voici ma mère, la Rakukanna, Svera, et d'autres humains de notre colonie.

Elle les passe en revue nom par nom, mais Kuana semble distraite, son regard n'est pas focalisé, ses crêtes clignotent en blanc, puis en rose, puis en or.

– Kuana, est-ce que ça va ? Est-ce qu'elle va bien ?

Elle va vers Kuana et pose une main sur son épaule tandis que je me fraie un chemin vers l'avant de la foule.

Là, Svera me rejoint, Krisxox sur les talons.

– Alhamdullah, roucoule Svera dans son hymne léger et étrange qui ne pourrait pas être plus opposé au grognement profond de Kiki.

Le regard de Svera parcourt les humains réunis dans la salle d'observation et je crois que nous nous faisons tous deux la même observation au même moment.

– Gardes, aidez Jacabo et amenez-le ici, dit-elle en voraxian presque sans accent.

Krisxox se jette presque pour arriver le premier sur le mâle en question. Il l'attrape brutalement par le col juste au moment où le mâle se penche en avant. Il tombe avec un cri, mais cela n'émeut pas Krisxox qui se met à le traîner brutalement. Raku émet un avertissement sévère tandis que la Rakukanna ordonne de libérer l'espace.

L'humain appelé Jacabo est un homme costaud à la peau marron clair, à la poitrine large, aux cheveux courts sur la tête et à l'air ahuri. Il se libère de l'emprise de Krisxox quand Kiki, derrière moi, émet un juron surpris.

– Oh Comètes ! Kuana... tu es plus lourde que tu n'en as l'air...

Elle ploie sous le poids de Kuana – Kuana dont les couleurs ont soudainement diminué alors que son corps s'effondre sur lui-même, comme une étoile mourante.

Miari s'avance pour l'aider, mais Raku, ignorant ses protestations, l'attrape et les place toutes les deux à l'arrière de la pièce où la Rakukanna ne risque pas d'être blessée dans le chahut. C'est mieux ainsi, car Jaxal tente d'intercepter le mâle humain plus charnu, mais il est repoussé par une paume sur le torse. Le mâle continue d'avancer et son regard se déplace vers moi, brûlant ma poitrine.

– Ne la touche pas, grogne-t-il.

Bien que je sois le mâle le plus proche de Kuana et que ma compagne Xiveri ait besoin d'aide, je ne suis pas stupide.

– Je ne ferai rien de tel, mais tu vas te calmer avant de t'approcher des femelles. Dans ta précipitation, tu pourrais blesser l'une d'entre elles ou toi-même. Ma compagne Xiveri est une guerrière et elle n'hésitera pas à se défendre.

Quelque chose s'enclenche dans son cerveau. Il titube et je le regarde ralentir son approche. Mes propres pieds restent ancrés au sol même si mes muscles me démangent, me font tressaillir, se contractent et me brûlent. Cette contrainte est presque insoutenable, mais je suis Okkari et maître de mon propre corps. On ne peut pas en dire autant de Krisxox.

Impertinent et toujours impétueux, il se précipite en avant. Avec un ordre laconique aux guerriers, je le bloque pour qu'il n'y ait qu'un mur de guerriers d'un côté ; et Svera, Kiki et Kuana sont de l'autre côté. Jaxal et moi-même encadrons le mâle appelé Jacabo alors qu'il avance lentement. Ses yeux sont grands, son expression est torturée. *C'est une sensation que je connais bien pour l'avoir vécue moi-même.*

Calme maintenant – du moins en apparence – le mâle tombe à genoux à ses pieds. Il se tend, la main tremblante, et touche le bord incurvé de son pied. Au contact, elle se réveille. Elle cligne des yeux, regarde le visage de Kiki et bien que sa bouche s'ouvre, elle ne parle pas.

– Tu vas bien ? demande Kiki. Je crois que tu viens de ressentir les premiers effets du Xanaxana. Jacabo, ressens-tu une sensation de brûlure ? Un désir d'être avec Kuana plus que toute autre chose au monde ?

Le mâle en question acquiesce, muet, avant qu'une expression de douleur ne vrille ses traits. Svera, assise à côté de Kuana, se redresse comme si elle avait été piquée par une épingle.

– Les humains peuvent donc ressentir tout de suite les effets du Xanaxana. Alors que Miari a tout de suite senti sa présence, les effets complets ne sont apparus pour elle qu'après quelques solaires.

Kiki répond sans réfléchir et sans grande cérémonie même ; toutefois ses mots me touchent profondément.

– Je l'ai ressenti tout de suite, moi. Il ne m'a fallu que quelques instants avant d'être comme ça. Ou pire. Nous devrions les faire sortir d'ici et les ramener chez Jacabo. Il a sa propre maison, non ?

Svera acquiesce. Le sourire de Kiki est alors plein de malice.

– Ils vont avoir besoin d'être un peu seuls.

Kuana lève les yeux, hébétée, et porte une main à ses crêtes. Ses cheveux d'un blanc pur débordent sur ses épaules alors qu'elle se redresse et voit enfin le mâle auquel elle sera liée pour cette vie et la suivante – le mâle auquel elle a toujours été liée. La couleur s'intensifie dans ses crêtes, les effets du Xanaxana deviennent apparents, embarrassant tous les Voraxians dans la pièce et déconcertent visiblement les humains.

Jaxal, en particulier, observe le couple sur le sol avec un mépris partagé seulement par Krisxox qui brille d'un bordeaux sanglant. Avec sa peau rouge, ses cheveux blancs, et son haut niveau d'éducation, Krisxox est encore plus fier de son héritage drakesh que la plupart des Drakeshs. Il considère le mélange inter-espèces comme une aberration. Je ressens une colère passagère à l'idée que l'un ou l'autre de ces mâles ait été autorisé à se joindre à cette expédition, mais comme ni Krisxox ni ce mâle humain que je souhaite étriper ne se déshonorent, je reste calme et silencieux.

Kuana halète.

– Xivoora Xiveri.

Elle cligne des yeux sauvagement. Le blanc inonde son front, comme si elle était surprise par les mots qu'elle a elle-même prononcés.

L'homme humain sourit, comme s'il comprenait ses mots pour ce qu'ils sont. C'est peut-être le cas, entre son traducteur et le manuel de Svera, (s'il l'a consulté) ce n'est pas impossible. Ou peut-être qu'il le sait, comme nous le savons intimement tous lorsque nous rencontrons notre seule véritable âme sœur.

– Ziv-ooh-rah, Ziv-are-hee, dit-il.

Il a beau massacrer la langue voraxiane alors qu'il tente de répéter la même chose, Kuana ne semble pas s'en soucier. Elle lui rend son expression de plaisir dans son intégralité. Il tend sa main vers elle très prudemment, comme un scientifique tentant une expérience qu'il doit réussir. Si lentement que le temps semble attendre, Kuana place sa main à six doigts dans sa main à cinq doigts. Sa main à lui est grande. Malgré le physique naturellement plus grand des Voraxians, Kuana est de petite taille et ce mâle est tout le contraire. Sa paume éclipse la sienne et il frotte son pouce sur sa peau.

– Peste d'étoiles, souffle-t-il.

Chaque respiration semble douloureuse pour lui.

– Ça ne peut pas être réel.

Le Xanaxana dans la poitrine de Kuana commence à se faire entendre, un léger ronronnement gronde dans la pièce. Surpris, l'humain regarde sa poitrine où elle ne porte qu'une tunique en lin léger et un pantalon en dessous. Il se lèche les lèvres puis mord la partie inférieure.

– Putain, tu es tellement belle, je n'ai pas les mots…

Les crêtes de Kuana s'intensifient en couleur et elle se crispe. Moins d'un battement de cœur plus tard, je sens l'arôme doux signalant l'excitation d'une femelle. Les mâles Voraxians dans la pièce se raidissent et je m'éclaircis la gorge alors que chacun d'entre nous prend honteusement et collectivement conscience de ce qui se produit sous nos yeux.

– Kiki, viens à mes côtés, dis-je, avant de porter mon attention sur les gardes présents dans la pièce.

– Xcleranx, leur dis-je, veuillez accompagner les humains jusqu'à leurs quartiers. Assurez-vous que Kuana et Jacabo aient l'intimité et les provisions dont ils ont besoin aussi longtemps qu'ils en auront besoin.

L'embarras éclate sur les crêtes de Kuana en jaune presque fluorescent, mais son humain se contente de rire.

– Bonne idée, commente-t-il. Très bonne idée. Ça te va, Koo-ah-nah ? C'est ton nom, n'est-ce pas ?

Elle hoche la tête.

– Hexa. Je veux dire, oui. C'est une bonne idée, en effet. Et mon nom, eh bien... je te le dirai plus tard, quand nous serons seuls.

Jacabo lui sourit si tendrement que je sens un nœud se dénouer dans ma propre poitrine, un nœud dont j'ignorais l'existence. Kuana est une femme honorable. C'est un honneur pour nous tous que Xana ait choisi un compagnon Xiveri pour elle. Un homme aussi honorable, qui plus est ; il ne serait pas ici dans cette congrégation s'il ne l'était pas.

– Alors je ne veux pas attendre, reprend Jacabo. Je peux te porter ?

Elle acquiesce et Jacabo la soulève dans ses bras. Il se tourne vers le groupe d'humains et de gardes avec lesquels ils sont arrivés.

– Qu'est-ce que vous attendez ? Ma compagne et moi avons besoin d'intimité.

Les gardes se dirigent vers la porte, mais l'une des femelles humaines, celle qui est effrayée, demande :

– Alors c'est vrai ? Cette histoire de lien instantané...
c'est réel ?

Jacabo acquiesce.

– Oui. C'est réel.

Tout en parlant, il ne détourne pas le regard du visage
de Kuana.

– On ne peut plus réel.

– Ça fait quoi, comme sensation ? demande l'un des
mâles.

Jacabo expire :

– C'est comme si je venais de rencontrer ma femme.

Les humains murmurent entre eux, mais je ne
détourne pas le regard du visage de Kiki. Elle sourit. Elle
est si resplendissante et si heureuse que je sais que je
garderai ce moment, cette vision, en mémoire pour le
reste de mes rotations. Son rire me fait sortir de ma
transe – l'un des humains a dû dire quelque chose de
drôle.

Raku, derrière moi, chuchote à l'oreille de sa
Rakukanna. Il l'informe que l'odeur de l'excitation de
Kuana devient de plus en plus puissante et la
Rakukanna donne rapidement des ordres pour que les
humains se dispersent, les gardes avec eux, jusqu'à ce
que finalement Kiki et moi soyons seuls dans la salle de
contrôle. Je reste figé là où je suis. Elle reste figée avec un
sourire sur le visage.

– Je n'arrive pas à y croire, dit-elle enfin. Je n'arrive
vraiment pas à y croire. Jacabo est un agriculteur sur
notre colonie. Il déteste ça ; il n'aime pas s'acharner dans
les champs, et il est ridicule et sarcastique. Kuana est si
calme, si douce, si directe et si assidue dans son travail...
Ils forment un couple improbable.

– Comme nous tous.

Son regard croise alors le mien et je me sens frappé, comme il se doit. Je relâche la prise que j'avais sur mes crêtes et mon Xanaxana, permettant à la pièce de se remplir de couleurs et de sons. Le sourire de Kiki se maintient et elle vient vers moi en courant. Pensant qu'elle veut me combattre une fois de plus, je suis pris au dépourvu lorsqu'elle saute sur moi en m'étreignant. Je l'entoure de mes bras et l'emmène dans les fourrures et nous faisons cet acte d'amour l'un avec l'autre pendant toute la durée de la lune et ce n'est qu'après, alors que nous sommes liés l'un à l'autre dans l'obscurité tranquille, que je me souviens de ce que j'avais l'intention de lui dire au moment où ses humains ont débarqué sur la planète.

– Tes humains…

Je chuchote alors que le feu re'ien farrn brille doucement, illuminant les notes dorées de sa peau. Sa peau ioni si pleine de vie.

– … Ils ne sont pas venus seuls à Nobu.

Je redoute sa réaction. Je m'attends à ce qu'elle s'éloigne de moi, à ce qu'elle se batte. Sa haine pourrait même refaire surface. Je ne mérite pas moins. Au diable les surprises de Svera et de la Rakukanna, j'aurais dû le lui dire avant.

Mais ma Kiki se contente de soupirer.

– Je sais.

Je me redresse pour pouvoir la regarder. Ses lèvres pleines et leur forme tentatrice ne demandent qu'à être sucées. Je prends son visage dans une main et je fais basculer sa tête en arrière pour qu'elle me voie et comprenne le sens des mots que je prononce ensuite :

– Il ne t'arrivera aucun mal.

– Je ne suis pas inquiète, dit-elle et je suis surpris.

– Tu… ne l'es pas ?

Elle prend ma main et lèche une ligne au centre de ma paume d'une manière que je trouve désastreusement érotique. Je l'aurai bientôt à nouveau sous moi, mais d'abord je dois savoir :

– Tu es calme, ma Xhea… c'est une réaction honorable.

Elle rit.

– Il n'y a rien d'honorable dans tout ça. Je viens de réaliser que le seul pouvoir qu'il a encore est celui que je lui donne. C'est un idiot déshonoré et il ne mérite rien de moi, surtout pas du pouvoir.

Le cliquetis dans ma poitrine étouffe tout bruit. Efface toute pensée. Je me penche sur elle et plante mon baiser au centre de son front.

– Tu es une femme sage, dis-je. L'épreuve qui aura lieu dans deux solaires sera vite terminée.

Elle sourit en caressant lentement mon corps, mon cou, mon abdomen, mes côtes, puis plus bas. Sa bouche suit ses mains, se déplaçant sur moi dans des mouvements possessifs et sûrs. La pièce entière sent son odeur. Une fumée sombre et dévorante. Et je suis heureux d'en être inondé.

– J'espère qu'elle durera longtemps au contraire, dit-elle contre ma peau. Je veux qu'il souffre.

19
Kiki

Le vent nous fouette, comme le jour où j'ai couru dans la toundra et rencontré mon premier hevarr. Il fait froid, mais j'y suis habituée, et le blanc n'est pas aussi épais qu'avant, il tombe en touffes étoilées qui ne font que la taille de ma main, tous doigts écartés. Je laisse le blanc froid tomber sur mon okami et fondre. J'inspire et expire profondément. *Respire...*

Nous nous tenons debout dans un cercle, comme un groupe de gens sur le point de commencer à chanter des chansons à un feu de joie, sauf qu'au lieu d'un feu de joie, nous nous tenons autour d'un emplacement vide de terre gelée. La seule chose qui fait que cela ressemble à un tribunal, ce sont les gardes armés. Ils sont dispersés le long du périmètre du cercle, la plupart d'entre eux étant positionnés en losange autour d'un seul homme qui brille comme une tache de sang sur le monde blanc derrière lui.

Je peux sentir qu'il m'observe et je ne fuis pas son regard, mais je me tourne pour l'observer aussi, sans rien trahir. *Respire. Prends ton temps et respire.* Puis je détourne le regard. Garder le contact visuel trop longtemps pourrait être considéré comme un signe de respect dans la culture voraxiane, et s'il y a bien une certitude en ce bas monde, c'est que je ne le respecte pas.

Je peux sentir la tension de Kinan à ma droite, qui s'échappe de lui comme le pus d'une infection. L'arène entière est tendue. Le cercle intérieur n'est formé que par une douzaine d'entre nous, tandis qu'un peu plus loin, le village entier est venu assister à ce qui va se passer. C'est un sport avec des spectateurs, en quelque sorte... Je grimace en émettant un son entre le grognement et le rire. J'adore ça. Que le carnage commence.

Un léger mouvement sur ma droite attire mon attention. Kinan me regarde et même s'il est stoïque comme toujours, les crêtes dépourvues de couleur, je sais qu'il pense que j'ai perdu la tête. Peut-être que c'est le cas. Ce solaire, je vivrai le cauchemar qui me hante depuis trois rotations. *Respire.* Tout à coup, face à ma terreur et ma rage réprimées, Kinan fait l'impensable. Il me fait un clin d'oeil.

Surprise, je souris presque, alors que je suis jugée devant un village entier d'êtres avec lesquels je me bats – parfois au sens propre – pour gagner leur respect, un respect que j'estime et que je chéris. En ce moment, je me bats simplement avec moi-même, je me retiens de prendre ses bras et de les placer autour de mon corps pour m'en faire une couverture de sécurité. Mais je suis Xhea. Stoïque et fière. Du moins, c'est ce que je dois sembler être lorsque le Raku entre dans le cercle et annonce que le procès va enfin commencer.

– Nous sommes réunis aujourd'hui pour reconnaître une série de crimes perpétrés par et contre la colonie humaine résidant sur la dix-huitième lune de Cxrian.

Sa voix est puissante et impressionnante, presque choquante dans son impact. Même le vent semble étouffé par elle. Il est roi pour une raison, et dans son ton, je m'en souviens.

– Si Peixal est reconnu coupable, il risque l'exil ou la mort, ce qui sera décidé lors de son tsanui, un rite sacré pratiqué par les Va'Rakus de notre fédération. Le tsanui sera effectué en réponse aux actes d'horreur commis par Peixal contre la Va'Rakukanna lors d'une Chasse illégale il y a trois rotations.

Il fait un geste de la main en direction de Peixal – c'est un acte de déshonneur – avant de baisser le bras et d'adresser un léger signe de tête à Svera puis à moi.

– Le procès d'aujourd'hui concerne également la conseillère humaine, Svera, et la Va'Rakukanna. Elles seront jugées pour leur tentative d'enlèvement de la Rakukanna. Un quatrième et dernier procès aura lieu sur ce solaire – celui de Lisbel, ancienne hasheba de la Va'Rakukanna, pour sa tromperie qui a conduit à la fuite de la Va'Rakukanna et a entraîné la mort d'un guerrier, Re'Okkari.

Étonnée, je jette un coup d'œil autour de moi jusqu'à ce que j'aperçoive Kuaku – Lisbel – à l'autre bout du cercle d'où je me tiens. Elle fixe le sol entre ses pieds et je me sens à la fois furieuse et honteuse qu'elle soit là alors qu'elle n'a fait que ce que je lui ai demandé. *Elle a bien essayé de me faire tuer*, mais bon... Je suis sur le point de dire quelque chose quand l'Okkari se penche vers moi et me prend le bras avec douceur. Je me calme et réussis à tenir ma langue sans l'interrompre.

– Étant donné la nature de ces crimes, Svera, la Va'Rakukanna et Lisbel auront la possibilité de désigner leurs propres champions, tandis que Peixal devra faire face au tsanui de la main du Va'Raku, comme cela a déjà été décidé.

Il pivote vers Svera qui ne se tient pas trop loin dans la rangée à ma gauche, séparée de moi par le mâle rouge appelé Krisxox, qui semble détester les humains autant que Jaxal déteste les Voraxians. Ça en fait un bien étrange «protecteur», mais Svera m'a déjà expliqué que même si elle avait choisi quelqu'un d'autre, il refusait de céder sa place.

Sans y penser, je tourne la tête vers Bo'Raku. Je déteste faire ça. Je me déteste pour cela. Je l'ai laissé me gouverner et je m'en veux. Chut. Respire. Calme-toi. Respire. Expire. Ferme ta gueule et respire !

Alors que la foule s'installe, les seuls sons sont ceux des flocons blancs qui tombent. Raku retourne à sa place le long du périmètre du cercle où il se tient aux côtés de sa reine. Miari reste assise, une guérisseuse appelée Lemoria veille sur elle. Bien qu'elle soit à la tête de tous les guérisseurs et qu'on ait besoin d'elle partout à la fois, Lemoria supervise la grossesse de Miari. Chaque seconde de celle-ci.

– Svera.

Raku incline sa tête vers le centre du cercle. L'arène. La fosse. *La future tombe, même si le froid blanc ne le sait pas encore.*

– Vous pouvez maintenant choisir votre champion.

Svera s'avance légèrement, mais avant qu'elle ne puisse parler, un garde voraxian s'avance. Il a une peau bleue plus foncée que celle de Raku. Ses cheveux tombent en mèches noires de jais autour de ses épaules mais sont tressés en arrière de son visage, presque comme les miens ou ceux de Jaxal.

C'est la façon dont les chasseurs de la colonie aux cheveux longs les gardent hors de leur visage et hors de portée de leurs adversaires. Je me demande si Svera l'a aidé. Je me souviens qu'elle a dit du bien d'un des gardes. Je me demande si c'est lui... Cette pensée fait tressaillir les coins de ma bouche en un sourire soigneusement réprimé et il n'en faut pas plus pour que la haine disparaisse facilement. L'amour pèse tellement moins lourd. Il n'a pas de poids. Il n'est que légèreté.

– Je suis Tur'Roth, l'un des xcléranx de Voraxia et l'un des gardes personnels de la conseillère Svera. Je serais honoré de la défendre dans cette épreuve en prenant ma hache contre n'importe quel adversaire jugé approprié, et d'agir comme son champion.

Faisant face à Svera, il s'incline devant elle jusqu'à la taille.

– Si cela vous convient, conseillère Svera.

Je peux voir d'où je suis que Svera rougit et sourit légèrement. Elle ouvre la bouche, mais avant qu'elle puisse parler, Krisxox entre en trombe dans la fosse. Faisant fi de toute bienséance, il s'approche de Tur'Roth, couvre le visage du jeune extraterrestre de sa main et le pousse. Tur'Roth trébuche en arrière avant de tomber sur le cul près de Svera.

Svera saisit le bras de Tur'Roth qui se relève. Ses crêtes sont d'un rouge profond et inquiétant.

– Krisxox, comment oses-tu... ?

– Je serai puni plus tard, aboie-t-il sauvagement au vent.

Celui-ci se lève en réponse, aussi froid que le souffle de Xaneru lui-même. Respire. Svera est en sécurité. Krisxox a l'air d'être un connard, mais au moins deux guerriers réputés sont prêts à se battre pour elle. Elle ne risque pas d'être exilée.

– Personne d'autre que moi ne sera ton champion sur ce solaire, poursuit Krisxox.

– Krisxox, tu déshonores la conseillère Svera. Tu déshonores un fier xcléranx. Tu te déshonores toi-même.

Raku secoue lentement la tête, presque tristement, comme quelqu'un qui a vu et condamné ce comportement avant et plus d'une fois.

– Tu recevras un coup de fouet.

– D'accord. Mais je combattrai pour elle, dit-il tout bas à travers ses dents serrées.

Raku jette un coup d'œil à Miari. Elle se mord la lèvre inférieure en regardant le visage de Svera. Elle est hésitante. Svera est à nouveau rouge vif et semble au bord des larmes. C'est peut-être dû à la déception, l'humiliation ou la frustration... je parierais sur la dernière. Elle est respectueuse et appliquée dans tout ce qu'elle fait. Être humiliée de cette façon et si publiquement est un déshonneur que beaucoup d'autres pourraient ignorer, mais je sais qu'elle ne le peut pas.

Svera acquiesce. Miari acquiesce. Raku fait un signe de tête, court et net.

– Alors tu seras fouetté maintenant.

– Bien, grogne Krisxox.

– Par Tur'Roth.

Sur le front de Krisxox, un écheveau de noir sillonne le rouge vif déjà présent et son torse se gonfle. Il acquiesce en silence et sa lèvre supérieure se retire pour exposer ses dents. Il ressemble à la violence faite chair.

– Tur'Roth, dit Raku en l'invitant dans l'arène d'un geste du bras.

Comprenant et acceptant manifestement l'ordre de Raku, Tur'Roth se dirige vers Garon qui se tient près de Miari. Trois hommes gardent la cache d'armes tandis qu'un homme plus âgé fouille dans un grand coffre en bois de werro et en retire un fouet. Contrairement aux fouets en cuir que j'ai vus auparavant, celui-ci n'est pas *statique*. Comme les holoboucliers avec lesquels je me suis entraînée, il s'anime lorsque Tur'Roth prend l'épaisse poignée métallique et l'active. L'énergie crépite et grésille lorsque Tur'Roth relâche l'extrémité du fouet, lui permettant de se dérouler sur la neige en dessous. Il atterrit si doucement qu'il ne fait aucun bruit.

Malgré la température, Krisxox se débarrasse de sa couche extérieure – d'abord, la coquille de peau, puis les pièces de poitrine et de dos de l'okami qu'il porte. Vêtu seulement d'un pantalon et de bottes en peau, il tourne son dos nu à Tur'Roth et tend les bras sur les côtés dans un geste de vulnérabilité. Tur'Roth n'hésite pas.

Le fouet s'abat sur la peau nue de Krisxox, l'énergie rencontre la chair. Une ligne de cuivre flamboyante s'ouvre de l'épaule droite à la hanche gauche de Krisxox. La force du coup le fait bondir d'un demi-pas en avant, mais il ne crie pas. Il tressaille à peine.

– Un seul coup, dit Raku quand Tur'Roth lève l'arme une seconde fois.

Tur'Roth hésite. Il y a là, sous la surface, quelque chose de non résolu entre eux. Ça n'annonce rien de bon.

– Krisxox, en tant que champion de Svera, tu vas défendre son honneur maintenant en combattant Tur'Roth et deux guerriers nommés par Va'Raku.

– Bre'Okkari et Naimi'Okkari, répond immédiatement l'Okkari.

Deux guerriers entrent dans l'arène face à Krisxox. Ils sont rejoints par Tur'Roth et quand Raku leur en donne l'ordre, ils choisissent leurs armes et se déchirent les uns les autres. Je ne manque pas de remarquer que Krisxox a choisi la même arme que Tur'Roth.

– Les guerriers devront quitter l'enceinte du tribunal au premier signe de saignement. Si Krisxox saigne avant que les trois autres guerriers aient quitté l'arène, alors la punition de Svera sera de quinze solaires en exil dans les terres extérieures de Qath.

Miari perce Raku du regard, son regard est si agressif qu'il doit le sentir car il pose sa main sur son épaule. C'est peut-être une tentative pour la rassurer, mais je sais pertinemment que si Krisxox perd cette bataille, c'est Raku qui en paiera le prix.

– J'accepte ces conditions, dit Krisxox, suivi par Tur'Roth et les deux autres guerriers invités dans l'arène.

Krisxox se baisse avant de s'accroupir. complètement. Sa hache unique a été démontée pour révéler des haches jumelles plus petites, qu'il prend dans chaque main. Il pivote légèrement sur le côté pendant que les trois autres guerriers se préparent. Ils sont tous sur le point d'agir, ils attendent quelque chose...

Et puis des mots discrets, prononcés d'une voix trop douce et légère pour ce monde dur et froid, fusent dans l'air :

– J'accepte ces conditions.

Les mots de Svera s'abattent plus fort que le coup d'une lame et ils tombent avec impact. Sans attendre, la première bataille du solaire commence.

Comme il paraît impulsif et complètement fou, je suis étonnée que Krisxox n'attaque pas en premier. Il fait du sur place, il se contente de regarder les trois mâles l'encercler avec des haches, des fléaux et des épées – aucune arme holo n'est autorisée ici, aucun bouclier non plus.

Il esquive le premier assaut du fléau, en tournant doucement, à l'image d'un danseur. Bre'Okkari s'élance en avant et engage le combat avec son épée tandis que Tur'Roth se déplace vers le dos dénudé et ensanglanté de Krisxox. Il lève sa hache et pendant un moment je me demande si la bataille ne va pas prendre fin immédiatement.

Soudain, le chaos explose sur le champ de bataille.

Krisxox explose comme une tempête. Il repousse l'épée de Bre'Okkari en la frappant si fort que l'épée s'envole. Il tourne sur lui-même et s'écarte de la trajectoire de Tur'Roth de sorte que la hache de Tur'Roth ne rencontre que l'air et que le mouvement déséquilibre sauvagement Tur'Roth.

Krisxox se place à côté et d'un coup sec, donne un coup de coude dans le visage de Tur'Roth. Quand Tur'Roth recule, Krisxox abat sa hache vers le bas. Tur'Roth aurait dû abandonner la bataille à ce moment-là – et peut-être même dire adieu à son bras au niveau du poignet – si Naimi'Okkari n'était pas intervenu.

Krisxox grogne alors qu'il se retourne contre les xub'Okkaris, les force à reculer, puis à reculer encore et il me vient à l'esprit, alors que Krisxox libère une telle furie doucement encagée, que même s'ils sont trois contre un, ils n'ont aucune chance contre lui. Aucune chance du tout.

La bataille est sombre et brutale. Regarder Krisxox se battre est différent de tout ce que j'ai pu voir et pendant un moment, j'oublie où je suis et je succombe à mes émotions . Je ressens une envie profonde, sans limites, d'égaler ce guerrier. Je pensais que Kinan était le combattant le plus impressionnant que j'avais rencontré – et pour être honnête, il l'est peut-être encore – mais il y a quelque chose de presque poétique dans la façon dont Krisxox se déplace. Ce n'est pas le plus grand mâle – bien qu'il soit loin d'être petit – mais il se déplace comme un spectre, disparaissant et réapparaissant comme les fantômes, ces fantômes qui, selon ma mère, hantent l'épave abandonnée du satellite Antikythera dans lequel les premiers humains de la colonie ont atterri.

Bre'Okkari fait un pas à gauche, mais ce n'est que pour succomber à une feinte de Krisxox. Je sens mes dents de devant se serrer. Je veux que Bre'Okkari se déplace vers la gauche et s'écarte du chemin, mais il tombe dans le piège que Krisxox lui a tendu et quand il plonge en avant, Krisxox recule et envoie Bre'Okkari au sol. Il tourne sur lui-même et donne un coup de pied dans la poitrine de Tur'Roth qui s'avance, le repoussant le temps qu'il lui faut pour revenir vers Bre'Okkari, retirer son épée d'un coup de pied et dessiner une fine ligne de sang sur le côté de son cou – l'un des seuls endroits que l'armure okami ne couvre pas.

Alors que Bre'Okkari quitte la plaine de bataille, le fléau transperce l'air à gauche de la tête de Krisxox. Il balaie sa hache vers le haut et projette le fléau hors de son chemin alors qu'il charge en avançant brutalement, mais Tur'Roth le rencontre au centre de l'arène en premier. Hache contre hache, le duel est court et sauvage.

Le style de combat de Krisxox change radicalement – il n'est plus de la fumée, il est de pierre maintenant, et utilise la force brute pour battre Tur'Roth au sol. Il tombe et je me sens grimacer. C'est dur à regarder, mais je ne peux pas détourner le regard de la scène. Le dos luisant de son propre sang, les muscles de Krisxox se contractent et se tordent tandis qu'il abat une petite hache sur l'arme de Tur'Roth, encore et encore.

Les bras de Tur'Roth tremblent et il tombe d'abord sur un genou, puis sur sa hanche. Le manche de sa hache se brise et lorsque Krisxox rassemble ses deux haches autour du manche, il le fend.

Krisxox donne un coup de pied à Tur'Roth sur le ventre et, plaçant l'une de ses épaules sous son pied, il passe la lame de sa hache de l'épaule droite de Tur'Roth à sa hanche gauche. Son geste me fait grimacer. *Ce n'est qu'un bâtard rancunier et assoiffé de sang.* Cela me rend soudain nerveuse pour une toute une autre série de raisons. Il est peut-être le plus apte à assurer la sécurité de Svera, mais il est aussi cinglé. *Il ne peut pas être son protecteur, il faut trouver quelqu'un d'autre.*

Une fois Tur'Roth sorti du champ de bataille, il faut encore un certain temps avant que l'issue du combat soit certaine. Naimi'Okkari est un maître du fléau et c'est une arme délicate à parer. Krisxox est peut-être belliqueux et confiant, mais il n'est pas trop sûr de lui. Il attend, attirant Naimi'Okkari dans l'arène jusqu'à ce qu'il fasse sa première erreur.

Moins sûr de lui dans ce nouvel environnement, Naimi'Okkari fait un pas trop vite et glisse, juste d'un demi-pied, mais c'est suffisant pour que Krisxox en profite. Tournant sur un genou, il esquive le fléau qui s'avance et coupe une ligne sur la cuisse de Naimi'Okkari avant de se relever en un mouvement fluide.

Le procès de Svera est maintenant terminé.

Le silence s'installe dans l'arène, interrompu seulement lorsque Krisxox jette ses haches sur la terre blanche, les laissant là pour qu'un autre guerrier les ramasse et les ramène à Garon. Malgré une victoire impressionnante, Krisxox n'a pas l'air heureux. Il jette une fourrure autour de ses épaules en reprenant sa place à la droite de Svera, sauf que cette fois, il y a un plus grand espace entre eux qu'auparavant. Ses bras sont croisés sur sa poitrine, son regard fixé droit devant et sur son visage, il arbore le même rouge brillant.

J'aurais pu trouver ça drôle – et peut-être même rire – si mon sang ne s'était pas mis à battre plus fort dans mes veines et si la sueur ne s'était pas mise à couler entre mes omoplates et sous mes seins. Je me lèche les lèvres, goûtant le froid malgré la chaleur en moi, et je sens l'énergie cinétique la plus folle me parcourir tandis que je fixe les gouttelettes de sang cuivré sur le sol de l'arène. Je me rappelle sans mal à quoi ressemblait mon sang brun rougeâtre lorsqu'il maculait le sable de notre colonie trois rotations auparavant. Le sable fouettait alors l'air à la place de la neige et pourtant, je ne peux m'empêcher de ressentir la même chose qu'à l'époque – pas à la fin de la journée, quand j'étais détruite, mais à son début.

Maman, optimiste, était persuadée que le mâle qui me chasserait serait comme celui qui l'avait revendiquée. Même Jaxal, à contrecœur, s'était montré plein d'espoir. Pendant une seconde, alors que j'étais agenouillée nue sur le sable et que je regardais le vaisseau extraterrestre atterrir sur notre planète, j'ai pensé que rien ne pourrait me blesser. Que je serais à jamais invincible. C'est parce que je le suis. Je suis toujours là, sans aucune des cicatrices qu'il m'a infligées, et lui, il est enchaîné.

– Le procès de la conseillère Svera est terminé. Svera est absoute de ses « crimes », déclare Miari d'un ton qui suggère qu'elle se moque de cet aspect du procès présidé par Raku.

Toutefois, ce dernier ne s'énerve pas, au lieu de cela, il s'avance légèrement, dans le cercle.

– Nous allons maintenant commencer la deuxième épreuve. Va'Rakukanna, avancez et nommez votre champion.

Ma nuque est glissante sous les tresses complexes que je porte, mais mes paumes sont totalement sèches. Je plie mes doigts. Je sens la peau parfaitement taillée s'étirer et se plier autour de mes articulations. Je respire. Je fais un pas dans l'arène, sous la pression de nombreux, nombreux yeux sur mon corps traquant chacun de mes mouvements. Cependant, aucun regard n'est aussi agressif ou aussi distrayant que celui qui est derrière moi. Celui de Kinan. Respirer devient plus facile quand je réalise que je peux encore goûter à l'oasis à chacune de mes respirations.

J'inspire et quand je parle, ma voix est égale, sûre.

– Je ne désigne aucun champion.

Il y a un grondement dans la foule alors que mon édit est transmis à ceux qui sont trop loin pour l'entendre, mais Raku parle par-dessus eux.

– Comme vous ne nommez pas de champion, vous avez la possibilité de choisir votre adversaire. Votre adversaire peut être choisi parmi tous les guerriers présents ici qui n'ont pas encore saigné.

J'hésite juste un dixième de souffle avant de faire connaître ma volonté.

– Je choisis Peixal, le Bo'Raku déchu, comme adversaire.

Les murmures s'amplifient, menaçant de mettre à mal mon sang-froid. Mais qu'est-ce que je viens de dire ? Est-ce que je vais me faire tuer ? Est-ce que je vais mourir à cause de ma fierté ? À cause de ma haine ? Des deux ? Non. Respire. Souviens-toi...

Je pense aux visages familiers qui m'entourent – Tre'Hurr, Hurr, Va'El, Ka'Okkari, Kuana et son nouveau compagnon, les autres humains, ma mère – et je me rappelle leur force et leur amour. Je laisse les murmures s'éloigner. Je laisse le mépris très audible de Jaxal glisser sur moi. Je me tourne et je fais face – non pas au mâle que je suis sur le point de combattre, mais à celui qui m'a donné la force de me battre.

Son regard est sur moi et je sens la nervosité m'inonder jusqu'aux orteils. Derrière moi, j'entends Bo'Raku – *Peixal* – glousser :

– J'accepte ces conditions.

Mais tout ce que je vois devant moi, c'est Kinan, totalement impassible, à l'exception d'un petit tic dans son cou.

Il penche la tête en avant et vient vers moi.

– Tu auras besoin d'une arme, dit-il.

J'acquiesce, la bouche sèche, je me sens soudainement tremblante.

– Je vais aller voir Garon.

– Hexa. Suis-moi.

Alors que le froid crisse sous mes pieds, je ne peux m'empêcher de ressentir le besoin de m'expliquer à l'homme que j'aime le plus.

– J'espère que tu sais que je ne veux pas te faire honte. Je sais que le tsanui est ton rite sacré et que tu avais l'intention d'être mon champion, mais je...

– J'avais tort.

Nous rejoignons Garon qui me fait un signe de tête stoïque et le salut du guerrier. Distraite par un tel signe de respect de sa part, il me faut un moment pour réaliser qu'il n'ouvre pas le coffre werro. Au lieu de cela, il apporte un long morceau de tissu noir et le tend à Kinan.

Kinan déballe une extrémité et fait très soigneusement glisser le fourreau de l'arme, qu'il place dans mes mains.

– J'ai compris mon erreur il y a bien des solaires, quand je te regardais combattre Ka'Okkari. C'était la première fois que tu maniais une hache. Elle était bien trop grande pour toi, mais intelligente comme tu l'es, tu as habilement trouvé le moyen d'infliger des dégâts sans avoir à supporter le poids de la hache, ou même en laissant ce poids jouer en ta faveur. Je me suis alors rendu compte que j'étais un idiot d'oser te déshonorer en prenant ta place dans cette épreuve. Ce procès n'est pas le mien, tout comme le droit de tsanui contre Bo'Raku n'est pas le mien. Les deux t'appartiennent.

Je secoue la tête. Je fixe désormais l'arme entre mes mains. J'essaie de donner un sens à tout ça.

– Je me souviens de ce jour et je me souviens de ce combat. Mais c'était aussi un combat que j'ai perdu.

La bouche de Kinan se plisse. Ses mains se replient autour des miennes et je peux sentir le froid du hélos à travers mes gants, contrastant avec le feu de ses doigts qui tiennent les miens si fermement, si sûrement.

– Hexa. Tu as perdu de nombreux combats et tu en perdras encore beaucoup. Mais tu ne perdras pas celui-là.

L'air me remplit tellement que mes orteils touchent à peine le sol.

– C'est ce que tu penses ? je demande, émerveillée et à moitié incrédule.

Ses mots me semblent fous, je n'y crois qu'à moitié moi-même. Mais ce sont les mots du mâle que j'aime et soudain, cette moitié qui ne croyait pas que je ferais ou pourrais jamais faire cela, est partie, effacée entièrement.

– Je ne permettrais pas la poursuite de ce procès si je ne le pensais pas.

J'expire, les poings serrés autour du bâton. Il s'avance et me saisit le cou comme le font parfois les âmes sœurs – c'est l'un des seuls signes voraxians d'affection acceptables en public.

– Ce bâton est de la même taille et du même poids que ton autre bâton helos, il ne nécessitera donc aucun ajustement de ta part, mais sur celui-là...

Il incline l'extrémité droite du bâton vers le haut et je cligne des yeux, sous le choc, en étudiant attentivement l'arme pour la première fois.

Je grimace.

– C'est... Non, ça ne peut pas être...

– Hexa. J'ai fourni des idées à la Rakukanna et elle a apporté ses propres modifications. Ensemble, nous avons créé ceci pour toi.

– C'est un grabar...

J'hésite, c'est ce que j'ai utilisé pour combattre le khrui, sauf que c'est fait d'helos.

– Avec les mêmes extrémités coupantes que ton bâton d'entraînement, en plus de la pointe aiguisée du grabar que tu connais déjà.

– Tu l'as fait faire spécialement pour moi ?

– Hexa. Spécialement dans ce but. Pour cette épreuve.

– Mais quand ? Comment pouvais-tu savoir que je choisirais de me battre moi-même et que je ne te demanderais pas d'être mon champion ?

– J'ai commandé cette arme le jour où tu as combattu Ka'Okkari avec cette hache. Et j'ai toujours su que tu te battrais.

Il se penche près de moi et embrasse mon oreille, puis parle directement contre ma joue.

– Maintenant je veux que tu prennes cette arme et que tu l'anéantisses.

Ses lèvres laissent du feu partout où elles me frôlent.

Quand Kinan se relève, je fouille l'étendue de son regard tandis que de doux flocons volent entre nous. Il n'y a plus rien d'autre dans l'univers que nous deux alors qu'il me donne ce cadeau et émet à la fois une permission et un avertissement. Avec son commandement, je comprends clairement ce qui va se passer. On ne s'arrêtera pas à la première goutte de sang... on ira jusqu'à la dernière.

Mes doigts trouvent les poignées de la barre d'appui de mon hélos et le font tourner à la verticale. Son poids est parfaitement réparti, il est parfait pour moi.

– Hexa, mon Okkari.

– Ne lui fais pas de cadeau. Ne lui cède pas de terrain. N'oublie pas que je suis la raison pour laquelle le Bo'Raku avant lui a été exilé. C'était son aïeul. Entre son désir pour toi et sa haine pour moi, il ne fera preuve d'aucune pitié.

– Hexa, mon Okkari.

– Il va essayer de t'humilier. Contrôle ta colère, mets ta fierté de côté, trouve sa faiblesse, et quand il rira, n'oublie pas la vérité : il n'est rien.

– Hexa, Kinan.

Il rencontre mon regard.

– Je te regarderai.

– Je te rendrai fier.

– Tu le fais tous les jours, dit-il. Maintenant, apporte-moi ses plaques. Toutes ses plaques.

Nous marchons ensemble dans l'arène, mais seul Kinan en sort. Je reste plantée près de Miari et Svera, les autres humains derrière eux, Kinan juste un peu plus loin. Jaxal se tient près de lui et m'observe maintenant avec un regard enflammé. Son menton s'enfonce et sa mâchoire se serre. Rien qu'à sa réaction, je sais que Bo'Raku est entré dans l'arène avec moi. *Respire.*

Je me tourne vers l'avant pour voir Bo'Raku choisir ce qu'ils appellent un marteau de lancer dans le coffre d'armes qui lui est fourni. C'est une arme efficace si on sait bien la manier, et encore plus efficace lorsque l'adversaire n'a pas de bouclier pour se défendre. Il ressemble à une chaîne, d'environ un demi-pied de circonférence, et se termine par un boulon géant de la taille de trois poings. Ce n'est pas du tout l'arme idéale pour une bataille comme celle-ci, où seule une saignée est nécessaire ; ce qui ne fait que confirmer ce que Kinan m'a dit. Bo'Raku n'a rien à perdre. Il ne va pas juste me couper avec cette chose. Il va essayer de me matraquer à mort avec.

L'arène se vide pour qu'il n'y ait que nous. Le visage rouge que je pensais avoir mémorisé est tellement différent. Tellement... normal. Il me sourit et ses crêtes clignotent d'un violet et d'un noir meurtriers. Les couleurs qu'il portait pendant la Chasse. Je devrais être plus effrayée par elles, mais ce n'est pas le cas. Avant je l'aurais été, mais avant, j'étais une autre femme, il était différent et nous vivions une autre histoire. Celle-ci, je l'écris moi-même.

– Le jugement est donné au premier sang. Si Peixal réussit, la Va'Rakukanna devra passer quinze solaires dans l'océan sans fin de Qath avant de reprendre son poste ici en tant que Xhea. L'issue de ce procès, bien qu'elle n'ait aucune incidence sur le tsanui ou sur le procès de Peixal, peut déterminer si Peixal bénéficiera de la clémence pendant son tsanui. Ma Rakukanna et moi attendons un procès honorable.

– Honorable…

Je peux voir ses lèvres prononcer le mot de là où je suis, comme si c'était une blague. Je peux comprendre pourquoi il pense cela. Rien d'honorable ne va avoir lieu ici, de ma part ou de la sienne.

– J'accepte ces conditions, je dis.

– J'accepte ces conditions, répète Bo'Raku.

Je suis à nouveau glacée par le son de sa voix. Bien qu'il ait l'air différent et que je me sente différente, cette voix est la même que le rire qui résonne dans mes pensées.

Il fait un pas. J'inspire et retiens mon souffle dans mes poumons. Oh, comètes... Putain ! Ça commence. C'est vraiment en train d'arriver. Je suis vraiment là. Avec le froid qui tombe autour de moi et qui patine sous mes pieds. Je traverse l'arène à pas sûrs jusqu'à être assez près pour l'atteindre avec une extrémité de mon grabar. Le bout pointu. Cela signifie aussi qu'il est plus qu'assez proche pour m'atteindre.

Il lève son marteau. Je suis prête à parer le premier coup, mais pas le second. Il arrive trop vite. Je n'avais pas prévu qu'il serait capable de récupérer de son élan aussi vite, mais il le fait et je me retrouve dans la panade. Je m'élance à droite, basculant sur mon épaule et roulant hors de la trajectoire de la chaîne. Elle effleure l'extérieur de mon okami mais pas assez fort pour le pénétrer.

– Tu pensais que c'était un jeu, humaine ? hurle-t-il.

Son rire résonne dans mes os et ça fait mal. Ça fait plus mal que ce à quoi je m'attendais.

Je tiens mon bâton à deux mains en reculant devant lui alors qu'il s'approche de moi, poitrine exposée. Il me nargue, m'humilie, me montre ce que je vaux pour lui : rien. Non. J'attends qu'il attaque, j'ai besoin de plus de temps pour évaluer son style de combat, sa vitesse, son agilité et sa force.

Il balance son marteau bas, il essaie de perturber mon centre de gravité, mais j'utilise l'extrémité émoussée de mon grabar pour propulser sa chaîne vers le haut et au-dessus de ma tête. Je n'essaie pas d'arrêter sa progression. Ce serait le moyen le plus rapide pour lui de me prendre mon arme et je ne suis pas aussi stupide ou arrogante que lui. Bien que je l'ai été. A l'époque où il me connaissait. Mais il ne sait plus qui je suis. Il ne sait pas que lorsque je quitterai ce champ de bataille aujourd'hui, ce sera avec chaque plaque recouvrant son affreux corps rouge.

Son sourire ne s'efface pas alors qu'il attaque quelques fois de plus. Il essaye de sonder mes propres défenses et de trouver une ouverture. Je sais ce qu'il veut. Je peux le voir dans ses yeux. Il ne veut pas me battre comme il le ferait avec n'importe quel autre adversaire. Il veut me faire saigner comme il l'a fait la première fois. Il veut que Kinan regarde.

Son marteau se balance et me manque quand je dévie le coup. Au moment où il passe au-dessus de ma tête, assez près pour effleurer les tresses qui ont été tressées si soigneusement par Kuana contre mon cuir chevelu, je charge. Aussi silencieuse et petite que je sois, il semble stupéfait pendant un moment et ne sait plus trop ce qu'il doit faire de moi. Il laisse sa poitrine exposée et je brandis ma lance de la main gauche, frappant et déchirant un trou dans la peau qui recouvre et expose ses plaques. J'en rase la première couche et, alors que je passe devant lui, je frappe à nouveau, cette fois contre la plaque située sur sa cuisse droite, et avec l'extrémité de la barre.

Alors que la plaque m'empêche de prélever du sang de sa chair, un énorme morceau de la chose se détache proprement, comme si je tranchais un fruit rouge avec un couteau mortellement aiguisé. Nous n'avons jamais eu qu'un seul couteau assez aiguisé pour trancher un fruit rouge dans la colonie et, en grandissant, je me suis coupée cent fois avec. Sa plaque atterrit sur le sol avec un bruit sourd, elle est lourde comme un ongle de pied massif et envahissant.

C'est alors que je l'entends. Le doux battement de mains humaines. Je sais qu'elles sont humaines car les Voraxians n'applaudissent pas. Une voix scande mon nom, je ne suis pas sûre de savoir qui c'est et je n'ose pas regarder.

– Défonce-le, Kiki !

C'est la voix de Jaxal, on ne peut pas se tromper.

Peixal me sourit, comme s'il avait gagné un prix grâce à moi.

– Kiki, dit-il en ricanant.

– Hexa, je suis Kiki.

Je lui fais un sourire et mets mon grabar à niveau en répartissant son poids uniformément entre mes mains. Je suis sûre de moi. Je suis moi.

– *Peixal*, je ricane.

Son sourire vacille et je sais que j'ai touché quelque chose en lui. Quelque chose de profond. Et c'est là que je me souviens de tous les mots et conseils que Kinan m'a donnés. Il me donnait la réponse depuis le début. La haine que j'ai portée était celle que Bo'Raku m'a donnée, mais cette haine n'a jamais été la mienne. *C'était la sienne.* Et maintenant je dois la lui rendre. En nature.

– Qu'est-ce que ça fait, Peixal ? De savoir que tu es sur le point d'être tué par une humaine que tu as autrefois violée ?

Il grimace à ce mot, comme tous les Voraxians. Il est déshonorant de violer dans leur culture. Un déshonneur qu'il n'a jamais connu, car il n'a jamais considéré les humains comme des égaux.

– Un combat au premier sang contre toi, toi qui te prends pour la putain de xok de Va'Rakukanna… Tu es trop honorable pour faire ça, j'imagine.

– Si c'est ce que tu penses, alors ton cerveau est aussi petit que ta bite.

Je cours vers lui et il pivote sur le côté, me laissant passer comme je m'y attendais. Il vient vers moi, essayant de me toucher dans le dos, mais je pivote, patinant sur la glace comme Ka'Okkari me l'a appris. Je mets un genou à terre en faisant demi-tour et quand je le fais, je déchire l'autre jambe de son pantalon et cette fois, quand je lève la barre de fer, je prends la plaque et *la peau* avec.

Une fine ligne de sang cuivré et odorant se déverse librement le long de sa jambe et le chant rugissant de mon nom qui vient des tribunes brise ma concentration. Je souris et me lève, observant la surprise et l'horreur qui traversent ses crêtes dans des nuances de blanc, de rouge et de rose.

– Ou peut-être *devrais*-je te laisser vivre le reste de tes solaires dans la toundra, où seules les bêtes hevarrs de Nobu sauront que tu étais autrefois Bo'Raku. Pendant ce temps, le reste de Voraxia ne t'appellera que par ton vrai nom : *Peixal*.

Je crie ce nom comme une malédiction et je le sens s'attarder comme une tache. Il grogne. L'air entre et sort de lui en sifflant, et quand il me regarde : il est la bête que je connais. Mais j'ai déjà combattu *d'autres bêtes*. Il pousse un cri de guerre et attaque avec une violence qui me prend au dépourvu. J'évite de justesse la collision avec l'un des corps formant le périmètre de la fosse – je ne sais pas à qui il appartient – avant de réussir à sauter dans la clairière. Raku crie pour intervenir, mais la voix de Kinan l'emporte sur la sienne.

– Nox ! Laisse-la finir.

J'esquive et j'esquive encore, je me penche en arrière, je me baisse, je saute quand il s'attaque à mes jambes. Comme il avance, je n'ai pas d'autre choix que de me défendre avec tout ce que j'ai. Il est beaucoup plus fort que moi et ce n'est pas un crétin fini. Il n'essaie pas de me frapper avec le marteau, il essaie de l'utiliser pour me distraire. Et ça marche. Parce que je ne réalise pas à quel point son corps s'est rapproché du mien jusqu'à ce qu'il lâche le bout de la chaîne d'une main et laisse son poing voler en avant.

Il me frappe au visage et la douleur est fulgurante. Le sang remplit ma bouche, mais je parviens à rester suffisamment consciente de ce que je dois faire pour sauter en arrière. Je ne saute pas assez loin. Il donne un coup de pied et son pied rencontre mon estomac qui s'enfonce dans mes poumons alors que je vole. Je touche le sol durement, le poignet gauche me brûle et me fait souffrir le martyre lorsque j'atterris. Mon corps se déplace, patine sur le froid. Je sens des pieds s'écarter de mon chemin. Je sais que j'ai franchi le premier cercle de présence et quand je parviens enfin à ouvrir les yeux, j'en suis sûre.

D'une certaine manière, le premier visage que je vois en ouvrant les yeux est celui de Reema. C'est aussi le seul visage que je vois. Suspendu contre tant de blanc, comme une larme inversée, son visage est plein d'émotions, c'est un étalage de couleurs brillantes. Même ses yeux sont larges et énormes. Elle renifle, le corps légèrement recroquevillé sur celui de sa voisine. Je sais que c'est sa mère parce que son père est le Garon. Elle veut grandir pour lui ressembler, mais une femme n'a jamais été gardienne d'armes sur Nobu et elle a peur. Je le sais. Je le sais comme une vérité gravée au fer rouge sur mon âme.

Je repousse mes jambes sous moi et en me levant, je lui adresse un sourire. Je peux sentir le sang couler entre mes dents et quand elle recule encore plus, je lui offre tout ce que je peux à ce moment-là. Un haussement d'épaules et un clin d'œil. *La peur est ce qui nous fait du mal. Le sang n'est rien.*

Elle halète et c'est tout l'avertissement dont j'ai besoin. Je peux sentir son énergie derrière moi, brûlant ma colonne vertébrale. Je tourne sur moi-même pour répondre à son énergie. C'est une énergie maniaque – tout aussi dure, tout aussi folle, mais en quelque sorte contrôlée dans cette folie. Je sais qu'il ne peut pas me faire de mal. Même s'il me découpe avec son marteau, je peux mourir, mais lui, il ne s'en remettra *jamais*.

Il essaie de m'attraper d'une main, mais je me déplace plus vite que lui et j'amène la lame de mon grabar contre son bras, sectionnant le muscle et les tendons en dessous. Il saigne abondamment maintenant et rugit. Il avance, balançant sa chaîne dans tous les sens. Il parvient à l'enrouler autour de mon grappin et d'une seule traction, je sais qu'il peut me l'enlever. Alors je le laisse faire.

– Peixal ! je crie quand il se tourne vers moi, un sourire sur les lèvres.

Il pense que c'est la fin et qu'il a gagné.

J'arbore un sourire à mon tour et cela doit le déstabiliser car il hésite alors qu'il aurait pu me tuer d'un seul coup.

– Kiki...

– Oui ! Je rugis. C'est mon nom et il m'appartient. Kiki !

Je hurle au vent, le laissant ravager ma voix.

– Mais qui es-tu, toi ? Tu es Peixal, je m'exclame en riant. Mon compagnon a exilé ton père et maintenant je vais te faire la même chose. Quelle famille ! Déshonorée, déshonorante et honteuse ! Ou tu préfères peut-être mourir, Peixal ? Je vais t'abattre et te jeter à l'eau dans ce cas.

Je ris, je ris profondément, du ventre.

– Même les hevarrs ne sauront pas qui tu es !

Il s'avance vers moi et lorsqu'il lève son arme, je fais quelque chose qui devrait me foutre la trouille – j'esquive le rideau de ses bras et je m'approche de son torse et je donne deux coups de poing rapides aux endroits où je sais que les plaques ne le couvrent pas. *Lutter avec Kinan dans le froid était difficile. Là, je me bats sans effort.* Il s'effondre, l'arme tombant et je profite de ce décalage momentané pour plonger devant lui, rouler à nouveau et récupérer ma barre de fer.

Il est derrière moi, tout près. Trop près pour que je me relève. Trop près pour que j'évite la trajectoire de son marteau cette fois. Il empale mon épaule gauche, l'okami sert de protection, mais pas assez pour empêcher le marteau de rencontrer la peau, de la déchirer, d'entailler la chair avant d'atterrir sur l'os.

Je ne crie pas. Je ne fais pas un seul bruit. J'encaisse la douleur en restant allongée sur le sol, face contre terre, en écoutant Peixal arriver derrière moi, le rire aux lèvres.

– Tu faisais ta maline, hein ?

Respire.

– Tu te croyais importante…

Attends.

– Tu n'es rien d'autre que la pute de Va'Raku.

Calme-toi.

– Et tu seras à nouveau à moi aussi avant que ça ne soit fini.

Je peux sentir sa chaleur contre mon dos. Je peux entendre Miari crier, Svera aussi maintenant. D'autres voix se joignent au chœur. Celle de Kinan n'est pas parmi elles.

Le bruit sourd des pas est fort maintenant, juste sur moi, mais j'attends qu'ils se rapprochent encore plus. Si près que je peux sentir sa chaleur, ou du moins, l'imaginer. Il est tout près. Il est assez proche pour que je sois effrayée. Mais je ne le suis pas. Il est assez près pour que lorsque je me retourne, je plante le bout de mon bâton et que je soulève le bout de la lame. Ainsi, quand ce gros bâtard rouge fait un pas en avant, il s'empale.

Au début, il ne ressent qu'une légère douleur, suffisante pour le faire sursauter. Il regarde le bout de la dague de mon arme, la regarde disparaître sous sa peau, regarde le sang irradier tout autour, à travers la peau et la fourrure.

J'attrape le bâton d'hélos par la poignée en cuir rugueux et je pousse. Un grognement m'échappe, c'est le premier son que j'émets depuis le début de cette bataille qui n'est pas une insulte. La douleur chatouille ma conscience, mais je l'ignore. Du moins, pour l'instant. Je pousse plus fort en utilisant mon abdomen pour soulever mon torse et enfoncer ma lame plus profondément dans son corps.

Il m'envoie des coups et je ne peux pas bouger. Maintenant qu'il est affalé en avant, je porte l'essentiel de son poids et il est *lourd*. Des griffes acérées et dentelées trouvent leur place dans l'okami qui recouvre ma poitrine. Elles l'ouvrent, marquant des lignes de chaleur sur mon sternum. Mais je ne cède pas. Je n'abandonne pas. Je veux en finir.

Je soulève un peu plus, enfonçant mon grabar dans son ventre jusqu'à atteindre la première poignée. Je jette un coup d'œil autour de son corps et je peux voir des pointes d'hélos ensanglantées. Il gémit horriblement et me donne des coups de griffes, mais ses mouvements sont lents, faibles, vaincus. Il s'est affaissé presque entièrement et lorsqu'il ouvre la bouche pour pousser un autre cri, des gouttes de cuivre se déversent de sa bouche sur mes joues, comme une pluie au goût de métal et de rédemption.

Je pousse encore plus fort, jusqu'à ce que je puisse sentir son sang chaud s'infiltrer dans mes gants, jusqu'à ce que nous soyons les yeux dans les yeux, face à face, joue contre joue. Il pue la sueur et le métal, le sable et la violence. Il sent la fin d'une histoire.

Mes lèvres s'approchent suffisamment de sa peau pour la goûter et je n'éprouve aucune crainte en chuchotant :

– Tu es Peixal et tu n'as aucune valeur. C'est tout ce que je retiendrai de toi. Tu peux être sûr que je serai la dernière âme vivante qui se souviendra de toi. Je ne parlerai jamais de toi à personne et quand je mourrai, tu seras oublié. Ce sera comme si tu n'avais jamais vécu.

Ses yeux flamboient et ses crêtes brillent, juste une fois, furtivement. Elles sont d'une couleur que je n'ai jamais vue auparavant, une couleur indescriptible, une teinte qui ressemble au gris, mais beaucoup plus profonde. Une couleur qui évoque une agonie sans tache.

Enfin, la tension fuit son corps d'un seul coup et son torse se relâche. La pression de son poids est surréaliste et je parviens tout juste à faire rouler ma lance sur la gauche pour éviter d'être écrasée. Il touche le sol avec un bruit sourd. Des flocons blancs s'élèvent autour de lui comme de la poussière, et pendant un moment, je me contente de contempler son visage. Ses yeux sont grands ouverts, ses lèvres légèrement écartées. Il n'a pas l'air en paix. Il semble être mort comme il a vécu – monstrueusement.

Je pose ma main sur son visage et m'en sers pour me relever. Une fois debout, je me balance en faisant un tour complet. Les humains sont devenus fous furieux et la plupart des xleranx les retiennent activement. Mon nom est scandé assez fort pour que le cosmos puisse l'entendre.

– Ki-ki ! Ki-ki ! Ki-ki !

Même les Voraxians, malgré tout leur honneur et leur bizarrerie avec les noms, se sont joints à eux.

Pour ma part, je me fiche du nom qu'ils me donnent. Ils peuvent m'appeler Humaine si ça leur chante. Mon regard passe sur tant de visages de tant de couleurs, que je perds le fil. Je vois ma mère se couvrir le visage de ses mains, horrifiée, et je me demande si elle a regardé le combat. Miari tient son poignet tandis que Svera, de l'autre côté, saute de joie. La bataille précédente est oubliée.

Je titube et utilise mon grabar pour me maintenir debout quand une voix aiguë attire mon attention à gauche.

– Xhea.

Kinan se tient là et je remarque quelque chose d'étrange – quatre de ses guerriers, y compris Ka'Okkari, ont leurs mains sur lui. Ils tiennent ses bras, ses jambes et son corps par les boucles de son okami. C'est comme s'ils le retenaient, l'empêchaient de foncer. Je me demande soudain si c'était son intention.

Il porte toutes ses couleurs sur son visage, mais cette fois, la couleur descend même le long de son cou, comme si une sorte de fête étrange était organisée sous sa peau. Cela me fait sourire, et quand je le fais, je sens du sang chaud et collant couler sur mon menton. Mais il ne vient toujours pas à moi. Son corps tressaille sauvagement, puis il se débarrasse de force de ceux qui le tiennent et croise les bras.

– Tu n'as pas fini, aboie-t-il. J'ai exigé ses plaques et tes mains sont vides.

Je retourne vers le corps de Peixal comme un robot après avoir hoché la tête. Penchée sur cette tache rouge de cadavre, j'enlève les trente-deux plaques une par une. Je ne sais pas combien de temps cela me prend. Des instants. La moitié d'un solaire. Tout ce que je sais, c'est que le ciel est à son apogée lorsque je me lève, rassemble tous les morceaux ensanglantés de Peixal sur ma poitrine et les dépose aux pieds de Kinan, où je m'effondre à mon tour.

Kinan plonge vers moi. Il vient comme une attaque, ses lèvres sur mes lèvres. Il m'embrasse fiévreusement malgré le sang et à la vue de tous. Son corps roule contre le mien et si j'avais plus de sang dans le corps et plus d'espace dans ma tête pour réfléchir, j'aurais pu faire plus que rester allongée là, à attendre que ce qui va se passer ensuite se produise.

Il m'attrape le bras et je halète, la douleur me transperce et me réveille du sort qu'il m'a jeté.

– Xok, maudit-il.

C'est la première fois que je l'entends jurer.

– C'est du bon boulot, Kiki. Tu viens de débarrasser le cosmos d'un mauvais mâle. Personne ne souffrira plus jamais de ses mains.

Il attrape l'avant de mon costume en lambeaux et me tire en position assise.

– Je vais te préparer un bain merillien.

– Nox.

Je secoue la tête et attrape ses poignets, souriant comme une étourdie alors que mon visage et mon épaule commencent à palpiter.

– Je ne sais pas si je pourrais supporter d'être vierge à nouveau.

Kinan sourit et je ris. Je ris de plus belle et il ne tarde pas à m'imiter. Jaxal arrive, accompagné de Miari, Svera, Tre'Hur, Ka'Okkari et ma mère. Même Krisxox fait une apparition alors que Kinan me met sur pied.

– Pas mal pour une humaine, me lance Krisxox à contrecœur.

Même en comptant sa réticence visible, venant de lui, c'est un grand compliment. Je lève mon majeur dans sa direction et je ne rate pas la façon dont le coin de sa bouche s'agite, révélant malgré lui un sourire.

– Merci, dis-je en soufflant et en haletant alors que j'essaie de supporter mon propre poids sans y parvenir.

– Rentrons à la maison, dis-je à Kinan.

Je commence à me tourner, mais la voix de Raku se projette au-dessus de la foule en pagaille. Le contour de l'arène n'est plus visible. Il n'y a que des êtres et des corps, du blanc et du cuivre.

– Nous n'en avons pas encore fini avec les épreuves. Nous attendons encore le résultat du procès de Lisbel, l'ancienne hasheba de la Va'Rakukanna.

J'éclate de rire.

– Putain. J'avais oublié Kuaku.

– Tu n'as pas besoin de rester pour ça. Tu as besoin de soins médicaux.

– Les soins médicaux vont attendre. Je ne vais nulle part.

Kinan jure à nouveau – *cela fait deux fois maintenant* – et donne quelques ordres avant de prendre un siège et de m'installer sur ses genoux. Bientôt, une femme que je n'ai jamais rencontrée auparavant, mais dont j'ai beaucoup entendu parler par Svera, se penche sur mon épaule en tendant une sorte de pistolet à rayons vers la blessure sur mon bras.

– Je suis Lemoria, dit-elle.

– Je sais, je réponds. Je suis Kiki, Va'Rakukanna de la Fédération Voraxiane et la Xhea de Nobu.

Elle sourit.

– Je le savais, et je ne l'oublierai jamais.

Le visage de Kinan est rayonnant de lumière. Sur son font trône un orange brillant.

Pendant ce temps, un cercle difforme s'est reformé et le corps de Peixal a été emmené quelque part où il sera enterré dans une tombe sans nom et oublié comme il se doit. La vue de son sang sur le sol de l'arène et de ses plaques démembrées étalées devant moi, couplée au goût dans ma bouche, me donne l'impression d'être moins humaine que barbare. Mais le front de Kinan brille toujours et ses bras continuent de me bercer. *Il est fier. Et je le suis aussi maintenant. Sans limites, comme l'énergie impitoyable du Xanaxana, qui parcourt mon corps. La douleur n'est rien à côté de ça.*

J'ai du mal à me concentrer. Près de moi, Lemoria appelle un autre Voraxian, quelqu'un appelé Ki'Lemoria, qui se précipite et suit ses ordres, suturant, rafistolant, pulvérisant et rayonnant. Ils me font asseoir sur une chaise, les bras de Kinan sont fixés autour de mon corps.

— Pourquoi des xub'Okkaris te tenaient-ils tout à l'heure ? je demande alors que Kuaku entre dans l'arène, tête baissée.

Kinan caresse mon cou, place sa main sur mon estomac et me tire contre ses cuisses.

— Sans ça, je n'aurais pas pu m'empêcher d'entrer en trombe dans l'arène juste après toi. Je sais ce que j'ai dit, mais mon corps m'a combattu à chaque instant. Te regarder était la plus glorieuse des tortures.

Je l'embrasse profondément. Le goût de l'oasis m'envahit et efface le goût de mon propre sang – jusqu'à ce que j'entende un cri. Seule maintenant au centre de l'arène, Kuaku se tient debout, les mains pressées sur sa bouche, l'horreur griffonnée en couleurs violentes dans les crêtes au-dessus de ses yeux.

La voix puissante de Raku porte alors qu'il dit :

— Si personne ne s'avance pour agir en tant que champion de Lisbel, alors elle sera forcée de prendre une arme elle-même. S'il y a quelqu'un ici qui accepte d'être son champion, qu'il s'avance maintenant.

Le terrain est silencieux. Lisbel tremble. Nos regards se croisent brièvement et je sais que si je n'étais pas si gravement blessée, j'aurais accepté d'être son champion. Elle ne mérite pas l'exil. Elle ne mérite pas un hevarr. Pas même une salope comme elle.

J'ouvre la bouche pour dire quelque chose – n'importe quoi – pour retarder les prochains mots de Raku, quand tout à coup, un gémissement guttural s'élève sur ma gauche. Je jette un coup d'œil au-delà du corps de Lemoria pour voir Jaxal sur un genou, les deux poings plantés dans le sol. Il secoue la tête, les yeux serrés, les épaules gonflées.

– Putain de merde, gémit-il presque.

Quand il lève les yeux, droit sur Lisbel, il s'écrie :

– Je vais me battre pour elle.

Lisbel le regarde fixement, les yeux immenses, le front blanc. Et puis d'autres couleurs arrivent. Elle commence à dire : « Tu es... », mais pour une fois, on dirait qu'elle ne sait pas quoi dire.

Jaxal se lève et, bien que cela semble lui faire mal de le dire, il grogne :

– Oui. Je suis ton Ziv-truc. Ton âme sœur. Tu ne te battras pas aujourd'hui, et tu ne vas pas être exilée.

Je suis la première à réagir, et je le fais en riant. Le rire jaillit de moi avec insouciance et euphorie. Je ne sais pas quelle drogue Lemoria me donne dans ces pistolets à rayons... mais qu'elle continue à m'en donner.

– Comètes et poussières d'étoiles, je dis. Putain de xok, ça fait du bien d'être en vie !

20

Kinan

Je regarde, depuis l'entrée de la caverne d'entraînement, Kiki essayer de montrer à Svera quelques mouvements de base en combat à mains nues. Des mouvements que tout être, homme ou femme, humain ou voraxian, devrait être capable de maîtriser pour se défendre.

Je n'entends pas ce qu'elle dit, mais il est clair qu'elle est frustrée par le manque de progrès de Svera. Ce n'est même pas que Svera manque de coordination – au contraire, la femelle est l'une des plus gracieuses et élégantes que j'ai rencontrées, toutes espèces confondues – mais c'est qu'elle ne veut combattre personne.

– Svera, plante ton pied droit et lève ta main droite. La gauche reste en bas. Quand j'essaierai de te frapper au visage, tu pourras lever ta main gauche pour me bloquer. Ok ?

La voix de Kiki n'est pas la plus forte de la salle, mais elle est certainement la plus exaspérée.

Cela fait six solaires que les autres humains, dont le Raku et la Rakukanna, sont partis pour rejoindre leur colonie – Lisbel parmi eux. Jaxal, qui n'avait pas pu se familiariser avec son arme et le terrain, n'a pas pu battre le xub'Okkari auquel je l'ai opposé. Cependant, au lieu d'être exilée dans l'océan de glace sans fin, Lisbel a été exilée dans la colonie humaine. C'est une idée plutôt ingénieuse. Une idée de Svera.

– Comme ça ? dit la femelle humaine.

– Hexa – Je veux dire, oui, mais tu dois vraiment y aller.

Kiki avance sur son amie, levant les deux bras comme si elle allait frapper Svera au visage.

Svera ferme les yeux alors qu'elle lève son avant-bras gauche. Elle réussit à parer le coup mais seulement parce que Kiki n'a pas frappé fort. Kiki lève les yeux au ciel et tape du pied.

– C'est tellement frustrant !s'écrie-t-elle.

– Ne m'en parle pas.

Krisxox ne s'adresse pas souvent aux humains, mais je constate qu'il fait une exception pour Kiki.

– Elle est comme un holoécran. Il n'y a rien à combattre.

Il garde les bras croisés et s'éloigne du couple en direction des autres combattants. Il se joint à eux à leur demande. Ce n'est pas souvent qu'ils ont l'occasion d'être entraînés avec, ou de s'entraîner contre Krisxox, qui est connu pour n'accepter que les combattants les plus honorés de Voraxia dans sa base de Qath.

Svera lui crie dans le dos :

– Tu ne peux pas t'en empêcher, hein ? Il faut que tu sois grossier !

Krisxox s'ébroue, mais ne relève pas son attaque. Je ricane pour moi-même en commençant à avancer. Kiki est toujours en train de mettre les mains et les pieds de

Svera en position, donc c'est Svera qui me voit en premier. Elle se redresse rapidement avant de s'incliner, son foulard ondule dans le vent tandis qu'elle baisse la tête plus bas que nécessaire.

– Okkari, c'est un plaisir de vous voir ce solaire, dit-elle en haut Voraxian.

– C'est réciproque, conseillère Svera. En particulier à la veille d'une si bonne nouvelle.

Svera rayonne et s'incline à nouveau. Sa fierté est visible.

– Quelle bonne nouvelle ? demande Kiki.

– Il semble que ton amie Svera soit responsable de la découverte d'autres humains.

– D'autres humains ? De quoi tu parles ?

Svera acquiesce.

– J'ai découvert que le satellite Antikythera avait été lancé en même temps que deux autres satellites. L'un d'eux semble avoir été destiné à une planète dans un quadrant non répertorié appelé Sasor, tandis que l'autre était censé être en orbite autour d'une planète dans le quadrant cinq. Nous ne pourrons pas nous aventurer à Sasor, c'est trop loin, mais l'endroit spécifié dans le quadrant cinq est accessible. Nous sommes en train de mettre au point des plans pour les retrouver.

– A quoi bon ? murmure Krisxox alors qu'il revient momentanément pour récupérer une autre arme, cette fois-ci un filet de lancer. C'est comme s'ils étaient morts.

– Krisxox, je claque des doigts.

Il enlève le filet du mur et se tourne vers nous.

– C'est vrai, ajoute-t-il. S'ils sont dans le cinquième quadrant, il est probable que quelqu'un d'autre les ait déjà repérés. Le Rhorkanterannu de Kor doit s'en donner à cœur joie. Et je ne parle même pas de ceux qui sont sur

Sasor. Ils sont certainement morts, s'ils ont de la chance. Sasor est gouverné par des serpents qui n'ont pas accès à la technologie. Ce sont des animaux là-bas, des barbares.

– Ignore-le, dit Kiki avant que je puisse lui adresser une réprimande plus sévère.

Le visage de Svera s'enflamme de couleur.

– C'est ce que je fais à chaque fois, murmure-t-elle si bas que je ne sais pas si elle voulait dire les mots à haute voix.

Kiki rit de cela tandis que Svera rougit encore plus. Krisxox fronce les sourcils.

– Krisxox, je dis en guise d'avertissement.

Il croise mon regard et le soutient avant de me montrer son dos et de partir en trombe. Quelle créature insolente. Je l'aurais normalement défié pour moins que ça, mais sur ce solaire, ma compagne Xiveri a la priorité.

– Comment les as-tu trouvés ? Demande-t-elle.

– Il a suffit d'un examen approfondi des archives que le Conseil d'Antikythera garde sous clé. Grâce à mon nouveau... statut, j'ai pu y accéder.

– Bon travail, dit Kiki.

– Excellent travail, je suis d'accord.

– Merci Xhea. Merci Okkari.

Elle brûle d'un rose subtil qui me fait sursauter, comme à chaque fois. C'est une couleur de colère, mais sur les humains, elle semble être *soit* une couleur de colère, de fierté, de honte, d'embarras, de rage, de soif de sang, de culpabilité... la liste est longue. Je suis reconnaissant que Kiki n'ait pas un affichage si pénible et si difficile à interpréter.

La frustration que Kiki a ressentie lors tout à l'heure – dont témoignent ses lèvres serrées, son front plissé et son menton pincé – tombe lorsqu'elle expire.

– Ça fait du bien d'être en vie… dit-elle en répétant les mots qu'elle a prononcés une fois auparavant à la fin de son combat contre Peixal.

Je n'oublierai jamais ce moment.

Sa façon de bouger, nette et précise ce jour-là est inoubliable, elle était si sûre d'elle. Quand elle a attiré Peixal pour qu'il baisse sa garde et avance sur elle alors qu'elle était à terre… il m'a fallu toute ma volonté pour ne pas mettre fin à la bataille moi-même.

Je suis heureux de ne pas l'avoir fait. Quand elle s'est levée, couverte de son propre sang, je n'avais jamais rien vu de plus glorieux. Ou de plus digne de gloire. *On n'a pas souvent l'occasion de tuer nos propres démons.*

– Alors, qu'est-ce que tu fais ici ? me demande Kiki.

Sa question directe et son manque de décorum méritent une punition.

En pensant à son corps meurtri, endurci par le combat, et au cadavre de Peixal, je sens mes dents se serrer et mon aine se contracter. Au lieu de la ramener précipitamment chez nous et dans notre nid, je parviens à me ressaisir juste assez pour déposer un seul baiser punitif sur sa bouche. Mes couleurs flamboient et je ne me soucie pas de qui les voit. La goûter sera suffisant, pour le moment.

– Ai-je besoin d'une permission pour venir voir mon âme sœur Xiveri ?

Je saisis le côté de son cou, en faisant attention à son bras droit. Bien qu'elle ait refusé le merillien et que Lemoria soit la meilleure guérisseuse que Voraxia puisse offrir, la blessure a toujours moins de vingt solaires et la fait souffrir de temps en temps.

Et une telle douleur est tout ce qui reste de l'immonde Peixal.

Je souris à cette pensée, et en réponse à son plaisir.

– Tu n'as pas besoin de permission, dit-elle malicieusement, mais me surveiller au milieu d'un entraînement peut avoir des conséquences.

Elle passe ses deux bras autour de mon cou et, alors que je me penche pour l'embrasser à nouveau, elle me donne un coup de pied dans une position trop large pour être confortable et se glisse sous mon bras lorsque je réagis pour me stabiliser.

– Tu deviens arrogante, ma reine, je grogne, impatient de me battre maintenant qu'elle m'a présenté un défi.

– Je *deviens* arrogante ?

Elle me fait un doigt d'honneur.

– J'ai toujours été arrogante.

– Ton désir de punition ne connaît pas de limites.

– Alors viens me punir.

Pendant un instant, je pense à la forme de son corps fusionné au mien dans la lumière tranquille de l'ioni de notre nid. Je fais un pas en avant, mais je me ravise et je me force à annoncer pourquoi je suis là avant d'oublier à nouveau.

– Cette lune, tu seras punie. Mais pour l'instant, j'ai quelque chose d'autre pour toi.

Le feu dans ses yeux s'atténue, mais son sourire tient toujours. Elle incline son visage sur le côté. Ses joues pleines captent la lumière des fosses rocheuses accrochées aux murs de screa.

– Je suis prête pour n'importe quelle tâche que mon Okkari jugera bon de me confier.

Elle me réjouit au plus au point. Je sais que je ne la mérite pas et, pour utiliser une expression humaine, je n'en ai rien à faire.

– Xhivey.

Je tourne la tête vers l'entrée de la grotte où Reema attend.

– Avance.

– Reema, dit Kiki avec un plaisir évident, alors que la jeune femme s'avance nerveusement. C'est bon de te voir. Qu'est-ce qui se passe ?

Elle est à la fois si humaine, si informelle. La punition de cette lune sera lente. Je m'éclaircis la gorge.

– Comme tu le sais, Reema a atteint l'âge de choisir sa position au sein de la tribu.

Kiki hoche la tête.

– Je sais. Et je sais que tu voulais rejoindre ton père. Je suis désolé que Jacabo ait pris la position de xub'Garon.

Reema me regarde rapidement, comme si elle demandait la permission de parler. J'acquiesce pour l'encourager.

– Je te remercie pour tes souhaits, ma Xhea, mais ce n'est pas grave. Je suis heureuse que Jacabo reste ici avec Zeina'Van. C'est excitant d'avoir des humains autour de nous. Je veux dire... *plus* d'humains.

Kiki sourit à cela.

– Je suis content qu'il reste aussi. Kuana…

Elle secoue la tête et se ravise. Elle se rappelle une fois de plus du nouveau titre de Kuana.

– Zeina'Van et Jacabo sont des gens bien. Ils forment un couple génial. Et puis, maintenant que Jaxal a ramené Lisbel à la colonie humaine, je pense que garder un autre être humain ici n'est que justice.

Elle fait un clin d'œil à Reema, qui rit légèrement, même si je vois qu'elle essaie d'être forte, de se préparer.

– C'est vrai, dit-elle, et je ne lui en veux pas. Mon père m'a offert le poste, mais je... j'ai dit non.

– Ah bon ? Pourquoi ? Ce n'est pas parce que tu as peur. Tu sais que ton sexe ne t'empêche pas de faire ou d'être ce que tu veux…

– Nox. Ce n'est pas ça que je...

Ses crêtes brûlent d'un jaune électrique. Elle baisse les yeux sur ses pieds, mais je dis son nom. Elle me jette un coup d'œil rapide, inspire, puis retourne son regard sur ma Xhea. Sa Xhea. La Xhea de notre peuple.

– Je veux m'entraîner comme guerrière. Je veux… C'est avec humilité que je vous demande, avec tous mes respects, de m'entraîner. Si vous acceptez de m'honorer de cette façon. Je ne me suis peut-être pas entraînée avec les autres mâles en grandissant, mais je peux apprendre rapidement. J'ai… déjà parlé avec l'Okkari et je lui ai demandé conseil avant de vous approcher. Je... j'ai bon espoir…

Sa voix s'éteint, ses crêtes sont plus brillantes que jamais.

Pendant ce temps, Kiki la regarde avec une expression que je sais être celle d'un profond choc. Elle ne parle pas. Reema me jette un coup d'œil et je lève la main pour la rassurer à la manière voraxiane, avant de m'adresser à Kiki.

– Puisqu'il est devenu inapproprié pour Kuana de s'occuper de notre nid en tant qu'hasheba maintenant qu'elle est accouplée, j'ai demandé à Reema d'occuper le poste de de Kuana à temps partiel. Elle pourrait ainsi passer la majorité du solaire à s'entraîner avec toi, si tu es d'accord. Une fois qu'elle maîtrisera son arme et qu'elle aura participé à sa première chasse, elle pourra alors prendre son nouveau titre. Elle deviendra la première xub'Xhea.

Les lèvres de Kiki bougent avec une volonté qui leur est propre.

— La première xub'Xhea…

— Hexa, lui dis-je. Et il y en aura beaucoup d'autres, j'en suis certain.

Toujours nerveuse, Reema commence à jacasser.

— Je vous promets de m'occuper de tous vos besoins comme Kuana l'a fait et je m'entraînerai encore plus dur que les mâles. Je veux être capable d'être à la hauteur. Je veux être comme vous. Je veux me battre, chasser, aider ma tribu, la nourrir et la défendre si jamais j'en ai besoin. Je…

— Oui ! Peste d'étoiles, oui. Hexa, bien sûr que je vais t'entraîner. Je suis désolée, je suis juste...

Kiki agite les bras, s'abîmant dans un mouvement indigne d'une Xhea, jusqu'à ce qu'elle croise mon regard. Je secoue la tête une seule fois, l'incitant au calme, mais ma reine irascible se contente de sourire avec rage.

Mettant prudence et bienséance de côté, elle jette ses bras autour du cou de Reema.

— Tu es la bienvenue pour t'entraîner avec moi. Je t'enseignerai tout ce que je sais, et quand ce ne sera pas suffisant, j'en apprendrai plus pour te l'enseigner ensuite.

Elle plante son baiser d'affection au centre du front de Reema, ce qui fait sursauter la jeune femelle. Elle s'embrase de blanc puis de bleu.

Lorsque Kiki se retire, c'est comme si elle était devenue une autre femme. La profondeur de sa joie est telle que j'ai l'impression d'être une montagne, tant elle est émue.

— Nous commençons demain, Kuana, mais ne t'attends pas à garder ce titre longtemps. J'ai bien l'intention de te préparer à rejoindre la chasse après le premier dégel de la rotation prochaine.

La joie rayonne dans le regard de Reema, puis dans ses crêtes aussi avant qu'elle ne soit capable de se contenir.

– Hexa, ma Xhea. Je serai prête. Je n'aurai pas de plus grand plaisir que de porter un okami et de me battre comme toi et à tes côtés.

Kiki acquiesce et je vois l'eau couler de ses yeux, qu'elle s'efforce de ne pas sécher avec ses mains. Au lieu de cela, elle cligne des yeux plusieurs fois. Elle acquiesce à nouveau.

– Alors tu peux te retirer. Profitez de ta dernière lune de liberté. Les prochaines lunes, tu dormiras bien, tu seras exténuée. Ce ne sera pas facile et je ne serai pas indulgente avec toi simplement parce que je t'aime bien.

Reema s'incline.

– Hexa, ma Xhea. Stree'vay yah, dit-elle, puis elle répète très prudemment en humain, maire-scie bio-coo.

Kiki rayonne.

– Merci. Tu peux disposer.

Reema s'élance dans la lumière du soleil tandis que Kiki porte ses deux mains à sa bouche et me regarde. Svera ne se tient plus de joie.

– C'est incroyable ! Ne vois-tu pas l'impact que tu as ? C'est incroyable. Je vais devoir documenter ça…

– Ne vois-tu pas l'impact que tu as ? je répète.

Kiki secoue la tête et couvre entièrement son visage avec ses mains. Ma guerrière Xhea, pour la première fois, verse des larmes de joie. Elle rit en pleurant et, tandis qu'elle pleure, je la prends dans mes bras et tiens sa tête contre ma poitrine.

– Chut, lui dis-je.

Elle se balance, les épaules secouées de rire alors qu'elle se libère enfin de ce dernier et ultime fardeau de son chagrin.

– Tu es là, avec moi.

Elle acquiesce et lève les yeux vers moi, son menton repose sur ma poitrine.

– Je suis là et l'avenir est lumineux.

Je passe le dos de mes doigts sur ses joues. Sur les six, quatre forment des griffes et deux restent fidèlement émoussées.

-Hexa. Mais s'il l'est, c'est grâce à ta lumière. Nous ne brillons que grâce à ta lumière. Et c'est pourquoi je brille aussi.

-Alors il n'y aura plus jamais d'obscurité.

-Nox, dis-je en permettant à mes crêtes de libérer tout l'impact de la lumière qu'elle fait naître en moi.

Je secoue la tête, embrasse le bout de son nez.

– Plus jamais.

Merci beaucoup d'avoir rejoindre Kiki et Kinan sur Nobu! Si vous avez apprécié l'histoire de Kiki et Kinan, n'hésitez pas à me le faire savoir avec un avis sur Amazon, ou vous pouvez me contacter sur:

Instagram: @estephensauthor
TikTok: @elizabethstephensauthor

Vous pouvez également faire partie de ma mailing list à
www.booksbyelizabeth.com

Vivez avec passion, et à la prochaine !
Elizabeth

¤º'*'°¤₊₎¸¤º*°¤₊₎¸Ø

Kidnappée par le Métamorphe de Sasor

Tome 3 de la Passion Xiveri (Mian et Neheyuu)

Ils sont venus. Ils nous ont vus. Ils se sont transformés. Ils ont vaincu.

Mian s'attendait à devenir l'esclave d'un barbare métamorphe arrogant et elle s'était préparée à être abandonnée, lorsqu'une horde rivale arriverait. Mais que se passera-t-il s'il ne veut pas la laisser partir?

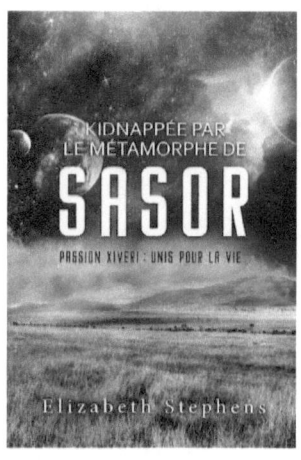

Disponible en livre de poche partout où l'on vend des livres en ligne ou sur Amazon en ebook ou livre relié.

1

Mian

Mon souffle est chaud contre mes doigts. Je suis assise, recroquevillée, les muscles tendus et le corps serré. Ma tête est inclinée sur mes genoux. J'essaie d'ignorer les bruits produits par les autres esclaves qui paniquent autour de moi, mais ça me colle à la peau comme la matière poisseuse que j'ai passé toute la matinée à appliquer sur la clôture de la taverne formée de petits poteaux fragiles et légers, fixés ensemble avec des tiges de roseaux tressés. Ça ne ressemblait pas à grand chose au départ. La matière sombre et huileuse n'y a rien changé. La clôture a maintenant disparu et tout ce qu'il en reste, c'est l'encre noire et brune qui s'accroche encore à mes bras et les vapeurs qui s'échappent de mes cheveux. Elles sentent la chicorée et la peur.

Un énorme fracas dans la pièce de devant me fait grimacer. Je suis étourdie par la peur, la faim et la soif. Ai-je mangé récemment ? Le fait que je ne m'en souvienne pas ne fait qu'appesantir la douleur atroce qui alourdit mon estomac. Respire. Ça n'aura bientôt plus d'importance. Peut-être même que ça t'aidera. Peut-être qu'ils ne voudront pas te dévorer parce que tu n'as que la peau sur les os.

Le froid s'infiltre à travers la terre tassée sous mes fesses. J'inspire par la bouche, mais je peux encore sentir l'odeur des deux douzaines de corps sales appartenant aux autres esclaves à côté de moi. Elle est encore plus puissante et étouffante que l'odeur de la lasure. Elle est encore plus désagréable. Mes doigts jouent avec la chemise qui me recouvre du cou aux genoux. Bien qu'il se soit presque désintégré, le tissu filé grossièrement me gratte encore. Il y a plus de fils que de tissu sur mes épaules et je me demande ce qu'ils vont nous prendre quand ils réaliseront que nous n'avons rien à donner.

Des rires profonds de baryton suivent des plaisanteries lancées dans une langue que je ne parle pas. Les sons, bien que distants *pour l'instant*, brisent ma concentration et derrière moi, l'un des autres esclaves étouffe un sanglot. Je me fige. Je me demande s'*ils* l'ont entendu. De là où je suis, à l'avant du groupe, ce petit sanglot résonne plus fort que les énormes cornes de roseau qui ont sonné l'alarme lorsqu'ils sont arrivés à nos portes. Des portes qui n'ont même pas résisté un solaire entier. Ils ont taillé à travers ces portes comme des couteaux dans du beurre.

Un bruit sourd et mutin se détache lentement de l'agitation dans la salle de réception. Je sursaute. Je sursaute à nouveau quand le bruit résonne soudain plus fort. *S'agit-il de bruits de pas ? Ou est-ce seulement le battement paniqué de mon propre cœur ?* Je sais ce qu'ils font à ceux qu'ils trouvent. Tout le monde connaît les histoires. *Ils mangent les humains. Ils nous écorchent vifs, puis font bouillir la chair de nos os. Ils nous servent dans de grandes soupes.*

Ils vont nous trouver... ils vont nous trouver !

La voix paniquée dans mon dos fait que mon cœur se serre dans ma gorge. Je jette un coup d'œil par-dessus mon épaule et aperçois Sorsha au sommet de nombreux corps accroupis qui tentent de se lever. Son frère Mika la tire vers le bas, mais elle se bat contre lui. D'autres personnes essaient de les faire taire tous les deux maintenant. Le visage de Sorsha est d'un blanc fantomatique, même dans l'obscurité. J'essaie de déglutir mais ma bouche est trop sèche et lorsque qu'elle s'ouvre, j'inhale de la poussière. Je passe ma main sur mes lèvres, en essayant de ne pas m'étouffer avec.

La main de Mika glisse quand Sorsha tire à nouveau. Elle s'enfonce dans l'un des tonneaux en céramique que nous avions rangés dans l'espoir que nous survivions. Ainsi, un tonneau de viande conservée au vinaigre, un tonneau en céramique de farine pour le pain, deux sacs de fruits secs et trois tonneaux d'eau suffiraient à nous maintenir en vie jusqu'à ce que nous trouvions une autre colonie humaine, ou que nous reconstruisions celle-ci. Mais ça ne risque pas d'arriver maintenant.

Sorsha se débat, au ralenti. Sa hanche heurte le tonneau, sa main s'élance pour faire tomber le couvercle. Il s'affaisse sur la terre tassée avec un bruit sourd qui ressemble à celui du verre qui se brise.

Mon regard se pose sur celui de Mirabelle, à côté de moi. Nous avons toutes les deux été vendues lors du dernier échange vers cette colonie. Dans notre ancienne colonie, nous travaillions ensemble au moulin à grain. Elle était vraiment trop vieille pour ce genre de travail, alors j'ai pris en charge certaines de ses tâches. En échange, elle me racontait des histoires fantastiques de la vie sur les satellites, les vaisseaux, les villes et les grandes étendues d'eau d'une planète appelée *Terre*. Des histoires qu'elle dit avoir héritées de sa mère, de la mère de sa mère et de la mère de la mère de sa mère, qui vivait sur le satellite qui nous a amenés sur cette planète.

Je ne sais pas si ce qu'elle dit est vrai ou non, mais je l'ai toujours appréciée. C'est une femme gentille, elle ne mérite pas de mourir ici. *Qui mérite ça ?* Elle se tend et prend ma main. Elle la serre si fort que je peux sentir les os à travers sa peau fine, comme des brindilles en feu juste avant qu'elles ne deviennent poussière. Elle sourit. Ses paupières en demi-lune s'abaissent sur des yeux bleus brillants. Ils me font peur, ces yeux. Ils voient tout.

Mika jure :

– Ils nous ont entendus...

–,Est-ce qu'on peut s'échapper ?

– Où irions-nous ?

– Est-ce que c'est important ?

– Y a-t-il au moins une sortie ?

– Non, la seule sortie est par la taverne.

Un doux silence s'installe sur nous. Il a le goût de la mort. Ma vision s'embrume. *Est-ce la peur ou la faim ? Ai-je mangé au cours du dernier solaire ? Au cours des deux derniers ?* Je ne m'en souviens pas et je me rappelle que ça n'a pas d'importance. *Les humains maigres font un mauvais ragoût.*

Des bruits de pas nous parviennent de la salle de distillation. Le poids de ma propre respiration pèse sur mes poumons. Il m'est difficile de respirer. Ils vont nous trouver, nous dépecer et nous faire bouillir. Même les enfants. Mais peut-être, je dis bien *peut-être*, qu'ils ne mangeront aucun d'entre nous si l'offrande n'est pas suffisante, et il n'y a pas d'offrande plus abyssale ici que la mienne...

J'inspire. J'expire en tremblant. Je serre la main de Mirabelle une seule fois avant de la laisser glisser de la mienne. L'air frais effleure mon derrière humide alors que je me redresse. J'ai la tête qui tourne. *Est-ce la faim ou la peur ? C'est sans importance. Bientôt, tout sera terminé.*

– Mian, que fais-tu ? Souffle Mirabelle d'une voix à peine audible.

Je n'ai pas de réponse à lui donner. Je suis en train de contourner les corps sur mon chemin et j'atteins le rideau avant de tirer juste un petit coin en arrière. Je ne regarde pas derrière moi lorsque je passe dans la salle de stockage. Je laisse la seule issue que j'avais se refermer dans mon dos.

Je suis engloutie par le silence. Personne n'essaie de me ramener à l'intérieur. Personne ne sort pour se sacrifier à mes côtés. J'entends tout à coup un bruit sourd. Le silence est ponctué par une botte. C'est forcément une botte, car elle est trop lourde, trop puissante, pour être autre chose. Je n'ai jamais vu l'un des êtres de Sasor en vrai, mais j'ai entendu des histoires sur leur taille. Les gens les comparent à des rochers, des maisons et des sommets de collines.

La réserve est entourée de fûts en céramique. Je m'assois entre deux barils de grain, j'appuie mon front sur la surface en céramique granuleuse et bombée devant moi pour attendre que le monde se calme. Puis je retiens mon souffle lorsque la porte de la salle de stockage s'ouvre avec un craquement bref et contenu. Un silence bienvenu apaise ma colonne vertébrale, mais la démarche plombée d'un barbare de Sasor gâche tout. Je serre les dents. Je me concentre. Ma tête tourne. Je manque m'évanouir. *Est-ce la peur ou la faim ?* Il est sur moi maintenant.

Le peu d'espoir que j'avais, plus délicat qu'une fleur, plus fin que la lame d'un couteau récemment aiguisée, m'est arraché lorsque le lourd tonneau devant moi est soulevé et posé sur le côté avec une douceur surprenante. La chair de poule se répand sur mes bras lorsque je lève les yeux vers son visage.

Il cligne des yeux et lorsqu'il le fait, ses iris déjà sombres s'assombrissent encore plus, semblable au côté ombragé d'une feuille d'acajou scintillante, mais collante et épineuse. Je frissonne en observant rapidement le reste de son corps.

Il porte une cuirasse en cuir sur le côté droit uniquement et des plaques de cuir similaires sur les jambes; mais en dessous, il n'est que muscles cordés entassés sur une structure énorme. Sa peau est d'un bronze plus clair que la mienne, mais ses cheveux... ses cheveux sont fascinants. C'est de l'or. Ils tombent presque jusqu'à la taille du côté droit, tandis que le côté gauche est coupé près de son cuir chevelu. Contre le miel de sa peau, on dirait... on dirait qu'il est façonné par le soleil à sa propre image. Ils sont beaux, même si rien d'autre chez lui ne l'est. Il a l'air bien trop brutal.

Une cicatrice part de sa pommette et perturbe la naissance de ses cheveux pour suivre la ligne dentelée de son oreille. Il n'a pas de lobe d'oreille. Sa mâchoire est dure. Ses yeux sont méchants.

Sans prévenir, il se penche et glisse une main massive dans mes cheveux. Un éclat de rire choquant monte dans ma poitrine et je fais de mon mieux pour l'étouffer. Il est à un souffle de moi maintenant, complètement penché, il cache tout ce qui se passe derrière lui. Nous sommes face à face, presque nez à nez.

Il sent l'herbe fraîchement coupée, la sueur, mais il sent surtout le sang. Le sang humain. *Combien d'êtres humains a-t-il déjà mangés ?* Une petite partie de moi, dont je ne suis pas fière, se réjouit qu'il sente le sang. Après tout, ça veut peut-être dire qu'il est rassasié.

Ses mains peignent mon cuir chevelu d'une manière presque intime, jusqu'à ce que le geste change et devienne féroce. Il me tire alors par les cheveux. Mes membres osseux vacillent comme ceux d'un nouveau-né quand il me dépose. Dans mon être décharné, la peur et la faim combattent l'adrénaline, qui finit par l'emporter. Je plante mes pieds et respire le sang, le bois, le métal et le cuir. Je ne re respire pas. Je ne peux pas respirer. Pas quand je vois la taille de l'extraterrestre en face de moi.

Ses épaules couvrent trois fois les miennes et sa poitrine est aussi profonde que mes épaules sont larges. Il fait trois têtes de plus que moi, peut-être plus. Tout ce que je sais, c'est que je dois pencher mon cou en arrière pour soutenir son regard. Et je soutiens son regard. Je le fixe comme si ma vie en dépendait. Je regarde changer à nouveau la couleur de ses yeux : ils sont maintenant si sombres que je peux y voir jusqu'aux profondeurs de l'univers.

Quelle drôle de façon de mourir. J'ai été expédiée de colonie en colonie toute ma vie, sans jamais rester assez longtemps dans une colonie pour me faire des amis, une famille ou des racines. Je suis sur le point d'être tuée par un barbare extraterrestre avec l'univers dans les yeux parce qu'une femme a été gentille avec moi une fois et m'a raconté des histoires drôles sur l'univers. Je respire. Je suis prête. Je souris.

Contre toute attente, quand sa paume de la taille d'un visage se dirige à nouveau vers moi, ce n'est pas pour me briser le cou ou me sectionner la colonne vertébrale. La brute se dirige droit vers... droit vers ma poitrine ! Mes instincts se manifestent et je donne un coup décisif sur le dos de sa main.

Je suis sous le choc.

Mon estomac retombe dans mes talons. *Je viens de le frapper. J'ai frappé un extraterrestre barbare et cannibale.* Je croise son regard, je le fixe et je vois la chose la plus terrifiante de toutes se produire. Ses lèvres... elles se retroussent et se séparent pour révéler une rangée de dents carrées et parfaitement blanches. Cet extraterrestre barbare et cannibale me sourit.

Je recule en trébuchant. Je tends la main pour attraper le bord d'un baril, mais il est plus rapide que moi: une main agrippe son côté lisse, l'autre maintient le couvercle en place. Il fait glisser la céramique lentement, sans me lâcher du regard. Il suit ma main lorsque je touche ma poitrine. Mon cœur semble vouloir s'échapper, malgré le fait que le reste de mon corps soit figé sur place.

Une fois la barrique posée, il attrape ma paume et la jette sur le côté avec tant de force que je trébuche à nouveau. *Qu'est-ce qu'il fait ?* Il regarde mes... boutons. Ce sont des boutons géants dépareillés qui ressemblent aux boutons des vêtements de poupées. Certains, je pense, proviennent vraiment des vêtements des poupées des maîtresses de haute naissance – et il les inspecte comme s'ils venaient d'insulter sa mère décédée. Puis il lève un seul doigt et je regarde, fascinée et horrifiée, une pointe acérée et dentelée *pousser* du bout de son ongle.

La pointe est d'une longueur d'un doigt au maximum. Il abat cette griffe fraîchement formée d'un geste rapide et tranche le fil lâche qui retient mon bouton supérieur. Ma chemise s'ouvre jusqu'au nombril, exposant ma cage thoracique osseuse et mes petits seins. J'ordonne à mon corps d'attraper le vêtement et de le maintenir fermé mais – *par toutes les comètes !* – mon corps fait autre chose.

Je le gifle. *À nouveau.* Il me repousse.

Je m'envole à quatre pieds dans les airs au lieu des trois pieds de la première fois. Quand j'atterris, j'oublie la chemise. Mes bras sont figés loin de mon corps. J'attends qu'il me découpe aussi rapidement et facilement qu'il l'a fait avec ce morceau de fil.

J'attends. J'attends...

Pendant ce temps-là, il se touche la joue à l'endroit où je l'ai frappé, il cligne des yeux plusieurs fois, étrangement, comme un extraterrestre, puis ses lèvres se retroussent et il rit. Il rit si fort et de si bon cœur, qu'il fait apparaître des lames de rasoir dans le mien. *Je ne me souviens pas avoir jamais entendu quelqu'un rire comme ça.* Surtout pas un extraterrestre barbare et cannibale.

Je sursaute à nouveau, sous le choc, lorsque son rire s'éteint et qu'il me fixe avec des yeux bruns à la fois condescendants et indulgents. Il secoue la tête, attrape mon bras et commence à me traîner vers la porte.

Il me dit quelque chose. Cela semble amusant, mais il pourrait tout aussi bien me dire qu'il est temps d'être éventrée maintenant.

– Ok, je réponds.

Je sais que quoi qu'il dise, je n'ai pas vraiment le choix.

Il émet un autre grognement semblable à un rire, mais juste au moment où nous atteignons la porte, j'entends une légère toux derrière moi. Je me fige. Il se fige. Il regarde par-dessus son épaule et ses yeux rencontrent les miens. eQuand il secoue la tête, il le fait si lentement que les longues tresses de ses cheveux ondulés chatouillent mon bras nu.

– Tokan, ya reesa, teka annak, dit-il.

Je ne sais pas ce qu'il vient de dire, mais tout ce que je peux penser en réponse c'est : *ragoût humain, nous voilà...*

2
Neheyuu

— Tokan, ya reesa, teka annak, je lui dis.

Tu n'es pas loin, mais tu n'y es pas encore. Je l'appelle *ya reesa* — c'est un titre d'honneur quand c'est dit avec respect, mais ça peut-être une insulte ou une moquerie, si c'est dit avec insolence. Peut-être que j'utilise un peu des trois ici quand je l'appelle ressa, « *petite courageuse* ». Elle a bien fait de me défier comme elle l'a fait. Je n'avais pas réalisé à quel point elle était courageuse avant ce moment.

Elle est aussi très intelligente.

Elle a presque réussi à me distraire, et si ce n'était la maladresse des humains derrière le rideau, elle aurait réussi.

Je regarde les visages humains décharnés qui se cachent. Ils sont tous aussi peu vêtus qu'elle, et si maigres qu'on pourrait les considérer comme affamés selon les normes de Sasor. Des esclaves. Reesa en est certainement une, même si sa couleur est considérée comme rare parmi les tribus Maneraks unies.

Elle luit comme le bronze brut, elle est à la fois rouge et or. Elle brille, même dans cette cave sombre et obscure, éclairée seulement par la lumière extérieure qui filtre à travers les lamelles inégales des murs. Aussi semblables que soient nos couleurs, c'est là que s'arrête notre ressemblance. Elle n'est qu'une petite chose chétive, avec des os comme des roseaux secs et des yeux étranges, sombres et expressifs. *Une humaine.*

C'est une espèce que j'ai déjà rencontrée, mais jamais en tant que Premier de ma tribu, et je ressens une nouvelle poussée d'adrénaline et de plaisir à l'idée que mes guerriers et moi ayons finalement trouvé et capturé un nombre aussi important d'entre eux. C'est considéré comme une grande victoire de tomber sur une tribu humaine et de la décimer.

Leurs femelles sont compatibles avec notre espèce et leurs mâles sont faibles. Je n'ai jamais vu une humaine aussi jolie, ou avec des manières aussi bizarres. Elle m'a frappé plusieurs fois – une défense étrange car elle n'a pas de griffes et ne fait probablement qu'une petite fraction de mon poids. En outre, elle n'a reçu aucun entraînement guerrier. Maintenant, elle se contente de m'observer, comme si elle attendait quelque chose.

En temps normal, je l'aurais déjà prise et savourée. Il n'y a aucun doute dans mon esprit: je vais m'accoupler avec cette petite reesa. Je tends la main et touche ses cheveux. Je n'ai jamais vu une telle couleur avant. C'est comme si elle avait été volée dans les profondeurs d'un océan, ou arrachée aux étoiles. Ils sont si noirs qu'ils sont presque bleus, et même dans la crasse, ils sont restés doux. Je retire ma main. Je veux la toucher à nouveau – je *vais* la toucher à nouveau – mais je lui laisse la chance de me donner ce que je désire. Ses cheveux emmêlés, la puanteur de ses vêtements non lavés et usés, et les taches de terre et de cendre sur sa peau ne suffisent pas à me dissuader.

– Tu veux qu'ils vivent, ya reesa ?

Je sais qu'elle ne comprend pas mes mots, alors je lui montre ce que je veux dire. Je lève une nouvelle fois la main vers sa poitrine, mais elle s'écarte de moi en se protégeant avec ce chiffon sale que je veux arracher de son corps.

Elle dit un mot dans une langue qu'elle sait que je ne parle pas. Elle secoue la tête pour mieux comprendre.

– Tszk, dis-je.

Je ne sais pas pourquoi je viens de lui révéler le mot dont elle a besoin pour se refuser à moi.

Irrité contre moi-même, j'écarte sa main lorsqu'elle essaie de bloquer la mienne, et je moule ma paume sur sa poitrine, admirant le poids de son petit sein lorsque je le tiens. Il est plus gros qu'il ne devrait l'être étant donné que je peux voir les os de sa poitrine à travers sa peau, et les os de ses côtes. Les os de ses hanches sont probablement tout aussi proéminents, et ça n'a pas d'importance. Je veux les voir aussi.

Sa mâchoire se contracte, ses pupilles se dilatent. Elle écarte mes doigts de sa tunique et secoue la tête une seule fois, fermement. Elle prononce à nouveau son étrange mot étranger.

– Yena, je réponds.

Ce mot est plus approprié. C'est un mot qu'elle s'habituera à me dire, quand elle réalisera qui je suis.

Pour le moment, elle ne se laisse pas fléchir. Je ne bouge pas. Nous nous fixons l'un l'autre. Le silence s'étire comme une ligne entre nous. Je crois que cela la surprend autant que moi que ce soit moi qui cède en premier. Fatigué, je suis prêt à retourner auprès de mes guerriers et à profiter des célébrations après ces batailles facilement gagnées. Je jette un regard significatif à son peuple. Les humains se blottissent les uns contre les autres, en essayant à tout prix de ne pas croiser mon regard. C'est drôle qu'ils se recroquevillent, elle, elle ne le fait pas.

Tendant la main dans la masse de leurs corps, j'attrape le premier humain que je vois. C'est une femme. Je suppose qu'elle est plus âgée étant donné la façon dont sa peau ratatinée colle à son corps. Elle a d'épais cheveux gris attachés loin de son visage. Sa lèvre inférieure tremble et elle dit quelque chose à Reesa qui la fait grimacer.

Le regard de Reesa va de la femme à moi. Une expression de douleur traverse son visage. Elle fait un demi-pas vers moi, ce qui me surprend à nouveau, puis tend ses poignets entre nous, révélant leur intérieur légèrement plus pâle. Elle est couverte de marques noires, des esquisses dessinées sur toute sa peau qui ne s'effaceront pas.

Nous n'avons pas cette tradition dans mon tasmaran – aucun tasmaran manerak ne l'a – mais sur cette petite Reesa, je trouve les marques magnifiques. Bien que des dizaines de petits motifs soient éparpillés sur ses bras et ses épaules, pour l'instant, elle se concentre sur de fins anneaux noirs juste sous ses paumes. Les lignes sont droites, mais incomplètes. Un petit espace de peau claire me tente. J'ai envie d'y frotter mon doigt le plus épais.

Elle me parle alors par phrases. Quand je ne réponds pas, elle répète ce qu'elle a dit, en secouant légèrement les poignets pour souligner. Je ne la comprends pas. Tenant l'humaine plus âgée par le haut du bras, je palpe à nouveau le devant de la poitrine de Reesa pour lui faire comprendre ce que je veux. Ce qui est en jeu si elle refuse.

Sa bouche se ferme. Elle tourne la tête et regarde la femelle. Elle évalue ses options, décide de son prix. Quand, en baissant légèrement le menton, elle accepte de le payer, je ne ressens pas la satisfaction que je pensais ressentir. Ses épaules s'affaissent, ce qui rend cette femme déjà mince presque insignifiante. Elle n'est plus qu'ombres tourbillonnantes, alors qu'avant, elle était une lumière pure.

J'attrape son poignet et elle se détourne de moi. Mon regard se promène sur les marques qui s'y trouvent et je m'interroge sur leur signification. Tant de mystères, à commencer par la raison pour laquelle cette petite Reesa se refuse à moi.

— Tszk, lui dis-je finalement.

Elle me regarde en clignant des yeux, son expression est vide. Perdue. Un profond gouffre s'ouvre à sa vue, et je ressens, l'espace d'un battement de cœur, ses émotions en miroir, même si je ne les ai jamais ressenties moi-même auparavant. Elle est totalement transparente et à travers elle, je peux tout voir, sentir et expérimenter. Sous ma vraie peau, mon manerak s'agite lentement, comme s'il se réveillait d'un profond sommeil.

Je serre sa poitrine brutalement et dis "Tszk". Puis je la lâche immédiatement, en laissant tomber le bras de l'autre femelle humaine. Je repousse légèrement la femelle plus âgée et ferme le rideau entre nous de façon à ne plus voir les esclaves humains, ces barbares extraterrestres.

La compréhension passe sur son visage et elle me sourit un tout petit peu. Ses dents sont blanches et droites dans sa petite bouche, sauf deux sur la rangée du bas qui se chevauchent. Elle n'a pas de crocs à proprement parler. Juste des roseaux en guise d'os et des sourires dans les yeux. Pourquoi me sourit-elle alors que je lui ai pris son royaume ? Mystères, mystères. Elle a éveillé mon intérêt, et bien plus…

C'est dangereux. Mon manerak est complètement réveillé maintenant, il me pique le dessous de la peau, mais je l'ignore, tout comme j'ignore toute pensée liée au danger en sa présence. Elle n'est qu'une petite humaine à prendre, à baiser et à oublier. Il n'y a pas de danger ici.

– Strena, je lui dis. *Viens.*

Elle penche la tête sur le côté. Ses cheveux sales tombent sur ses épaules en mèches emmêlées. Ses doigts fins serrent toujours sa tunique, mais ils ne tremblent plus. Elle jette un coup d'œil au lourd tissu plein de boue qui cache ses humains à la vue.

– Tszk.

J'attrape son poignet, qui est plus fin que la poignée de mon épée et bien plus facile à casser. Je pose sa paume contre ma poitrine, là où le cuir ne la couvre pas.

Elle secoue la tête. Je hoche la tête. Ses yeux s'agrandissent dans son visage, ce qui donne l'impression qu'elle va bientôt se transformer, mais les humains n'ont pas cette capacité. Tszk, ma petite reesa est complètement transparente et totalement sans défense. Elle est à moi.

Je la tire brutalement hors de la plus petite pièce, traverse la pièce suivante et arrive enfin dans la partie principale de cette cabane. Là, Dandena et Mor sont occupés à se battre pour une couronne d'or qu'ils ont trouvée cachée dans un tonneau de bière. Ils me dominent dans leurs peaux de manerak mais quand ils me voient, ils s'en débarrassent et reprennent leurs vraies formes.

L'humaine que je tiens tire pitoyablement sur mon bras pour essayer de se libérer. Je me demande si elle a déjà vu un manerak auparavant et, si ce n'est pas le cas, quel niveau de terreur elle ressent actuellement. J'éclate de rire à cette idée et quand je la tire en avant, sa chaleur s'écrase sur moi. *C'est chaud. C'est agréable.* Je la croirais fiévreuse si elle en montrait d'autres signes.

Elle reste figée sur ses pieds, une main dans la mienne, l'autre serrée au creux de sa gorge. Elle regarde droit devant elle et je suis son regard jusqu'à Mor. Il se lèche les lèvres et fait un pas vers nous, le regard fixé sur elle d'une manière qui me donne des frissons. Mon regard se rétrécit sur lui, s'aiguise et devient mortel. *Je deviens manerak.*

– Qu'est-ce que tu as là ? demande-t-il avec un déhanchement arrogant.

La couronne est oubliée, il fait un pas en avant. Ses cheveux dorés, tachés de rouge, voltigent dans son sillage.

– Je l'ai trouvée cachée, je réponds avec un sourire.

Comme j'ai hâte de m'amuser avec elle. Mon manerak s'ouvre à l'intérieur de moi comme une bouche.

– Etait-elle seule ?

– Yena.

Je ne sais pas pourquoi j'ai menti. Mes doigts se crispent.

– Alors il n'y en a pas d'autre…

– Yena.

Il s'essuie le dos de la main sur la bouche, ce faisant, il étale le sang des humains morts sur son visage.

– J'aimerais l'avoir.

Je rigole.

– Viens alors.

Les sourcils épais de Mor se fondent dans sa peau au moment où il accepte le défi. Les coins de sa bouche s'étirent vers la racine de ses cheveux et je sens mon pouls s'emballer, le manerak semble déraisonnablement excité alors qu'il se dilate et s'allonge en réponse.

La petite Reesa sursaute à côté de moi lorsque mes épaules commencent à se gonfler et que mes cuisses s'épaississent et s'allongent. Déjà voûté au-dessus d'elle, je suis bientôt immense. L'inconfortable toit de bois n'est pas à la hauteur de la taille de mon manerak. Il frôle le sommet de ma tête, puis mes épaules, me forçant à me baisser ou à le traverser. Je pourrais le faire. Mais alors le toit pourrait céder et écraser ma reesa. Cette pensée me contrarie, puis s'évapore.

Mon manerak grésille sous ma peau, endolori par une tension différente que celle qui l'anime d'habitude, mais je ne peux pas mettre le doigt dessus. Je suis *impatient*. Je sens mon arcade sourcilière s'aplatir, mes yeux se dilater, mes pupilles se fendre. Mes crocs s'abaissent pour protéger mes dents et je ne relâche Reesa que lorsque je sens des griffes s'emparer du bout de mes dix doigts. J'émets un sifflement entre mes langues fourchues.

Mor charge et bien qu'il soit l'un de mes meilleurs combattants, il n'est toujours pas de taille face à moi. Je suis le Premier de ma tribu pour une raison. Je me demande si sa soif de sang est la raison pour laquelle il lance ce défi – un défi que nous savons tous deux qu'il va perdre – ou si cela a quelque chose à voir avec l'esclave à mes côtés. Peut-il aussi voir son éclat ? Cette pensée m'agace. Mon manerak vomit et crache.

Elle s'agite sauvagement. Son dos heurte le mur le plus proche. Mes langues fourchues sortent de ma bouche, goûtent l'air qui l'entoure. Il contient quelque chose d'aigre et de collant, comme les feuilles de rathra utilisées par nos bûcherons, et en dessous, quelque chose de doux qui permet de surmonter la première vague d'amertume. *Des fleurs. Le nectar des fleurs carnivores d'egra. C'est magnifique et c'est dangereux.* Je la libère complètement et, avec une légère poussée contre sa fine poitrine, je la guide derrière moi afin d'avoir les deux mains libres lorsque je rencontrerai Mor dans un fracas de tonnerre.

Il n'y a pas d'armes dans un défi, alors il me frappe avec ses griffes. C'est un homme plus petit, à la fois sous sa vraie forme et dans son manerak, mais sa force réside dans sa vitesse. Il tourne autour de moi alors que je bloque et il vient sous mon bras en essayant de me contourner et de se rapprocher de Reesa.

L'appel de mon manerak résonne au plus profond de ma poitrine ; il fait trembler tout mon corps de sa puissance. Je pose mon pied sur sa cuisse afin de stopper sa course. Je tourne mon poing pour rencontrer sa joue. Le sang coule. Il se lève avec un sifflement, ses griffes me lacèrent les côtes quand il échappe à mon emprise.

Ma peau de manerak s'étire, s'élargit avec l'odeur acidulée de son sang – et du mien. Les autres guerriers se replient aux confins de la pièce, traînant avec eux les tonneaux – surtout ceux de bière – qu'ils veulent conserver. J'attaque en premier cette fois. Je passe directement à travers un morceau de bois fragile que ces humains utilisaient autrefois comme table.

Mon épaule touche le sternum de Mor. Il tente d'absorber le coup, ce qui est sa deuxième erreur – la première étant le défi qu'il m'a lancé. Je le mets à terre et ensemble nous volons à travers le mur le plus proche. Nous atterrissons sur le sable à l'extérieur et avant qu'il ait la chance de cligner des yeux, je frappe sa poitrine deux fois de plus.

— Tu as saigné trois fois, mon frère, dis-je, la voix déformée car je suis toujours manerak.

Je m'éloigne de lui avec un sourire.

Il donne un coup de poing furieux dans le sable mais prend ma main quand je la lui propose.

— Tu remportes ce défi, guerrier, déclare-t-il.

Je le tire sur ses pieds et je sens que mon manerak commence à se calmer – du moins, jusqu'à ce que je retourne au hangar en ruines et que je voie Dandena, Rehet et Ock se rapprocher de mon prix. J'ouvre la bouche et mon sifflement de manerak est si assourdissant que je ne peux pas parler à travers lui.

Ils se retournent, la surprise est gravée sur leurs vrais visages. Dandena rompt le silence.

— Une saignée contre trois, en faveur du Premier ?

J'acquiesce une fois. Dandena applaudit et tend la main pour prendre ses gains aux deux autres, qui jurent. Je ne me soucie pas de leurs paris, et perce le demi-cercle qu'ils ont formé autour de Reesa. Elle se tient debout, la colonne vertébrale toujours soudée à l'un des murs de bois fragiles. Elle a réussi à trouver un couteau et le tient devant elle à deux mains. Elle ne sait clairement pas comment l'utiliser, mais il a l'air tranchant. Très tranchant. Et il y a un bijou d'émeraude dans la poignée.

— Mais... c'est *ta* lame Rehet ! N'est-ce pas ? Je m'exclame, en riant assez fort pour avoir mal au ventre.

Les autres rient aussi, tandis que Rehet a au moins la décence de grommeler doucement de honte.

– Elle est plus rapide qu'elle n'en a l'air.

J'inspire avec fierté, et j'expire de soulagement en repoussant les mâles et Dandena. Reesa est indemne. Ses grands yeux se tournent vers moi et je regarde la lame dans son poing, en secouant la tête. Comprenant mal ma réaction, elle saute en l'air, déplie ses doigts et me tend le couteau. Elle tremble. Elle a peur. Elle n'est pas habituée aux maneraks. Je siffle en sentant les os de mon corps se contracter et se réduire, mes crocs se rétracter, mon visage s'amincir, mes épaules rétrécir, jusqu'à ce que je retrouve enfin ma véritable forme.

Maintenant prêt, j'attrape sa main. Cette fois elle saute d'une demi-tête dans les airs quand je la touche. Je grimace et elle semble apprécier car la moitié supérieure de sa bouche se plisse. Elle propose toujours le couteau entre nous mais j'enroule mes doigts autour des siens.

– Tszk , je lui dis.

Elle l'a pris à Rehet. Elle mérite de le garder. Je place la lame contre le centre de sa poitrine et me tourne vers les autres. Je suis impatient de sortir d'ici, de l'éloigner des mâles et de l'emmener dans mon propre dolsk.

– Allons-y.

_____

Poursuivez votre lecture en livre de poche partout où l'on vend des livres en ligne ou sur Amazon en ebook ou livre relié.

Découvrez les autres livres d'Elizabeth Stephens

Titres déjà disponibles en Français :

Passion Xiveri : Unis Pour La Vie – Des extraterrestres. De la sensualité. De nouveaux mondes.
Capturée par le Roi de Voraxia, tome 1 (Miari et Raku)
Convoitée par le Seigneur de guerre de Nobu, tome 2 (Kiki et Va'Raku)
Kidnappée par le Métamorphe de Sasor, tome 3 (Mian et Neheyuu) *l'intrigue se situe hors du Quadrant 4*
D'autres livres seront bientôt publiés !

Disponible en Anglais :

Berserker Kings - Enemies to lovers. With magic.
Dark City Omega, Book 1 (Echo and Adam)
more to come!

Population - Battles and Heroes that Bite.
Lord of Population, Book 1 (Abel and Kane)
Monster in the Oasis, Book 2 (Diego and Pia)
Immortal with Scars, Book 3 (Lahve and Candy)
more to come!

Twisted Fates - Mafia. Brotherhood. Murder.
The Hunting Town, Book 1 (Knox and Mer, Dixon and Sara)
The Hunted Rise, Book 2 (Aiden and Alina, Gavriil and Ify)
The Hunt, Book 3 (Anatoly and Candy, Charlie and Molly)

Xiveri Mates - Aliens. Heat. New Worlds.

Livres audio

Xiveri Mates - Aliens. Heat. New Worlds.
Taken to Voraxia, Book 1 (Miari and Raku)
Taken to Nobu, Book 2 (Kiki and Va'Raku)
Taken to Sasor, Book 3 (Mian and Neheyuu) *standalone
More to come!

Collections

Xiveri Mates - Aliens. Heat. New Worlds.
Collection 1: Books 1-3 + Exiled from Nobu
More to come!